Diogenes Taschenbuch 130/xxxii

detebe

Die Menschliche Komödie

Honoré de Balzac

Der Landarzt

Roman

Deutsch von Emmi Hirschberg

Diogenes

TITEL DER FRANZÖSISCHEN ORIGINALAUSGABE:
›LE MÉDECIN DE CAMPAGNE‹

MIT FREUNDLICHER GENEHMIGUNG DER
ROWOHLT VERLAG GMBH, REINBEK BEI HAMBURG
VERÖFFENTLICHT ALS DIOGENES TASCHENBUCH, 1977

100/77/E/I
ISBN 3 257 20472 8

Der Landarzt

ERSTES KAPITEL

☆

LAND UND LEUTE

AN EINEM SCHÖNEN FRÜHLINGSMORGEN des Jahres 1829 ritt ein Mann von ungefähr fünfzig Jahren den bergigen Weg hinauf, der zu einem großen Marktflecken in der Nähe der Grande Chartreuse führt. Dieser Marktflecken ist der Hauptort eines dicht bevölkerten Bezirkes, der in einem lang hingestreckten Tal gelegen ist. Ein Gießbach mit steinigem, oft ausgetrocknetem Bett, das jedoch durch die Schneeschmelze gefüllt war, bewässerte dieses Tal, das von zwei parallellaufenden Bergzügen, die von allen Seiten die Bergspitzen von Savoyen und der Dauphiné überragen, eingeschlossen ist. Obgleich alle Landstriche zwischen der Maurienne-Kette sich gleichen, weist die Gegend, durch die der Fremde ritt, Bodenbeschaffenheiten und Lichterscheinungen auf, die man anderswo vergebens suchen würde. Bald zeigt das plötzlich sich erweiternde Tal eine Matte, deren Grün durch die ständige Feuchtigkeit der Berge frisch erhalten bleibt und den Augen dadurch so wohl tut; bald zeigt eine Sägemühle ihren malerisch gelegenen bescheidenen Bau, ihren Vorrat an langen Fichtenstämmen ohne Rinde und ihre Wasserkraft, die, von dem Gießbach entlehnt, in großen eckig ausgehöhlten Holzröhren geleitet wird, aus denen durch Spalten das Wasser in breiten Flächen herabfließt. Hie und da stehen Hütten, die von kleinen Obstgärten umgeben sind und Gedanken an arbeitsreiche Armut wachrufen, weiterhin stehen Häuser mit roten Dächern, deren flache und runde Ziegel wie Fischschuppen aufeinanderliegen und einen Wohlstand verkünden, der durch lange Arbeit erworben ist. Über jeder Tür sieht man den Korb hängen, in dem die Käse trocknen. Überall sind Hecken und Zäune von Weinbergen unterbrochen, die sich, wie in Italien, um kleine Ulmen ranken, deren Laubwerk dem Vieh zur Nahrung dient. Durch eine Laune der Natur liegen die Hügel an einigen Stellen so dicht beieinander, daß dort weder Fabriken, noch Felder, noch Hütten zwischen ihnen Platz haben. Nur von dem Gießbach getrennt, der in Kaskaden herniederbraust, erheben sich die hohen Granitmauern, mit Tannen und hohen Buchen bewachsen. Die hohen Bäume, deren Stämme durch die verschiedenen Moosarten ganz phantastisch gefärbt sind, bilden herrliche Laubgänge, die ober- und unterhalb des Weges von einer riesigen Hecke von Erdbeer-, Schneeball-, Buchsbaum- und Rotdornsträuchern eingerahmt sind. Der starke Duft dieser Sträucher vermischte sich mit dem durchdringenden Geruch der jungen Triebe der Lärchen, Pappeln und der harzigen Tannen. Wolken hingen zwischen Felsen und verdeckten und enthüllten abwechselnd deren graue Gipfel, die oft ebenso dunstig waren wie die Wolken, deren weiche Flocken an ihnen zerrissen. Jeden Augenblick veränderte sich das Bild der Landschaft und das Licht des Himmels; die Berge wechselten ihre Farbe, die Abhänge ihre Schattierung, die Täler ihre Formen. Diese zahllosen Bilder, hervorgerufen durch unerwartete Gegensätze — hier ein Sonnenstrahl, der durch Baumstämme hindurchzitterte, dort eine natürliche Lichtung oder ein Geröll — waren entzückend anzusehen inmitten dieser Stille und zu jener Jahreszeit, in der alles jung ist, in der die Sonne an einem reinen Himmel erstrahlt. Es war ein schönes Land, es war Frankreich!

Der Reisende, ein Mann von hohem Wuchs, war ganz in blaues Tuch gekleidet, das ebenso sorgsam jeden Morgen gebürstet zu sein schien wie sein glänzendes Pferd, auf dem er gerade und wie festgewachsen saß, wie ein alter Kavallerieoffizier. Hätten ihn seine schwarze Halsbinde und seine Wildlederhandschuhe, die Pistolen im Halfter und der Mantelsack, der auf der Kruppe seines Pferdes angeschnallt war, nicht als Militär gekennzeichnet, sein gebräuntes, pockennarbiges, jedoch regelmäßiges Gesicht, auf dem ein gut Teil Sorglosigkeit lag, die Energie und Sicherheit seines Blickes und die Haltung seines Kopfes verrieten jenes militärische Auftreten, das ein Soldat, auch wenn er nicht im Dienst ist, nicht mehr ablegen kann. Jeder andere wäre erstaunt gewesen über die Schönheit dieser Alpenlandschaft, die dort so anmutig wird, wo sie sich mit den großen Tälern Frankreichs verbindet; aber der Offizier, der sicher all die Länder durchquert hatte, durch die der Krieg die kaiserlichen Armeen einst geführt, überschaute dieses Land, ohne über diese vielen Erscheinungen erstaunt zu sein. Das Staunen ist eine Empfindung, die Napoleon in der Seele seiner Soldaten getötet zu haben scheint. Auch die Ruhe des Gesichts ist ein sicheres Zeichen, an dem der Beobachter die Menschen erkennen kann, die einst unter dem flüchtigen aber unvergänglichen Adler des großen Kaisers gedient haben. Dieser Mann war in der Tat einer jener heute so seltenen Soldaten, die — obgleich sie auf allen Schlachtfeldern gekämpft haben, auf denen Napoleon befehligte — von der Kugel verschont geblieben sind. Sein Leben wies nichts Außergewöhnliches auf. Er hatte sich als einfacher und biederer Soldat gut geschlagen, hatte seine Pflicht ebensogut des Nachts wie am Tage getan, sowohl fern vom Kaiser als in dessen Gegenwart, hatte keinen unnützen Säbelhieb gegeben und nie einen zu viel. Wenn er die Rosette im Knopfloch trug, die die Offiziere der Ehrenlegion zu tragen pflegen, so war es, weil ihn sein Regiment nach der Schlacht an der Moskowa einstimmig als denjenigen bezeichnet hatte, der am meisten verdient hatte, diese Auszeichnung an diesem großen Tage zu tragen. Er gehörte zu den wenigen äußerlich kühlen, schüchternen Menschen, die immer im Frieden mit sich selbst leben, die nur von dem einen Gedanken beseelt sind, eine Aufgabe zu leisten, welcher Art sie auch sei. So waren ihm seine Dienstgrade nach dem langsamen Gesetz des Dienstalters verliehen worden. Im Jahre 1802 war er Unteroffizier geworden, und — trotz seines grauen Bartes — hatte man ihm erst 1829 eine Schwadron gegeben. Aber sein Leben war so ohne Makel, daß ihn keiner aus der Armee, und wäre es der General selbst, ohne ein unwillkürliches Gefühl von Hochachtung ansprach, eine unbestrittene Bevorzugung, die seine Vorgesetzten ihm vielleicht nicht verziehen. Dagegen brachten ihm die einfachen Soldaten Gefühle entgegen, wie Kinder einer guten Mutter: denn er war zu ihnen nachsichtig und streng zugleich. Da er wie sie einst gemeiner Soldat gewesen war, kannte er die elenden Freuden und das fröhliche Elend, die verzeihlichen und strafbaren Vergehen der Soldaten, die er seine Kinder nannte und denen er gestattete, während eines Feldzuges Lebensmittel und Furage von den Bürgern zu requirieren. Sein persönliches Leben war in tiefstes Dunkel gehüllt. Wie die meisten Militärs seiner Zeit hatte er die Welt nur durch den Rauch der Kanonen gesehen oder in den Augenblicken des Friedens, die inmitten der Kriege des Kaisers so spärlich waren. Hatte er je an eine Heirat gedacht? Diese Frage blieb offen. Obgleich keiner daran zweifelte, daß der Major Genestas in den Städten und auf dem Lande, bei den Festen, die den Regimentern zu Ehren gegeben wurden und die sie selbst veranstalteten, Glück bei Frauen hatte, so wußte doch keiner etwas Bestimmtes darüber. Obgleich er weder prüde noch ein Spielverderber war, der die militärischen Sitten verletzte, schwieg er doch oder antwortete mit einem Lächeln, wenn man ihn nach seinen Liebesabenteuern fragte. Auf die Worte: „Und Sie, Major?" die ein Offizier beim Glase Wein an ihn gerichtet hatte, hatte er geantwortet: „Trinken wir, meine Herrn!"

Herr Pierre-Joseph Genestas, eine Art Ritter ohne Furcht und Tadel, hatte jedoch weder etwas Poetisches noch etwas Romantisches an sich, er war vielmehr ein richtiger Durchschnittsmensch. Sein Auftreten war das eines wohlhabenden Mannes. Obgleich er nur seinen Sold bezog und seine

Pension seine ganze Zukunft war, erübrigte er, wie ein gewiegter Geschäftsmann, den das Unglück eine Erfahrung gelehrt hat, die an Eigensinn grenzt, immer den Sold von zwei Jahren und gab nie seine ganzen Einnahmen aus. Er war so gar kein Kartenspieler, daß er weg sah, wenn man in Gesellschaft einen Ersatzmann oder einen Extramann zum Kartenmischen suchte. Aber wenn er sich auch keine Extravaganzen leistete, so fehlte ihm doch nichts zu seiner Bequemlichkeit. Seine Uniformen hielten länger als die aller anderen Offiziere, dank der Sorgfalt, die durch ein bescheidenes Einkommen veranlaßt wird und die bei ihm zur Gewohnheit geworden war. Man hätte ihn vielleicht geizig genannt, hätte er nicht die bewundernswürdige Selbstlosigkeit und die brüderliche Selbstverständlichkeit besessen, mit der er seine Börse jedem jungen Leichtsinn öffnete, der sich durch Kartenspiel oder andere Dummheiten ruiniert hatte. Er schien selbst früher einmal große Summen im Spiel verloren zu haben, so viel Zartgefühl zeigte er, wenn er eine Gefälligkeit erwies. Er nahm sich nicht das Recht, die Handlungsweise seines Schuldners zu bekritteln, und mahnte ihn nie an seine Schuld. Als Kind der Truppe und ganz allein auf der Welt, war ihm die Armee Heimat und sein Regiment Familie geworden. Man forschte auch nur selten nach dem Grunde seiner soliden Sparsamkeit; man schrieb sie dem nur zu begreiflichen Wunsche zu, die Summe, von der er in seinen alten Tagen zu leben hatte, zu vergrößern. Man nahm an, daß sein Ehrgeiz darin bestehe, sobald er Rittmeister geworden war, sich mit seiner Pension und den Generalsepauletten irgendwo auf das Land zurückzuziehen. Nach den Manövern, wenn die jungen Offiziere von Genestas sprachen, zählten sie ihn zu den Menschen, die immer als erste durch die Schule gekommen und die ihr ganzes Leben hindurch zuverlässig und rechtschaffen geblieben sind, ohne Leidenschaften, nützlich und salzlos wie Weißbrot. Ernste Leute beurteilten ihn jedoch ganz anders. Zuweilen entfuhr diesem Manne nämlich irgendein vielsagendes Wort, irgendein Blick und bekundete die Stürme die auch seiner Seele nicht erspart geblieben waren. Sah man genauer hin, so verriet seine ruhige Stirn die Kraft, den Leidenschaften Einhalt zu gebieten und sie in der Tiefe seines Herzens zu vergraben, eine Kraft, die in der Gewöhnung an Gefahren und bei den unvorhergesehenen Mißgeschicken des Krieges teuer erworben war. Als der Sohn eines Pairs von Frankreich, der neu in das Regiment eingetreten war, eines Tages von Genestas sagte, er sei der gewissenhafteste Geistliche und ehrlichste Krämer, hatte dieser darauf dem jungen Gecken, der nicht geahnt hatte, daß sein Kommandant ihn hören würde, geantwortet, ihn dabei von oben bis unten ansehend: „Und der geringste Adelsschmeichler." Die Umstehenden brachen in ein Gelächter aus, denn der Vater des jungen Offiziers war ein ausgemachter Schmeichler, der sich elastisch in jede Regierungsform zu finden wußte, und der Sohn glich dem Vater. — In den französischen Heeren kann man mehr solchen Charakteren begegnen, die im gegebenen Augenblick zu einer Größe heranwachsen, die sie dann nach der Tat wieder ablegen und, die bestandene Gefahr wieder vergessend, schlicht werden und sich um Ruhm nicht kümmern. Es gibt viel mehr solcher Menschen, als man bei der Schlechtigkeit unsrer Natur annehmen sollte. Doch würde man sich gar gewaltig täuschen, wollte man Genestas für vollkommen halten. Er war mißtrauisch, zu heftigen Zornesausbrüchen geneigt, streitsüchtig in der Unterhaltung, rechthaberisch vor allem dann, wenn er Unrecht hatte, und voller nationaler Vorurteile. Er hatte seit seinem Soldatenleben eine Vorliebe für guten Wein beibehalten. Ging er von einem Mahle fort, so wahrte er jedoch stets die Würde seines Ranges, erschien ernst und nachdenklich und wollte keinen in das Geheimnis seiner Gedanken einweihen. Doch so sehr er sich auch auf die guten Sitten der Gesellschaft und die Gesetze der Höflichkeit verstand, die er wie militärische Instruktionen befolgte; so viel natürlichen und urwüchsigen Verstand er auch besaß und so gut er die Taktik, die Manöver, die Regeln der Fechtkunst und die schwere Kunst der Tierheilkunde beherrschte, so war seine Allgemeinbildung doch überaus vernachlässigt. Er wußte nur ganz vage, ob Cäsar ein römischer Konsul oder Kaiser, ob Alexander ein Grieche oder Mazedonier gewesen war, und hätte ohne Widerrede das eine wie das andere zugegeben. Auch bei wissenschaftlichen oder geschichtlichen Gesprächen setzte er eine ernste Miene auf und beschränkte sich darauf, mit einigem Kopfnicken daran teilzunehmen, wie ein tiefnachdenklicher Mensch, der zum Skeptiker geworden ist. — Als Napoleon in Schönbrunn am 13. Mai 1809 in seinem Erlaß an die große Armee, die damals Wien beherrschte, gesagt hatte, daß die österreichischen

Fürsten, wie einst Medea, mit eigener Hand ihre Kinder umgebracht hätten, wollte Genestas, der soeben Hauptmann geworden war, der Würde seiner Stellung keine Blöße geben und fragte nicht, wer Medea wohl sei. Er verließ sich auf Napoleon und war überzeugt, daß der Kaiser der großen Armee und dem Hause Österreich nur amtliche Dinge zu sagen hatte. So hielt er Medea für eine Erzherzogin von zweifelhaftem Ruf. Aber da es sich vielleicht doch um eine militärische Angelegenheit handeln könnte, war er so lange über die Medea des Erlasses unruhig, bis eines Tages eine berühmte französische Schauspielerin in Medea auftrat. Nachdem er den Theaterzettel gelesen hatte, ging er am Abend unverzüglich in das französische Theater, um sich das Stück anzusehen, über das er sich dann bei seinen Nachbarn noch näher erkundigte. — Doch ein Mann, der als einfacher Soldat die Energie besessen hatte, lesen und schreiben zu lernen, mußte auch zusehen, sich als Hauptmann weiter zu bilden. So las er denn seit jener Zeit mit Eifer die Romane und neuen Bücher, die ihm ein stückweises Wissen verschafften, das er recht geschickt anzuwenden verstand.

Dieser Offizier nun, den seine erworbene Klugheit keinen nutzlosen Schritt tun ließ, hatte Grenoble verlassen und ging in der Richtung der Grande Chartreuse, nachdem er am Abend zuvor von seinem General einen achttägigen Urlaub erhalten hatte. Er hatte nicht damit gerechnet, einen so weiten Weg zu machen; aber durch die ungenauen Auskünfte der Bauern, die er fragte, von Meile zu Meile irregeführt, hielt er es für gescheiter, nicht noch weiter zu gehen, ohne sich zuvor gestärkt zu haben. Obgleich er wenig Aussicht hatte, jetzt, da jeder auf dem Felde beschäftigt war, eine Hausfrau daheim zu treffen, blieb er doch vor einigen Hütten stehen, die, alle auf einen gemeinsamen Hof stoßend, einen großen viereckigen Platz bildeten, der jedem offen stand. Der Boden dieses Familienbesitzes war fest und gut gefegt, aber von Dunggräben durchzogen. Rosen, Efeu und hohes Gras wuchsen an den riesigen Mauern. Am Eingang des Platzes stand ein kümmerlicher Johannisbeerstrauch, auf dem ein paar Lumpen trockneten. Der erste Bewohner, den Genestas traf, war ein Schwein, das sich in einem Strohhaufen sielte und beim Geräusch der Huftritte grunzte, den Kopf hob und eine dicke schwarze Katze dadurch verjagte. Eine junge Bäuerin, die auf ihrem Kopfe ein großes Bündel Heu trug, zeigte sich plötzlich von weitem, von vier in Lumpen gehüllten dreisten und lärmenden Kindern gefolgt, die mit ihren frechen Augen, hübsch und von brauner Hautfarbe, wie wahre Teufelchen aussahen. Die Sonne brannte und verlieh der Luft, den Hütten, den Dunghaufen und der ganzen struppigen Gesellschaft etwas Reines. Der Soldat fragte, ob er wohl eine Tasse Milch bekommen könnte. Statt aller Antwort stieß das Mädchen einen heiseren Schrei aus. Eine alte Frau erschien darauf auf der Schwelle einer der Hütten, und die junge Bäuerin ging in den Stall, nachdem sie mit einer Handbewegung auf die Alte gewiesen hatte. Genestas ging nun auf diese zu, nicht ohne vorher sein Pferd fest am Zaum zu halten, denn er wollte den Kindern nichts zuleide tun, die ihm schon zwischen die Beine liefen. Er wiederholte seine Bitte, die zu erfüllen die gute Alte entschieden ablehnte. Sie wollte, wie sie sagte, die Sahne nicht von der Milch abnehmen, die zum Buttern bestimmt war. Der Offizier bedeutete ihr auf diese Einwendung hin, daß er den Schaden gern gut bezahlen wolle, befestigte sein Pferd an den Pfosten einer Tür und trat in die Hütte. Die vier Kinder, die dieser Frau zu gehören schienen, waren alle im gleichen Alter, ein merkwürdiger Umstand, der den Major in Erstaunen setzte. Ein fünftes Kind hing der Alten noch am Rocke und verlangte, schwach, blaß und kränklich, wie es war, sicher die größte Sorgfalt. So war es denn auch der Verzug, der Benjamin.

Genestas setzte sich in die Ecke eines großen Kamins, in dem freilich kein Feuer mehr brannte, auf dessen Sims jedoch eine Jungfrau Maria aus buntem Gips stand, das Jesuskind im Arm. Ein ergreifendes Wahrzeichen. Die bloße Erde diente dem Haus als Fußboden. Mit der Zeit war dieser Boden, der anfänglich festgestampft war, holprig geworden, und obgleich er sauber gehalten war, zeigte er doch Unebenheiten. In dem Kamin hing ein Holzschuh mit Salz, ein Kessel und eine Bratpfanne. Den Hintergrund des Zimmers füllte ein Himmelbett aus, das mit seinem abgeschnittenen Vorhang zugedeckt war. Weiter sah man ein paar Schemel mit drei Füßen, die aus drei in ein einfaches Brett aus Buchenholz eingeschlagenen Stöcken bestanden, einen Backtrog, eine große Holzkelle, um Wasser zu schöpfen, einen Eimer und Milchkannen, einen Rost über dem Backtrog, ein paar Käsehürden, schwarze Wände, eine wurmstichige Tür mit Oberlicht. Dies waren Mobiliar und Einrichtung der ärmlichen Behausung. Und dann bot sich dem Offizier, der sich die Zeit damit vertrieb, mit seiner Reitpeitsche auf den Boden zu schlagen, ein Schauspiel dar, auf das er nicht gefaßt war. Als die Frau nämlich mit ihrem mit Ausschlag bedeckten Jüngsten durch eine Tür, die zur Milchküche führte, verschwunden war, begannen die vier anderen Kinder, nachdem sie den Soldaten genugsam betrachtet hatten, das Schwein fortzujagen. Das Tier, mit dem sie gewöhnlich spielten, stand auf der Türschwelle; die Kinder warfen sich so heftig darauf und verabfolgten ihm so unzweideutige Püffe, daß es zu sofortigem Rückzuge gezwungen war. Kaum war der Feind draußen, als die Kinder eine Tür zu bearbeiten begannen, deren Riegel, dem Druck nachgebend, aus dem abgenutzten Schloß sprang. Dann stürzten sie in eine Art Obstkammer, wo der Major, dem diese Szene Spaß machte, sie damit beschäftigt sah, Backpflaumen zu knabbern. In diesem Augenblick kam die Alte mit ihrem pergamentartigen Gesicht und ihren schmutzigen Lumpen herein, den Milchtopf für den Fremden in der Hand haltend.

„Ach, diese Taugenichtse", sagte sie.

Sie ging auf die Kinder zu, nahm jedes beim Arm und warf es in das Zimmer, ohne ihm jedoch seine Pflaumen fortzunehmen; dann schloß sie wieder sorgsam die Tür ihrer gefüllten Vorratskammer.

„So, Kinderchen, jetzt seid aber brav!" sagte sie mit einem Blick auf Genestas. Dann setzte sie sich auf einen Schemel, nahm das kleine schorfbedeckte Kind zwischen die Knie und begann es mit echt weiblicher Geschicklichkeit und mütterlicher Sorgfalt zu kämmen und ihm den Kopf zu säubern. Die vier kleinen Räuber standen ganz schmutzig, mit laufenden Nasen, jedoch von gesundem Aussehen, gegen das Bett oder gegen den Backtrog gelehnt, und knabberten schweigend ihre Pflaumen, wobei sie mißtrauisch und verschlagen den Fremden betrachteten.

„Sind das alles Ihre eigenen Kinder?" fragte der Offizier die Alte.

„Verzeihung, Herr, es sind die Kinder aus dem Spital. Ich bekomme drei Franken im Monat und ein Pfund Seife für jedes."

„Aber, meine liebe Frau, sie müssen Sie ja doppelt so viel kosten?"

„Das sagt Herr Benassis auch immer, aber wenn andere die Kinder zu gleichem Preise nehmen, muß man sich drein finden. Jeder will die Kinder haben, man muß noch sehr darum bitten, um sie überhaupt zu bekommen. Die Milch, die wir ihnen geben, kostet uns kaum etwas, und drei Franken ist doch immerhin ein ganz schönes Geld. Das macht fünfzehn Franken, für mich einfach gefunden, und dann noch die fünf Pfund Seife. Wie muß man sich in unsrer Gegend sonst abmühen, ehe man zehn Sous am Tag verdient."

„Ihr habt aber eigenes Land?" fragte der Major.

„Nein, Herr, zu Lebzeiten meines seligen Mannes besaß ich welches, aber seit seinem Tode habe ich so viel Unglück gehabt, daß ich es habe verkaufen müssen."

„Aber," begann Genestas wieder, „wie kommen Sie ohne Schulden das ganze Jahr durch, wenn

Sie für zwei Sous den Tag die Kinder ernähren, kleiden und sauber aufziehen wollen?"

„Wir kommen auch nicht ohne Schulden bis Silvester, lieber Herr", erwiderte sie, immer weiter das Kind kämmend. „Was wollen Sie, der liebe Gott hilft uns. Ich habe zwei Kühe, meine Magd und ich lesen während der Ernte Ähren, im Winter gehen wir in den Wald nach Holz, an den Abenden spinnen wir. Es muß ja nicht immer ein Winter sein, wie es der vergangene war. Ich bin dem Müller noch fünfundsiebzig Franken für Mehl schuldig. Aber glücklicherweise ist er der Müller von Herrn Benassis, und Herr Benassis ist ein Freund der Armen. Er hat noch bei keinem die Schuld eingefordert, er wird nicht gerade bei mir damit anfangen. Außerdem hat unsre Kuh gekalbt, damit können wir immer ein wenig abzahlen."

Die vier Waisen, für die sich alle menschliche Fürsorge in der Liebe dieser alten Bauersfrau verkörperte, waren mit ihren Pflaumen fertig. Sie machten sich die Aufmerksamkeit, mit der ihre Pflegemutter der Unterhaltung des Offiziers folgte, zunutze und stemmten sich noch einmal alle zusammen gegen die Tür, um den Riegel wieder aufzubekommen, der ihnen die Pflaumen vorenthielt. Sie gingen nicht im Sturm vor, wie französische Soldaten, sondern in aller Stille, wie die Deutschen, von kindlicher und roher Gier getrieben.

„Ach, ihr kleinen Schlingel, werdet ihr das wohl lassen!"

Die Alte stand auf, nahm den Stärksten von den vieren am Arm, zog ihm einen leichten Klaps

hinten über und warf ihn hinaus. Er weinte nicht; die anderen waren ganz verdutzt.
„Sie machen Ihnen viel Mühe!"
„Ach nein, Herr, aber sie wittern meine Pflaumen, die Kleinen. Wenn ich sie einen Augenblick allein lassen würde, würden sie sich den Magen verderben."
„Sie haben sie wohl sehr lieb?"
Bei dieser Frage hob die Alte den Kopf, sah den Offizier lächelnd an und antwortete: „Und ob ich sie lieb habe! Ich habe schon drei abgeben müssen," fügte sie seufzend hinzu, „ich behalte sie nur bis zum sechsten Lebensjahr."
„Und Ihre eigenen?"
„Mein Kind habe ich verloren."
„Wie alt sind Sie denn?" fragte Genestas, um den Eindruck wieder zu verwischen, den seine letzte Frage hervorgerufen hatte.
„Achtunddreißig Jahre, Herr, nächsten Johanni werden es zwei Jahre, daß mein Mann tot ist."
Sie zog das schwächliche Kind, das ihr mit einem matten und zärtlichen Blick zu danken schien, fertig an.
Welch ein Leben voller Entbehrung und Arbeit, dachte der Soldat.
Unter diesem Dach, das wert gewesen wäre, den Stall zu beherbergen, in dem Christus geboren war, wurden heiter und ohne Hoffart die schwersten Pflichten der Mütterlichkeit erfüllt. Welch ein Herz war hier verborgen; wieviel Reichtum bei so viel Armut! Soldaten können besser als andere Menschen das schätzen, was an Köstlichem in der frommen Armut steckt, in dem Evangelium, das sich in Lumpen hüllt. Anderswo liegt die Heilige

Schrift zierlich ausgemalt da, in Seide und Samt eingebunden; hier aber herrschte der Geist der Heiligen Schrift. Man mußte unwillkürlich an eine göttliche Absicht des Himmels glauben, wenn man diese Frau sah, die — wie einst Christus zum Menschen — hier zur Mutter geworden war, die für verlassene Kinder Ähren las, sich abmühte, Schulden machte und nicht einsehen wollte, daß sie sich bei ihrem Mutterberuf zugrunde richtete. Beim Anblick dieser Frau mußte man an eine Beziehung zwischen den Guten dieser Welt und den Engeln im Himmel glauben. Genestas betrachtete sie daher auch kopfschüttelnd.

„Ist Herr Benassis ein guter Arzt?" fragte er endlich.

„Das weiß ich nicht, lieber Herr, aber er heilt die Kranken unentgeltlich."

„Dieser Mann", sagte er wie zu sich selbst, „ist ein ganzer Mensch."

„Ja, das ist er, und ein guter Mensch dazu. Es gibt hier unter den Leuten kaum einen, der ihn nicht abends und morgens in sein Gebet einschließt."

„Das hier ist für Sie", sagte der Offizier und gab der Frau ein paar Geldstücke. „Und das hier ist für die Kinder", fuhr er fort und legte noch einen Taler dazu. — „Hab ich es hier noch weit bis zu Dr. Benassis?" fragte er dann, als er zu Pferde saß.

„O nein, höchstens noch eine kleine Meile."

Der Major ritt fort, fest davon überzeugt, daß er wohl noch zwei Meilen zurückzulegen haben würde. Doch bald sah er durch ein paar Bäume eine erste Häusergruppe hindurchschimmern, dann die Dächer des Marktfleckens, die sich um einen

Kirchturm gruppierten, der wie ein Kegel in die Luft ragte und dessen Schiefer an den Ecken des Gebälkes mit Blechplatten befestigt waren, die in der Sonne glitzerten. Diese Art des Dachdeckens, die einen eigenartigen Eindruck machte, erinnerte an die Nähe Savoyens, wo sie gebräuchlich ist. Hier ist das Tal breit. Mehrere Häuser, in der kleinen Ebene oder am Fluß entlang angenehm gelegen, beleben dieses gut bestellte Land, das, von allen Seiten von den Bergen eingeschlossen, keinen Ausgang zu haben scheint. Ein paar Schritte von diesem Marktflecken entfernt, der auf der Mitte des Abhangs, nach Süden zu, gelegen ist, hielt Genestas sein Pferd unter einer Ulmenallee an, vor einem Haufen Kinder, bei dem er sich nach dem Hause des Herrn Benassis erkundigte. Die Kinder sahen sich zuerst untereinander an, dann prüften sie den Fremden mit einem Ausdruck, mit dem Kinder alles betrachten, was sie zum erstenmal zu sehen bekommen. So viele Gesichter, so viele Arten der Neugier, so viele verschiedene Gedanken. Dann wiederholte der Dreisteste und Verschmitzteste der ganzen Gesellschaft, ein kleiner Kerl mit lebhaften Augen und nackten, schmutzigen Füßen, nach Kinderart: „Das Haus von Herrn Benassis?" Und fügte dann hinzu: „Ich werde Sie hinführen." Er ging vor dem Pferde her, sowohl um sich als Führer eines Fremden wichtig zu tun, als auch aus kindlicher Höflichkeit und aus dem unwiderstehlichen Bedürfnis nach Bewegung heraus, das in diesem Alter Geist und Körper beherrscht. Der Offizier folgte der Hauptstraße, einer steinigen, gewundenen Straße, an der zu beiden Seiten Häuser standen, die nach dem jedesmaligen Geschmack ihres Besitzers gebaut waren. Hier reichte ein Backofen bis mitten auf die Straße, dort zeigte sich ein Giebel von der Seite und versperrte teilweise den Weg, dann wieder floß ein Bach, der von den Bergen kam, mit seinem Gerinsel quer über den Weg. Genestas sah ein paar Dächer mit schwarzen Schindeln gedeckt, andere wieder aus Stroh, einige mit Ziegeln, sieben oder acht aus Schiefer, sicherlich die des Pfarrers, des Richters und der Begüterten des Ortes. Es war die ganze Verwahrlosung eines Dorfes ohne Hinterland, das keinen Sinn mehr zu haben schien und auf nichts mehr hielt. Seine Bewohner schienen alle eine Familie zu bilden, die außerhalb des sozialen Lebens stand, mit dem sie nur der Steuereinnehmer oder sonst unsichtbare Bande verknüpften. Als Genestas ein paar Schritte weiterritt, sah er oben auf dem Berge eine breite Straße, die dieses Dorf beherrschte. Es existierte also ein alter und ein neuer Marktflecken. In der Tat konnte er bei einem Durchblick und an einer Stelle, an der er langsam ritt, gut gebaute Häuser sehen, deren neue Dächer dem alten Dorf ein froheres Aussehen gaben. In dieser neuen, von einer Allee junger Bäume gekrönten Wohnstätte hörte er den Gesang von Arbeitern bei der Arbeit, das Geräusch von Werkstätten, das Kreischen von Feilen, das Schlagen von Hämmern, die wirren Laute der verschiedenen Handwerke. Er sah den dünnen Rauch häuslicher Herde und den stärkeren von Wagen-, Schlosser- und Hufschmieden. Am äußersten Ende des Dorfes, wo ihn sein Führer hinlenkte, erkannte Genestas verstreute Gehöfte, gut bestellte Felder, geschickt angelegte

Pflanzungen, als hätte sich ein kleines Eckchen von Brie in diese weite Talmulde verirrt, das er im ersten Augenblick zwischen dem Ort und den Bergen, die das Land begrenzten, nicht vermutet hätte. Bald blieb das Kind stehen. „Das hier ist der Eingang zu seinem Haus", sagte es. Der Offizier stieg vom Pferde und nahm es beim Zügel. Dann zog er, in der Meinung, eine jede Mühe verlange ihren Lohn, ein paar Sous aus der Tasche und gab sie dem Kleinen. Dieser nahm sie mit erstaunter Miene, machte große Augen, bedankte sich nicht und blieb unbeweglich stehen. „Hier ist die Zivilisation noch nicht weit vorgeschritten; hier gelten noch die Gesetze der Arbeit, und Bettelei gibt es hier noch nicht", dachte Genestas. Mehr aus Neugier als aus Interesse lehnte sich der kleine Führer des Offiziers gegen die halbhohe Mauer, die den Hof des Hauses umschloß und in der sich zu jeder Seite des Toreinganges eine Lattentür aus geschwärztem Holz befand.
Dieses Tor, in seinem unteren Teil massiv und ehemals grau angestrichen, lief oben in ein gelbes Eisengitter aus. Die Verzierungen, deren Farbe verblaßt war, stellten oberhalb jedes Türflügels einen Halbmond dar, der, war die Tür geschlossen, mit den nach oben gebogenen Hörnern einen Tannenzapfen bildete. Von Würmern zernagt und von dem weichen Moos fleckig geworden, war das Tor unter dem abwechselnden Einfluß der Sonne und des Regens fast ganz zerstört. Die Torpfeiler, von Aloen und wildwachsenden Mauerkräutern überwuchert, verbargen die Stämme zweier Akazien, die im Hof standen und deren grüne Kronen wie zwei Puderquasten in die Luft ragten. Der

Zustand des Tores ließ bei seinem Besitzer eine Sorglosigkeit voraussetzen, die der Offizier zu mißbilligen schien; er zog die Augenbrauen zusammen wie ein Mensch, der irgendeine Illusion aufgeben muß. Wir sind gewöhnt, die andern nach uns zu beurteilen, und wenn wir ihnen bereitwilligst unsre Fehler verzeihen, so verurteilen wir sie schwer, wenn sie unsre Tugenden nicht besitzen. Wollte der Major Herrn Benassis für einen sorgsamen und ordnungsliebenden Mann halten, so mußte er sich freilich sagen, daß diese Tür einen völligen Mangel an Sorgfalt bekundete. Ein Soldat, der häusliche Ordnung so liebte wie Genestas, mußte nach dem Aussehen des Tores sofort auf das Leben und den Charakter des Unbekannten schließen, was er denn auch, trotz seiner Bedachtsamkeit, nicht unterließ. Die Tür — eine zweite Unbesonnenheit — stand halb offen! Auf dieses ländliche Vertrauen hin ging der Offizier ohne weiteres in den Hof, band sein Pferd an die Gitterstäbe, und während er noch die Zügel befestigte, drang ein Wiehern aus einem Stall, nach welchem sich Pferd wie Reiter unwillkürlich umsahen. Ein alter Knecht öffnete die Stalltür und ließ seinen Kopf sehen, der nach der Sitte des Landes mit einer rotwollenen Mütze bedeckt war, die ganz der phrygischen Mütze glich, wie man sie der „Freiheit" aufzusetzen pflegt. Da im Stall für mehrere Pferde Platz war, bot der gute Mann, nachdem er durch Genestas erfahren hatte, daß er Herrn Benassis besuchen wollte, dem Pferd die Gastfreundschaft in seinem Stall an und betrachtete dabei das schöne Tier zärtlich und mit Bewunderung. Der Major folgte dem Pferd, um zu sehen, wie es untergebracht sei. Der Stall war sauber, Streu war reichlich vorhanden und die beiden Pferde von Benassis hatten jenes behagliche Aussehen, an dem man unter allen Pferden stets diejenigen eines Geistlichen erkennen kann. Eine Dienerin, die inzwischen aus dem Innern des Hauses auf den Vorplatz gekommen war, schien ganz amtlich auf die Fragen des Fremden zu warten, dem der Stallknecht schon mitgeteilt hatte, daß Herr Benassis ausgegangen sei.

„Unser Herr ist in der Kornmühle", sagte sie. „Wenn Sie ihn dort treffen wollen, brauchen Sie nur den Weg hier zur Wiese zu gehen, die Mühle steht ganz am Ende."

Genestas wollte lieber das Land sehen, als eine unbestimmte Zeit auf Benassis' Rückkehr warten, so schlug er denn den Weg zur Mühle ein. Als er die unregelmäßige Grenzlinie überschritten hatte, die der Flecken gegen den Abhang des Berges zu beschreibt, erblickte er das Tal, die Mühle und eine der entzückendsten Landschaften, die er noch je gesehen hatte.

Der Fluß, von den Bergen aufgehalten, bildet hier einen kleinen See, über den sich die Bergspitzen terrassenförmig erheben, und durch die verschiedenen Lichteffekte und die sich mehr oder weniger klar abhebenden Kämme, die alle mit dunklen Tannen bewachsen waren, zahlreiche Täler erraten ließen. Die Mühle, die erst kürzlich an dem Wasserfall, mit dem der Bach in den kleinen See mündet, erbaut war, besaß den ganzen Reiz eines einsamen Hauses, das sich, vom Wasser umgeben, zwischen den Kronen der Bäume versteckt. Auf der andern Seite des kleinen Flusses, am Fuße eines Berges, der von den Strahlen der untergehenden Sonne nur schwach am Gipfel beleuchtet wurde, sah Genestas ein Dutzend verlassener Hütten ohne Fenster und Türen. Ihre vernachlässigten Dächer ließen ziemlich umfangreiche Löcher sehen, das Land ringsherum zeigte jedoch gut bestellte Felder. Die ehemaligen Gärten waren in Wiesen umgewandelt und wurden von Kanälen durchzogen, die ebenso geschickt angelegt waren wie in Limoges. Der Major blieb unwillkürlich stehen, um die Überreste dieses Dorfes zu betrachten.

Woher kommt es, daß der Mensch eine Ruine, und wäre es auch nur eine ganz ärmliche, nie sehen kann, ohne eine tiefe Erregung zu empfinden? Sicher ist es für ihn ein Bild des Elends, dessen Last von den Menschen so verschieden empfunden wird. Friedhöfe gemahnen an den Tod, ein verlassenes Dorf an die Mühen des Lebens. Tod ist ein Unglück, auf das man gefaßt ist, die Mühen des Lebens sind unendlich. Und ist alles, was unendlich ist, nicht die geheime Ursache aller Melancholie? — Der Offizier hatte die steinige Straße, die zur Mühle führte, erreicht, ohne sich über das verlassene Dorf im klaren zu sein; nun fragte er einen Müllerknecht, der auf seinem Getreidesack vor der Haustür saß, nach Benassis.

„Herr Benassis ist dorthin gegangen“, sagte der und zeigte auf eine der zerfallenen Hütten.

„Das Dorf ist wohl niedergebrannt?“ fragte der Major.

„Nein.“

„Warum ist es denn in diesem Zustand?“ erkundigte sich Genestas weiter.

„Warum?“ antwortete der Müllerknecht, zuckte mit den Achseln und ging in sein Haus. „Herr Benassis wird es Ihnen sagen.“
Der Offizier schritt über eine Art Brücke, die aus großen Steinen bestand, zwischen denen das Wasser hindurchfloß, und kam bald an das bezeichnete Haus. Das Dach dieser Behausung war noch vorhanden, war mit Moos bedeckt, hatte jedoch keine Löcher, und auch Fenster und Tür schienen noch in gutem Zustand zu sein. Als Genestas eintrat, sah er Feuer im Kamin, in dessen Ecke eine alte Frau vor einem Kranken kniete, der auf einem Stuhl saß, während ein Mann mit dem Gesicht nach dem Feuer gewandt daneben stand. Das Innere dieses Hauses bestand aus einem einzigen großen Zimmer, das durch ein schlechtes mit Stoff bespanntes Fenster erleuchtet wurde. Der Fußboden bestand aus festgestampfter Erde. Ein Stuhl, ein Tisch und ein schlechtes Bett bildeten das ganze Mobiliar. Noch nie hatte der Major etwas so Einfaches und Kahles gesehen, selbst nicht in Rußland, wo die Hütten der Muschiks wie Höhlen aussehen. Hier erinnerte nichts an den Bedarf des täglichen Lebens, selbst nicht die Geräte zur Bereitung der gewöhnlichsten Speisen waren vorhanden. Man hätte glauben mögen, in einer Hundehütte zu sein, doch fehlte noch der Futternapf; und hätte nicht das Bett darin gestanden und ein abgetragener Rock am Haken gehangen, der, zusammen mit ein Paar mit Stroh ausgelegten Schuhen die einzigen Kleidungsstücke des Kranken waren, diese Hütte wäre ebenso verödet erschienen wie die andern auch. Die kniende Frau, eine sehr alte Bäuerin, bemühte sich, die Füße des Kranken

in ein Gefäß mit braunem Wasser zu halten. Bei dem Klang der Sporen, das den an den monotonen Schritt der Landleute gewöhnten Ohren ein fremder Laut war, wandte sich der Mann nach Genestas um und bekundete, wie die Alte auch, ein gewisses Erstaunen.

„Ich brauche wohl nicht erst zu fragen, ob Sie Herr Benassis sind", sagte der Offizier. „Als ein Fremder, der die Zeit nicht erwarten konnte, Sie kennenzulernen, bitte ich um Entschuldigung, wenn ich Sie auf Ihrem Operationsfelde aufgesucht habe, anstatt in Ihrem Hause auf Sie zu warten. Lassen Sie sich nicht stören, walten Sie Ihres Amtes. Wenn Sie fertig sind, werde ich Ihnen den Grund meines Besuches sagen."

Genestas setzte sich halb auf die Tischkante und schwieg. Das Feuer verbreitete ein helleres Licht in der Hütte als die Sonne, deren Strahlen sich an den Berggipfeln brechen und nie bis in diesen Teil des Tales gelangen. Beim Schein dieses Feuers, das von einigen harzigen Tannenzweigen gespeist wurde, die eine helle Flamme gaben, sah der Offizier das Gesicht des Mannes, den aufzusuchen, zu ergründen und kennenzulernen ihn ein geheimer Grund zwang. Herr Benassis, der Arzt des Kantons, hielt die Arme über der Brust gekreuzt, hörte Genestas kühl zu, erwiderte seinen Gruß und kehrte sich wieder dem Kranken zu, ohne sich als der Gegenstand einer so ernsten Prüfung zu empfinden.

Benassis war ein Mann von gewöhnlicher Größe, aber breit in Schultern und Brust. Ein weiter grüner Überrock, der bis zum Halse zugeknöpft war, hinderte den Offizier, die so charakteristischen Einzelheiten dieser Persönlichkeit und deren Haltung zu erkennen. Das Dunkel und die Unbeweglichkeit, in der der Körper verharrte, ließen jedoch das Gesicht, das durch den Schein des Feuers stark beleuchtet wurde, um so besser hervortreten. Dieser Mann hatte das Gesicht eines Satyrs: die gleiche leicht ausgehöhlte Stirn mit mehr oder minder bedeutsamen Erhöhungen, die gleiche Stülpnase, an der Spitze geistvoll gespalten, dieselben hervorspringenden Backenknochen. Der Mund war geschwungen, die Lippen waren dick und rot. Das Kinn ging jäh nach oben. Die braunen Augen, die durch einen frischen Blick belebt wurden und durch die perlmutterartige Farbe des Augapfels einen besonderen Glanz bekamen, sprachen von unterdrückten Leidenschaften. Die einst schwarzen, jetzt grauen Haare, die tiefen Furchen seines Gesichtes und die dicken, schon weißen Augenbrauen, die wulstige, von Adern durchzogene Nase, die gelbe mit roten Flecken getupfte Gesichtsfarbe, alles ließ auf ein Alter von fünfzig Jahren schließen und auf harte Arbeit im Beruf. Der Offizier konnte die Bedeutung dieses Kopfes, der von einer Mütze bedeckt war, nur ahnen; doch obgleich unter dieser Kopfbedeckung verborgen, schien er ihm einer jener Köpfe zu sein, die man im Volksmund „Dickköpfe“ nennt. Doch Genestas, der durch die Beziehungen zu energischen Männern, wie Napoleon sie suchte, daran gewöhnt war, die Gesichtszüge der Leute zu ergründen, die für große Dinge ausersehen waren, ahnte ein Geheimnis in diesem in Dunkel gehüllten Leben, und er fragte sich beim Anblick dieses ungewöhnlichen Gesichtes nur: durch welchen Zufall mag er Landarzt geblieben sein? Nachdem der Major dieses Antlitz eingehend studiert hatte, das trotz seiner Ähnlichkeit mit andern menschlichen Gesichtern ein geheimnisvolles Leben verriet, das nichts mit dem Alltäglichen gemein hatte, teilte er die Aufmerksamkeit, die der Arzt dem Kranken zuwandte, und der Anblick dieses Kranken veränderte die Richtung seiner Gedanken völlig.

Trotz der zahllosen Erlebnisse, die seine Militärlaufbahn mit sich gebracht hatte, ergriff den alten Soldaten Erstaunen und Entsetzen, als er ein Gesicht erblickte, das der menschliche Geist nie erhellt zu haben schien, ein fahles Gesicht, in dem sich der Schmerz still und naiv malte, wie in dem Gesicht eines Kindes, das noch nicht sprechen und nicht mehr schreien kann, das tierische Gesicht eines alten sterbenden Kretins. Ein Kretin war die einzige Menschengattung, die der Major noch nicht gesehen hatte. Wer hätte nicht, wie Genestas, beim Anblick einer Stirn, deren Haut wülstige Falten bildete, von Augen, die denjenigen eines gekochten Fisches glichen, eines Kopfes, der mit kümmerlichen, schlecht ernährten Haaren bedeckt war, beim Anblick dieses flachen Kopfes, dem der Gebrauch aller Sinnesorgane fehlte, unwillkürlich ein Gefühl von Abscheu empfunden. Dieses Geschöpf besaß weder die Gaben des Tieres noch das Vermögen der Menschen, weder Instinkt noch Verstand, es hatte niemals weder eine Sprache sprechen hören noch selbst eine gesprochen. Als er diese arme Kreatur das Ende einer Laufbahn erreichen sah, die kein Leben war, schien es ihm schwer, ihr ein Gefühl des Bedauerns zu zollen. Doch die alte Frau betrachtete dieses Wesen mit

einer so rührenden Angst und strich so liebevoll mit den Händen über den Teil der Beine, der von dem heißen Wasser nicht bespült wurde, daß man meinen konnte, es wäre ihr Mann. Benassis selbst nahm, nachdem er dieses tote Gesicht und diese lichtlosen Augen betrachtet hatte, vorsichtig die Hand des Idioten und fühlte ihm den Puls.
„Das Bad hilft nichts mehr", sagte er und schüttelte den Kopf. „Wir wollen ihn wieder ins Bett legen."
Er nahm diese tote Fleischmasse, legte sie auf das Bett, von wo er sie auch aufgenommen hatte, legte sie sorgfältig hin und streckte die fast schon erkalteten Beine aus; dann schob er Kopf und Hände mit der ganzen Sorgfalt, die eine Mutter für ihr Kind hat, zurecht.
„Hier ist nichts mehr zu machen," sagte Benassis, der am Bett stehen blieb, „er wird sterben."
Die alte Frau stützte die Hände auf die Hüften, sah den Sterbenden an und vergoß ein paar Tränen. Genestas selbst blieb still, ohne sich erklären zu können, wie der Tod eines ihm so völlig gleichgültigen Wesens ihm einen so tiefen Eindruck machen konnte. Ihn hatte das grenzenlose Mitleid ergriffen, das diese unglücklichen Geschöpfe einflößen, die in den sonnenlosen Tälern wohnen, wohin die Natur sie verschlagen hat. Dieses Gefühl, das den Familien, denen ein Kretin angehört, zu einem religiösen Aberglauben wird, entspringt der schönsten aller christlichen Tugenden, dem Mitleid, und dem für jedes Gemeinwesen so überaus wertvollen Gedanken der künftigen Vergeltung, dem einzigen, der uns unser Elend auf uns nehmen läßt! Die Hoffnung, einst die ewige

Seligkeit zu erlangen, hilft den Angehörigen dieser armseligen Geschöpfe und denjenigen, die um sie sind, die Mütterlichkeit im großen zu üben und einem Wesen unablässig höchsten Schutz zu gewähren, das ihn nie verstehen und nie dankbar anerkennen wird. Wunderbare Religion! Sie hat die Hilfe blinden Wohltuns neben ein blindes Unglück gestellt. Dort, wo es Kretins gibt, glaubt die Bevölkerung, daß diese Geschöpfe eine Art Glückbringer für die Familie seien. — Dieser Glaube macht ein Leben süß, das mitten in der Großstadt den Härten einer falschen Menschenliebe oder den Anstaltsregeln eines Hospitals ausgesetzt wäre. In dem oberen Tal der Isère, wo die Kretins am häufigsten vorkommen, leben sie draußen mit den Herden, die sie zu hüten gelernt haben. So sind sie wenigstens frei und geachtet, wie das Unglück es sein muß.

Von den Kirchturmglocken des Dorfes erklangen von fern her in gleichmäßigen Zwischenräumen die Schläge, die den Gläubigen den Tod eines der Ihrigen mitteilten. Diese frommen Gedanken kamen nach ihrem Weg aus der Ferne geschwächt in die Hütte, wo sie eine gesteigerte Traurigkeit verbreiteten. Zahllose Schritte wurden auf den Wegen hörbar und kündigten eine Menge an, jedoch eine schweigsame Menge. Dann erklang plötzlich Kirchengesang und erweckte Gefühle, denen sich selbst die ungläubigsten Seelen bei den rührenden Tönen der menschlichen Stimme nicht verschließen können. So kam dieser armen Kreatur die Kirche zu Hilfe, von der sie nie etwas gewußt hatte. Der Geistliche erschien, ihm voran das Kreuz, von einem Chorknaben getragen, gefolgt von dem

Meßner, der den Weihkessel trug, und von einem halben Hundert Frauen, Greise und Kinder, die alle gekommen waren, ihre Gebete mit denen der Kirche zu vereinen. Der Arzt und der Offizier sahen einander schweigend an und zogen sich in eine Ecke zurück, um der Menge Platz zu machen, die in der Hütte und vor derselben niederkniete. Während der tröstlichen Handlung des heiligen Abendmahls, die für dieses arme Wesen vorgenommen wurde, das nie gesündigt hatte, von dem jedoch die Christenwelt Abschied nehmen wollte, waren die meisten dieser grobgeschnittenen Gesichter aufrichtig ergriffen. Tränen rollten über rauhe Wangen, die von der Sonne rissig und von der Arbeit im Freien braun geworden waren. Dieses Gefühl selbstverständlicher Dazugehörigkeit war ganz schlicht; es war keiner in der Gemeinde, der dieses arme Wesen nicht aufrichtig beklagt, der ihm nicht zu seinen Lebzeiten sein tägliches Brot gegeben hätte. So war ihm in jedem Knaben ein Vater, in jedem noch so kleinen Mädchen eine Mutter begegnet.

„Er ist tot!" sagte der Geistliche.

Diese Worte erregten die aufrichtigste Bestürzung. Die Kerzen wurden angezündet. Mehrere Leute boten sich an, die Nacht bei der Leiche zu wachen. Benassis und der Offizier gingen hinaus. An der Tür hielten ein paar Bauern den Arzt an und sagten zu ihm: „Ach, Herr Bürgermeister, wenn Sie ihn nicht haben retten können, dann hat Gott ihn sicher zu sich rufen wollen."

„Ich habe mein möglichstes getan, Kinder", antwortete der Arzt. Und als sie ein paar Schritte von dem verlassenen Dorfe entfernt waren, dessen letzter Bewohner eben gestorben war, fügte er, sich an Genestas wendend, hinzu: „Sie können sich nicht vorstellen, wieviel wirklicher Trost für mich in den Worten dieser Bauern liegt. Vor zehn Jahren wäre ich in diesem Dorf, das jetzt verödet ist, damals aber von dreißig Familien bewohnt wurde, beinahe gesteinigt worden."

Genestas sah den Arzt so fragend an, daß dieser ihm im Weitergehen die Geschichte des eben angedeuteten Ereignisses erzählte.

„Als ich mich hier niederließ, waren in diesem Bezirk ungefähr ein Dutzend solcher Kretins", sagte der Arzt und wandte sich um, um dem Offizier die zerfallenen Häuser zu zeigen. „Die Lage dieses Weilers in einem Kessel ohne frische Luft, in der Nähe eines Baches, dessen Wasser aus geschmolzenem Schnee besteht, der Wohltaten der Sonne beraubt, die nur die Spitzen der Berge bescheint, dies alles beförderte die Verbreitung dieser schrecklichen Krankheit. Das Gesetz verbietet den Umgang mit diesen Unglücklichen nicht; sie sind vielmehr durch einen Aberglauben geschützt, dessen Macht mir bis dahin unbekannt war, den ich anfangs verurteilte, dann aber bewundern mußte. Der Kretinismus hätte sich also von hier aus in das ganze Tal verbreitet. Hieß es da nicht dem Lande einen großen Dienst erweisen, wenn man dieser körperlichen und geistigen Ansteckung Einhalt tat? Trotz ihrer ernsten Notwendigkeit hätte diese Wohltat demjenigen beinahe das Leben gekostet, der sie ins Werk setzen wollte. Hier, wie in andern sozialen Schichten auch, muß man, um das Gute zu vollbringen, sich erst nicht mit den Interessen, sondern — eine viel gefährlichere

Aufgabe — mit den religiösen Ideen auseinandersetzen, die in Aberglauben ausgeartet waren: die am schwersten auszurottende aller menschlichen Ideen. Ich schreckte vor nichts zurück. Ich bewarb mich zunächst um den Bürgermeisterposten dieses Bezirks und bekam ihn. Dann, als ich die mündliche Zusicherung des Präfekten erhalten hatte, ließ ich einige dieser unglücklichen Geschöpfe nächtlicherweile für Geld nach Aiguebelle in Savoyen bringen, wo ihrer viele sind und wo sie sehr gut aufgehoben sein sollen. Kaum war diese Tat reiner Menschenliebe bekannt, als ich bei der ganzen Bevölkerung zum Gegenstand des Abscheus wurde. Der Geistliche predigte gegen mich. Trotz meiner Bemühungen, den gescheitesten Köpfen des Ortes klar zu machen, wie wichtig die Entfernung dieser Kretins war, trotz der Pflege, die ich den Kranken des Landes unentgeltlich angedeihen ließ, schoß man eines Tages aus einer Waldecke eine Kugel auf mich ab. Ich ging zum Erzbischof von Grenoble und bat ihn, die Pfarrstelle neu zu besetzen. Der geistliche Herr war gütig genug, mir zu erlauben, mir selbst einen Pfarrer zu wählen, der mich in meinem Werk unterstützen konnte, und ich hatte das Glück, einem jener Wesen zu begegnen, die uns wie vom Himmel herabgeschickt zu sein scheinen. Ich fuhr in meinen Unternehmungen fort. Nachdem ich die Gemüter bearbeitet hatte, transportierte ich bei Nacht weitere sechs Kretins fort. Bei diesem zweiten Versuch hatte ich einige, die sich mir verpflichtet fühlten, zu Verteidigern und ebenso sämtliche Mitglieder des Gemeinderates, die ich beim Geiz packte, indem ich ihnen bewies, wie teuer der

Unterhalt dieser armen Geschöpfe wäre und wie viel vorteilhafter es für den Ort sei, wenn man den Grund und Boden, der jenen ohne Rechtsgrund gemeinsam gehörte und der auf diese Weise dem Marktflecken verloren ging, der Gemeinde wieder einverleibte. Die Wohlhabenden waren also auf meiner Seite; aber die Armen, die alten Frauen, die Kinder und ein paar Eigensinnige blieben mir feindlich gesinnt. Leider war meine letzte „Entführung" nicht vollständig gelungen. Der Kretin, den Sie soeben gesehen haben, war nicht in seinem Hause gewesen, man hatte ihn also nicht mitgenommen, und am nächsten Morgen fand er sich als einziger seiner Art in dem Dorf, in dem noch einige Familien wohnten, deren beinahe schwachsinnige Mitglieder dem Kretinismus jedoch noch nicht ganz verfallen waren. Ich wollte meine Aufgabe vollenden und kam am nächsten Tage, um den Unglücklichen aus seinem Hause zu holen. Aber meine Absicht war, sobald ich meine Wohnung verlassen hatte, bekannt geworden, die Freunde des Kretins waren mir vorangegangen, und ich stieß vor der Hütte auf eine Ansammlung von Frauen, Greisen und Kindern, die mich mit von einem Steinhagel begleiteten Verwünschungen begrüßten. Bei diesem Aufruhr, bei dem die Menge durch Schreien und gemeinsame Gefühlsausbrüche in einen wahren Rausch versetzt war, wäre ich beinahe ums Leben gekommen, hätte der Kretin mich nicht gerettet! Das arme Geschöpf kam aus seiner Hütte heraus, ließ seine unartikulierten Laute hören und erschien wie der erhabene Anführer dieser Fanatiker. Bei seinem Anblick verstummte das Geschrei. Ich hatte den Gedanken, einen Ausgleich vorzuschlagen, den ich, dank der Ruhe, die eingetreten war, auch begründen konnte. Diejenigen, die mir sonst zustimmten, schienen nicht zu wagen, mich in diesem Fall zu unterstützen, ihre Hilfe mußte diesmal völlig passiv bleiben; diese abergläubigen Leute wachten ängstlich darüber, daß ihnen ihr letztes Idol erhalten blieb, und so schien es mir unmöglich, es ihnen zu entreißen. Ich versprach also, den Kretin in seinem Hause zu belassen, unter der Bedingung, daß sich ihm keiner nähere, daß die Familien dieses Dorfes auf das jenseitige Ufer des Baches zögen und dort in neuen Häusern wohnten, die zu bauen ich mich verpflichtete. Außerdem gab ich noch Felder dazu her, für die mir die Gemeinde später das Geld zurückerstatten wollte. Doch volle sechs Monate brauchte ich dazu, um den Widerstand zu brechen, der der Ausführung dieses Handels im Wege stand und der doch für die Familien des Dorfes nur von Vorteil war. Die Anhänglichkeit des Bauern an seine Hütte ist eine nicht zu erklärende Tatsache. So ungesund seine Behausung auch sein mag, er hängt mehr an ihr als ein Bankier an seinem Palast. Warum? das weiß ich nicht. Vielleicht ist ein Gefühl um so stärker, je seltener es auftritt. Vielleicht lebt der Mensch, der wenig mit Gedanken lebt, um so intensiver mit den Dingen, und hängt, je weniger er davon besitzt, desto mehr an ihnen. Vielleicht geht es dem Bauern ebenso wie dem Gefangenen. Er verzettelt die Kräfte seiner Seele nicht, er konzentriert sie auf einen einzigen Gedanken und kommt dadurch zu einer starken Gefühlsenergie.

Verzeihen Sie diese Betrachtungen einem Manne, der selten Gelegenheit hat, seine Gedanken auszusprechen. Sie müssen auch nicht glauben, daß ich mich viel mit leeren Ideen beschäftigt habe. Hier mußte gehandelt werden. Je weniger selbständig diese armen Leute hier denken, desto schwerer ist es, ihnen ihren eigenen Vorteil klar zu machen. Daher habe ich mich auch mit allen Kleinigkeiten selbst abgegeben. Die Leute sagten mir alle das gleiche, und etwas so Vernünftiges, das keine Entgegnung duldete: „Ach, Herr Doktor, Ihre Häuser sind ja noch garnicht gebaut!" „Gut," sagte ich ihnen, „versprecht mir aber, sie zu beziehen, sobald sie fertig sind."
Glücklicherweise hatte ich festsetzen lassen, daß der ganze Berg, zu dessen Füßen sich das jetzt verlassene Dorf befindet, Eigentum des Marktfleckens wurde. Der Wert des Waldes, der auf den Höhen steht, ergab genug, um den Preis für den Grund und Boden und für die Häuser, die erbaut werden sollten, zu bezahlen. War erst eine meiner widerspenstigen Familien dort untergebracht, dann zögerten auch die andern nicht, dem Beispiel zu folgen. Das Wohlbehagen, das dieser Wechsel mit sich brachte, war zu fühlbar, um nicht auch von denen empfunden zu werden, die am abergläubigsten an ihrem Dorfe festhielten, das ohne Sonne war, was soviel bedeutet wie ohne Seele. Das Ende dieser Angelegenheit, der Erwerb des Gemeindegutes, dessen Besitz uns von dem Staatsrat zugesprochen wurde, verlieh mir eine große Bedeutung in meinem Bezirk. Aber, wie viel Mühe!" sagte der Arzt, während er stehen blieb und die Hand hob, um sie mit beredter Bewegung

wieder fallen zu lassen. „Ich allein kenne den Weg vom Dorfe bis zur Präfektur, aus der man nichts heraus bekommt, und von der Präfektur bis zum Staatsrat, in den nichts hinein will. Doch", fuhr er fort, „Friede mit den Mächten der Erde, sie haben meinen Gesuchen nachgegeben, und das ist schon sehr viel. Wenn Sie wüßten, was eine hingeworfene Unterschrift für Segen stiften kann! Nachdem ich also zwei Jahre hindurch diese wichtigen Kleinigkeiten in Angriff genommen und auch durchgeführt hatte, besaßen alle armen Leute meiner Gemeinde wenigstens zwei Kühe im Stall und ließen sie in den Bergen weiden, wo ich, ohne erst die Erlaubnis des Staatsrates abzuwarten, eine Bewässerung eingerichtet hatte, wie sie in der Schweiz, in der Auvergne und im Limousin schon existierte. Zu ihrer großen Überraschung sahen die Bewohner des Dorfes vorzügliches Wiesenland gedeihen und bekamen, dank der besseren Qualität des Futters, eine größere Menge Milch. Der Erfolg dieser Errungenschaft war ungeheuer. Jeder machte meine Bewässerungsanlagen nach. Die Wiesen, das Vieh, alle Erzeugnisse mehrten sich. Seit dieser Zeit kann ich ohne Furcht in diesem noch unbebauten Fleckchen Erde so viel Verbesserungen vornehmen, wie ich will, und diese noch völlig unwissenden Bewohner nach Herzenslust fördern. Sehen Sie, Herr, wir Einsiedler sind große Schwätzer; wenn man uns eine Frage stellt, weiß man nie, wo unsere Antwort aufhören wird. — Als ich in dieses Tal kam, zählte die Bevölkerung siebenhundert Seelen; jetzt sind es zweitausend. Die Affäre mit dem letzten Kretin hatte mir die Achtung aller eingetragen. Nachdem ich meinen Schutzbefohlenen unablässig sowohl Milde wie Entschlossenheit gezeigt hatte, bin ich das Orakel des Bezirks geworden. Ich habe alles getan, um mir das Vertrauen zu verdienen, ohne jedoch darum zu werben oder begierig danach zu erscheinen. Ich versuchte nur, allen für meine Person die größte Ehrfurcht einzuflößen und zwar durch die Hingabe, mit der ich alles, selbst das Unbedeutendste, tat. Nachdem ich einmal versprochen hatte, mich des armen Wesens, das Sie da haben sterben sehen, anzunehmen, sorgte ich für es besser, als seine vorherigen Beschützer es hatten tun können. Der Kretin wurde wie das Adoptivkind der Gemeinde ernährt und gepflegt. Schließlich haben die Bewohner begriffen, was für einen Dienst ich ihnen wider ihren Willen erwiesen hatte. Trotzdem bewahren sie noch heute einen Rest ihres alten Aberglaubens; ich tadle sie deshalb nicht, denn der Kult, den sie mit dem Kretin trieben, hat mir oft als Beispiel gedient, wenn ich diejenigen, die Verstand genug dazu besaßen, veranlassen wollte, den Unglücklichen zu helfen. — Doch hier sind wir angelangt", sagte Benassis nach einer Pause, als das Dach seines Hauses sichtbar wurde.

Der Arzt war weit davon entfernt, von seinem Zuhörer auch nur ein Wort des Lobes oder der Anerkennung auf diese Erzählung seines Amtslebens zu erwarten; er schien nur einem spontanen Bedürfnis der Mitteilsamkeit gefolgt zu sein, dem der Mensch, der zurückgezogen von der Welt lebt, gern nachgibt.

„Ich bin", sagte der Major, „so frei gewesen, mein Pferd in Ihren Stall einzustellen, und Sie werden es mir sicher gütigst verzeihen, wenn ich Ihnen erst den Grund meiner Reise genannt haben werde."

„So? und welcher ist das?" fragte Benassis und schien erst eine Zerstreutheit abschütteln zu müssen, um sich zu erinnern, daß sein Begleiter ein Fremder war. In seiner offenen und mitteilsamen Art war er Genestas wie einem alten Bekannten begegnet.

„Ich habe", antwortete der Offizier, „von der geradezu wunderbaren Heilung des Herrn Gravier aus Grenoble gehört, den Sie in Ihrem Hause aufgenommen hatten. Ich komme in der Hoffnung, die gleiche Pflege zu erhalten, wenn ich auch nicht das gleiche Anrecht auf Ihr Wohlwollen besitze; doch vielleicht kann ich es mir erwerben. Ich bin ein alter Soldat, den alte Wunden nicht in Ruhe lassen. Es werden wohl mindestens acht Tage nötig sein, um den Zustand, in dem ich mich befinde, zu beobachten, denn meine Schmerzen treten unregelmäßig auf und..."

„Aber natürlich", sagte Benassis, ihn unterbrechend, „das Zimmer von Herrn Gravier steht bereit, kommen Sie..." Sie traten in das Haus, dessen Tür von Benassis mit einer Lebhaftigkeit aufgestoßen wurde, die Genestas der Freude des Arztes zuschrieb, einen neuen Gast zu bekommen.

„Jacquotte!" rief Benassis, „der Herr wird bei uns essen."

„Aber", nahm der Offizier das Wort, „sollten wir uns nicht erst über den Preis einigen?"

„Den Preis wofür?" fragte der Arzt.

„Für die Pension. Sie können mich und mein Pferd doch nicht unterhalten, ohne..."

„Wenn Sie reich sind, werden Sie schon gut zahlen, wenn nicht, so will ich nichts haben."
„Nichts", sagte Genestas, „erscheint mir zu viel. Aber ob reich, ob arm, wären Ihnen zehn Franken täglich recht, Ihre ärztlichen Bemühungen nicht mit eingerechnet?"
„Nichts ist mir unangenehmer, als für die Freude, die mir das Gewähren der Gastfreundschaft bereitet, etwas bezahlt zu bekommen", erwiderte der Arzt die Stirne runzelnd. „Meine Behandlung lasse ich Ihnen nur dann angedeihen, wenn Sie mir sympathisch sind. Die Reichen können mir meine Zeit nicht abkaufen, sie gehört den Bewohnern dieses Tales. Ich will weder Ruhm noch Geld, ich verlange von meinen Patienten weder Lob noch Dank. Das Geld, das Sie mir geben werden, wandert in die Apotheke von Grenoble, um damit die Medikamente zu bezahlen, die die Armen des Bezirkes notwendig brauchen."
Wer diese barschen, aber ohne Bitterkeit ausgestoßenen Worte gehört hätte, hätte mit Genestas gesagt: „das ist ein prachtvoller Mensch!"
„Ich werde Ihnen also", antwortete der Offizier mit der ihm eigentümlichen Hartnäckigkeit, „täglich zehn Franken geben, und Sie können damit machen, was Sie wollen. Nachdem dies nun erledigt ist, werden wir uns viel besser verstehen," fügte er hinzu und ergriff die Hand des Arztes, die er mit eindringlicher Herzlichkeit drückte. „Trotz meiner zehn Franken werden Sie sehen, daß ich kein Beutelschneider bin."
Nach diesem Kampf, bei dem es Benassis durchaus nicht darauf ankam, besonders großmütig oder menschenfreundlich zu erscheinen, trat der

vermeintliche Kranke in das Haus des Arztes, wo alles dem verwahrlosten Zustand des Eingangstores und dem Anzug des Besitzers entsprach. Alles was nicht strikt notwendig war, verriet die größte Vernachlässigung. Benassis führte Genestas auf dem kürzesten Wege in das Speisezimmer: durch die Küche. Wenn diese Küche, verräuchert wie die einer Herberge, genügend mit Gebrauchsgegenständen ausgestattet war, so war dieser Luxus das Werk Jacquottes, der früheren Bedienerin des Pfarrers, die „wir" sagte und im Haushalt des Arztes unumschränkte Herrscherin war. Auf der Kaminverkleidung lag eine blanke Wärmflasche, denn wahrscheinlich schlief Jacquotte im Winter gern warm, und so wurde auch das Bett ihres Herrn gewärmt, der, wie sie sagte, an nichts dachte. Aber Benassis hatte sie gerade um der Eigenschaften willen genommen, die für andere vielleicht unerträgliche Fehler gewesen wären. Jacquotte wollte im Hause herrschen, und der Arzt suchte eine Person, die bei ihm das Szepter führte. Jacquotte kaufte, verkaufte, ordnete an, änderte, verrückte, richtete ein und verwarf es wieder, ganz wie es ihr Vergnügen machte. Nie hatte ihr ihr Herr auch nur die geringste Bemerkung darüber gemacht. Auch den Hof, den Stall, den Knecht, die Küche, das Haus und den Herrn verwaltete sie. Auf ihre Anordnung hin wurde die Wäsche gewechselt, wurde gewaschen und wurden Vorräte angeschafft. Sie bestimmte darüber, wer ins Haus kam und wann das Schwein geschlachtet werden sollte, schalt mit dem Gärtner, bestimmte, was es zum Frühstück und was zum Mittag geben sollte, ging vom Keller auf den Boden, vom Boden in den Keller, fegte dort nach Herzenslust und stieß nirgends auf Hindernisse. Benassis hatte nur zwei Wünsche: um sechs Uhr zu Mittag zu essen und nur eine bestimmte Summe monatlich zu verbrauchen.

Eine Frau, der alle gehorchen, ist immer heiter; so lachte und schmetterte Jacquotte auch, wo sie ging und stand. Sie trällerte, wenn sie nicht sang, und sang, wenn sie nicht trällerte. Von Natur sauber, hielt sie auch das Haus sauber. Wäre sie anders, Herr Benassis wäre recht unglücklich daran gewesen, wie sie meinte, denn der Ärmste achtete so wenig auf alles, daß man ihm Kohl für Rebhühner hätte vorsetzen können. Ohne sie hätte er dasselbe Hemd oft acht Tage lang anbehalten. Aber Jacquotte war eine unermüdliche Büglerin, sie rieb die Möbel aus Überzeugung blank, sie liebte eine geradezu kirchliche Sauberkeit, die peinlichste, strahlendste, lieblichste Sauberkeit. Sie war eine Feindin allen Staubes und fegte, wusch und putzte ohne Unterlaß. Der Zustand des äußeren Tores verursachte ihr einen wirklichen Schmerz. Seit zehn Jahren gewann sie ihrem Herrn jeden ersten des Monats das Versprechen ab, dieses Tor instand setzen und die Mauern des Hauses anstreichen zu lassen und alles „hübsch“ herzurichten. Aber ihr Herr hatte noch immer sein Wort nicht gehalten. Und wenn sie sich dann über die völlige Sorglosigkeit von Benassis beklagt hatte, unterließ sie selten, den bedeutungsvollen Satz zu sagen, mit dem alle Lobeshymnen auf ihren Herrn endeten: „Man kann doch nicht sagen, daß er dumm ist; denn hier im Ort tut er doch beinahe Wunder, aber manchmal ist er doch so einfältig, wie ein Kind,

dem man alles in die Hand stecken muß." Jacquotte liebte das Haus, als ob es ihr gehörte. Und nachdem sie zweiundzwanzig Jahre darin gewohnt hatte, hatte sie vielleicht auch ein Recht dazu.
Als Benassis in die Gegend kam, stand dieses Haus durch den Tod des Geistlichen zum Verkauf; er hatte alles gekauft: Mauern und Grundstück, Geschirr, Wein, Hühner, die alte Wanduhr mit den Figuren, das Pferd und die Bedienerin: Jacquotte, das Muster einer Köchin, war von starkem Wuchs, trug stets ein braunes Kattunkleid mit roten Punkten, das so eng anlag, daß man meinte, der Stoff müsse bei der geringsten Bewegung platzen. Sie trug ein rundes plissiertes Häubchen, unter dem ihr etwas fahles Gesicht mit dem Doppelkinn noch blasser aussah, als es in Wirklichkeit war. Jacquotte, klein, behende, mit flinken und fleischigen Händen, sprach laut und ununterbrochen. Wenn sie einen Augenblick schwieg und den einen Zipfel ihrer Schürze zu einem Dreieck in die Höhe nahm, so kündigte sie mit dieser Bewegung eine lange Strafpredigt an, die sie ihrem Herrn oder dem Knecht halten wollte. Von allen Köchinnen des Reiches war Jacquotte sicher die glücklichste. Um ihr Glück so vollkommen zu machen, wie hienieden ein Glück nur sein kann, wurde ihre Eitelkeit unablässig befriedigt: das Dorf erkannte sie als eine Autorität an.
Als Benassis in die Küche trat, war niemand dort. „Wo zum Teufel sind sie nur?" fragte er. „Verzeihen Sie," fuhr er fort und wandte sich an Genestas, „daß ich Sie hier hereinführe. Der offizielle Eingang ist durch den Garten, aber ich bin so wenig gewöhnt, Gäste zu empfangen, daß... Jacquotte!"

Auf diesen Namen, der fast gebieterisch ausgesprochen wurde, antwortete eine Frauenstimme aus dem Innern des Hauses. Gleich darauf ergriff Jacquotte die Offensive, indem sie ihrerseits Benassis rief, der auch eiligst in das Speisezimmer ging.

„So sind Sie nun immer, nie wird es anders werden. Sie laden immer Leute zum Essen ein, ohne es mir vorher zu sagen, und Sie meinen dann, alles sei hergerichtet, wenn Sie nur ‚Jacquotte' rufen. Haben Sie diesen Herrn nicht gar in der Küche empfangen? Man hätte doch das Wohnzimmer öffnen und ein Feuer anmachen müssen. Nicolle ist drinnen und macht alles in Ordnung. Führen Sie den Herrn jetzt einen Augenblick in den Garten, das wird ihm Freude machen. Wenn er Sinn für etwas Hübsches hat, so zeigen Sie ihm die Hagebuchenhecke des seligen Herrn, ich habe inzwischen Zeit, alles vorzubereiten: das Essen, den Tisch und das Wohnzimmer."

„Schön, Jacquotte. Aber", fuhr Benassis fort, „dieser Herr wird nämlich eine Zeitlang hierbleiben. Vergiß nicht, einen Blick in Herrn Graviers Zimmer zu werfen und zu sehen, ob Bettzeug und..."

„Wollen Sie sich auch noch um die Bettwäsche kümmern?" entgegnete Jacquotte. „Scläft er hier, so weiß ich auch, was er dazu braucht. Sie sind seit zwei Monaten nicht in Herrn Graviers Zimmer gewesen. Es ist nichts darin zu sehen, es ist sauber, wie geleckt. Der Herr wird also bei uns wohnen?" fügte sie in sanfterem Tone hinzu.

„Ja."

„Lange?"

„Ja, das weiß ich nicht; aber das ist doch gleich."
„So, das ist gleich; wie, das soll mir gleich sein? Das sagen Sie einer andern! Und die Vorräte, und alles, und . . ."
Ohne ihren Wortschwall zu vollenden, mit dem sie bei jeder andern Gelegenheit ihren Herrn überschüttet hätte, um ihm seinen Mangel an Vertrauen vorzuwerfen, folgte sie ihm in die Küche. Sie witterte, daß es sich um einen Pensionär handelte, und war nun neugierig, Genestas zu sehen. Sie machte ihm einen ehrerbietigen Knix und sah ihn dabei von oben bis unten prüfend an. Das Gesicht des Offiziers hatte einen traurigen und nachdenklichen Ausdruck, der ihm ein unfreundliches Aussehen verlieh. Die Unterhaltung der Dienerin mit ihrem Herrn hatte den Arzt von einer so unbedeutenden Seite gezeigt, daß er die hohe Meinung fallen lassen mußte, die er von ihm bekommen hatte, als er die Energie bewunderte, mit der er dieses Land von dem Unheil des Kretinismus befreite.
„Er behagt mir gar nicht, dieser Sonderling", sagte Jacquotte.
„Wenn Sie nicht müde sind," sagte der Arzt zu seinem angeblichen Patienten, „wollen wir vor dem Essen noch etwas durch den Garten gehen."
„Gern!" antwortete der Major.
Sie gingen durch das Speisezimmer und traten durch eine Art Vorzimmerchen unterhalb der Treppe, das den Speisesaal von dem Wohnzimmer trennte, in den Garten. Dieses Zimmer, das durch eine große Glastür abgeschlossen war, führte direkt auf die Steintreppe, die Zierde der Gartenfront. Der Garten wurde durch zwei sich kreuzende, mit

Buchsbaum eingefaßte Wege in vier gleiche Vierecke eingeteilt und von einer dichten Hagebuchenhecke abgeschlossen, die der Stolz des vorigen Besitzers gewesen war. Der Offizier setzte sich auf eine wurmstichige Holzbank, ohne die Weinreben, das Spalierobst und das Gemüse zu beachten, das Jacquotte so sorgsam pflegte, in alter Tradition des geistlichen Feinschmeckers, dem dieser Garten überaus wertvoll gewesen war, und für den Benassis so wenig Interesse aufbringen konnte.

Nach einer zunächst belanglosen Unterhaltung fragte der Major den Arzt: „Wie haben Sie es gemacht, in diesem Tal innerhalb zehn Jahren die Bevölkerung zu verdreifachen, die, wie Sie sagen, damals siebenhundert Seelen zählte und heute auf zweitausend angewachsen ist?“

„Sie sind der erste, der mir diese Frage vorlegt“, antwortete der Arzt. „Wenn ich es mir zum Ziel gesetzt habe, diesen kleinen Winkel hier ertragsfähig zu machen, so hat mir mein arbeitsreiches Leben nicht die Muße gelassen, über die Art und Weise nachzudenken, wie ich es im Großen angestellt habe, nach dem Wort eines Bettelmönches, ‚eine Suppe aus Kieselsteinen‘ zu kochen. Herr Gravier, einer unserer Wohltäter, den wieder gesund zu machen ich die Freude hatte, hat auch nicht an Theorien gedacht, als er mit mir durch unsre Berge ging, um das Resultat der Praxis zu sehen.“

Einen Augenblick lang herrschte Schweigen, währenddessen Benassis nachdachte, ohne auf den forschenden Blick zu achten, mit dem sein Gast ihn zu durchdringen suchte.

„Wie ich das gemacht habe?“ nahm er wieder das

Wort. „Auf ganz natürliche Weise und dank einem sozialen Gesetz der Anziehungskraft zwischen den Bedürfnissen, die wir uns schaffen, und den Mitteln, diese zu befriedigen. Darin liegt alles. Die Völker ohne Bedürfnisse sind arm. Als ich mich hier niederließ, waren hier im Ort dreißig Bauernfamilien und im Tal ungefähr zweihundert. Die Obrigkeit des Landes bestand, dem allgemeinen Elend entsprechend, aus einem Bürgermeister, der nicht schreiben konnte, einem Amtsgehilfen, der als Halbbauer weit von der Gemeinde entfernt ansässig war, aus einem Friedensrichter, der, ein armer Teufel, kümmerlich von seinem Gehalt lebte und die Personalakten seinem Schreiber überließ, der kaum imstande war, sein Amt zu versehen. Der alte Geistliche war mit siebzig Jahren gestorben, sein Vikar, ein ungebildeter Mensch, war sein Nachfolger geworden. Diese Leute bildeten die Intelligenz des Landes und regierten es. Inmitten der schönen Natur verkamen die Leute im Dreck und lebten von Kartoffeln und Milchprodukten. Der Käse, den die meisten von ihnen in kleinen Körben nach Grenoble und in die Umgebung trugen, war das einzige Erzeugnis, aus dem sie etwas Verdienst herausschlugen. Die Wohlhabenden oder die wenigst Faulen säten etwas Buchweizen für den Bedarf des Ortes, manchmal Gerste oder Hafer, aber nie Brotgetreide. Der einzige Intellektuelle der Gegend war der Bürgermeister, der ein Sägewerk besaß und zu billigen Preisen gefällte Baumstämme kaufte, um sie dann wieder im einzelnen zu verkaufen. Da es keine Wege gab, transportierte er seine Bäume in der guten Jahreszeit mühselig mittels einer Kette, die an der einen Seite am Halfter seiner Pferde befestigt, an der andern mit einer Eisenkramme in das Holz eingeschlagen war. Um nach Grenoble zu gehen oder zu reiten, mußte man einen weiten Weg über das Gebirge nehmen; das Tal war ungangbar. Von hier bis zu dem ersten Dorf, das Sie gesehen haben, als Sie in den Bezirk kamen, war der hübsche Weg, den Sie gewiß heraufgekommen sind, damals nur ein Sumpf. Keine politische Bewegung, keine Revolution drang bis in dieses unzugängliche Land, das außerhalb jeder sozialen Zeitströmung lag. Nur Napoleons Name ist bis hierher getragen und durch zwei oder drei alte Soldaten, die in die Heimat zurückgekehrt sind, zum Heiligen geworden. Sie erzählen diesen einfachen Leuten hier an den langen Abenden Fabelhaftes von den Abenteuern dieses Mannes und von seinen Armeen. Diese Rückkehr der Soldaten ist übrigens auch etwas Unerklärliches. Denn ehe ich hierherkam, blieben die jungen Leute, die beim Heere waren, alle dabei. Das mag Ihnen auch noch das Elend des Landes zur Genüge illustrieren, da brauche ich es Ihnen nicht erst zu schildern. In diesem Zustand also übernahm ich diesen Kanton, zu dem jenseits der Berge noch mehrere gut bebaute Gemeinden gehören, die recht glücklich daran und beinahe wohlhabend sind. Von den Hütten des Ortes, die damals wahre Ställe waren, in denen Tier und Mensch eng zusammengepfercht beieinander lebten, möchte ich Ihnen erst gar nicht reden. Ich kam von der Grande-Chartreuse her hier vorbei. Da ich keine Herberge fand, mußte ich beim Vikar übernachten, der dieses Haus, das damals zum Verkauf stand, provisorisch bewohnte. Eine Frage ergab die andere, und ich bekam einen oberflächlichen Eindruck von der bejammernswerten Lage des Landes, dessen gutes Klima und dessen vorzüglicher Boden mit seinen Erzeugnissen mich entzückt hatten. Ich wollte mir damals ein Leben schaffen, das anders war als dasjenige, dessen Leiden mich müde gemacht hatten. Mir kam ein Gedanke ins Herz, wie Gott ihn uns schickt, damit wir uns in unser Los fügen. Ich entschloß mich, dieses Land zu erziehen, wie ein Lehrer ein Kind erzieht. Sie dürfen mir um der Wohltaten willen, die ich vollbrachte, nicht danken, ich war selbst zu sehr dabei interessiert durch das Bedürfnis nach Zerstreuung, das ich dabei befriedigte. Ich versuchte damals, den Rest meines Lebens in einer mühevollen Aufgabe nutzbar zu verwenden. Die Umwälzungen, die in diesem von der Natur so reich ausgestatteten und von den Menschen so verwahrlosten Bezirk eingeführt werden mußten, sollten mir eine Lebensaufgabe sein; die Schwierigkeiten reizten mich nur. Nachdem ich mich versichert hatte, daß ich das Pfarrhaus und viel Brachland zu billigem Preise bekommen konnte, widmete ich mich mit Hingebung dem Beruf eines Landchirurgen, das letzte, was ein Mensch in seiner Heimat wohl ergreift. Ich wollte der Freund der Armen werden, ohne von ihnen die geringste Gegenleistung zu beanspruchen. — Ach, ich habe mich keinen Illusionen hingegeben, weder über den Charakter der Landbevölkerung noch über die Hindernisse, denen man begegnet, wenn man versucht, die Dinge zu bessern. Ich habe mir kein falsches Bild von meinen Leuten gemacht, ich habe sie als das genommen, was

sie sind: als arme Bauern, die weder durchaus gut noch durchaus schlecht sind, denen eine andauernde Arbeit nicht gestattet, sich Gefühlen hinzugeben, die aber zuweilen sehr tief empfinden können. Ich habe vor allem begriffen, daß ich nur durch vorteilhafte Berechnungen und durch ein sofort sichtbares Wohlbehagen Einfluß auf sie haben würde. Alle Bauern sind Söhne des Heiligen Thomas, des ungläubigen Apostels. Sie wollen immer, daß Tatsachen die Worte bekräftigen.
Sie werden vielleicht lachen, wenn ich Ihnen sage, womit ich mein schwieriges Werk begann", fuhr der Arzt nach einer Pause fort. „Ich fing mit einer Korbflechterei an. Diese armen Leute hier kauften ihre Käsehürden und die für ihren spärlichen Handel sonst noch unerläßlichen Korbwaren in Grenoble. Ich brachte einen intelligenten jungen Mann auf den Gedanken, am Bache ein großes Stück Land zu pachten, das sich jährlich durch Anschwemmung noch verbreitert und auf dem die Korbweide sehr gut gedeihen mußte. Nachdem ich die Menge Korbwaren berechnete, die im Kanton gebraucht würden, suchte ich in Grenoble nach einem jungen, armen, fleißigen Arbeiter. Als ich diesen gefunden hatte, war es mir ein Leichtes, ihn zu bestimmen, sich hier niederzulassen, da ich ihm das Geld für die zu seiner Arbeit notwendigen Weiden vorstreckte, bis mein Weidenpflanzer sie ihm liefern konnte. Ich veranlaßte ihn, seine Körbe unter dem Preise in Grenoble zu verkaufen, sie jedoch besser zu verarbeiten. Er verstand mich. Die Weidenpflanzungen und die Korbflechterei waren Unternehmungen, deren Erfolg nicht vor vier Jahren sichtbar werden konnte, denn wie Sie

wohl wissen, kann man Weidenruten erst nach drei Jahren schneiden. In den ersten Jahren seiner Arbeit lebte mein Korbmacher von seinem Verdienst und konnte noch etwas zurücklegen. Bald darauf nahm er sich eine Frau aus Saint-Laurent-du-Pont, die etwas Geld besaß. Dann ließ er sich ein gesundes, luftiges Haus bauen, für das ich den Platz aussuchte und das nach meinen Entwürfen ausgeführt wurde. Welch ein Sieg! Ich hatte in diesem Flecken eine Industrie geschaffen, ich hatte einen Produzenten und ein paar Arbeiter hergebracht. Meine Freude mag Ihnen kindlich erscheinen! ... Die ersten Tage nach der Niederlassung meines Korbmachers konnte ich an seiner Werkstatt nicht vorübergehen, ohne daß mein Herz schneller schlug. Als ich in diesem neuen Hause mit den grüngestrichenen Fensterläden und einer Bank, einem Weinstock und den Weidenkörben vor der Tür eine saubere gut gekleidete Frau sah, die ein dickes rosiges Kind nährte, mitten unter den frohen Arbeitern, die singend ihre Körbe flochten und von einem Manne angeleitet wurden, dem, einst arm und elend, heute das Glück aus den Augen leuchtete — ich muß sagen, da konnte ich dem Vergnügen nicht widerstehen, einen Augenblick selbst zum Korbflechter zu werden, in die Werkstatt zu gehen und mich nach dem Gang der Geschäfte zu erkundigen. Und ich empfand eine unbeschreibliche Genugtuung dabei. Ich war glücklich über die Freude dieser Leute und über die meine. Das Haus dieses Mannes, der als erster fest an mich geglaubt hatte, wurde meine ganze Hoffnung. Trug ich nicht die Zukunft dieses Landes in meinem Herzen gleich der Frau des

Korbmachers, die ihre Zukunft, den Säugling, im Arme trug?

Ich hatte viel Dinge zu leisten und mußte mit vielen Ansichten aneinandergeraten. Ich traf auf heftigen Widerstand, der durch den früheren Bürgermeister geschürt wurde, dem ich seine Stelle genommen hatte, und dessen Einfluß dem meinen hatte weichen müssen. Ich wollte ihn zu meinem Gehilfen machen und zum Teilnehmer an meinen Wohlfahrtsbestrebungen. Ja, in diesem härtesten aller Köpfe wollte ich versuchen, das erste Licht zu entzünden. Ich packte diesen Menschen bei der Eigenliebe und bei seinem eigenen Vorteil. Ein halbes Jahr lang aßen wir zusammen, und ich bekehrte ihn zu meinen Verbesserungsplänen. Man mag in dieser notwendigen Freundschaft den schwersten Teil meiner Aufgabe erblicken, aber war dieser Mensch nicht das wertvollste Werkzeug für mich? Wehe dem, der seine Axt gering achtet oder sie achtlos wegwirft! — Und wäre ich nicht auch äußerst inkonsequent gewesen, wenn ich, in der Absicht, ein Land zu verbessern, vor dem Gedanken zurückgeschreckt wäre, einen Menschen besser zu machen? — Die wichtigste Vorbedingung für ein allgemeines Gedeihen war eine Landstraße! Erhielten wir vom Magistrat die Genehmigung, von hier bis zur Landstraße von Grenoble einen guten Weg anzulegen, so war mein Amtsgehilfe der erste, der davon profitierte, denn hatte er bisher seine Bäume auf kostspielige Weise über schlechte Wege schleifen müssen, so konnte er sie nun auf einer guten Fahrstraße leicht transportieren, konnte einen umfangreichen Handel mit Hölzern aller Art treiben und verdiente nicht mehr seine sechshundert jämmerlichen Franken jährlich, sondern eine beträchtliche Summe, die später einmal zu einem gewissen Vermögen anwachsen konnte. Als er endlich überzeugt war, wurde dieser Mann mein treuester Anhänger. Einen ganzen Winter hindurch saß mein ehemaliger Bürgermeister mit seinen Freunden im Wirtshaus und wußte unsern Gegnern klar zu machen, daß ein guter fahrbarer Weg eine Einnahmequelle für das ganze Land wäre, da er es jedem ermöglichte, mit Grenoble Handel zu treiben. Als der Magistrat für den Weg stimmte, erhielt ich etwas Geld aus dem Unterstützungsfonds des Departements, damit die Transportkosten bezahlt werden konnten, die die Gemeinde — da ihr Wagen fehlten — nicht übernehmen konnte. Um diese große Arbeit schneller zu fördern und um die Fortschritte von den Ungläubigen, die immer noch gegen mich murrten und sagten, ich wolle die Fronarbeit wieder einführen, möglichst gleich beurteilen zu lassen, führte ich im ersten Jahre meiner Amtstätigkeit die Bevölkerung des Ortes, Frauen, Kinder, ja selbst Greise, ob sie wollten oder nicht, jeden Sonntag auf den Berg hinauf, wo ich selbst auf einem ausgezeichneten Boden den großen Weg angegeben hatte, der heute von unserm Dorfe bis zur Straße von Grenoble führt. Reichliches Material lag glücklicherweise dicht an der Stelle, wo der Weg gemacht wurde. Dieses langwierige Unternehmen kostete mich viel Geduld. Teils weigerten sich die einen, die die Gesetze nicht kannten, ihre vorgeschriebene dreitägige Hilfe bei dem Wegbau zu leisten, teils konnten diejenigen, denen das tägliche Brot fehlte, wirklich nicht einen Arbeitstag verlieren. Man mußte also an die letzteren Korn verteilen und die andern mit freundlichen Worten beruhigen. Doch als wir zwei Drittel des Weges — ungefähr zwei Meilen — fertig hatten, hatten die Bewohner den Nutzen desselben so deutlich erkannt, daß das letzte Drittel mit einem Eifer fertiggestellt wurde, der mich in Erstaunen setzte. Ich sorgte für den zukünftigen Reichtum der Gemeinde, indem ich an jedem Seitengraben des Weges eine doppelte Reihe Pappeln pflanzen ließ. Heute repräsentieren diese Bäume schon ein beträchtliches Vermögen und geben unserm Weg zudem ein königliches Aussehen; er ist durch seine Lage immer trocken und so gut angelegt, daß seine Instandhaltung kaum zweihundert Franken jährlich kostet. Ich werde Ihnen den Weg zeigen, denn Sie haben ihn noch nicht sehen können, da Sie wahrscheinlich zu Ihrem Herweg den hübschen niederen Weg benutzt haben, jene andere Landstraße, die die Leute vor drei Jahren von selbst haben anlegen lassen, um mit den Fabriken in Verbindung treten zu können, die mit der Zeit im Tal errichtet wurden. So hatte der gesunde Menschenverstand diese so beschränkten Leute einen Gedanken fassen lassen, für den sie fünf Jahre früher noch nicht reif gewesen wären.... Doch weiter! Die Niederlassung meines Korbmachers war ein Beispiel, das bei dieser armen Bevölkerung gute Früchte trug. Sollte die neue Landstraße die direkte Ursache zu einem zukünftigen Gedeihen des Dorfes werden, so mußten alle wichtigen Industrien gefördert werden, um die Keime eines behaglichen Lebens weiter zu entwickeln. Während ich dem Weidenbauer und dem Korbflechter half, während ich meinen Weg anlegte, setzte ich mein Werk unmerklich fort. Ich hatte zwei Pferde, mein Gehilfe, der Holzhändler, besaß drei, er konnte sie nur in Grenoble beschlagen lassen, wenn er gerade dorthin ging. Ich veranlaßte daher einen Hufschmied, der sich gleichzeitig etwas auf Tierheilkunde verstand, hierher zu kommen, und versprach ihm viel Arbeit. Ich traf am gleichen Tage einen alten Soldaten, der über sein Schicksal recht im Unklaren war; er besaß alles in allem nur eine Rente von hundert Franken und konnte lesen und schreiben. Ich gab ihm die Stelle eines Schreibers im Bürgermeisteramt. Durch einen glücklichen Zufall fand ich eine Frau für ihn, und seine Träume von Glück erfüllten, waren. Es kamen Maurer, Zimmerleute, Dachneuen Familien, für meinen Korbmacher und für die zweiundzwanzig Familien, die aus dem Dorfe der Kretins fortziehen sollten. Infolgedessen siedelten sich zwölf andere Familien hier an, deren Häupter Arbeiter: Produzenten und Konsumenten, waren. Es kamen Maurer, Zimmerleute, Dachdecker, Tischler, Schlosser und Glaser, die für lange Zeit Arbeit hatten. Denn sie mußten, hatten sie erst die Häuser der andern erbaut, sich auch ihre eigenen errichten. Und diese Leute brachten ihrerseits auch wieder neue Arbeiter mit. So wurden denn während des zweiten Jahres meiner Amtstätigkeit siebzig Häuser in der Gemeinde errichtet. Eine Tätigkeit zog die andere nach sich. Indem ich den Ort bevölkerte, schuf ich neue Bedürfnisse, die diesen armen Leuten bis dahin unbekannt waren. Das Bedürfnis erzeugt Industrien, die Industrie den Handel, der Handel Verdienst, Verdienst nutzbringende Gedanken. Diese verschiedenen Arbeiter wollten gut gebackenes Brot essen, daher brauchten wir einen Bäcker. Buchweizen konnte nicht mehr die alleinige Nahrung dieser Bevölkerung bleiben, die aus ihrer unwürdigen Untätigkeit herausgerissen war und arbeiten gelernt hatte. Als ich kam, hatten sie Buchweizen gegessen, ich wollte sie nun dazu bringen, Roggen oder Mengkorn zu gebrauchen, um dann später selbst den Ärmsten ein Stück weißes Brot zu verschaffen. Für mich gehen die geistigen Fortschritte mit denen des Körpers völlig Hand in Hand; ein Schlächter bedeutet in einem Lande sowohl Klugheit wie Reichtum. Wer arbeitet, ißt, und wer ißt, denkt. Da ich die Zeit kommen sah, wo man die Erzeugung des Weizens brauchen würde, hatte ich die Beschaffenheit des Bodens daraufhin schon sorgfältig geprüft: ich war sicher, dem Ort zu einer großen landwirtschaftlichen Blüte verhelfen zu können und die Bevölkerung, wenn sie sich erst an die Arbeit gemacht haben würde, dadurch zu verdoppeln. Der Augenblick war günstig. Herr Gravier aus Grenoble besaß in der Gemeinde Grund und Boden, aus dem er keine Einkünfte bezog, der jedoch gut in Kornfelder verwandelt werden konnte. Gravier ist, wie Sie wissen, Abteilungschef in der Präfektur. Sowohl aus Anhänglichkeit für sein Land wie auch auf mein Drängen hin hatte er sich meinen Bitten schon oft sehr geneigt gezeigt; es gelang mir auch diesmal, ihm klar zu machen, daß er, ohne sein Wissen, für sich selbst gearbeitet hatte. Nach mehreren Tagen Bitten und geprüften Überschlägen,

und nachdem ich mein eigenes Vermögen verpfändet hatte, um ihn gegen eventuelle Verluste eines Unternehmens zu sichern, von dem seine Frau — ein beschränkter Geist — ihm abzuraten suchte, willigte er ein, hier vier Güter, jedes hundert Morgen groß, anzulegen und zu verpachten, die Summen vorzustrecken, die notwendig waren, um das Land urbar zu machen, um Samen, Ackergeräte und Vieh anzuschaffen und um befahrbare Wege herzustellen. Ich selbst errichtete auch zwei Güter, sowohl um mein Brachland urbar zu machen als auch, um durch das Beispiel die nützlichen Methoden der modernen Landwirtschaft zu lehren. Innerhalb sechs Wochen war der Flecken um dreihundert Bewohner gewachsen. Sechs Bauernhöfe, in denen mehrere Familien unterkommen sollten, viel Neuland, das zu bebauen war, viel Arbeit, die geleistet werden mußte, rief die Arbeiter her. Wagenbauer, Erdarbeiter, Handwerker und Tagelöhner strömten herbei. Die Landstraße von Grenoble war von Wagen und Fußgängern überfüllt. Es war eine allgemeine Bewegung im Lande. Das Geld, das im Umlauf war, ließ bei allen den Wunsch rege werden, es selbst zu verdienen, die Gleichgültigkeit war überwunden, der Marktflecken war aufgewacht.
Noch zwei Worte über die Geschichte des Herrn Gravier selbst, eines der Wohltäter dieses Bezirks. Trotz des begreiflichen Mißtrauens, das er als Provinzler und Bürokrat hegte, hat er im Glauben an meine Versprechungen mehr als vierzigtausend Franken vorgestreckt, ohne zu wissen, ob er sie je wiederbekommen würde. Jedes seiner Güter ist heute für tausend Franken verpachtet, seine

Pächter haben ihre Sache so gut gemacht, daß jeder von ihnen wenigstens hundert Morgen Land, dreihundert Schafe, zwanzig Kühe, zehn Ochsen und fünf Pferde besitzt und mehr als zwanzig Leute beschäftigt. — Doch weiter! Im Verlauf des vierten Jahres waren unsre Gutshöfe fertig. Wir hatten eine Getreideernte, die unsren Leuten wunderbar erschien, die aber nur so reich war, wie sie auf einem jungen Boden sein muß. Ich habe in diesen Jahren oft um mein Werk gezittert. Regen oder Trockenheit konnten meine Arbeit zunichte machen und das Vertrauen, das ich schon genoß, wieder verringern. Die Getreidekultur verlangte die Mühle, die Sie soeben gesehen haben, und die mir jährlich ungefähr fünfhundert Franken einbringt. Die Bauern sagen schon, ich hätte Glück, und glauben an mich wie an eine Reliquie. Die neuen Bauten, die Gutshäuser, die Mühle, die Pflanzungen, die Wege haben allen Handwerkern, die ich hierher gezogen habe, Arbeit gegeben. Obgleich unsre Bauten eine Summe von rund sechzigtausend Franken darstellen, die wir in das Land gesteckt haben, wird uns dieses Geld doch reichlich durch die Einkünfte der Verbraucher wieder zurückerstattet. Meine Bemühungen ruhten nicht, um diese im Entstehen begriffene Industrie zu beleben. Auf meinen Rat hin hat sich ein Baumschulgärtner im Ort niedergelassen; unablässig predigte ich den Ärmsten, Obstbäume zu pflanzen, um später einmal den Obstmarkt in Grenoble beherrschen zu können. „Ihr bringt Euren Käse dorthin," sagte ich ihnen, „warum sollt ihr nicht auch Geflügel, Eier, Gemüse, Wild, Heu, Stroh usw. dort verkaufen?" Jeder meiner Ratschläge war eine neue Quelle von Wohlstand, man mußte sie nur befolgen. Es bildeten sich also eine Menge kleiner Unternehmungen, deren Entwicklung zuerst langsam, dann von Tag zu Tag schneller ging. Jeden Montag fahren jetzt von hier mehr als sechzig Wagen mit den verschiedensten Produkten nach Grenoble; und sie ernten hier jetzt mehr Buchweizen, um das Geflügel zu füttern, als sie früher aussäten, um die Menschen zu ernähren. Der Holzhandel, der mit der Zeit zu umfangreich wurde, hat sich in Unterabteilungen geteilt. Seit dem vierten Jahre unsrer Unternehmungen haben wir Händler für Brennholz, für Holzkloben, für Bretter, für Rinde und dann noch einen Kohlenbrenner. Schließlich sind vier neue Sägemühlen entstanden. Nachdem der ehemalige Bürgermeister einen Begriff vom Handel bekommen hat, hat er das Bedürfnis, lesen und schreiben zu lernen. Er hat die Preise für das Holz in den verschiedenen Gegenden verglichen und hat dabei einen solchen Unterschied zu gunsten seiner eigenen Ausbeutung bemerkt, daß er sich überall neue Kunden verschafft hat und jetzt ein Drittel des ganzen Departements beliefert. Unser Transport hat sich so schnell entwickelt, daß wir drei Wagenbauer und zwei Sattler beschäftigen, jeden mit mindestens drei Gehilfen. Wir verbrauchen zudem so viel Eisen, daß sich ein Metallarbeiter hier niedergelassen und sein gutes Auskommen hat. Der Wunsch nach Verdienst entwickelt einen solchen Ehrgeiz, daß meine Unternehmer sich veranlaßt sahen, sich vom Dorf auf den Bezirk, und vom Bezirk auf das ganze Departement auszudehnen, um durch einen größeren Umsatz ihren Verdienst zu erhöhen. Ich brauche sie jetzt nur mit einem Wort auf neue Absatzgebiete aufmerksam zu machen, das übrige tut ihr gesunder Menschenverstand dann von selbst. Vier Jahre hatten also genügt, um das Aussehen dieses Ortes von Grund auf zu verändern. Als ich hierher kam, hörte ich nicht einen Laut, doch schon zu Beginn des fünften Jahres war alles Leben und Bewegung. Froher Gesang, der Lärm der Werkstätten, das helle oder dumpfe Geräusch der Werkzeuge klang wohltuend an mein Ohr. Ich sah eine tätige Bevölkerung kommen und gehen, die in einem neuen Dorfe wohnte, das sauber, gesund und mit Bäumen bepflanzt war. Jeder Bewohner hatte das Bewußtsein seines Wohlstandes, und jedes Gesicht atmete die Zufriedenheit, die ein nützlich angewandtes Leben verschafft.

Diese fünf Jahre stellen in meinen Augen sozusagen das Kindesalter im Gedeihen meines Dorfes dar", fuhr der Arzt nach einer Pause fort. „In dieser Zeit hatte ich in den Köpfen sowohl als auch in dem Erdreich alles urbar gemacht und im Keime angelegt. Der Fortschritt in der Entwicklung der Bevölkerung und der Erwerbszweige konnte nun nicht mehr aufgehalten werden.

Ein zweiter Abschnitt bereitete sich vor. Diese kleine Welt hier wollte sich besser kleiden. So kam eine Schnittwarenhandlung zu uns, mit ihr der Schuhmacher, der Schneider und der Hutmacher. Dieser beginnende Luxus brachte uns einen Schlächter und einen Spezereiwarenhändler. Dann kam eine Hebamme in das Dorf, die mir sehr notwendig wurde, da ich ungeheuer viel Zeit mit den Entbindungen verlor. Das Neuland gab ausgezeichnete Ernten. Und die gute Qualität unsrer landwirtschaftlichen Produkte wurde durch den Menschen- und Stalldünger, den wir dem Wachsen der Bevölkerung verdankten, noch erhöht. Mein Unternehmen konnte sich also nach allen Richtungen hin entfalten. Nachdem ich gesunde Wohnungen gebaut und die Bewohner allmählich daran gewöhnt hatte, sich besser zu ernähren und zu kleiden, wollte ich auch den Tieren die Errungenschaften der Zivilisation zugute kommen lassen. Von der Sorgfalt, mit der man das Vieh behandelt, hängt die Schönheit der Rasse und des einzelnen Tieres ab, und davon wiederum die Güte der Erzeugnisse. Ich predigte also gesunde Einrichtungen der Ställe. Durch den Vergleich des Ertrages, den ein gut untergebrachtes, gut gehaltenes Tier bringt, mit dem kärglichen Ertrag von schlecht versorgtem Vieh habe ich unmerklich die ganze Viehhaltung der Gemeinde geändert. Kein Tier leidet heute mehr. Die Kühe und Ochsen werden gehalten, wie es in der Schweiz und in der Auvergne geschieht. Die Schaf-, Pferde- und Kuhställe, die Milchkammern und Scheunen wurden nach meinem und Herrn Graviers Vorbild angelegt: groß, luftig und daher gesund. Unsre Pächter wurden meine Apostel, sie bekehrten die Ungläubigen, indem sie ihnen die Güte meiner Vorschläge durch prompte Resultate bewiesen. Wenn es den Leuten an Geld fehlte, lieh ich es ihnen und bevorzugte dabei die armen Handwerker; sie dienten als Beispiel. Auf meinen Rat hin wurden die kränklichen oder minderwertigen Tiere sofort verkauft und durch schöne Exemplare ersetzt. So waren denn auf dem Markte unsre Erzeugnisse besser als die anderer Gemeinden. Wir hatten herrliche Herden und daher vorzügliches Leder. Diese Errungenschaft war von großer Wichtigkeit, und zwar aus folgendem Grunde: nichts in der Landwirtschaft ist belanglos. Früher wurden unsre Baumrinden zu niedrigen Preisen verkauft, und unser Leder hatte keinen großen Wert. Doch waren unsre Rinden und unser Leder erst einmal besser imstande, dann konnten wir am Fluß Lohgerbereien errichten und bekamen Gerber ins Dorf, deren Geschäft schnell aufblühte. Der Wein, der bis dahin bei uns unbekannt gewesen war — man trank nur Tresterwein — wurde nun natürlich ein Bedürfnis: es wurden kleine Wirtshäuser eröffnet. Das älteste Wirtshaus vergrößerte sich, wurde ein Gasthof und lieferte den Reisenden, die anfingen, über unsren Weg nach der Grande Chartreuse zu gehen, Maultiere. Seit zwei Jahren haben wir einen so regen geschäftlichen Verkehr, daß zwei Gasthöfe davon leben können. Zu Anfang der zweiten Epoche unsres Aufschwunges starb der Friedensrichter. Mit seinem Nachfolger waren wir glücklich daran. Er war ein ehemaliger Notar aus Grenoble, der sich durch falsche Spekulationen ruiniert hatte, dem aber noch Geld genug blieb, um im Dorfe als wohlhabend zu gelten. Herr Gravier wußte ihn zu veranlassen, hierher zu ziehen. Er baute sich ein hübsches Haus und hat meine Bemühungen unterstützt, indem er sie mit den seinigen vereinigte. Er hat einen Gutshof errichtet und Heideland urbar gemacht. Heute besitzt er in den Bergen drei Sennhütten. Er hat eine zahlreiche Familie. Den früheren Schreiber und den früheren

Gerichtsdiener hat er fortgeschickt und hat sie durch Leute ersetzt, die gebildeter und vor allem fleißiger waren als ihre Vorgänger. Diese beiden neuen Familien haben eine Kartoffelbrennerei und eine Wollwäscherei errichtet, zwei sehr nützliche Unternehmungen, denen die Häupter dieser beiden Familien noch neben ihrem Amte vorstehen können. Nachdem ich der Gemeinde dergestalt Einnahmen verschafft hatte, verwendete ich dieselben, ohne dabei auf Widerstand zu stoßen, dazu, ein Rathaus zu bauen, in das ich eine Volksschule hineinlegte und eine Wohnung für einen Volksschullehrer. Für diesen wichtigen Posten wählte ich einen armen, auf die Verfassung vereidigten Priester, der im ganzen Departement herumgestoßen wurde, und der nun bei uns ein Asyl für seine alten Tage gefunden hat. Die Lehrerin ist eine brave Frau, die ihr ganzes Hab und Gut verloren hatte und nicht wußte, wo aus noch ein, und für die wir ein kleines Vermögen zusammengebracht haben. Sie hat ein kleines Pensionat gegründet, in das die reichen Pächter der Umgegend ihre Töchter hineinzuschicken anfangen.

Durfte ich Ihnen bisher in meinem Namen von der Geschichte dieses Fleckchens Erde erzählen, so muß ich jetzt unsren neuen Geistlichen, Herrn Janvier, nennen, einen wahren Fénelon, der an diesem Werk der Wiedergeburt zur Hälfte mit beteiligt ist. Er hat es vermocht, in den Bewohnern dieses Ortes eine gütige und brüderliche Gesinnung zu erwecken und aus der ganzen Bevölkerung eine einzige Familie zu machen. Auch Herr Dufau, der Friedensrichter, verdient, obgleich

er erst später hierher gekommen ist, die ganze Dankbarkeit der Gemeinde. Um Ihnen unsre Lage in Zahlen darzustellen, die beredter sind als meine Ausführungen, so sollen Sie wissen, daß unsre Gemeinde heute zweihundert Morgen Wald und hundertsechzig Morgen Wiese besitzt. Ohne einen Steuerzuschlag zu benötigen, gibt sie dem Geistlichen einen Zuschuß von hundert Talern, dem Feldhüter zweihundert Franken, dem Lehrer und der Lehrerin ebensoviel. Sie besitzt fünfhundert Franken für ihre Wege, eine gleiche Summe für die Ausbesserung am Rathaus, am Pfarrhaus und an der Kirche und für noch andere Ausgaben. In vierzehn Jahren wird sie für hunderttausend Franken Wald zu holzen haben und wird ihre Abgaben zahlen können, ohne daß es ihre Bewohner auch nur einen Heller kostet. Sie wird sicher eine der reichsten Gemeinden Frankreichs werden. Aber," sagte Benassis zu Genestas, den er in einer so nachdenklichen Haltung sah, daß er meinen konnte, er höre ihm überhaupt nicht mehr zu, „ich langweile Sie wohl?"
„Durchaus nicht", antwortete der Major.
„Handel, Industrie, Ackerbau und unser ganzer Absatz", fuhr der Arzt fort, „waren nur lokaler Natur; an einem bestimmten Punkte hätte unsre Entwicklung also stehen bleiben müssen. Ich forderte daher eine Postanstalt, einen Verkauf von Tabak, Schießpulver und Spielkarten. Ich ließ stets zur rechten Zeit den Erwerbszweig sich hier ansiedeln, für den ich vorher das Bedürfnis erweckt hatte; ich ließ Handwerkerfamilien herkommen und gab ihnen allen das Gefühl des Besitzes. Und so wurde in dem Maße, in dem sie Geld

besaßen, die Erde urbar gemacht. Kleine Ackerbauer und kleine Besitzer bevölkerten nach und nach das Bergland und machten es ertragfähig. Die Ärmsten, die ich hier einst angetroffen hatte, wie sie zu Fuß ihren Käse nach Grenoble brachten, fuhren jetzt in Wagen dorthin und nahmen Obst, Eier und Geflügel mit. Alles hatte sich unmerklich vergrößert. Am schlechtesten war daran, wer nur seinen Garten, sein Gemüse, sein Obst zu bestellen hatte. Ein Zeichen des Wohlstandes war, daß keiner mehr sein Brot selbst buk, um damit nicht seine Zeit zu vergeuden, und daß nur noch Kinder das Vieh hüteten. Aber diesem arbeitsamen Leben mußte Dauer verliehen werden dadurch, daß man ihm unablässig neue Nahrung gab. Der Ort besaß noch keine so lebensfähige Industrie, daß sie den Handelsverkehr aufrechterhalten konnte und große Handelsbeziehungen, Zweigniederlassungen und einen Markt nötig machte. Es genügt nicht, daß ein Land von dem Geld, das es besitzt und das sein Kapital bedeutet, nichts verliert, sein Wohlstand wird nicht dadurch vermehrt, daß man dieses Geld mit mehr oder weniger Geschicklichkeit, durch das Spiel von Produktion und Konsum, durch möglichst viele Hände gehen läßt. Da liegt das Problem nicht. Wenn ein Land den vollen Ertrag liefert und seine Erzeugnisse mit seinem Verbrauch im Gleichgewicht stehen, dann müssen, um neues Vermögen zu schaffen und um den Volkswohlstand zu steigern, außerhalb Absatzgebiete gesucht werden, durch die sich dauernde Handelsvorteile erzielen lassen. Dieser Gedanke hat die Staaten ohne landwirtschaftliche Grundlage wie Phönizien, Carthago, Venedig,

Holland und England stets veranlaßt, sich des Transporthandels zu bemächtigen. Ich suchte daher für unsere kleine Welt hier nach einem ähnlichen Ausweg, um einen dritten Zeitabschnitt, den des Handels, herbeizuführen. Unser Aufschwung, der einem vorübergehenden Besucher kaum aufgefallen sein mag, denn unser Ort sah nicht anders aus als die andern Orte auch, war nur für mich erstaunlich. Die Einwohnerschaft, die unmerklich angewachsen war, konnte, da sie selbst an der Bewegung beteiligt war, das Ganze nicht beurteilen.

Nach sieben Jahren stieß ich auf zwei Fremde, die die wahren Wohltäter dieses Dorfes wurden und es vielleicht noch in eine Stadt verwandeln werden. Der eine ist ein Tiroler von unglaublicher Geschicklichkeit, der für die Landbevölkerung Stiefel und für die eleganten Leute in Grenoble Schuhe anfertigt, wie es kein Pariser Arbeiter besser versteht. Er war ein armer herumziehender Musikant, einer von jenen fleißigen Deutschen, die sowohl das Handwerk verstehen als auch die Herstellung der dazu gehörigen Werkzeuge, die Musik machen und auch das Instrument dazu. Er hielt sich, von Italien kommend, das er singend und arbeitend durchwandert hatte, in unserm Dorfe auf. Er fragte, ob nicht jemand Stiefel gebrauche, man führte ihn zu mir, ich bestellte zwei Paar bei ihm, für die er auch die Leisten selbst machte. Die Geschicklichkeit dieses Fremden setzte mich in Erstaunen, ich richtete Fragen an ihn, seine Antworten waren klar und deutlich, sein Auftreten, sein Gesicht, alles bestätigte mir den ersten guten Eindruck, den ich von ihm bekom-

men hatte; ich schlug ihm vor, sich hier niederzulassen, versprach ihm, seine Industrie mit allen meinen Kräften zu fördern, und stellte ihm auch in der Tat eine ansehnliche Summe zur Verfügung. Er willigte ein. Ich hatte meine bestimmten Gedanken dabei. Unser Leder wurde immer besser, wir konnten es in einem gewissen Zeitraum selbst verwerten, wenn wir preiswertes Schuhwerk daraus anfertigten. Ich fing die Methode meiner Korbindustrie hier in größerem Maßstab wieder an; der Zufall führte mir einen überaus geschickten und fleißigen Mann zu, den ich einstellte, um dem Ort einen einträglichen und dauernden Handel zu sichern. Schuhe gehören zu den Gebrauchsgegenständen, nach denen die Nachfrage nie aufhört; der geringste Vorteil in ihrer Herstellung wird vom Käufer sofort bemerkt. Ich hatte das Glück, mich nicht zu täuschen. Heute haben wir fünf Gerbereien, sie brauchen alles Leder des Departements auf, ja, sie holen es sich zuweilen noch aus der Provence. Und jede Gerberei besitzt ihre Lohgerbermühle. Diese Gerbereien genügen noch nicht, dem Tiroler das notwendige Leder zu liefern, er beschäftigt jetzt vierzig Arbeiter.
Der zweite Mann, dessen Schicksal nicht weniger merkwürdig ist, das mit anzuhören, Sie aber vielleicht ermüden würde, ist ein einfacher Bauer, dem es gelungen ist, die breitkrämpigen Hüte, wie sie auf dem Lande getragen werden, billiger herzustellen, als sie anderswo verkauft werden. Er verschickt sie in alle benachbarten Distrikte, sogar bis nach der Schweiz und nach Savoyen. Diese beiden Industrien, unerschöpfliche Einnah-

mequellen, solange der Kanton die gute Qualität der Waren und die niedrigen Preise beibehält, haben mich auf den Gedanken gebracht, hier dreimal im Jahr Messen abzuhalten. Der Präfekt, der über die industriellen Fortschritte des Kantons ganz erstaunt war, hat mir dazu verholfen, das erforderliche königliche Dekret zu erlangen. Im vergangenen Jahr haben unsre drei Messen zum erstenmal stattgefunden; sie sind unter dem Namen: Schuh- und Hutmesse bekannt. — Der erste Kanzlist eines Notars in Grenoble hörte von dieser Einrichtung; er ist ein armer junger Mann, aber sehr gescheit und arbeitsam und mit Fräulein Gravier verlobt. Er ist sofort in Paris darum eingekommen, ein Notariatsbureau bei uns aufmachen zu dürfen. Sein Gesuch wurde bewilligt. Da ihn seine Niederlassung nichts kostete, konnte er sich gleich am Marktplatz, dem Friedensrichter gegenüber, ein kleines Haus bauen. Jetzt haben wir auch jede Woche Markt, auf dem recht beträchtliche Vieh- und Getreidehandel abgeschlossen werden. Im nächsten Jahr werden wir gewiß einen Apotheker hierherbekommen, dann einen Uhrmacher, einen Möbelhändler und eine Buchhandlung, alles, was zum notwendigen Luxus des Lebens gehört. Vielleicht werden wir am Ende noch eine kleine Stadt.

Das allgemeine Verständnis ist übrigens hier so weit gediehen, daß ich bei dem Magistrat nicht mehr auf den geringsten Widerstand gestoßen bin, als ich vorschlug, die Kirche auszubauen und auszuschmücken, ein Pfarrhaus zu errichten, einen schönen Platz für die Messe anzulegen, Bäume dort anzupflanzen und Vorkehrungen zu treffen, um später gesunde, luftige und gut angelegte Straßen zu bekommen. Auf diese Weise haben wir es von hundertsiebenunddreißig Familien auf neunzehnhundert gebracht, von achthundert Stück Hornvieh auf dreitausend und von siebenhundert Seelen auf zweitausend allein im Dorf, zusammen mit den Bewohnern des Tals dreitausend Seelen. In der Gemeinde leben zwölf reiche Familien, hundert Familien, die ihr gutes Auskommen haben, zweihundert, die im Aufblühen sind. Die anderen arbeiten. Alle können sie lesen und schreiben. Jedenfalls haben wir siebzehn Abonnements auf verschiedene Zeitungen. Freilich werden Ihnen auch noch Unglückliche hier in unsrer Gegend begegnen, ich sehe jedenfalls noch viel zu viele; aber keiner bettelt, es findet sich Arbeit für jeden. Ich muß jetzt täglich zwei Pferde müde reiten, um die Kranken zu besuchen, aber ich kann mich jederzeit ohne Gefahr im Umkreis von fünf Meilen bewegen, und wer es wagen würde, eine Kugel auf mich abzufeuern, würde nach zehn Minuten nicht mehr am Leben sein. Die stillschweigende Zuneigung der Bewohner ist alles, was ich persönlich bei dieser Umwandlung gewonnen habe, außer dem Vergnügen, mir von allen, wenn ich vorbeigehe, mit froher Stimme ein ‚guten Tag, Herr Benassis' sagen zu lassen. Sie werden begreifen, daß das Geld, das ich mit meinen Mustergütern erworben habe, in meinen Händen nur Hilfsmittel für weitere Arbeit ist und nicht festgelegt wird."

„Wenn die Menschen an allen Orten Ihrem Beispiel folgen würden, dann wäre Frankreich groß und brauchte Europa nicht mehr!" rief Genestas begeistert aus.

„Doch schon eine halbe Stunde halte ich Sie hier

auf," sagte Benassis, „es ist schon fast Nacht geworden, wir wollen uns zu Tisch setzen."
Vom Garten aus gesehen zeigte das Haus des Arztes fünf Fenster in jedem Stockwerk. Es bestand aus dem Erdgeschoß, einem Stockwerk darüber und einem Dach aus Ziegelsteinen mit vorspringenden Mansarden. Die grüngestrichenen Fensterläden hoben sich von der grauen Mauer ab, an der sich als Schmuck zwischen den beiden Stockwerken ein Weinstock von der einen Seite zur anderen wie ein Fries rankte. Unten an der Mauer blühten kümmerlich ein paar Rosen, die von dem Wasser ganz verdorben wurden, das, da eine Dachrinne fehlte, vom Dach herabtropfte. Kam man durch den großen Flur herein, der als Vorzimmer diente, dann lag rechts ein Wohnzimmer mit vier Fenstern, von denen zwei auf den Hof und zwei auf den Garten gingen. Dieses Zimmer, das der verstorbene Pfarrer mit viel Geschmack und Liebe eingerichtet hatte, war gedielt, die Wände waren unten getäfelt und oben mit einer Tapete aus dem vorigen Jahrhundert beklebt. Die großen und breiten Sessel, mit blumigem Stoff bezogen, die alten vergoldeten Leuchter, die auf dem Kamin standen, und die Vorhänge mit dicken Quasten verkündeten den Wohlstand, in dem der Pfarrer gelebt hatte. Benassis hatte diese Einrichtung, der es nicht an Eigenart gebrach, durch zwei Holzkonsolen mit geschnitzten Girlanden ergänzt, die einander gegenüber an den Pfeilern der Fenster hingen, und durch eine Kupfer-eingelegte Uhr über dem Kamin. Der Arzt bewohnte dieses Zimmer, das wie alle Räume, die immer verschlossen sind, dumpf roch, nur wenig. Hier atmete noch alles den Geist

des verstorbenen Pfarrers; der besondere Geruch seines Tabaks schien sogar noch aus der Ecke am Kamin aufzusteigen, in der er früher wohl zu sitzen pflegte. Die beiden großen Lehnstühle standen symmetrisch zu beiden Seiten des Feuerplatzes, in dem heute zum ersten Male seit dem Besuch des Herrn Gravier wieder das helle Feuer des Tannenholzes knisterte.

„Es ist heute abend doch noch recht kalt," sagte Benassis, „das Feuer tut einem gut."

Genestas war nachdenklich geworden, er begann die Gleichgültigkeit des Arztes für die äußeren Dinge des Lebens zu begreifen.

„Sie sind", sagte er, „ein wahrhafter Staatsbürger, und ich wundere mich, daß Sie, nachdem Sie soviel geleistet, nicht versucht haben, die Regierung aufzuklären."

Benassis lachte wehmütig und bekümmert auf.

„Sie meinen, daß ich nicht einige Abhandlungen geschrieben habe über die Mittel, Frankreich zu zivilisieren? Das hat mir vor Ihnen auch schon Herr Gravier gesagt. Aber man klärt eine Regierung nicht auf, und von allen Regierungen ist diejenige am wenigsten für Aufklärungen empfänglich, die glaubt, sie selbst schon zu verbreiten. Was wir für unsern Bezirk getan haben, das müßten sicherlich alle Bürgermeister für die ihrigen tun, jeder Magistrat für seine Stadt, der Unterpräfekt für den Kreis, der Präfekt für das Departement, der Minister für Frankreich, jeder in dem Interessenkreise, in dem er arbeitet. Dort, wo ich für den Bau eines Weges von zwei Meilen gestimmt habe, würde der eine eine Chaussee, der andere einen Kanal bauen lassen; wo ich die Fabrikation von Strohhüten gefördert habe, müßte der Minister Frankreich vom Joch der ausländischen Industrien befreien und Uhrenfabrikationen ins Leben rufen, dazu verhelfen, daß unser Eisen, unser Stahl, unsre Feilen und unsre Schmelztiegel besser würden, daß Seidenzucht getrieben und Farbstoffe erzeugt werden. Beim Handel bedeutet Anregung noch keine Bevorzugung. Die wahre Politik eines Landes sollte danach streben, sich von allen Abgaben an das Ausland frei zu machen, doch ohne die schmähliche Hilfe von Zöllen und Einfuhrverboten. Die Industrie kann nur durch sich selbst gerettet werden, in der Konkurrenz gerade steckt ihre Lebenskraft. Immer geschützt, schläft sie ein, durch das Monopol und den Zolltarif stirbt sie. Das Land, das sich zuerst alle andern tributpflichtig macht, wird dasjenige sein, das die Handelsfreiheit proklamiert, es wird in der Lage sein, seine Produkte unter dem Preis der Konkurrenten zu halten. Frankreich kann dieses Ziel besser erreichen als z. B. England, denn es besitzt einen genügend ausgedehnten Grundbesitz, um die landwirtschaftlichen Produkte auf einem Preisniveau zu erhalten, das wiederum das Sinken der Industrielöhne ermöglicht. Danach sollte die Verwaltung in Frankreich streben, denn da liegt die moderne Frage. Doch nicht dieses theoretische Studium hatte ich mir zum Ziel meines Lebens gesetzt; die Aufgabe, die ich mir in späten Jahren gestellt hatte, war eine rein zufällige. Auch sind diese Dinge zu einfach, um darauf eine Wissenschaft aufzubauen; sie haben weder etwas Besonderes an sich, noch enthalten sie eine Theorie, sie haben nur die Eigenschaft, ganz einfach nützlich zu sein. Man kommt auch nicht rasch vorwärts bei der Arbeit, man muß jeden Morgen die gleiche Portion seltenen und, von außen gesehen, so leichten Mut aufbringen, einen Mut, der dieselbe Sache unablässig wiederholt, einen Mut, der nur spärlich belohnt wird. Wenn wir mit Ehrfurcht den Mann begrüßen, der, wie Sie, sein Blut auf dem Schlachtfeld vergossen hat, so spotten wir über den, der langsam das Feuer seines Lebens aufbraucht, um immer die gleichen Worte den Kindern des gleichen Alters zu wiederholen. Das Gute, das im Verborgenen getan wird, reizt niemanden. Uns fehlt jene staatsbürgerliche Tugend, mit der die großen Männer des Altertums ihrem Vaterlande gedient haben, indem sie, wenn sie nicht selbst befehligten, sich in die hinterste Reihe stellten. Die Krankheit unsrer Zeit ist der Wunsch nach Überlegenheit. Es gibt mehr Heiligenbilder als Nischen, um sie aufzustellen. Und zwar aus folgendem Grunde: mit der Monarchie haben wir das Ehrgefühl verloren, mit der Religion unsrer Väter die christliche Tugend, mit den vergeblichen Versuchen unsrer Regierung die Vaterlandsliebe. Diese Ideen bestehen wohl noch teilweise — denn Ideen gehen nie unter — aber sie durchdringen nicht mehr die Masse. Um heute die Gesellschaft zu stützen, haben wir kein anderes Mittel mehr als den Egoismus. Das Individuum glaubt an sich selbst. Die Zukunft ist der sozial gesinnte Mensch, darüber hinaus sehen wir nichts mehr. Der große Mann, der uns aus dem Schiffbruch, dem wir entgegensteuern, retten wird, wird sich gewiß des Individualismus bedienen, um die Nation wieder aufzubauen; aber indem wir auf diese Wiedergeburt warten, befinden wir uns in dem Jahrhundert der materiellen Interessen und des Positivismus. Dieses letzte Wort führen sie alle im Munde. Wir sind alle eingeteilt, nicht nach dem, was wir wert sind, sondern nach dem, was wir besitzen. Trägt der tatkräftige Mann einen Arbeitskittel, dann wird er kaum beachtet. Diese Lebensauffassung ist auch in die Regierung übergegangen. Der Minister schickt dem Seemann, der mit eigener Lebensgefahr ein Dutzend Leute rettet, eine ärmliche Rettungsmedaille, verleiht aber dem Abgeordneten, der ihm seine Stimme verkauft, das Kreuz der Ehrenlegion. Wehe dem Land, in dem es so aussieht! Die Völker sowohl als auch der Einzelne verdanken ihre Energie nur ihrem Gefühl. Das Gefühl eines Volkes ist sein Glaube. Aber anstatt Glauben haben wir Interessen. Wenn jeder nur an sich selbst denkt und nur an sich selbst glaubt, wie wollen Sie da viel Bürgermut antreffen, da die Vorbedingung zu dieser Tugend in der Selbstentäußerung liegt? Militärischer und bürgerlicher Mut beruhen auf denselben Grundsätzen. Sie, Herr Major, werden gerufen, um Ihr Leben auf einmal hinzugeben, das unsre verlieren wir tropfenweise. Auf jeder Seite derselbe Kampf unter anderen Formen. Es genügt nicht, ein ordentlicher Mensch zu sein, um das bescheidenste Fleckchen Erde zu kultivieren, man muß auch Kenntnisse besitzen. Und Kenntnisse, Redlichkeit und Vaterlandsliebe sind nichts ohne den eisernen Willen, mit dem ein Mensch sich von allen persönlichen Interessen lossagen muß, um sich einem sozialen Gedanken zu widmen. Gewiß, Frankreich besitzt mehr als einen gescheiten Mann, mehr als einen Patrioten in jeder Gemeinde, aber ich bin sicher, es gibt in jedem Bezirk nicht einen Menschen, der zu diesen wertvollen Eigenschaften noch die Beharrlichkeit besitzt, mit der der Schmied sein Eisen hämmert. Der Mann, der zerstört, und der Mann, der aufbaut, sind zwei Erscheinungen des Willens; der eine bereitet das Werk vor, der andere vollbringt es. Der erstere ist wie der böse Geist, der letztere scheint der gute Geist zu sein. Dem einen der Ruhm, dem andern das Vergessen. Das Böse hat eine dröhnende Stimme, die die gemeinen Seelen aufweckt und sie mit Bewunderung erfüllt, während das Gute lange stumm ist. Die menschliche Eigenliebe hat sich sehr bald für die glänzende Rolle entschieden. Ein Werk des Friedens ohne persönliche Hintergedanken wird immer etwas Zufälliges sein, solange die Erziehung die Sitten Frankreichs nicht geändert haben wird. Und sind jene Sitten anders geworden, sind wir alle große Bürger, werden wir dann bei den Annehmlichkeiten eines behaglichen Lebens nicht das langweiligste, das gelangweilteste, das kunstloseste, das unglücklichste Volk auf Erden werden? Es ist nicht an mir, diese großen Fragen zu entscheiden, ich stehe nicht an der Spitze des Landes. Aber neben diesen Erwägungen stehen auch noch andere Schwierigkeiten dem im Wege, daß die Verwaltung rechtliche Grundsätze habe. In Dingen der Zivilisation gibt es nichts Absolutes. Die Ideen, die für die eine Gegend geeignet sind, sind für eine andere bedeutungslos; und wie mit dem Boden ist es mit der Intelligenz auch. Wenn wir soviel schlechte Verwaltungsbeamte haben, so kommt es daher, daß das Verwaltungstalent, ebenso wie das

Künstlertalent, aus einem sehr hohen und sehr reinen Gefühl entspringen muß. Hier geht das Genie aus einer Veranlagung der Seele und nicht aus einem erworbenen Wissen hervor. Niemand kann weder die Handlungen noch die Gedanken eines Verwaltungsbeamten beurteilen, seine wahren Richter sind weit von ihm entfernt, seine Resultate sind es noch mehr. Jeder kann sich daher ohne Gefahr Verwaltungsbeamter nennen. In Frankreich hat der Geist etwas Verführerisches an sich, er flößt uns eine große Achtung vor den klugen Menschen ein; aber Klugheit bedeutet dort wenig, wo nur Wille am Platze wäre. Auch besteht Verwaltung nicht darin, einer Masse mehr oder minder richtige Ideen oder Methoden einzuimpfen, sondern darin, den schlechten oder guten Ideen dieser Masse eine nutzbringende Richtung zu geben, durch die sie mit dem allgemeinen Wohl in Einklang stehen. Wenn die Vorurteile und Leistungen in einer Gegend auf einen schlechten Weg führen, werden die Bewohner derselben ihre Irrtümer schon von selbst fahren lassen. Ziehen nicht alle Irrtümer auf landwirtschaftlichem, politischem oder privatem Gebiete Verluste nach sich, die im eigenen Interesse früher oder später wieder wettgemacht werden? Hier fand ich glücklicherweise schon tabula rasa vor. Auf meine Vorschläge hin hat sich das Land gut bebauen lassen, ich brauchte erst keine landwirtschaftlichen Fehler zu machen, der Boden war gut. Es ist mir also leicht gefallen, den fünfschlägigen Feldbau, künstliche Wiesenanlagen und den Kartoffelbau einzuführen. Mein landwirtschaftliches System stieß auf keine Vorurteile. Man benutzte hier nicht schon, wie in andern Teilen Frankreichs, schlechte Pflugmesser; die Hacke hatte für die Arbeit, die bisher hier getan wurde, genügt. Der Stellmacher hatte nun ein eigenes Interesse daran, meinen Räderpflug anzupreisen, um seine Erzeugnisse zu verkaufen, und wurde so mein bester Helfershelfer. Doch hier wie überall sonst war ich bestrebt, das Interesse des einen durch das des andern zu fördern. Dann ging ich von den Produkten, die diese Armen hier am allernötigsten brauchten, zu denen über, die ihren Wohlstand erhöhten. Ich habe nichts von außen hereingebracht, ich habe nur die Ausfuhr unterstützt, die sie reicher machen sollte und deren Vorteile direkt sichtbar waren. Diese Leute wurden, ohne daß sie es selbst wußten, durch ihre Arbeit meine Apostel. Dann war noch ein anderes zu bedenken: wir sind hier nur drei Meilen von Grenoble entfernt, und in der Nähe einer großen Stadt finden sich viele Absatzgebiete für Waren aller Art. Nicht jede Gemeinde liegt so günstig. Bei jeder Unternehmung dieser Art muß man daher den Geist des Landes prüfen, seine Lage, seine Einnahmequellen, muß den Boden, die Leute und die Dinge studieren und muß nicht Weinberge in der Normandie anlegen wollen. So ist also nichts so verschiedenartig wie die Verwaltung, sie hat wenig allgemeingültige Grundsätze. Das Gesetz ist einförmig, die Sitten der Erde, die Geister sind es nicht; so ist die Verwaltung eine Kunst, die Gesetze anzuwenden, ohne die Interessen zu schädigen. — Alles hat also nur lokale Bedeutung. Jenseits des Berges, an dessem Fuß unser verlassenes Dorf liegt, ist es z. B. unmöglich, mit einem Räderpflug zu arbeiten, der Boden ist zu steinig dazu. Wollte der Bürgermeister dieser Gemeinde unsre Gebräuche anwenden, er würde seine Bewohner zugrunde richten. Ich habe ihm daher den Rat gegeben, Weinberge anzulegen, und im vergangenen Jahr hat dieses kleine Land eine prachtvolle Ernte gehabt; sie haben ihren Wein gegen unser Korn eingetauscht.

Auf diese Weise genoß ich schließlich das Vertrauen der Leute, denen ich predigte. Wir waren dauernd im Kontakt miteinander. Ich heilte meine Bauern von ihren Krankheiten, die so leicht zu heilen waren. Es handelte sich in der Tat immer nur darum, ihnen durch genügende Nahrung die verbrauchten Kräfte wiederzuersetzen. Die Landbevölkerung ernährt sich — sei es nun aus Sparsamkeit oder aus Armut — so schlecht, daß ihre Krankheiten nur von ihrer Unterernährung herrühren, im allgemeinen sind sie gesund. Als ich nun ernstlich zu diesem Leben düsterster Resignation entschlossen war, habe ich lange geschwankt, sollte ich Geistlicher, Landarzt oder Friedensrichter werden. Nicht ohne Grund werden die drei schwarzen Roben: die des Pfarrers, des Richters und des Arztes, zusammen genannt; der eine heilt die Schäden der Seele, der andere die des Geldbeutels und der dritte die des Körpers. Sie stellen die Gesellschaft in ihren drei hauptsächlichsten Lebensäußerungen dar: als Gewissen, als Besitz, als Gesundheit. Früher äußerte sich der Staat in der ersten Form, später in der zweiten. Unsre Vorfahren glaubten, und vielleicht mit Recht, daß der Geistliche, der über das Reich der Gedanken herrsche, auch die Staatsgewalt inne haben müsse: er war König, Pontifex und Richter in einer Person. Heute ist alles anders geworden; nehmen wir unsre Epoche, wie sie ist. Ich bin da nun der Überzeugung: der Fortschritt der Zivilisation und das Wohlergehen der Massen hängen von diesen drei Menschengattungen ab, sie sind die drei Mächte, die das Volk unmittelbar die Wirkung von Tatsachen, Interessen und Grundsätzen empfinden lassen, jene drei großen Resultate, durch die sich bei einer Nation die geschichtlichen Ereignisse, der Besitz und die Ideen dokumentieren. Die Zeit geht weiter und bringt Veränderungen mit sich, der Besitz nimmt zu oder ab, alles muß nach diesen verschiedenen Wechselfällen geregelt werden: hieraus entspringen die Grundgedanken der Ordnung. Um die Zivilisation einzuführen, um die Produktion zu schaffen, muß man den Massen begreiflich machen, worin die Interessen des Einzelnen mit den Interessen der Nationen zusammenfallen, die aus Tatsachen, Vorteilen und Grundsätzen bestehen. Die drei vorgenannten Berufe, die sich notwendigerweise eng mit den menschlichen Lebensäußerungen berühren, scheinen mir daher heute die großen Hebel der Zivilisation zu sein; sie allein können einem gutgesinnten Menschen die wirksamen Mittel in die Hand geben, um das Los der ärmeren Klassen, mit denen sie dauernd in Berührung stehen, zu verbessern. Aber der Bauer hört lieber auf den Mann, der ihm ein Rezept verschreibt, damit sein Körper erhalten bleibt, als auf den Pfarrer, der über das Heil seiner Seele wacht: der eine kann ihm von der Erde sprechen, die er bebaut, der andere muß ihm vom Himmel reden, um den er sich heute leider sehr wenig kümmert. Ich sage leider, denn die Lehre von einem künftigen Leben ist nicht nur ein Trost, sondern auch ein Mittel, um zu regieren. Ist die Religion nicht die einzige Macht, die die sozialen Gesetze sanktioniert? Wir haben erst kürzlich Gott gerechtfertigt. Da die Religion fehlte, mußte die Regierung notgedrungen zur „Schreckensherrschaft" greifen, um ihre Gesetze vollstrecken zu können. Aber das war ein irdischer Schrecken, er ist vorübergegangen. — Doch wenn ein Bauer krank ist, bettlägerig oder in der Rekonvaleszenz, dann muß er auf Vernunftgründe hören; und er begreift sie, wenn sie ihm klar verständlich dargelegt werden. Aus dieser Überlegung heraus bin ich Arzt geworden. Ich rechnete mit meinen Bauern und für sie. So gab ich ihnen nur Verordnungen, die einen gewissen Erfolg haben mußten, damit sie notgedrungen die Richtigkeit meiner Ansichten anerkannten. Für das Volk muß man immer unfehlbar sein. Die Unfehlbarkeit hat Napoleon geschaffen, sie hätte einen Gott aus ihm gemacht, wenn die Welt ihn nicht bei Waterloo hätte fallen hören. Wenn Mohammed, nachdem er ein Drittel des Weltalls erobert hatte, eine Religion stiften konnte, so war dies nur möglich, weil er den Blicken der Welt das Schauspiel seines Todes entzog. Bei dem Bürgermeister eines Dorfes und bei einem Eroberer gelten die gleichen Grundsätze: die Nation und die Gemeinde sind ein und dieselbe Herde, die Masse ist überall gleich. — So war ich auch denen gegenüber, denen ich aus eigenen Mitteln Geld lieh, sehr rigoros. Denn ohne diese Strenge hätte man sich über mich lustig gemacht. Der Bauer, wie jeder andere Mensch auch, mißachtet schließlich denjenigen, den er betrügt.

Denn ist sich betrügen lassen nicht ein Zeichen von Schwäche? Nur die Kraft regiert. Für meine ärztliche Behandlung habe ich jedoch nie einen Heller verlangt, außer von den wirklich Wohlhabenden; aber ich habe ihnen den Wert meiner Leistungen stets gehörig deutlich gemacht. Ich habe die Medikamente, außer im Falle großer Armut bei dem Kranken, nie umsonst gegeben. Wenn mich also meine Bauern auch nicht bezahlen, so kennen sie ihre Schuld mir gegenüber ganz genau. Manchmal erleichtern sie ihr Gewissen und bringen mir Hafer für meine Pferde oder, wenn es nicht zu teuer ist, Brotgetreide. Wenn mir aber der Müller für meine Bemühungen nur Aale aus seinem Bach brächte, würde ich ihm sagen, daß er für so geringe Dienste viel zu gütig sei, und meine Höflichkeit hätte Erfolg: im Winter bekäme ich dann ein paar Säcke Mehl für die Armen. Diese Leute haben Herz, man darf es nur nicht in ihnen ertöten. Heute denke ich besser von den Menschen als früher."

„Sie haben es sich aber viel Mühe kosten lassen," sagte Genestas.

„Ich? nein!" erwiderte Benassis. „Es hat mich nicht mehr Mühe gekostet, ihnen etwas Vernünftiges zu sagen, als ihnen dummes Zeug vorzuschwatzen. Im Vorbeigehen, beim Plaudern und Scherzen sprach ich ihnen immer von ihren Angelegenheiten. Zuerst hörten sie nicht auf mich, ich mußte viel Widerwillen in ihnen überwinden. Für sie war ich ein Bourgeois, und ein solcher ist ihr Feind. Dieser Kampf machte mir jedoch Vergnügen. Zwischen dem Guten und dem Schlechten besteht kein anderer Unterschied als zwischen

der Ruhe des Gewissens und seiner Qual. Der Aufwand ist der gleiche. Würden die Verbrecher ein anständiges Leben führen, sie könnten Millionäre sein, anstatt gehängt zu werden; das ist alles."
„Bitte!" rief Jacquotte und trat herein, „das Essen wird ja ganz kalt."
„Ich habe zu dem, was ich da soeben von Ihnen gehört habe, nur eine Bemerkung zu machen", sagte Genestas und hielt den Arzt am Arme zurück. „Ich kenne keine von Mohammeds Kriegstaten, ich kann über seine militärischen Fähigkeiten nicht urteilen. Aber hätten Sie den Kaiser während seiner Feldzüge vorgehen sehen, Sie hätten ihn sicher für einen Gott gehalten. Und wenn er bei Waterloo besiegt wurde, so war es, weil er mehr als ein Mensch war; er hat zu schwer auf der Erde gelastet, die Welt ist unter ihm geborsten. Ich bin übrigens in allem andern vollständig Ihrer Ansicht und, alle Wetter! die Frau, die Sie geboren hat, hat ihre Zeit nicht verloren."
„Nun wollen wir uns aber zu Tisch setzen!" rief Benassis lächelnd aus.
Die Wände des Speisezimmers waren getäfelt und grau gestrichen. Das Mobiliar bestand aus einigen Strohstühlen, einer Anrichte, Schränken, einem Ofen und der berühmten Uhr des verstorbenen Pfarrers; an den Fenstern hingen weiße Gardinen. Der weißgedeckte Tisch zeigte keinen Luxus. Das Geschirr war aus Steingut. Die Suppe war, nach dem Geschmack des verstorbenen Pfarrers, eine so nahrhafte Fleischbrühe, wie sie nur je eine Köchin gekocht und angerichtet hat. — Kaum aber hatten der Arzt und sein Gast die Suppe gegessen, als ein Mann in die Küche gestürzt kam und trotz

Jacquottes Widerrede in das Speisezimmer eindrang.
„Nun, was gibt es?“ fragte der Arzt.
„Ach, Frau Vigneau ist eben leichenblaß geworden, so weiß, daß wir alle erschreckt sind.“
„Dann muß ich von Tisch aufstehen!“ rief Benassis unverdrossen aus.
Er erhob sich. Trotz der Bitten seines Wirtes schwor Genestas seinen heiligsten Soldateneid, daß er ohne seinen Gastgeber nicht bei Tisch sitzen würde, warf die Serviette fort und ging in das Wohnzimmer, um sich dort am Feuer zu wärmen und über das Elend nachzudenken, dem man in allen Lagen des Lebens, in die der Mensch gerät, unvermeidlich begegnen muß.
Benassis kam bald zurück, und die beiden zukünftigen Freunde setzten sich wieder zu Tisch.
„Tabourcau ist eben hier gewesen und hat Sie sprechen wollen“, sagte Jacquotte zu ihrem Herrn und trug das Gericht, das sie inzwischen warm gestellt hatte, auf.
„Wer ist denn bei ihm krank?“ fragte Benassis.
„Niemand, er wollte Sie nur für sich selbst konsultieren, wie er sagte, und kommt wieder.“
„Gut! Dieser Taboureau,“ wandte sich der Arzt wieder an Genestas, „ist für mich ein richtiges philosophisches Problem. Beobachten Sie ihn nur genau, wenn er hier ist, er wird Ihnen sicher Spaß machen. Er war Tagelöhner, ordentlich, sparsam, aß wenig und arbeitete viel. Kaum besaß dieser komische Kauz aber ein paar Taler, als sich seine Intelligenz entfaltete. Er hat die Entwicklung, die dieser arme Bezirk durch mich durchgemacht hat, verfolgt und hat versucht, davon zu

profitieren und sich dabei reich zu machen. Innerhalb von acht Jahren hat er sich ein für hiesige Verhältnisse großes Vermögen geschaffen, heute besitzt er vielleicht an vierzigtausend Franken. Doch möchte ich wetten, Sie erraten nicht, durch welches Mittel er diese Summe erworben hat. Er ist Wucherer, und so durch und durch Wucherer und durch eine Kombination, die sich derart auf die Interessen aller hiesigen Bauern gründet, daß ich meine Zeit vergeuden würde, wollte ich die Leute über die Vorteile, die sie aus ihrem Handel mit Taboureau zu ziehen meinen, eines Besseren belehren. Als dieser Teufelskerl sah, wie jeder seinen Grund und Boden durchackerte, ist er schnell in die Umgegend gegangen und hat die Samen aufgekauft, um sie den armen Leuten, die sie brauchten, zu liefern. Hier, wie überall, besaßen die Bauern, ja selbst die Pächter, oft nicht genug bares Geld, um den Samen zu bezahlen. Den einen lieh Taboureau daher einen Sack Gerste, für den sie ihm dann nach der Ernte einen Sack Roggen geben mußten; den andern ein Maß Getreide gegen einen Sack Mehl. Heute hat unser Freund diesen merkwürdigen Handel über das ganze Departement ausgedehnt. Wenn sich ihm nichts in den Weg stellt, kann er noch eine Million dabei verdienen. Dieser Tagelöhner Taboureau, ein guter Kerl, entgegenkommend und umgänglich, half jedem, der ihn darum anging; aber je mehr er verdiente, desto ränkesüchtiger wurde er. Je reicher er geworden ist, desto mehr haben sich seine Laster vergrößert. Wenn es der Bauer nämlich von einem arbeitsamen zu einem behaglichen Leben bringt oder gar zu Reichtum, dann wird er unerträglich.

Es gibt eine halb anständige, halb lasterhafte, halb gebildete, halb ungebildete Klasse, die immer die Verzweiflung der Regierung sein wird. In Taboureau werden Sie eine solche Menschenklasse ein wenig kennen lernen, einen anscheinend einfachen, ja unwissenden Menschen, der aber, sobald es sich um seinen eigenen Vorteil handelt, überaus gescheit sein kann."

Das Geräusch von schweren Tritten kündigte die Ankunft des Wucherers an.

„Kommen Sie nur herein, Taboureau!" rief Benassis.

Wie der Arzt gesagt hatte, sah sich Genestas den Bauer prüfend an und erblickte in Taboureau einen hageren, gebückten Menschen mit runzliger, weit vortretender Stirn. Aus dem eingefallenen Gesicht schauten zwei kleine graue schwarzgefleckte Augen durchdringend hervor. Der Mund war fest geschlossen und das spitze Kinn versuchte sich mit der originell gebogenen Nase zu vereinigen. Auf den hervorspringenden Backenknochen zeigten sich jene sternförmigen Runzeln, die auf ein Wanderleben und die Verschlagenheit der Roßtäuscher hindeuteten. Seine Haare waren schon grau. Er trug eine recht saubere blaue Jacke, deren Taschen auf den Hüften weit abstanden und deren offene Rockaufschläge eine blütenweiße Weste durchblicken ließen. — Er stellte sich breitbeinig hin und stützte sich dabei auf einen großen Stock. Trotz Jacquottes Abwehr war ein kleiner langhaariger Hund dem Getreidehändler ins Zimmer gefolgt und legte sich nun neben seinen Herrn hin.

„Nun, was gibt's?" fragte ihn Benassis.

Taboureau sah den Unbekannten, der mit dem Arzt am Tische saß, mißtrauisch an und sagte:
„Es handelt sich um keine Krankheit, Herr Bürgermeister, aber Sie können ebensogut die Wunden des Geldbeutels wie die des Körpers heilen, und ich komme, Sie in einem kleinen Streit, den ich mit einem Manne aus Saint-Laurent habe, um Rat zu fragen."
„Warum gehst du da nicht lieber zum Richter oder zu seinem Amtsschreiber?"
„Weil der Herr Doktor viel geschickter ist und ich mit Ihrer Zustimmung meiner Sache viel sicherer wäre."
„Mein lieber Taboureau, meinen ärztlichen Rat gebe ich den Armen sehr gern umsonst, aber einem so reichen Manne, wie du einer bist, kann ich nicht für nichts und wieder nichts seine Rechtshändel prüfen. Es kostet viel Geld, sich Wissen zu erwerben."
Taboureau drehte seinen Hut in der Hand.
„Wenn du meine Ansicht hören willst und dir dabei viel Geld ersparst, das du sonst dem Juristen in Grenoble hättest zahlen müssen, dann wirst du Frau Martin, die die Kinder vom Hospiz in Pflege hat, einen Sack Roggen schicken."
„Das will ich gern tun, wenn Sie es für notwendig halten. Kann ich meine Angelegenheit nun vorbringen, ohne den Herrn zu langweilen?" fügte er hinzu und zeigte auf Genestas. Und auf ein Kopfnicken des Arztes hin begann er: „Vor ungefähr zwei Monaten also hat ein Mann aus Saint-Laurent mich aufgesucht, ‚Taboureau', hat er gesagt, ‚könnt Ihr mir hundertsiebenunddreißig Säcke Gerste verkaufen?' ‚Warum nicht,' antwor-

tete ich ihm, ‚das ist doch mein Geschäft. Muß es sofort sein?' — ‚Nein,' sagt er mir, ‚Anfang Frühjahr, zum März.' ‚Gut!' Dann sprechen wir über den Preis und einigen uns beim Wein dahin, daß er mir den Preis zahlt, den die Gerste zum letzten Markt in Grenoble hatte, und daß ich sie ihm im März liefern werde, abzüglich der Lagerkosten natürlich. Aber die Gerste steigt im Preise, steigt und geht fort wie warme Semmeln. Ich brauche dringend Geld und verkaufe meine Gerste, das ist doch nur selbstverständlich, nicht wahr?"

„Nein," sagte Benassis, „die Gerste gehörte dir nicht mehr, sie lagerte nur bei dir. Wenn die Gerste im Preise gefallen wäre, hättest du da deinen Käufer nicht auch gezwungen, sie zu dem vereinbarten Preise zu nehmen?"

„Aber, dieser Mann hätte mich vielleicht gar nicht bezahlt. Das ist doch nun einmal nicht anders, der Kaufmann muß den Profit nutzen, wo er sich bietet. Aber eine Ware gehört mir erst dann, wenn ich sie bezahlt habe, nicht wahr, Herr Leutnant? denn man sieht gleich, daß der Herr Soldat gewesen ist."

„Taboureau," sagte Benassis ernst, „du wirst dich noch einmal ins Unglück stürzen. Früher oder später straft Gott die bösen Taten. Wie kann ein Mann mit solchen Fähigkeiten, der so gescheit ist, wie du, ein Mann, der sein Geschäft sonst anständig betreibt, in diesem Kanton das Beispiel der Unredlichkeit geben? Wenn du solche Dinge tust, wie willst du da verlangen, daß die Armen anständig bleiben und dich nicht nun auch ihrerseits betrügen? Deine Arbeiter werden dir einen Teil der Zeit, die dir gehört, stehlen, und alle werden

hier den Begriff von Anständigkeit verlieren. Du bist im Unrecht. Deine Gerste war als geliefert anzusehen. Wenn der Mann aus Saint-Laurent sie schon mitgenommen hätte, hättest du sie ihm auch nicht wieder fortnehmen können: Du hast also über etwas verfügt, was nicht mehr dir gehörte. Deine Gerste war nach eurer Vereinbarung schon zu Gelde geworden. Aber berichte weiter."
Genestas machte dem Arzt mit den Augen ein Zeichen, um ihn auf Taboureaus Unerschütterlichkeit aufmerksam zu machen. Nicht eine Fiber hatte sich während dieser Vorhaltungen in dem Gesicht des Wucherers bewegt; seine Stirn war nicht rot geworden, seine kleinen Augen blieben ruhig.
„Sie meinen also, ich bin angewiesen, die Gerste zu dem Winterpreise zu liefern? Ich aber glaube nicht, daß ich dazu verpflichtet bin."
„Höre, Taboureau, liefere schnell die Gerste oder rechne nicht mehr auf die Achtung der Menschen. Solltest du einen solchen Prozeß gewinnen, du wärest doch ein Mensch ohne Treu und Glauben, ohne Ehrenwort."
„Scheuen Sie nicht, mich einen Gauner, einen Halunken, einen Dieb zu nennen; im Geschäftsleben sagt man so etwas, Herr Bürgermeister, ohne jemanden zu beleidigen. In Geschäften, sehen Sie, da heißt es: jeder für sich!"
„Und warum bringst du dich freiwillig in die Lage, solche Ausdrücke zu verdienen?"
„Aber, Herr, wenn das Gesetz für mich ist!"
„Aber das Gesetz wird nicht für dich sein."
„Sind Sie dessen ganz sicher, ganz, ganz sicher? Denn bedenken Sie, die Sache ist sehr wichtig."
„Gewiß, ich bin dessen ganz sicher. Wenn ich

nicht bei Tisch sitzen würde, würde ich dir das Gesetzbuch zu lesen geben. Wenn du also den Prozeß anstrengst, wirst du ihn verlieren und wirst keinen Fuß mehr über meine Schwelle setzen. Ich will nicht Leute bei mir sehen, die ich nicht achte. Und hörst du, du wirst deinen Prozeß verlieren."

„O nein, ich werde ihn nicht verlieren," sagte Taboureau. „Sehen Sie, Herr Bürgermeister, der Mann aus Saint-Laurent ist es, der mir die Gerste schuldet, ich habe sie ihm abgekauft, und er weigert sich, sie mir zu liefern. Ich wollte nur erst sicher sein, daß ich auch gewinnen würde, ehe ich zum Gerichtsschreiber gehe und mich in Unkosten stürze."

Genestas und der Arzt sahen einander an und ließen sich das Erstaunen nicht merken, das ihnen das geniale Vorgehen einflößte, welches dieser Mann angewandt hatte, um die Wahrheit über seinen Rechtsfall zu erfahren.

„Höre, Taboureau, dein Mann handelt in schlechtem Glauben, mit solchen Leuten mußt du kein Geschäft mehr abschließen."

„Ja, ja, diese Leute verstehen sich aufs Geschäft."

„Leb wohl, Taboureau!"

„Ihr Diener, Herr Bürgermeister, Ihr Diener, Herr Leutnant."

„Nun," sagte Benassis, als der Wucherer fort war, „glauben Sie nicht auch, daß es dieser Mann in Paris bald zum Millionär bringen würde?"

Als das Essen beendet war, gingen die beiden Herren in das Wohnzimmer zurück, wo sie den Rest des Abends bis zum Schlafengehen von Krieg und Politik sprachen. Bei dieser Unterhaltung äußerte Genestas eine heftige Abneigung gegen die Engländer.

„Mein Herr," sagte der Arzt, „darf ich wohl auch wissen, wen ich die Ehre habe, als Gast bei mir zu beherbergen?"

„Mein Name ist Pierre Bluteau," erwiderte Genestas, „ich bin Hauptmann in Grenoble."

„Sehr angenehm. Wollen Sie es nun ebenso machen, wie es Herr Gravier tat? Von des Morgens an, nach dem Frühstück, begleitete er mich auf meinen Wegen in die Umgegend. Es ist nicht gesagt, daß Sie an den Dingen, mit denen ich mich beschäftige, Vergnügen haben werden, sie sind alle ganz gewöhnlicher Art. Außerdem sind Sie ja weder Grundbesitzer noch Bürgermeister und werden in dem Bezirk wenig sehen, was Sie nicht anderswo auch schon gesehen haben: eine Hütte sieht aus wie die andere, jedoch sind Sie dabei in der frischen Luft und Ihr Spaziergang hat ein Ziel."

„Nichts macht mir mehr Vergnügen als dieser Vorschlag; ich hatte nicht gewagt, Ihnen denselben von mir aus zu machen, aus Furcht, Ihnen lästig zu fallen."

Der Major Genestas, den wir trotz seines absichtlichen Pseudonyms weiter bei seinem richtigen Namen nennen wollen, wurde von seinem Wirt in ein Zimmer im ersten Stock geführt, das über dem Wohnzimmer lag.

„Schön," sagte Benassis, „Jacquotte hat Ihnen schon Feuer gemacht. Wenn Sie noch irgend etwas wünschen — ein Klingelzug befindet sich an Ihrem Bett."

„Ich glaube kaum, daß mir irgend etwas fehlen

wird!" rief Genestas aus. „Hier steht ja sogar ein Stiefelknecht. Man muß ein alter Soldat sein, um den Wert dieses Möbelstückes ermessen zu können. Im Kriege möchte man manchmal ein ganzes Haus durchstöbern, nur um solch ein Ding zu bekommen. Nach langen Märschen und vor allem nach einer Schlacht kommt es vor, daß einem der Fuß in dem durchnäßten Leder derart geschwollen ist, daß er keinem Versuch nachgibt. Wie oft habe ich da nicht schon mit den Stiefeln geschlafen. Wenn man allein schläft, ist das Unglück noch immerhin erträglich."
Der Major blinzelte mit den Augen, um seinen letzten Worten eine vielsagende Bedeutung zu geben. Dann sah er sich nicht ohne Erstaunen in diesem Zimmer um, in dem alles bequem, sauber und fast elegant war.
„Welch ein Luxus!" sagte er, „Sie müssen sicherlich auch herrlich wohnen!"
„Kommen Sie und sehen Sie sich einmal bei mir um," erwiderte der Arzt, „ich bin Ihr Nachbar, wir sind nur durch die Treppe getrennt."
Genestas war ziemlich erstaunt, als er, bei dem Arzt eintretend, ein kahles Zimmer fand, das als einzigen Schmuck eine alte gelbliche Tapete mit brauner Rosette hatte, die schon an einigen Stellen ausgeblaßt war. Das grob gestrichene eiserne Bett mit einem Holzbügel darüber, von dem zwei graue Kattunvorhänge herabhingen und vor dem ein häßlicher, schmaler und abgenutzter Teppich lag, glich einem Krankenhausbett. Am Kopfende stand einer jener vierbeinigen Nachttische, deren Vorderseiten zum Auf- und Zurollen eingerichtet sind und die dabei ein Geräusch machen

wie Kastagnetten. Drei Stühle, zwei Strohsessel, eine Nußbaumkommode, auf der eine Waschschüssel stand, und ein sehr alter Waschkrug, an dem der Deckel mit einem Bleischarnier befestigt war, vervollständigten das Mobiliar. Der Kamin war kalt; alles, was zum Rasieren notwendig ist, lag auf dem bemalten Kaminsims vor einem Spiegel, der an einem Stück Schnur befestigt war. Der sauber gefegte Steinfußboden war an mehreren Stellen abgenützt, zerbrochen und hatte Löcher. Graue Kattunvorhänge mit grünen Fransen hingen an den beiden Fenstern. Alles, selbst der runde Tisch, auf dem ein paar Blatt Papier, ein Schreibzeug und Federn herumlagen, alles in diesem einfachen Raume, dem die äußerste Sauberkeit, für die Jacquotte sorgte, eine Art Ordnung verzieh, erinnerte an ein fast mönchisches Leben voller Innerlichkeit, aber ohne Sinn für die äußeren Dinge. Eine offene Tür ließ den Major in ein kleines Zimmer sehen, in dem sich der Arzt offenbar sehr selten aufhielt. Es sah ungefähr ebenso aus wie das Schlafzimmer. Ein paar verstaubte Bücher lagen verstreut auf den verstaubten Bücherregalen, und die Bretter mit etikettierten Flaschen ließen ahnen, daß die Apotheke hier eine größere Rolle spielte als die Wissenschaft.

„Sie werden mich fragen, warum dieser Unterschied zwischen Ihrem und meinem Zimmer besteht“, nahm Benassis das Wort. „Ja, wissen Sie, ich habe mich immer für diejenigen geschämt, die Gäste unter ihrem Dach beherbergen und ihnen Spiegel hinhängen, die das Gesicht so entstellen, daß, wenn man hineinsieht, es größer oder kleiner aussieht, als es wirklich ist, oder krank oder wie vom Schlage gerührt. Soll man sich nicht bemühen, seinen Freunden ihre vorübergehende Wohnung so angenehm wie möglich zu machen? Die Gastfreundschaft erscheint mir ebensosehr eine Tugend wie ein Glück und ein Luxus zu sein. Aber unter welchen Gesichtspunkten Sie sie auch betrachten, ohne dabei den Fall auszunehmen, wo sie ein Geschäft ist, soll man seinem Gast oder seinem Freunde nicht alles Behagen und alle Annehmlichkeiten gewähren? Aus diesem Grunde sind bei Ihnen alle schönen Möbel, warmen Teppiche, die Vorhänge, die Uhr, die Leuchter und die Nachtlampe. Sie sollen eine Kerze haben und die ganze Sorgfalt von Jacquotte genießen, die Ihnen sicherlich auch neue Pantoffel, ein Glas Milch und ihre Wärmflasche gebracht hat. Ich hoffe, Sie haben noch nie bequemer gesessen als in dem weichen Sessel, den der selige Pfarrer, ich weiß nicht wo, aufgetrieben hat. Aber das ist eine alte Tatsache, will man etwas ausgesucht Gutes, Schönes und Bequemes finden, so muß man bei der Kirche danach suchen. Ich hoffe also, daß Ihnen alles im Zimmer gefallen wird. Sie finden ein gutes Rasiermesser, vorzügliche Seife und all die kleinen Dinge, die ein Zuhause so behaglich machen. Aber, mein lieber Herr Bluteau, sollte Ihnen meine Auffassung von der Gastfreundschaft den Unterschied zwischen unsern beiden Zimmern noch nicht genügend erklärt haben, dann werden Sie die Kahlheit meines Schlafzimmers und die Unordnung meines Arbeitszimmers ganz verstehen, wenn Sie erst morgen das Kommen und Gehen bei mir mit angesehen haben werden. Zudem ist mein Leben kein häusliches, ich bin immer draußen. Wenn ich in der Wohnung bin, kommen die Bauern alle Augenblicke zu mir, um mich zu sprechen; ich gehöre ihnen mit Leib und Seele und Wohnung. Kann ich mich da um Eleganz kümmern und um den unvermeidlichen Schaden, den diese guten Leute, ohne es zu wollen, meinen Möbeln zufügen würden? Der Luxus gehört nur in die Villen, in die Schlösser, in die Salons und in die Gesellschaftsräume. Ich halte mich hier auch fast nur zum Schlafen auf, was brauche ich da Eleganz? Sie wissen ja auch gar nicht, wie gleichgültig mir hienieden alles ist."

Sie sagten sich freundschaftlich gute Nacht, drückten sich herzlich die Hände und gingen zu Bett. Der Major schlief nicht ein, ohne noch einmal über diesen Mann nachgedacht zu haben, der ihm von Stunde zu Stunde bedeutender erschienen war.

☆

ZWEITES KAPITEL

☆

QUERFELDEIN

DIE LIEBE, DIE JEDER REITER FÜR SEIN Pferd empfindet, führte Genestas schon in aller Frühe in den Stall. Er war mit der Behandlung, die Nicolle seinem Tier hatte angedeihen lassen, sehr zufrieden.

„Schon so früh auf, Major Bluteau?" rief Benassis aus, als er seinem Gast begegnete. „Sie sind ein echter Soldat, Sie hören die Reveille überall, sogar hier im Dorf!"

„Geht es gut?" gab Genestas zur Antwort und streckte ihm freundschaftlich die Hand entgegen.

„Mir geht es nie ganz gut", erwiderte Benassis in einem halb traurigen, halb heiteren Ton.

„Hat der Herr gut geschlafen?" fragte Jacquotte Genestas.

„Das will ich meinen, mein schönes Kind, Sie haben mir ja das Bett wie für eine Braut hergerichtet."

Jacquotte folgte lächelnd ihrem Herrn und dem Offizier. Als sie beide am Tisch sitzen sah, sagte sie zu Nicolle: „Er ist doch ein guter Mensch, dieser Herr Major."

„Das will ich meinen, mir hat er schon vierzig Sous gegeben."

„Wir werden zunächst zwei Tote besuchen," sagte

Benassis zu seinem Gast, als sie aus dem Speisezimmer heraustraten. „Obgleich die Ärzte ihren vermeintlichen Opfern nicht gern gegenüberstehen, werde ich Sie in zwei Häuser führen, in denen Sie eine recht merkwürdige Beobachtung über die menschliche Natur machen können. Sie werden zwei Bilder sehen, die Ihnen beweisen, wie verschieden im Gefühlsausdruck der Bergbewohner von dem Bewohner des flachen Landes ist. Der Teil unsres Bezirks, der auf den Höhen gelegen ist, bewahrt noch Gebräuche, die einen antiken Anstrich haben und in etwas an die Vorgänge in der Bibel erinnern. Auf unsrer Gebirgskette ist von der Natur eine Linie gezogen, von der ab alles ein anderes Ansehen bekommt. Oben herrscht die Kraft, unten die Geschicklichkeit, oben tiefe Gefühle, unten ein unablässiges Gerichtetsein auf die Interessen des materiellen Lebens. Mit Ausnahme des Tales von Anjou, wo auf der Nordseite die Dummen und auf der Südseite die Klugen wohnen, zwei Volksstämme, die nur durch einen kleinen Fluß von einander getrennt, in allem grundverschieden sind: in der Figur, im Gang, im Aussehen, in den Sitten und in der Beschäftigung, habe ich diese Verschiedenheit noch nie so deutlich gesehen wie hier. Diese Tatsache sollte diejenigen, die ein Land zu verwalten haben, dazu veranlassen, in großem Umfang lokale Studien anzustellen, um daraus für die Anwendung der Gesetze etwas zu lernen! — — Doch die Pferde sind gesattelt, machen wir uns auf den Weg!"

Die beiden Reiter kamen nach kurzer Zeit an ein Haus, das sich in dem Teil des Dorfes befand, der nach den Bergen der Grande-Chartreuse zu gelegen war. Im Hausflur dieses Gebäudes, das recht sauber gehalten war, erblickten sie einen mit einem schwarzen Tuch bedeckten Sarg, der zwischen vier Kerzen auf zwei Stühle gestellt war. Daneben, auf einem Schemel, stand eine Kupferschale mit Weihwasser, in dem ein Buchsbaumzweig lag. Jeder Vorübergehende trat in den Flur, kniete vor der Leiche nieder, betete ein Vaterunser und sprengte ein paar Tropfen Weihwasser auf die Bahre. Über dem schwarzen Tuch kamen grüne Büsche von Jasmin zum Vorschein, über der Tür zog sich die gewundene Rebe eines Weinstocks hin, der schon ausgeschlagen hatte. — Ein junges Mädchen war eben damit beschäftigt, vor dem Hause zu fegen, aus jenem unbestimmten Bedürfnis nach Schmuck, nach dem jede Zeremonie, und wäre es die traurigste, verlangt. Der älteste Sohn des Verstorbenen, ein junger Bauer von zweiundzwanzig Jahren, stand unbeweglich gegen den Pfosten der Tür gelehnt. Er hatte Tränen in den Augen, die über sein Gesicht liefen und die er sich von Zeit zu Zeit verstohlen abwischte. Als Benassis und Genestas in den Hof traten, nachdem sie vorher ihre Pferde an eine der Pappeln angebunden hatten, die an einer kleinen halbhohen Mauer standen, über die hinweg sie das eben geschilderte hatten beobachten können, kam die Witwe aus dem Stall, von einer Frau begleitet, die einen Topf mit Milch trug.

„Seien Sie standhaft, gute Pelletier“, sagte die letztere.

„Ach, liebe Frau, wenn man fünfundzwanzig Jahre mit einem Mann zusammen gelebt hat, ist es hart, sich von ihm zu trennen." Und Tränen kamen ihr in die Augen. „Bezahlen Sie die zwei Sous jetzt gleich?" fügte sie nach einer Pause hinzu und streckte ihrer Nachbarin die Hand entgegen.

„Das hätte ich beinahe vergessen," sagte die Frau und gab ihr das Geldstück. „Und trösten Sie sich. Da kommt Herr Benassis."

„Nun, gute Mutter, geht es besser?" fragte der Arzt.

„Ach, Herr Bürgermeister," sagte sie weinend, „es muß schon gehen, trotz alledem. Ich sage mir immer, daß mein Mann jetzt wenigstens nicht mehr leidet. Er hat ja so viel durchgemacht. Aber kommen Sie doch herein, meine Herren. Jacques, biete den Herren doch Stühle an. Geh, tummle dich, du wirst deinen armen Vater auch nicht wieder lebendig machen, und wenn du hundert Jahre da stehen bleibst. Und jetzt mußt du überhaupt für zwei arbeiten."

„Nein, nein, gute Frau, lassen Sie Ihren Sohn, wir setzen uns ohnedies nicht. Sie haben da einen Jungen, der für Sie sorgen wird und der gewiß fähig ist, den Vater zu ersetzen."

„Geh, zieh dich an, Jacques!" rief die Witwe, „sie werden dich bald holen kommen."

„Also, leben Sie wohl, Mutter!" sagte Benassis.

„Ihre ergebene Dienerin, meine Herren!"

„Sie sehen", sagte der Arzt, „hier wird der Tod wie ein erwartetes Ereignis aufgefaßt, das das Familienleben in seinem Lauf nicht aufhält; selbst Trauerkleider werden Sie hier nicht tragen sehen. In den Dörfern macht sich keiner diese Ausgabe, sei es aus wirklicher Armut, sei es aus Sparsamkeit. Auf dem Lande gibt es also keine Trauer. Die Trauer ist weder eine Sitte noch eine Vorschrift; sie ist mehr, sie ist eine Institution, die mit all den Gesetzen zu tun hat, die von ein und demselben Prinzip abhängen, von der Moral. Trotz all unsrer Bemühungen ist es weder Herrn Janvier noch mir gelungen, unsern Bauern begreiflich zu machen, wie wichtig für die Aufrechterhaltung der sozialen Ordnung das Festhalten an den offiziellen Gebräuchen ist. Diese guten Leute, die erst eben freie Menschen geworden sind, sind noch nicht fähig, die neuen Beziehungen zu erfassen, die sie mit allgemeinen Gedanken verbinden sollen. Jetzt sind sie erst bei den Ideen der Ordnung und des leiblichen Wohlergehens; später, wenn ein anderer mein Werk fortsetzen wird, werden sie wohl auch zu den Grundsätzen gelangen, die dazu verhelfen, das öffentliche Recht aufrecht zu erhalten. Es genügt in der Tat nicht, ein anständiger Mensch zu sein, man muß auch als ein solcher auftreten. Die Gesellschaft lebt nicht nur von ethischen Ideen, sie bedarf, um zu bestehen, auch der Handlungen, die diese Ideen dokumentieren. In den meisten ländlichen Gemeinden gibt es unter hundert Familien, denen der Tod ihr Familienoberhaupt entrissen hat, nur einige wenige, die, besonders tief veranlagt, dem Toten ein längeres Andenken bewahren. Alle andern aber werden ihn in einem Jahr völlig vergessen haben. Ist dieses Vergessen nicht ein großes Manko? Die Religion ist das Herz eines Volkes, sie bringt seine Gefühle zum Ausdruck und steigert sie dadurch, daß sie ihnen ein Ziel gibt. Aber ohne einen sichtbar verehrten Gott existiert die Religion nicht, und folglich haben auch die menschlichen Gesetze keine Gewalt. Gehört das Gewissen Gott allein, dann fällt der Körper unter das soziale Gesetz; ist es da nicht wie ein Anfang von Atheismus, wenn man die Zeichen eines frommen Schmerzes verwischt, wenn man die Kinder, die noch nicht nachdenken können, und die Leute, die ein Vorbild brauchen, nicht nachdrücklich auf die Notwendigkeit hinweist, den Gesetzen zu folgen, und zwar durch ein offen zu bekennendes Sichfügen in die Vorsehung, die Wunden schlägt und auch heilt, die die Güter dieser Welt gibt und auch wieder nimmt? Ich gestehe, daß ich hier — nach Zeiten spöttischen Unglaubens — den Wert der religiösen Zeremonien und der Familienfeierlichkeiten wieder erkannt habe, wie auch die Wichtigkeit der häuslichen Gebräuche und Feste. Die Grundlage aller menschlichen Gesellschaft wird immer die Familie sein. Dort, wo die Ausübung von Macht und Gesetz beginnt, dort wenigstens muß der Gehorsam erlernt werden.

In all ihren Konsequenzen gesehen sind der Familiensinn und die väterliche Gewalt zwei in unserm neuen Gesetz noch viel zu wenig entwickelte Prinzipien. Auf der Familie, der Gemeinde, dem Departement ruht unser ganzes Land. Auf diesen drei großen Einteilungen müssen die Gesetze aufgebaut sein. Nach meiner Ansicht können die Verheiratung der Ehegatten, die Geburt der Kinder, der Tod der Väter nie mit zu viel Äußerlichkeit umgeben werden. Was den Katholizismus so groß gemacht, was ihn so ganz mit dem täglichen Leben verknüpft hat, das ist ja gerade der äußere Aufwand, mit dem er bei den ernsten Gelegenheiten

des Lebens auftritt, um sie mit so kindlich-rührendem und zugleich so gewaltigem Pomp zu umgeben, sobald sich nur der Priester der Größe seiner Mission bewußt ist und es versteht, seine Amtshandlung mit der Heiligkeit der christlichen Moral in Einklang zu bringen.
Früher hielt ich die katholische Religion für eine Anhäufung von Vorurteilen und geschickt ausgebeutetem Aberglauben, die eine kluge Zivilisation ausrotten sollte. Hier aber habe ich ihre politische Notwendigkeit und ihre ethische Nützlichkeit eingesehen. Hier habe ich ihre Macht erkannt in der Bedeutung des Wortes, das sie ausdrückt. Religion heißt Band, und die Ausübung des Kultes oder, anders ausgedrückt, die dargestellte Religion ist die einzige Macht, die alle sozialen Schichten miteinander verbinden und ihnen eine dauernde Form verleihen kann. Hier habe ich auch den Balsam empfunden, den die Religion auf die Wunden des Lebens träufelt... ohne mich weiter darüber auszusprechen, habe ich gefühlt, wie ausgezeichnet sie sich mit der Leidenschaftlichkeit der südlichen Völker verträgt.
Schlagen Sie dort den ansteigenden Weg ein," unterbrach sich der Arzt, „wir müssen auf den Berg hinauf. Von dort aus beherrschen wir die beiden Täler, und Sie werden einen schönen Anblick genießen. Ungefähr dreitausend Fuß über dem Mittelmeer sehen wir Savoyen und die Dauphiné, die Berge des Lyonnais und der Rhône. Wir befinden uns da in einer andern Gemeinde, in einer Berggemeinde, wo Sie in einem Gutshof, den Herr Gravier verpachtet hat, das Schauspiel sehen werden, von dem ich Ihnen sprach; jenen

selbstverständlichen Pomp, der meiner Auffassung entspricht. In dieser Gemeinde wird die Trauer mit Andacht getragen. Die Armen veranstalten Sammlungen, um sich Trauerkleider anschaffen zu können. In solchen Fällen verweigert ihnen auch keiner seine Unterstützung. Es vergeht kaum ein Tag, an dem eine Witwe nicht unter Tränen von ihrem Verlust spricht; und zehn Jahre nach ihrem Unglück sind ihre Gefühle noch ebenso tief wie am ersten Tag. Die Sitten sind dort noch patriarchalisch; die Autorität des Vaters ist unbegrenzt, sein Wort ist unumstößlich. Bei den Mahlzeiten sitzt er allein am oberen Ende des Tisches, seine Frau und seine Kinder bedienen ihn; in seiner Umgebung spricht man nicht zu ihm, ohne gewisse ehrerbietige Redewendungen zu gebrauchen, vor ihm steht jeder mit entblößtem Haupt auf. So erzogen, bekommen die Männer das Bewußtsein ihrer Stellung. Diese Gebräuche sind nach meinem Gefühl die Grundlagen für eine würdige Erziehung. So ist man denn auch in dieser Gemeinde im allgemeinen gerecht, sparsam und fleißig. Jeder Vater pflegt, wenn ihm sein hohes Alter die Arbeit nicht mehr erlaubt, seinen Besitz gleichmäßig unter seine Kinder zu verteilen. Die Kinder unterhalten ihn dann. Im vorigen Jahrhundert lebte hier ein Greis von neunzig Jahren; nachdem er sein Hab und Gut unter seine vier Kinder verteilt hatte, lebte er bei jedem dieser Kinder drei Monate des Jahres. Als er den Ältesten verließ, um zum Jüngsten zu ziehen, fragte ihn einer seiner Freunde: ‚Nun, bist du zufrieden?' ‚Das will ich meinen', sagte ihm der Alte. ‚Sie haben mich wie ein Kind behandelt.'

Dieses Wort ist einem Offizier namens Vauvenargues, der in Grenoble stand und ein berühmter Moralist war, so bemerkenswert erschienen, daß er in mehreren Salons von Paris davon gesprochen hat. Und dort wurde dieser schöne Ausspruch von einem Schriftsteller namens Chamfort aufgegriffen. Aber es werden hier bei uns noch bedeutungsvollere Aussprüche getan, als es dieser ist, es fehlen ihnen nur die rechten Historiker, um sie zu hören."

„Ich habe in Böhmen und Ungarn mährische Brüder gesehen, freie Mönche", sagte Genestas. „Diese Christen haben eine gewisse Ähnlichkeit mit Ihren Bergbewohnern. Diese guten Leute haben die Leiden des Krieges mit einer wahren Engelsgeduld getragen."

„Die einfachen Sitten", antwortete der Arzt, „sind wohl in allen Ländern ungefähr die gleichen. Das Wahre hat nur eine Form. Zwar tötet das Landleben viele Gedanken, aber es vermindert das Verbrechen und entfaltet die Tugend. Denn je weniger Menschen auf einem Punkt zusammengedrängt sind, desto weniger Verbrechen, Delikten und schlechten Gesinnungen begegnet man. Die Reinheit der Luft trägt viel zur Reinheit der Sitten bei."

Die beiden Reiter, die einen steilen Weg hinaufritten, kamen auf der Hochfläche an, von der Benassis gesprochen hatte. Das Land zieht sich hier um einen hohen, völlig kahlen Gipfel, der alles überragt und auf dem nichts gedeiht. Die höchste Spitze ist grau, überall zerklüftet, steil und unerklimmbar. Der fruchtbare, von Felsen umgebene Boden erstreckt sich unterhalb dieses Gipfels und zieht sich in einer Breite von einigen hundert Morgen an ihm hin. Im Süden sieht das Auge, durch eine große Spalte, die französische Maurienne-Kette, die Dauphiné, die Felsen von Savoyen und die fernen Berge des Lyonnais. Als Genestas noch stand und dieses Bild genoß, das von der Frühlingssonne hell beschienen wurde, ließen sich Klagelaute hören.

„Kommen Sie", sagte Benassis, „der ‚Gesang' beginnt. Diesen Teil der Trauerfeierlichkeit nennt man nämlich ‚Gesang'."

Der Offizier sah darauf am östlichen Abhang der Bergspitze einen großen Gutshof, dessen Gebäude im Viereck erbaut waren. Das gewölbte Eingangstor aus Granit hatte etwas Gewaltiges an sich; sein verwittertes Aussehen wurde noch durch die uralten Bäume daneben und durch die Pflanzen, die auf den höchsten Firsten wucherten, gesteigert. Das Hauptgebäude lag hinten im Hof; zu dessen beiden Seiten standen die Scheunen, die Schaf-, Pferde- und Kuhställe und die Remisen; und in der Mitte befand sich die große Dunggrube. Dieser Hof einer reichen und vielköpfigen Gutsfamilie, der sonst stets belebt war, lag in diesem Augenblick still und traurig da. Die Tür zu dem Wirtschaftshof war geschlossen, die Tiere blieben in ihren Ställen, von wo aus ihre Laute kaum hörbar waren. Alle Stalltüren waren sorgfältig geschlossen. Der Weg, der zum Wohnhaus führte, war gefegt. Diese Ordnung an einer Stelle, wo sonst Unordnung zu herrschen pflegte, das Fehlen von Bewegung und die Stille an einem sonst so geräuschvollen Platz, die Ruhe des Berges, der Schatten, den die Bergspitzen warfen, alles trug dazu bei, die Seele zu berühren. So sehr Genestas auch an starke Eindrücke gewöhnt war, so ergriff ihn doch der Anblick von ungefähr zwölf weinenden Männern und Frauen sehr, die draußen vor der Tür des großen Saales standen und die alle in der Zeit, in der er auf das Haus des Gutspächters zuging, mit einer erschreckend einförmigen Betonung und zu wiederholten Malen ausriefen: „Der Herr ist tot!" Als dieser Ruf aufhörte, erklangen Klagen aus dem Innern des Hauses, und eine Frauenstimme ließ sich durch das Fenster hören!

„Ich wage nicht, mich in diesen Schmerz zu mischen," sagte Genestas zu Benassis.

„Ich besuche die Familien, in denen ein Todesfall ist, immer; teils um zu sehen, ob ihnen nicht durch den Schmerz etwas zugestoßen ist, teils um die Todesursache festzustellen. Sie können mich ohne Bedenken begleiten; zudem ist das, was vorgeht, so imposant, und es sind so viele Leute anwesend, daß Sie gar nicht bemerkt werden."

Als Genestas dem Arzt folgte, sah er das erste Zimmer in der Tat voller Angehöriger. Sie gingen beide durch die Versammlung hindurch und setzten sich neben die Tür, die in ein Schlafzimmer führte, das neben dem großen Saal lag, der gleichzeitig als Küche diente und als Versammlungsort für die Familie oder, besser gesagt, für die ganze Kolonie, denn die Länge des Tisches deutete auf eine tägliche Anwesenheit von vierzig Personen. Die Ankunft Benassis' unterbrach die Worte einer hochgewachsenen, schwarzgekleideten Frau mit aufgelöstem Haar, die mit beredter Geste die Hand des Toten in der ihren hielt. Der Verstorbene, in seinen besten Anzug gekleidet, lag steif auf seinem Bett, dessen Vorhänge zurückgeschlagen waren. Das ruhige, verklärte Antlitz und besonders die weißen Haare machten fast einen theatralischen Eindruck. Zu beiden Seiten des Verstorbenen befanden sich die Kinder und Angehörigen der Ehegatten: zur Linken die Verwandten der Frau, zur Rechten die des Mannes, beide streng voneinander getrennt. Männer und Frauen knieten und beteten, und die meisten weinten dabei. Kerzen umgaben das Bett. Der Geistliche des Ortes und sein ganzer Stab standen mitten im Zimmer um den offenen Sarg herum. Es war ein ergreifendes Schauspiel, das Haupt dieser Familie neben einem Sarg liegen zu sehen, in den es für immer eingeschlossen werden sollte.

„Ach, mein lieber Mann," sagte die Witwe, „wenn selbst die Wissenschaft des besten Menschen", und sie wies dabei auf den Arzt, „dich nicht hat retten können, so stand es wohl dort oben geschrieben, daß du mir voran in die Gruft gehen solltest. Ja, jetzt ist diese Hand kalt, die die meinige mit soviel Freundschaft gedrückt hat. Ich habe für immer meinen lieben Gefährten, mein Haus hat sein teures Oberhaupt verloren, denn du warst wirklich unser Führer. Alle, die mit mir um dich weinen, haben die Güte deines Herzens gekannt und den ganzen Wert deiner Person, ich aber allein wußte, wie gut und geduldig du warst. Ach, mein Gatte, mein Mann, müssen wir einander jetzt Lebewohl sagen, du unser Halt, unser guter Herr; und wir, deine Kinder, denn du hast uns alle ganz gleich geliebt, wir haben alle unsern Vater verloren."

Die Witwe warf sich über den Leichnam, preßte

ihn an sich, bedeckte ihn mit Küssen und Tränen, und während dieser Pause rief das Gesinde: „Der Herr ist tot!“

„Ja,“ begann die Witwe wieder, „er ist tot, dieser liebe, geliebte Mann, der uns unser Brot gab, der für uns pflanzte und erntete, der über unser Glück wachte, indem er uns mit mildem Regiment durchs Leben führte. Zu seinem Lobe kann ich sagen, daß er mir nie den geringsten Kummer bereitet hat, er war gut und geduldig. Und als wir ihn quälten, um ihm seine Gesundheit wiederzugeben, sagte uns dieser liebe Mann mit derselben Stimme, mit der er ein paar Tage vorher gesagt hatte ‚Es geht alles gut‘: ‚Laßt mich, Kinder, es hilft nichts mehr.‘ Ja, mein Gott, ein paar Tage genügten, um uns die Freude dieses Hauses zu rauben und um unser Leben zu verdunkeln dadurch, daß die Augen des besten, des rechtschaffensten, des verehrtesten Mannes sich schlossen, des Mannes, der wie kein anderer den Pflug führte, der ohne Furcht Tag und Nacht durch unsere Berge ging und der bei seiner Rückkehr stets seiner Frau und seinen Kindern zulächelte. Ja, wir liebten ihn alle. Wenn er fort war, wurde der Herd traurig, wir aßen nicht mit gutem Appetit. Wie wird es nun sein, da unser Schutzengel unter die Erde gelegt wird und wir ihn nie mehr sehen werden? Nie mehr, meine Freunde, nie mehr, meine lieben Verwandten, nie mehr, meine Kinder! Ja, meine Kinder haben ihren guten Vater, unsre Verwandten ihren guten Verwandten, meine Freunde ihren guten Freund verloren, und ich habe alles verloren, wie das ganze Haus seinen Herrn verloren hat.“

Sie nahm die Hand des Toten, kniete nieder, um

ihr Gesicht fester an das seine anzuschmiegen, und küßte es. Das Gesinde schrie dreimal: „Der Herr ist tot!“ Da trat der älteste Sohn an die Mutter heran und sagte:

„Mutter, die von Saint-Laurent kommen, wir müssen ihnen Wein geben.“

„Mein Sohn,“ antwortete sie leise und ohne den feierlichen und jammernden Ton, mit dem sie ihre Gefühle zum Ausdruck gebracht hatte, „nimm die Schlüssel, du bist der Herr des Hauses. Sieh zu, daß sie hier den Empfang finden, den dein Vater ihnen bereitet hätte, und daß für sie alles beim alten bleibe.“

„Daß ich dich doch noch einmal so recht sehen könnte, mein teurer Mann“, begann sie dann wieder. „Aber, du fühlst mich nicht mehr, ich kann dich nicht mehr erwärmen. Alles, was ich noch tun möchte, um dich zu trösten, ist, daß du wissen sollst, daß, solange ich lebe, du in dem Herzen wohnen wirst, das du glücklich gemacht hast, daß ich noch in der Erinnerung an dieses Glück glücklich sein werde, und daß die Erinnerung an dich in diesem Zimmer leben wird. Ja, es wird immer voll von dir sein, solange Gott mich leben läßt. Höre mich, mein lieber Mann. Ich schwöre, daß ich mein Bett halten werde, so wie es jetzt ist. Ich habe mich nie ohne dich hineingelegt, so bleibe es jetzt leer und kalt. Indem ich dich verloren habe, habe ich alles verloren, was mich zur Frau gemacht hat: meinen Herrn, Gatten, Vater, Freund, Gefährten, Mann, alles!“

„Der Herr ist tot!“ rief das Gesinde.

Während dieses allgemeinen Ausrufes nahm die Witwe die Schere, die ihr am Gürtel hing, schnitt

sich die Haare ab und legte sie ihrem Gatten in die Hand. Es herrschte tiefe Stille.
„Dieser Akt bedeutet, daß sie sich nicht wieder verheiraten will", sagte Benassis. „Ein Teil der Verwandten hat auf diesen Entschluß gewartet."
„Nimm, mein geliebter Herr," sagte sie mit einer Stimme und einer Inbrunst, die alle ergriff, „nimm die Treue mit ins Grab, die ich dir geschworen habe. So werden wir immer miteinander vereinigt sein, und ich bleibe unter deinen Kindern aus Liebe zu diesem Geschlecht, das deine Seele verjüngte. Könntest du mich doch hören, du mein Mann, mein einziger Schatz, und vernehmen, daß ich noch durch dich lebe, der du tot bist, um deinem heiligen Willen zu gehorchen und um dein Gedächtnis zu ehren."
Benassis nahm Genestas bei der Hand, um ihn zu veranlassen, ihm zu folgen, und sie gingen hinaus. Der erste Raum war voll von Leuten, die aus einer andern, auch in den Bergen gelegenen Gemeinde gekommen waren. Alle waren schweigsam und gesammelt, als ob die Trauer und der Schmerz, die über diesem Hause lagen, auch sie ergriffen hätten. Als Benassis und der Major die Schwelle überschritten hatten, hörten sie, wie ein Gast den Sohn des Verstorbenen fragte:
„Und wann ist er denn gestorben?"
„Ach," rief der Älteste aus, ein junger Mann von fünfundzwanzig Jahren, „ich habe ihn nicht sterben sehen! Er hatte nach mir gerufen, aber ich war nicht da!" Schluchzen unterbrach ihn, doch dann fuhr er fort: „Am Abend vorher hatte er mir gesagt: ‚Geh ins Dorf und bezahle unsre Steuern; die Feier für mein Leichenbegängnis wird es sonst

in Vergessenheit geraten lassen, und dann ist der Termin verpaßt, was noch nie vorgekommen ist.' Er schien sich besser zu fühlen, und so bin ich denn gegangen. Während meiner Abwesenheit ist er dann gestorben, ohne daß ich ihn noch einmal umarmt habe. In seiner letzten Stunde hat er mich nicht neben sich gesehen, wie ich es doch sonst immer war."

„Der Herr ist tot!" erklang es wieder.

„Ja, er ist tot, und ich habe weder seinen letzten Blick empfangen noch seinen letzten Seufzer gehört. Wie konnte man nur an die Steuern denken? Wäre es nicht besser gewesen, alles Geld zu verlieren, als das Haus zu verlassen? Konnte unser Vermögen sein letztes Lebewohl aufwiegen? Nein, wenn dein Vater krank ist, Jean, verlasse ihn nicht. Dein ganzes Leben lang werden dich Vorwürfe quälen."

„Lieber Freund," sprach Genestas ihn an, „ich habe Tausende von Männern auf dem Schlachtfelde sterben sehen, und der Tod wartete nicht, bis ihre Kinder kamen, ihnen Lebewohl zu sagen. So trösten Sie sich, Sie sind nicht der einzige."

„Ein Vater," sagte er und brach in Tränen aus, „ein Vater, der ein so guter Mensch war!"

„Die Leichenrede dauert nun so lange, bis der Leichnam in den Sarg gelegt wird," sagte Benassis und führte Genestas zu dem Gesinde, „und in dieser Zeit nimmt die Rede dieser Frau noch an Kraft und Bildern zu. Aber um so vor dieser gewaltigen Menge sprechen zu dürfen, muß sich eine Frau durch ein makelloses Leben das Recht dazu erworben haben. Wenn sich die Witwe auch nur das geringste Vergehen vorzuwerfen hätte, würde sie nicht wagen, ein einziges Wort zu sagen, denn sonst würde sie sich selbst verurteilen, würde ihr eigner Ankläger und Richter sein. Ist diese Sitte, die dazu dient, sowohl den Toten als auch den Lebenden zu beurteilen, nicht wunderbar? Die Trauer wird erst nach acht Tagen, bei einer allgemeinen Versammlung, angelegt. In dieser Woche bleibt die Familie bei den Kindern und der Witwe, um ihnen beizustehen, ihre Angelegenheiten zu ordnen und um sie zu trösten. Diese Zusammenkunft hat einen großen Einfluß auf die Gemüter, sie unterdrückt die schlechten Gefühle durch die Ehrfurcht, die die Menschen ergreift, wenn sie beieinander sind. Am Tage, an dem die Trauer angelegt wird, wird ein feierliches Mahl abgehalten, und die Verwandten verabschieden sich. Alles dies ist ernst, und wer den Verpflichtungen nicht nachkommt, die der Tod eines Familienoberhauptes auferlegt, wird bei seinem eigenen Ableben keinen für seinen ‚Gesang' haben."

Jetzt stand der Arzt neben dem Stall, öffnete die Tür und führte den Major hinein, um ihm das Innere zu zeigen.

„Sehen Sie, Hauptmann, alle unsre Ställe sind nach diesem Muster gebaut; ist er nicht prachtvoll?"

Genestas mußte diesen großen Raum bewundern, in dem die Kühe und Ochsen in zwei Reihen aufgestellt waren, mit dem Schwanz nach der Querwand und mit dem Kopf nach der Mitte des Stalles zu, in den man durch einen ziemlich breiten Gang eintrat, der zwischen den Tieren und der Wand entlangführte. Durch die Latten der Futterkrippen konnte man die gehörnten Köpfe und glänzenden Augen sehen. Der Besitzer konnte auf diese Art sein Vieh leicht überblicken. Das Futter, das in dem Gebälk untergebracht war, in das man eine Art Boden eingebaut hatte, fiel ohne Mühe und Verlust in die Raufen. Zwischen den beiden Reihen Krippen war ein gepflasterter, sauberer und durch Zugluft gelüfteter großer Raum.

„Im Winter", sagte Benassis und ging mit Genestas in der Mitte des Stalles auf und ab, „wird hier gemeinsam gearbeitet und gesponnen. Es werden Tische aufgestellt, und man wärmt sich hier auf billige Weise. Die Schafställe sind auch nach dem gleichen System gebaut. Sie können sich gar nicht vorstellen, wie leicht sich die Tiere an die Einteilung gewöhnten; ich habe es oft bewundert, wenn sie hier hereinkommen. Jedes kennt seinen Platz und läßt dasjenige vorbei, das zuerst hinein muß. Sehen Sie, es ist genug Platz zwischen dem Tier und der Wand, daß man es gut melken oder bürsten kann; der Fußboden geht abschüssig, so daß das Wasser leicht abfließt."

„Dieser Stall läßt auf alles andere schließen", sagte Genestas. „Ohne Ihnen schmeicheln zu wollen, das sind wirklich schöne Resultate."

„Sie sind nicht ohne Mühe erreicht worden," entgegnete Benassis; „aber sehen Sie nur, was das hier für Tiere sind!"

„Sie sind prachtvoll, und Sie haben ein volles Anrecht darauf, sie mir zu rühmen", antwortete Genestas.

„Jetzt," sagte der Arzt, als sie wieder zu Pferde saßen und aus dem Tore herausritten, „jetzt kommen wir bei unserm Neubruchland und den Kornfeldern vorbei. Ich habe diesem Eckchen meiner Gemeinde den Namen ‚Beauce' gegeben."

Ungefähr eine Stunde lang ritten die beiden Reiter durch die Felder, zu deren guter Bestellung der Offizier den Arzt beglückwünschte. Dann kamen sie wieder in das Gebiet des Dorfes und ritten, teils redend, teils schweigend, je nachdem der Schritt der Pferde es gestattete, am Berge entlang.
„Ich habe Ihnen gestern versprochen," sagte Benassis zu Genestas, als sie in einen kleinen Hohlweg kamen, der die beiden Reiter in das breite Tal führte, „Ihnen einen der beiden Soldaten zu zeigen, die nach dem Fall Napoleons von der Armee hierher zurückkamen. Wenn ich mich nicht irre, treffen wir ihn ein paar Schritte von hier entfernt, wo er eine Art natürliches Wasserbecken ausgräbt, in das sich die Wasser, die von den Bergen kommen, sammeln und das von angeschwemmtem Land versandet ist. Aber um sich für diesen Menschen zu interessieren, muß man seine Lebensgeschichte kennen. Er heißt Gondrin und wurde bei der großen Aushebung von 1792 mit achtzehn Jahren in die Artillerie gesteckt. Als gemeiner Soldat hat er die italienischen Feldzüge unter Napoleon mitgemacht, ist ihm auch nach Ägypten gefolgt und ist nach dem Frieden von Amiens aus dem Orient zurückgekehrt. Dann, unter dem Kaiserreich zu den Pionieren der Garde kommandiert, ist er dauernd in Deutschland gewesen und dann zum Schluß nach Rußland gekommen, der arme Kerl."
„Dann sind wir ja beinahe Kameraden", sagte Genestas, „ich habe dieselben Feldzüge mitgemacht. Man mußte schon eine eiserne Gesundheit haben, um den Launen so vieler verschiedener Temperaturen standzuhalten. Der liebe Gott muß für die-

jenigen, die Italien, Ägypten, Deutschland, Portugal und Rußland durchzogen haben und heute noch auf den Beinen sind, wirklich eine Prämie aussetzen."

„Sie werden einen ganzen Kerl antreffen", sagte Benassis. „Sie kennen den Rückzug, ich brauche Ihnen denselben nicht erst zu beschreiben. Mein Freund ist einer der Pioniere von der Beresina, er hat die Brücke, über die die große Armee ritt, mitgebaut. Und um die ersten Pfosten einzurammen, hat er bis über die Hüften im Wasser gestanden. Der General Eblé, unter dessen Befehl die Pioniere standen, hat unter ihnen nur zweiundvierzig gefunden, die, wie Gondrin sagt, das Zeug hatten, diese Arbeit zu machen. Der General hat sich selbst auch ins Wasser gestellt, hat ihnen Mut gemacht, hat sie getröstet und hat jedem von ihnen tausend Franken Pension und das Kreuz der Ehrenlegion versprochen. Dem ersten, der in die Beresina ging, hat ein treibender Eisblock das Bein fortgerissen, und der Mann ist dem Bein bald nachgefolgt. Doch Sie werden die Schwierigkeiten dieses Unternehmens besser begreifen, wenn ich Ihnen von dem Ende berichte: von zweiundvierzig Mann ist heute nur Gondrin übrig geblieben. Neununddreißig sind beim Übergang über die Beresina umgekommen, die beiden andern haben jämmerlich in den Lazaretten von Polen geendigt. Unser armer Soldat ist erst 1814 aus Wilna zurückgekommen, nachdem die Bourbonen schon wieder am Ruder waren. Der General Eblé, von dem Gondrin nicht sprechen kann, ohne daß ihm die Tränen in die Augen kommen, war gestorben. Der Pionier, der taub und siech geworden war und der nicht lesen und schreiben konnte, fand weder Unterstützung noch Fürsprecher. Er kam, Almosen bettelnd, nach Paris, hatte alle Schritte beim Kriegsministerium getan, nicht um die versprochenen tausend Franken Pension und das Kreuz der Ehrenlegion zu bekommen, sondern nur um die einfache Rente zu erhalten, auf die er nach zweiundzwanzigjähriger Dienstzeit und ich weiß nicht wievielen Feldzügen Anspruch hatte. Aber er bekam weder rückständigen Sold noch Reisekosten noch Pension. Nach einem Jahr fruchtlosem Bemühens, während welcher Zeit er allen denen, denen er damals das Leben gerettet hatte, die Hand hinstreckte, kam er hierher, enttäuscht, aber in sein Schicksal ergeben. Dieser unbekannte Held gräbt jetzt Gräben aus für zehn Sous das Klafter. An die Arbeit in den Sümpfen gewöhnt, tut er ein Handwerk, an das sonst kein Arbeiter heran will. Er baggert Sümpfe aus, gräbt Gräben in überschwemmtes Wiesenland und kann damit ungefähr drei Franken den Tag verdienen. Durch seine Taubheit macht er einen traurigen Eindruck, er ist nach seiner Veranlagung kein Schwätzer, aber er ist voller Innerlichkeit. Wir beide sind gute Freunde. Am Tage der Schlacht bei Austerlitz, am Geburtstag des Kaisers und am Tage der unglücklichen Schlacht von Waterloo essen wir beide zusammen, und zum Nachtisch schenke ich ihm einen Napoleon, um ihm damit seinen Wein für vier Monate zu bezahlen. Die Hochachtung, die ich für diesen Menschen empfinde, wird übrigens von der ganzen Gemeinde geteilt, die ihn gar zu gerne unterstützen möchte. Wenn er jedoch lieber arbeitet, so tut er es aus Stolz. In jedem

Haus, in das er kommt, ehrt man ihn nach meinem Beispiel und lädt ihn zum Essen ein. Ich konnte ihn nur dazu bringen, meine zwanzig Franken anzunehmen, indem ich ihm die Münze als ein Bild des Kaisers verehrte. Die Ungerechtigkeit, der man sich ihm gegenüber schuldig gemacht hat, hat ihn ganz traurig gestimmt, aber noch mehr als um seine Pension barmt er um das Kreuz der Ehrenlegion. Und nur eines tröstet ihn: als der General Eblé dem Kaiser nach dem Bau der Brücke die tapferen Leute vorführte, da hat Napoleon unsren Gondrin umarmt; ohne diese Umarmung wäre er vielleicht heute nicht mehr am Leben. Er lebt nur in dieser Erinnerung und in der Hoffnung auf die Rückkehr Napoleons. Niemand kann ihn dazu bewegen, an den Tod des Kaisers zu glauben, und, fest davon überzeugt, daß allein die Engländer an seiner Gefangennahme Schuld seien, könnte er unter irgendeinem Vorwand den ersten besten Briten töten, der hier zum Vergnügen durch unsere Gegend reiste.“

„Hören Sie!“ rief Genestas aus und erwachte aus dem tiefen Nachdenken, mit dem er dem Arzt zugehört hatte, „wir wollen schnell reiten, ich muß den Mann sehen!“

Und die beiden Reiter setzten sich in Trab.

„Der andere Soldat“, fuhr Benassis fort, „ist auch von den eisernen Naturen, wie man sie bei den Armeen zuweilen trifft. Er hat, wie alle französischen Soldaten, von Kugeln, Schlachten und Siegen gelebt. Er hat viel durchgemacht und ist nie auch nur um einen Dienstgrad avanciert. Er ist von gutmütigem Charakter und liebt Napoleon, der ihm auf dem Schlachtfeld bei Valontina das

Kreuz verliehen hat, leidenschaftlich. Als wahrer Sohn der Dauphiné hat er seine Angelegenheiten in beste Ordnung gebracht, er bezieht seine Pension und seine Rente als Legionär. Er ist Infanterist, heißt Goguelat und ist 1812 zur Garde gekommen. Er ist in gewissem Sinne die Haushälterin von Gondrin. Alle beide wohnen sie bei der Witwe eines Hausierers, der sie ihr Geld abliefern. Die gute Frau beherbergt, nährt, kleidet und pflegt sie, als wären sie ihre Kinder. Goguelat ist hier Postbote. In dieser Eigenschaft berichtet er die Neuigkeiten im Dorf. Und diese Gewohnheit hat ihn zu dem anerkannten Erzähler des Dorfes gemacht. Auch Gondrin achtet ihn als einen klugen Kopf und einen pfiffigen Kerl. Wenn Goguelat von Napoleon spricht, scheint der Pionier an den Bewegungen der Lippen seine Worte zu erraten. Wenn Sie heute in eine meiner Scheunen zum Spinnabend gehen und wir die Leute sehen können, ohne daß wir gesehen werden, dann sollen Sie dieses Schauspiel einmal erleben. Aber hier sind wir am Graben angelangt, meinen Freund, den Pionier, sehe ich aber noch nicht."

Der Arzt und der Offizier sahen sich aufmerksam um; sie erblickten nur Spaten, Hacke, Karren und den Uniformrock Gondrins neben einem schwarzen Erdhaufen. Von ihm selbst war jedoch in der steinigen Rinne, durch die das von Strauchwerk ganz verborgene Wasser floß, keine Spur.

„Er muß hier ganz in der Nähe sein. Holla! Gondrin!" rief Benassis.

Da bemerkte Genestas zwischen dem Gebüsch hinter einem Steinhaufen den Rauch einer Pfeife und machte den Arzt darauf aufmerksam, der seinen Ruf wiederholte. Bald streckte der alte Pionier den Kopf vor, erkannte den Bürgermeister und kam auf ihn zu.

„He, Alter", rief ihm Benassis zu und machte aus der Hand eine Art Sprachrohr, „hier ist ein Kamerad, ein Ägypter, der dich sehen will."

Gondrin sah sofort zu Genestas auf und prüfte ihn mit einem so durchdringenden Blick, wie alte Soldaten es immer tun, um ihre überstandenen Gefahren gegen einander abzumessen. Als er bei dem Major das rote Band sah, legte er schweigend die Hand zum Gruß an die Stirn.

„Wenn der kleine Korporal noch lebte", schrie ihm der Offizier ins Ohr, „hättest du auch das Kreuz und eine schöne Pension dazu, denn du hast denen das Leben gerettet, die heute Epauletten tragen und die am ersten Oktober 1812 das andere Ufer des Flusses erreichten. Aber, mein lieber Freund", fügte er hinzu, stieg vom Pferd und nahm mit plötzlicher Ergriffenheit die Hand des Alten, „ich bin nicht Kriegsminister."

Als der alte Pionier diese Worte vernahm, richtete er sich stramm auf, klopfte die Asche sorgfältig aus der Pfeife und sagte mit gesenktem Haupte: „Ich habe nur meine Schuldigkeit getan, Herr Offizier; die andern haben mir gegenüber die ihre nicht erfüllt. Sie haben mich nach meinen Papieren gefragt. — Meine Papiere, sagte ich ihnen, das ist der neunundzwanzigste Tagesbefehl."

„Du mußt von neuem reklamieren, Kamerad. Es ist ausgeschlossen, daß dir mit einiger Protektion nicht doch noch Gerechtigkeit widerfährt."

„Gerechtigkeit!" stieß der alte Pionier hervor mit

einem Ton, der Arzt und Offizier erzittern ließ. Einen Augenblick lang herrschte Schweigen, während dessen die beiden Reiter diesen letzten Rest jener ehernen Soldaten ansahen, die sich Napoleon aus drei Generationen ausgewählt hatte. Gondrin war gewiß eine gute Probe dieses unverwüstlichen Materials, das zugrunde gehen konnte, aber nie zerbrechen. Dieser alte Mann war kaum fünf Fuß hoch, seine Brust und seine Schultern waren breit, sein sonnenverbranntes, von Runzeln durchfurchtes, ausgemergeltes, sehniges Gesicht hatte noch etwas Martialisches an sich. Alles an ihm war hart: seine Stirn schien aus Stein, sein spärliches graues Haar fiel kümmerlich herab, als ob dem müden Kopf schon alle Lebenskraft fehlte. Seine Arme waren, wie die Brust, von der man einen Ausschnitt durch das halboffene grobe Hemd sah, mit Haaren bedeckt und verkündeten eine außergewöhnliche Kraft. So stand er auf seinen fast ganz verbogenen Beinen wie auf unerschütterlichen Säulen.

„Gerechtigkeit", wiederholte er, „für uns wird es die nie geben. Wir haben keinen, der es übernimmt, unsre Ansprüche vorzutragen. Und da wir uns unsern Wanst füllen müssen", sagte er und schlug sich dabei auf den Magen, „haben wir keine übrige Zeit. Und da das Wort der Leute, die sich Zeit ihres Lebens in den Büros wärmen, nicht so viel gilt, wie das der Offiziere, bin ich hierher gekommen, um mir meinen Sold aus diesem Fonds hier zu holen," fügte er hinzu und stieß mit dem Spaten auf den Boden.

„Nein, Kamerad, so kann das nicht weiter gehen. Ich verdanke dir mein Leben, und es wäre Unrecht, wollte ich dir nicht beistehen. Ich weiß noch genau, wie ich die Brücke über die Beresina überschritt, und ich kenne noch andere Kameraden, die sich auch noch gut daran erinnern und die mir helfen werden, damit das Vaterland dir so dankt, wie du es verdient hast."

„Man wird Sie einen Bonapartisten heißen! Lassen Sie Ihre Finger davon! Mit mir ist es ja auch bald zu Ende, und ich habe mir hier ein Loch gegraben, wie ein Blindgänger. Nur hatte ich eben nicht darauf gerechnet, nachdem ich auf Kamelen durch die Wüste geritten bin und in Moskau am Kaminfeuer ein Glas Wein getrunken habe, hier unter diesen Bäumen, die mein Vater einst gepflanzt hat, zu sterben", sagte er und ging wieder an seine Arbeit.

„Armer Alter!" sagte Genestas. „An seiner Stelle machte ich es wie er, wir haben unsern Vater eben nicht mehr. Die Resignation dieses Menschen macht mich tief traurig, er weiß gar nicht, wie sehr ich Anteil an ihm nehme, und er wird glauben, ich sei nur einer von jenen goldverbrämten Lumpen, die gegen das Elend des Soldaten unempfindlich sind." Dann ging er auf den Pionier zu, ergriff seine Hand und schrie ihm ins Ohr: „Bei dem Kreuz, das ich trage und das früher Ehre bedeutete, schwöre ich dir, alles zu tun, was menschenmöglich ist, um dir eine Pension zu verschaffen, und sollte ich von zehn Ministern abschlägig beschieden werden und den König, den Dauphin und die ganze Gesellschaft darum angehen müssen."

Als Gondrin diese Worte hörte, zitterte er am ganzen Leibe, blickte Genestas an und fragte ihn: „So sind Sie also auch gemeiner Soldat gewesen?"

Der Major nickte. Auf dieses Zeichen hin wischte sich der Pionier die Hand an seiner Hose ab, ergriff Genestas' Rechte, schüttelte sie sehr herzlich und sagte: „Mein General, als ich mich damals ins Wasser stellte, habe ich der Armee mein Leben zum Geschenk gemacht; und ich bin dafür belohnt worden, denn ich stehe ja noch auf meinen zwei Füßen. Wollen Sie die Wahrheit wissen? Seitdem e r tot ist, habe ich an nichts mehr Freude. Außerdem haben sie mir hier zwanzigtausend Franken angewiesen", fügte er heiter hinzu und zeigte auf die Erde, „und ich bin schon mit einem Teil davon zufrieden."

„Nun, Kamerad", sagte Genestas, ergriffen von der Größe dieses Verzichtes, „so hast du hier wenigstens etwas erworben, das anzunehmen du dich nicht weigern kannst." Und dabei schlug der Major auf sein Herz, sah den Pionier einen Augenblick lang an, stieg dann auf sein Pferd und ritt neben Benassis weiter.

„Solche Grausamkeiten in der Verwaltung entfachen natürlich den Kampf der Armen gegen die Reichen", sagte Benassis. „Die Leute, denen augenblicklich die Macht anvertraut ist, haben nie ernstlich über die notwendig sich ergebenden Folgen einer Ungerechtigkeit nachgedacht, die an einem Mann aus dem Volke begangen worden ist. Ein Armer, der sein tägliches Brot verdienen muß, kämpft nicht lange, das stimmt, aber er redet und findet in allen leidenden Herzen ein Echo. Eine einzige Ungerechtigkeit vervielfacht sich durch die Zahl derer, die sich in ihr getroffen fühlen. Dieser Sauerteig geht auf. Und nicht nur das, es entsteht ein noch größeres Übel daraus. Diese Ungerechtigkeiten schüren beim Volk einen dumpfen Haß gegen die sozial Höherstehenden. Der Bourgeois wird und bleibt der Feind des Armen, der ihn außerhalb des Gesetzes stellt, der ihn betrügt und bestiehlt. — Für den Armen ist Diebstahl kein Verbrechen, sondern nur eine Rache. Wenn ein Verwaltungsbeamter um der „Gerechtigkeit" willen die Armen mißhandelt und sie um ihr wohlerworbenes Recht prellt, wie können wir da von den Unglücklichen, die nichts zu essen haben, verlangen, daß sie sich in ihre Sorgen finden und das Eigentum anderer achten? Es packt mich eine Wut, wenn ich bedenke, daß irgendein Bürogehilfe, dessen Beschäftigung darin besteht, Papiere auszustauben, die tausend Franken bekommt, die Gondrin als Pension versprochen waren. Und diejenigen, die sich von dem Übermaß der Leiden keinen Begriff machen können, nennen die Rache des Volkes übermäßig. Aber an dem Tage, an dem die Regierung mehr persönliches Unglück als allgemeines Gedeihen zu verzeichnen haben wird, wird ihr Umsturz nur noch an einem Faden hängen; wenn sie gestürzt wird, wird das Volk seine Rechnung auf seine Weise machen. Ein Staatsmann sollte bei Gerechtigkeit stets nur an die Armen denken, denn nur für sie allein ist sie erfunden."

Als sie wieder in die Nähe des Dorfes kamen, zeigte Benassis auf zwei Personen, die des Weges kamen, und sagte zu dem Major, der seit einiger Zeit ganz nachdenklich geworden war: „Sie haben das mit Resignation getragene Elend eines alten Kriegsinvaliden gesehen, jetzt sollen Sie dasjenige eines alten Bauern kennen lernen. Da geht ein

Mann, der sein ganzes Leben lang für andere gegraben, geackert, gesät und geerntet hat.“
Genestas sah einen armen Greis, der mit einer alten Frau vor ihnen herging. Der Mann schien an Hüftschmerzen zu leiden, denn er ging, die Füße in schlechten Holzschuhen, nur mühselig vorwärts. Auf seiner Schulter trug er einen Rucksack, an dem ein paar Geräte hingen, deren Griffe durch langen Gebrauch und durch Schweiß ganz schwarz geworden waren und beim Gehen aneinander schlugen; in dem Sack selbst war etwas Brot, ein paar rohe Zwiebeln und Nüsse. Sein von der Arbeit gekrümmter Rücken zwang ihn, ganz gebückt zu gehen, und um das Gleichgewicht zu halten, stützte er sich auf einen langen Stock. Seine schneeweißen Haare schauten unter einem schlichten, von den Unbilden der Witterung ganz rot gewordenen Hut hervor, der mit einem weißen Faden zusammengenäht war. Sein Anzug aus grober Leinwand war an hundert Stellen geflickt und sah dadurch ganz bunt aus. Es war dies eine Menschenruine, der nichts fehlte, was uns an Ruinen so ergreift. Seine Frau, die ein wenig aufrechter ging als er, war auch in Lumpen gehüllt, trug eine gewöhnliche Mütze und auf dem Rücken eine runde flache Bütte, die mittels eines durch die Henkel gezogenen Riemens zusammengehalten wurde. Als die beiden Alten den Tritt der Pferde hörten, schauten sie sich um, und da sie Benassis erkannten, blieben sie stehen. Diese beiden Leutchen, der eine durch die Arbeit lahm geworden, die andere, die treue Gefährtin, auch schon verbraucht, zeigten Gesichter, deren Züge durch die Runzeln verlöscht, deren Haut durch

die Sonne gebräunt und durch die Luft hart geworden waren; man konnte sie nicht ohne Mitleid ansehen. Wäre ihre Geschichte nicht auf ihren Gesichtern eingegraben gewesen, man hätte sie aus ihrer Haltung erraten. Alle beide hatten sie ohne Unterlaß gemeinsam gelitten und viel Leid und wenig Freude miteinander geteilt. Sie schienen sich an ihr schweres Los gewöhnt zu haben, wie Gefangene sich an ihre Zelle gewöhnen. An ihnen war alles Schlichtheit. Ihre Gesichter entbehrten nicht eines Ausdrucks heiterer Offenheit. Wenn man sie so betrachtete, erschien ihr einförmiges Leben, das das Los so vieler Armen ist, fast beneidenswert. Wohl zeigten sie Spuren von Schmerz, aber wirklichen Kummer schienen sie nicht zu kennen.

„Nun, Vater Moreau, wollen Sie denn durchaus noch immer arbeiten?"

„Ja, Herr Benassis. Ich grabe Ihnen noch ein oder zwei Stück Heideland um, ehe ich sterbe", antwortete der Alte heiter, und seine kleinen schwarzen Augen belebten sich.

„Trägt Ihre Frau da Wein? Wenn Sie sich auch nicht ausruhen wollen, so müssen Sie doch wenigstens Ihren Wein haben."

„Mich ausruhen? das ist mir zu langweilig. Wenn ich in der Sonne bin und umgrabe, dann beleben mich Sonne und Luft. Ja, und das hier ist Wein, und ich bin Ihnen sehr dankbar, daß ich ihn beim Herrn Bürgermeister von Courteil so billig bekommen habe. Sie können es noch so heimlich anfangen, man erkennt Sie doch aus allem immer heraus."

„Lebt wohl, Mutter; ihr geht heute wohl auf das Feld von Champferlu?"

„Ja, gestern haben wir es angefangen."
„Glück zu", sagte Benassis. „Sie müssen doch manchmal recht befriedigt sein, wenn Sie diesen Berg betrachten, den Sie beide fast ganz allein urbar gemacht haben."
„Das will ich meinen!" antwortete die Alte, „das ist alles unsre Arbeit. Wir haben es wohl verdient, unser Brot zu essen."
„Sehen Sie," sagte Benassis zu Genestas, „die Arbeit und das Land, das sie zu bebauen haben, das ist das Grundbuch der Armen. Dieser gute Mann würde es für eine Schande halten, ins Altersheim zu gehen oder zu betteln; er will, die Hacke in der Hand, sterben, mitten auf dem Felde, unter der Sonne. Er hat, weiß Gott, einen stolzen Mut. Da er arbeiten mußte, ist ihm die Arbeit zum Leben geworden. Aber auch den Tod fürchtet er nicht; er ist ein Philosoph, ohne es zu ahnen. Der alte Vater Moreau hat mich auf den Gedanken gebracht, in diesem Bezirk ein Hospiz für die Landarbeiter zu errichten, für die Leute, die ihr ganzes Leben lang gearbeitet und es zu einem ehrlichen und kümmerlichen Alter gebracht haben. Ich habe auf das Vermögen, das ich mir hier geschaffen habe und an dem mir persönlich nichts liegt, nicht gerechnet. Wer seine Hoffnungen begraben hat, braucht wenig; nur das müßige Leben kostet viel, vielleicht ist es ein Diebstahl an der Gesellschaft, zu verbrauchen, ohne zu arbeiten. Als Napoleon von den Verhandlungen hörte, die sich bei seinem Sturz über seine Pension erhoben, sagte er, er brauche nichts als sein Pferd und pro Tag einen Taler. Als ich hierherkam, hatte ich auf Geld verzichtet. Seither habe ich erkannt, daß das Geld

Kräfte besitzt und notwendig ist, um Gutes zu tun. Ich habe daher in meinem Testament mein Haus zu einem Hospiz bestimmt, in dem die unglücklichen Greise, die ohne Unterkunft und nicht so stolz sind wie Moreau, ihre alten Tage verbringen können. Dann soll ein Teil der neuntausend Franken, die meine Felder und meine Mühle einbringen, dazu verwendet werden, in sehr kalten Wintern den wirklich Bedürftigen Hilfe zu leisten. Diese Einrichtung steht unter der Überwachung des Gemeinderats, dem der Pfarrer als Präsident vorsteht. Auf diese Weise wird das Vermögen, das der Zufall mich in dieser Gegend hat verdienen lassen, auch hierbleiben. Die Statuten dieser Einrichtung sind alle in meinem Testament festgelegt; es wäre zu ermüdend, sie Ihnen darzulegen, es wird Ihnen genügen, wenn ich Ihnen sage, daß ich alles vorgesehen habe. Ich habe sogar einen Reservefonds geschaffen, der es der Gemeinde ermöglicht, Kindern, die für Kunst oder Wissenschaft Begabung und Neigung zeigen, ein Stipendium auszusetzen. So wird auch nach meinem Tode das Werk der Zivilisation fortgesetzt. Sehen Sie, Hauptmann Bluteau, haben wir erst eine Aufgabe begonnen, dann ist etwas in uns, das uns drängt, sie nicht unvollendet zu lassen. Dieses Bedürfnis nach Ordnung und Vollendung ist eines der deutlichsten Zeichen für ein zukünftiges Leben. — Doch jetzt müssen wir schnell reiten, ich muß noch fünf bis sechs Krankenbesuche machen."
Nachdem sie eine Zeitlang schweigend nebeneinander hergetrabt waren, sagte Benassis lachend zu seinem Gefährten: „Aber, Herr Hauptmann, Sie bringen mich ja zum Schwatzen wie eine

Elster und erzählen von Ihrem eigenen Leben, das sicher merkwürdig genug sein mag, gar nichts. Ein Soldat in Ihrem Alter hat zu viel gesehen, als daß er nicht manch Abenteuer zu berichten hätte."

„Mein Leben ist das Leben aller Militärs. Wir sind einander alle gleich. Da ich nie zum Befehlen gekommen bin, sondern immer in der Front gestanden habe, um Säbelhiebe auszuteilen oder zu empfangen, habe ich es gemacht wie die andern auch. Ich bin dort hingegangen, wo Napoleon uns hingeführt hat, und habe bei allen Schlachten, die die kaiserliche Garde lieferte, in der Feuerlinie gestanden. Da gibt es immer die gleichen Dinge zu tun. Sich um sein Pferd kümmern, manchmal Hunger und Durst leiden, sich schlagen, wenn es nötig ist, das ist das Leben des Soldaten. Ist das nicht einfach genug? Für uns gibt es Schlachten, die manchmal darin bestehen, daß ein Pferd seine Eisen verliert und uns dadurch in die größte Verlegenheit bringt. Ich habe so viele Länder gesehen, daß ich mich schon daran gewöhnt habe, und ich habe so viele Tote gesehen, daß ich schließlich mein eigenes Leben für nichts erachtet habe."

„Aber Sie haben doch gewiß in manchen Augenblicken selbst in Lebensgefahr geschwebt; und es wäre doch interessant, Sie davon erzählen zu hören."

„Mag sein", antwortete der Major.

„So sagen Sie mir wenigstens, was Sie am tiefsten bewegt hat. Fürchten Sie nicht, daß ich an Ihrer Bescheidenheit zweifle, wenn Sie auch von Ihren Heldentaten berichten. Wenn ein Mensch von denen, denen er sich anvertraut, verstanden wird, sollte er da nicht eine gewisse Freude dabei empfinden, wenn er sagt: ich habe das und das getan?"

„So will ich Ihnen denn etwas erzählen, worüber ich mir zuweilen Vorwürfe mache. In den fünfzehn Jahren, in denen wir Krieg führten, bin ich nicht ein einziges Mal in der Lage gewesen, einen Menschen zu töten, außer in Fällen regelrechter Verteidigung. Wir stehen in der Front, wir laden; und wenn wir diejenigen nicht treffen, die vor uns stehen, sie fragen uns wahrlich nicht um Erlaubnis, unser Blut zu vergießen. So muß man denn töten, wenn man nicht getötet werden will, das Gewissen schweigt dabei. Aber einmal habe ich doch einen Kameraden unter ganz merkwürdigen Umständen getötet. Wenn ich daran denke, tut es mir heute noch leid, und das verzerrte Gesicht dieses Menschen sehe ich noch manchmal vor mir. Doch hören Sie selbst. Es war während unsres Rückzuges von Moskau. Wir sahen einer Herde widerspenstiger Ochsen ähnlicher als der großen Armee. Ohne Disziplin und Fahnen! Jeder war sein eigener Herr, damals hat der Kaiser gefühlt, wo seine Macht aufhörte. Als wir nach Studzianka kamen, einem kleinen Ort oberhalb der Beresina, fanden wir Scheunen und Hütten vor, die wir demolieren, Kartoffeln und Rüben, die wir aus der Erde holen konnten. Einige Zeit lang hatten wir nämlich weder Häuser noch Essen gesehen; so tat sich die Armee also gütlich. Die ersten hatten, wie Sie sich denken können, alles aufgegessen. Ich kam als einer der letzten. Glücklicherweise war ich aber ebenso müde wie hungrig. Ich entdecke eine Scheune, ich gehe hinein und finde dort an zwanzig Generäle, hohe Offiziere, alles Leute von Rang: Junot, Narbonne, der Adjutant des Kaisers, kurz, die großen Männer der Armee, und dazwischen gemeine Soldaten, die ihr Strohlager keinem französischen Marschall abgetreten hätten. Die einen schliefen, aus Mangel an Platz, stehend, gegen die Wand gelehnt, andere lagen auf der Erde, und alle so eng aneinandergepfercht, um sich zu wärmen, daß ich mich vergeblich nach einem Eckchen für mich umsah. Ich ging also über diesen Fußboden von Menschen hin: die einen knurrten, die andern sagten gar nichts, doch keiner rührte sich. Sie hätten sich auch nicht von der Stelle bewegt, um einer Kanonenkugel aus dem Wege zu gehen. Doch brauchte man sich hier auch nicht nach den Sätzen des Höflichkeitskatechismus zu benehmen. Zum Schluß entdeckte ich hinten in der Scheune eine Art Dach, auf das hinaufzuklettern noch keiner den Gedanken oder die Kraft gehabt hatte. Ich steige hinauf, mache es mir bequem, und als ich der Länge nach ausgestreckt liege, sehe ich mir die Leute an, die da wie Kälber liegen. Dieser traurige Anblick bringt mich fast zum Lachen. Die einen knabberten erfrorene Rüben und schienen dabei eine tierische Freude zu empfinden, Generäle, in ihre schäbigen Decken gehüllt, schnarchten wie Sägemühlen. — Ein angezündeter Kiefernzweig erhellte die Scheune, und wenn er alles in Flammen gesetzt hätte, keiner wäre aufgestanden, den Brand zu löschen. Ich lege mich auf den Rücken, und ehe ich einschlafe, schaue ich natürlich noch einmal nach oben. Da sehe ich, wie der Hauptbalken, auf dem das ganze Dach ruht, eine leise Bewegung von rechts nach links macht. Dieser verteufelte Balken tanzte ganz vergnügt. ‚Meine Herren,' sage ich, ‚da draußen ist ein Kamerad, der scheint sich auf unsre Kosten wärmen zu wollen.' — Der Balken mußte bald herabfallen. ,Meine Herren, meine Herren, wir gehen alle zugrunde, sehen Sie den Balken!' schrie ich ziemlich laut, um meine Schlafgenossen zu wecken. Sie haben sich alle den Balken angesehen, doch die, die schliefen, haben sich auf die andere Seite gelegt, und die, die aßen, haben nicht geantwortet. Als ich das sah, mußte ich meinen Platz aufgeben, auf die Gefahr hin, daß ein anderer ihn mir fortnahm, denn ich mußte dieses Häuflein ruhmreicher Leute retten. Ich gehe also hinaus, gehe um die Scheune herum und sehe einen riesigen Württemberger, der mit einer gewissen Begeisterung an dem Balken zerrt. ,Holla, holla!' rufe ich ihm zu, um ihm zu bedeuten, daß er mit seiner Tätigkeit aufhören solle. ,Geh mir aus dem Gesicht, oder ich schlage dich tot', schreit er. ,Ja,' antwortete ich ihm, ,Qué mire aous dem quesit', das kann geschehen. Ich nehme sein Gewehr, das er auf der Erde hatte liegen lassen, schlage ihn tot, gehe wieder hinein und lege mich schlafen. So war's."

„Sie befanden sich doch aber in einem Fall wirklicher Notwehr; hier galt es, viele einem einzelnen gegenüber zu retten, da haben Sie sich doch nichts vorzuwerfen", sagte Benassis.

„Die anderen", fuhr Genestas fort, „haben geglaubt, ich hätte da nur so einen Einfall gehabt; aber ob Einfall oder nicht, viele von diesen Leuten leben heute noch ganz behaglich in ihren schönen Häusern, und kein Gefühl der Dankbarkeit drückt ihnen das Herz."

„Hätten Sie denn das Gute nur um dieses übertriebenen Interesses willen getan, das Dankbarkeit heißt?“ sagte Benassis lachend. „Das hieße doch Wucher treiben!“

„Ja, ich weiß wohl, daß der Wert einer guten Tat bei dem geringsten Vorteil, den man aus ihr schlagen will, zu nichte wird. Schon von ihr erzählen, bedeutet, eine Rente an Selbstbewußtsein herausschlagen, die die Dankbarkeit aufwiegt. Aber wenn der anständige Mensch nur immer schweigen würde, der Schuldner würde wahrlich kaum von der Wohltat sprechen. Nach Ihrer Auffassung braucht das Volk Beispiele; wenn alle schweigen würden, wo fände man sie? Und dann noch eins! Wenn unser armer Pionier, der die französische Armee gerettet hat und nie Gelegenheit fand, mit Erfolg von dieser Heldentat zu sprechen, nicht noch über seine Arme verfügen könnte, würde ihm das Bewußtsein seiner Tat Brot verschaffen? Antworten Sie mir darauf, Philosoph!“

„Vielleicht gibt es in der Moral nichts Absolutes“, antwortete Benassis. „Aber dieser Gedanke ist gefährlich, er verführt den Egoismus dazu, die Gewissenshandlungen zugunsten des persönlichen Interesses auszulegen. Hören Sie, Hauptmann, ist der Mensch, der den Grundsätzen der Moral streng folgt, nicht größer als der, der sich von ihnen, sei es auch aus Notwendigkeit, befreit? Ist unser Pionier, der ganz lahm ist und beinahe Hungers stirbt, nicht in eben dem Maße göttlich wie Homer? Das menschliche Leben ist ohne Zweifel eine letzte Probe sowohl für die Tugend als auch für das Genie, beide sind sie für eine bessere Welt notwendig. Tugend und Genie erscheinen mir als die beiden schönsten Formen, in denen sich jene vollkommene und unermüdliche Hingebung offenbart, wie sie Christus die Menschen gelehrt hat. Das Genie bleibt arm, während es die Welt erleuchtet, die Tugend schweigt, während sie sich dem allgemeinen Wohl opfert."

„Einverstanden!" sagte Genestas. „Aber die Erde ist von Menschen bewohnt und nicht von Engeln; wir sind nicht vollkommen."

„Da haben Sie recht", fuhr Benassis fort. „Was mich anbelangt, so habe ich von der Fähigkeit, Fehler zu begehen, reichlich Gebrauch gemacht. Aber sollen wir nicht wenigstens nach der Vollkommenheit streben? Ist die Tugend für die Seele nicht ein schönes Ideal, das man immer wie ein himmlisches Vorbild betrachten muß?"

„Amen! zugegeben, daß der tugendhafte Mensch etwas Schönes ist; aber räumen Sie dann auch ein, daß die Tugend eine Gottheit ist, der man ein wenig Gesprächigkeit in allen Ehren zugestehen darf?"

„Ach, Sie!" sagte der Arzt lächelnd und mit einer Art bitterer Traurigkeit, „Sie besitzen die Duldsamkeit derjenigen, die mit sich selbst in Frieden leben, während ich streng bin wie ein Mensch, der in seinem Leben viele Flecken auszuwaschen hat."

Die beiden Reiter waren an eine Hütte gekommen, die am Ufer des Baches lag. Der Arzt ging hinein, Genestas blieb auf der Schwelle des Hauses stehen und betrachtete abwechselnd das Bild, das die frohe Landschaft bot, und das Innere der Hütte, wo ein Mann im Bette lag. Nachdem Benassis seinen Kranken untersucht hatte, rief er plötzlich aus:

„Dann brauche ich ja überhaupt nicht mehr herzukommen, liebe Frau, wenn Sie doch nicht tun, was ich verordne. Sie haben Ihrem Mann Brot gegeben; wollen Sie ihn denn umbringen? Zum Donnerwetter, wenn Sie ihm noch einmal etwas anderes geben als seinen Kräutertee, dann setze ich den Fuß nicht mehr über diese Schwelle, und Sie können sich sonstwo einen Arzt holen."

„Aber Herr Benassis, der arme Mann weinte vor Hunger, und wenn ein Mensch vierzehn Tage lang nichts gegessen hat..."

„Ach was, wollen Sie mich anhören? Wenn Sie Ihren Mann ein einziges Stück Brot essen lassen, ehe ich ihm erlaubt habe, daß er etwas essen darf, dann töten Sie ihn! Haben Sie verstanden?"

„Er soll nichts bekommen. Geht es ihm denn aber auch besser?" fragte sie und ging mit dem Arzt hinaus.

„Aber nein, Sie haben seinen Zustand verschlimmert dadurch, daß Sie ihm etwas zu essen gegeben haben. Kann ich euch Dickköpfen denn nicht beibringen, daß einer, der Diät halten soll, nichts zu essen bekommen darf? Die Bauern sind unverbesserlich", fügte Benassis hinzu und wandte sich an den Offizier. „Wenn ein Kranker ein paar Tage lang nichts zu sich genommen hat, glauben sie schon, daß er sterben muß, und stopfen ihn mit Brot und Wein voll. Diese unglückselige Frau hätte ihren Mann wirklich beinahe umgebracht."

„Meinen Mann umgebracht, mit solch einem kleinen Stückchen Brot, das ich in Wein getaucht habe?"

„Ja, meine liebe Frau! Ich bin ganz erstaunt, ihn nach diesem Stück Brot, das Sie ihm gegeben haben, noch am Leben zu finden. Vergessen Sie also nicht, genau das zu tun, was ich Ihnen sage."

„Ach, lieber will ich selbst sterben, als daß ich etwas versäume."

„Nun, das werde ich ja sehen, morgen abend komme ich, um ihn zur Ader zu lassen."

„Wir müssen jetzt zu Fuß am Bache entlang gehen", sagte Benassis zu Genestas. „Von hier bis zu dem Hause, in das ich jetzt gehen muß, gibt es keinen Weg für die Pferde. Der kleine Bub hier wird auf unsre Tiere inzwischen aufpassen. — Sehen Sie sich doch unser hübsches Tal an, sieht es nicht aus wie ein englischer Garten? Wir kommen jetzt zu einem Arbeiter, der über den Tod eines seiner Kinder ganz untröstlich ist. Sein Ältester hatte, obgleich er noch jung war, wie ein Großer bei der Ernte mithelfen wollen; das arme Kind hat über seine Kräfte gearbeitet, Ende Herbst ist es an Entkräftung gestorben. Hier finde ich das väterliche Gefühl zum erstenmal in diesem Maße entwickelt. Gewöhnlich beklagen die Bauern in dem Verlust ihrer Kinder einen nützlichen Teil ihres Besitzes, ihre Trauer richtet sich nach dem Alter. Als Jüngling wird ein Knabe für den Vater zum Kapital. Aber dieser Mann liebte sein Kind wirklich. ‚Nichts kann mich über diesen Verlust trösten', sagte er mir eines Tages, als ich ihn auf einer Wiese unbeweglich stehen sah, seine Arbeit vergessend, auf seine Sense gestützt, den Wetzstein in der Hand, den er herausgenommen hatte und den er nun zu benutzen vergaß. Mehr hat er mir von seinem Kummer nicht anvertraut, aber er ist schweigsam und leidend geworden. — Heute ist eines seiner kleinen Mädchen krank..."

Während sie so sprachen, waren Benassis und sein Gast an ein Häuschen gekommen, das auf dem Wege zu einer Lohgerberei stand. Unter einer Weide bemerkten sie einen Mann von etwa vierzig Jahren, der ein Brot mit Schnittlauch verzehrte.
„Nun, Gasnier, geht es der Kleinen besser?"
„Ich weiß es nicht," sagte er ernst; „Sie werden sie ja selbst sehen, meine Frau ist bei ihr. Trotz Ihrer Pflege muß ich fast fürchten, der Tod ist zu mir gekommen, um mir alles zu nehmen."
„Der Tod läßt sich bei niemandem häuslich nieder, Gasnier, dazu hat er keine Zeit. Verlieren Sie den Mut nicht."
Benassis ging in das Haus, der Vater folgte ihm. Eine halbe Stunde später kam er wieder in Begleitung der Mutter heraus und sagte:
„Seien Sie unbesorgt, tun Sie, wie ich Ihnen gesagt habe, sie ist gerettet."
„Wenn Sie alles dies langweilt," sagte darauf der Arzt zum Offizier, indem er aufs Pferd stieg, „kann ich Sie jetzt auf die Dorfstraße führen, und Sie können dann nach Hause gehen."
„Nein, wirklich, es langweilt mich gar nicht."
„Aber Sie sehen doch überall nur Hütten, die alle einander gleich sind, nichts ist äußerlich eintöniger, als das Land."
„Gehen wir nur weiter", sagte der Offizier.
Ein paar Stunden lang ritten sie so durch das Land, durchquerten den Bezirk in seiner ganzen Breite und kamen am Abend in den Teil zurück, der dem Dorf am nächsten lag.
„Ich muß jetzt dort hinuntergehen", sagte der Arzt zu Genestas und zeigte auf einen von Ulmen umgebenen Platz. „Diese Bäume sind vielleicht

zweihundert Jahre alt", fügte er hinzu. „Dort wohnt die Frau, zu der ich gestern, als wir beim Essen saßen, gerufen wurde, weil sie ‚ganz weiß' geworden war, wie der Junge sagte."

„War es so gefährlich?"

„Nein," sagte Benassis, „die Folgen der Schwangerschaft; diese Frau ist im letzten Monat ihrer Schwangerschaft; in dieser Zeit haben die Frauen oft eine Art Krampf. Aus Vorsicht will ich aber doch noch einmal hingehen, um zu sehen, ob auch nichts Ernstes dazu gekommen ist. Diese Frau werde ich selbst entbinden. Außerdem werde ich Ihnen dort eine unsrer neuen Industrien zeigen, eine Ziegelbrennerei. Der Weg ist schön, wollen wir im Galopp reiten?"

„Wird mir Ihr Tier auch folgen können?" fragte Genestas und rief seinem Pferd „hopp Neptun" zu.

Im Nu wurde der Offizier hundert Schritt weit fortgetragen und verschwand in einem Wirbel von Staub. Aber trotz der Geschwindigkeit hörte er den Arzt immer neben sich. Benassis sagte seinem Tier ein Wort und überholte nun den Major, der ihn erst in dem Augenblick an der Ziegelei einholte, als der Arzt schon sein Pferd an der Latte eines Zaunes festband.

„Was zum Teufel war das?" rief Genestas aus und betrachtete das Pferd, das weder schwitzte noch schnaubte. „Was haben Sie denn da für ein Tier?"

„Sie haben es für eine Rosinante gehalten", antwortete der Arzt lachend. „Für den Augenblick nimmt uns die Geschichte dieses schönen Tieres zu viel Zeit, Sie sollen nur wissen, daß Rustan ein Berberhengst vom Atlas ist. Ein Berberhengst ist genau so edel wie ein arabisches Pferd. Der meine steigt im Galopp die Berge hinauf, ohne in Schweiß zu geraten, und geht ganz sicher an den tiefsten Abgründen vorbei. Er ist übrigens ein schön verdientes Geschenk. Ein Vater glaubte mir so das Leben seiner Tochter zu bezahlen, einer der reichsten Erbinnen Europas, die ich sterbend auf einem Weg in Savoyen antraf. Wenn ich Ihnen sage, wie ich diese junge Person geheilt habe, werden Sie mich für einen Scharlatan halten. — Doch da höre ich die Schellen eines Gespanns und das Geräusch eines Wagens auf dem Wege, vielleicht ist es Vigneau selbst; sehen Sie sich diesen Menschen einmal genau an."

Bald sah der Offizier vier riesige Pferde, die so angeschirrt waren, wie es die wohlhabendsten Bauern in Brie zu tun pflegen. Die Wollriemen, die Schellen und das Lederzeug hatten etwas Großartiges. In diesem großen blauangestrichenen Wagen saß ein dicker sonnenverbrannter Bursche, der vor sich hinpfiff und seine Peitsche wie ein Gewehr im Arm hielt.

„Das ist zwar der Wagenbauer nicht selbst," sagte Benassis, „aber der Reichtum des Herrn spiegelt sich in allem wider, sogar in der Ausstattung des Kutschers. Ist es nicht das Zeichen geschäftlicher Klugheit, wie man sie auf dem Lande selten findet?"

„Ja, ja, das scheint alles ausgezeichnet angeschirrt zu sein."

„Vigneau besitzt zwei solcher Fuhrwerke, außerdem hat er noch einen kleinen Wagen, den er zu seinen Geschäftsfahrten braucht, denn sein Handel erstreckt sich jetzt sehr weit, und dabei besaß dieser Mann noch vor vier Jahren gar nichts. Wenn ich mich nicht irre, hatte er sogar Schulden. Doch wir wollen hineingehen."

„Höre Bursche," sagte Benassis zu dem Kutscher, „ist Frau Vigneau zu Hause?"

„Sie ist im Garten, ich habe sie eben noch durch die Hecke hindurch gesehen. Ich werde ihr sagen, daß Sie kommen."

Genestas folgte Benassis, der ihn durch ein Gelände führte, das von Hecken eingezäunt war. In einer Ecke lag ein Haufen weißer Erde und Ton, die beide zur Bereitung von Ziegeln und Kacheln gebraucht werden; auf der andern Seite waren Reisigbündeln und Holzscheite aufgeschichtet, mit denen der Ofen geheizt wird. Weiterhin auf einem von Zäunen umgebenen Platz waren mehrere Arbeiter damit beschäftigt, weiße Steine zu zerkleinern oder die Erde zu Ziegelsteinen zu formen. Dem Eingang gegenüber, unter hohen Ulmen, stand die Ziegelei, ein großer Holzbau, an dessem Ende die Dächer der Trockenanlage sichtbar wurden, neben der der Ofen stand mit seinem tiefen Loch, seinen langen Schiebern und seinem hohlen, schwarzen Gang. Neben diesen Bauten stand ein recht ärmliches Gebäude, das der Familie als Wohnhaus diente und neben dem die Remisen, Stallungen, Viehställe und Scheunen lagen. Hühner und Schweine tummelten sich auf dem großen Platze. Die Sauberkeit, die in den verschiedenen Anlagen herrschte und der gute Zustand, in dem dieselben sich befanden, sprachen von der Umsicht des Besitzers.

„Der Vorgänger von Vigneau," sagte Benassis, „war ein unglückseliger Mensch, ein Faulpelz, der nichts tat als trinken. Als ehemaliger Arbeiter verstand er wohl seinen Ofen zu heizen und seine Löhne auszuzahlen, weiter aber auch nichts. Er war weder fleißig noch besaß er kaufmännischen Sinn. Wenn man die Ware nicht von ihm abholte, dann blieb sie eben liegen, zerfiel und war verloren. So ist er denn auch Hungers gestorben. Seine Frau, die durch seine brutale Behandlung fast blödsinnig geworden war, kam im Elend um. Diese Faulheit, diese unverbesserliche Dummheit waren mir so qualvoll, der Anblick dieser Fabrik war mir so schrecklich, daß ich es vermied, hier vorbei zu kommen. Glücklicherweise waren beide Leute alt. Eines Tages bekam der Mann einen Schlaganfall, und ich brachte ihn sofort in das Hospital nach Grenoble. Der Besitzer der Ziegelei war bereit, dieselbe ohne Einwände in dem Zustand wieder zu übernehmen, in dem sie sich befand. Ich suchte nun einen neuen Pächter, der an den Verbesserungen mitarbeiten sollte, wie ich sie in allen Industriezweigen des Kantons einführen wollte. Der Mann eines ehemaligen Hausmädchens von Frau Gravier, ein armer Arbeiter, der bei einem Töpfer, bei dem er arbeitete, nur geringen Lohn bekam, mit dem er seine Familie nicht ernähren konnte, schien mir geeignet. Dieser Mann besaß Mut genug, unsre Ziegelei zu pachten, ohne selbst einen Heller zu besitzen. Er ließ sich hier nieder, lernte seine Frau, seine Mutter und Schwiegermutter an, Ziegelsteine zu machen, so daß sie seine Arbeiter wurden. Ich weiß bei Gott nicht, wie sie sich eingerichtet haben. Wahrscheinlich hat sich Vigneau Holz geliehen, um seinen Ofen zu heizen; sicher hat er sich sein Material des

Nachts in Körben geholt und am Tage bearbeitet. Jedenfalls entfaltete er eine Energie, die ihresgleichen sucht. Und die beiden Mütter in ihren Lumpen arbeiteten wie Negersklaven. Vigneau konnte also mehrmals Ziegel brennen und aß im ersten Jahre das Brot, das er mit dem Schweiß seines ganzen Hausstandes teuer bezahlte. Aber er hielt durch. Sein Mut, seine Geduld und seine Fähigkeiten fielen den Leuten auf, er machte von sich reden. Unermüdlich lief er des Morgens nach Grenoble, verkaufte dort seine Ziegel und Steine, dann kam er gegen Mittag heim und kehrte in der Nacht wieder in die Stadt zurück. Er schien sich zu vervielfachen. Gegen Ende des ersten Jahres nahm er sich zwei kleine Buben, die ihm helfen sollten. Als ich das sah, lieh ich ihm etwas Geld. Und so hat sich denn das Geschick dieser Familie von Jahr zu Jahr verbessert. Vom zweiten Jahr an formten die beiden alten Mütter keine Ziegel und rieben keine Steine mehr, sie versorgten den kleinen Garten, kochten, besserten die Kleider aus, spannen am Abend und gingen am Tage in den Wald, um Holz zu sammeln. Die junge Frau, die lesen und schreiben konnte, führte die Bücher. Vigneau nahm sich ein kleines Pferd, mit dem er in die Umgegend ritt, um sich Kunden zu verschaffen; dann studierte er die Kunst des Ziegelbrennens gründlich, stellte schöne weiße Kacheln her und verkaufte sie unter dem Preis. Im dritten Jahr hatte er schon einen Wagen und zwei Pferde. Als er das erstemal anspannte, sah seine Frau beinahe wie eine elegante Dame aus. Alles war im Einklang miteinander: Sparsamkeit und Sauberkeit hatten sein kleines Vermögen begründet.

Schließlich hatte er sechs Arbeiter, die er gut bezahlte. Er nahm einen Fuhrmann und brachte daheim alles ins beste Gleis. Kurz, nach und nach kam er, da er sich auf seine Arbeit und auf seinen Handel verstand, zu Wohlstand. Im vergangenen Jahr hat er die Ziegelei gekauft, im nächsten Jahr will er sich sein Wohnhaus neu bauen. Heute sind diese braven Leute gesund und gut gekleidet. Die Frau, die mager und blaß war, da sie anfangs alle Sorgen und Ängste ihres Mannes teilte, ist jetzt stark, frisch und hübsch geworden. Die beiden alten Mütter sind sehr glücklich und kümmern sich um Haus und Geschäft. Die Arbeit hat Geld gebracht, und das Geld hat mit der inneren Ruhe Gesundheit, Wohlstand und Freude gebracht. Diese Familie ist für mich die lebendige Geschichte meiner Gemeinde und die aller jungen Handelsstaaten. Die Ziegelei, die ich früher so leer, verschmutzt und in Faulheit verkommen sah, ist jetzt in vollem Betrieb. Dort liegen für ein gutes Stück Geld Holz und alle andern notwendigen Materialien, die zu den Arbeiten der Saison notwendig sind. Denn Sie werden wissen, daß man Ziegelsteine nur während einer bestimmten Zeit im Jahre herstellen kann, zwischen Juni und September. Macht dieser Fleiß nicht Freude? Mein Ziegelbrenner hat zu allen Bauten des Dorfes Steine geliefert. Immer auf dem Posten, immer unterwegs, immer tätig, wird er von den Leuten im Kanton der Nimmersatt genannt."

Gerade war Benassis mit seinem Bericht fertig, als eine junge nettgekleidete Frau mit einem hübschen Häubchen, weißen Strümpfen, einer seidenen Schürze und einem rosa Kleid — einem Anzug, der etwas an ihren früheren Beruf als Hausmädchen erinnerte — die Tür weit öffnete, die in den Garten führte, und so schnell, wie es ihr Zustand erlaubte, herbeikam. Aber die beiden Reiter ritten ihr entgegen. Frau Vigneau war in der Tat eine hübsche, ziemlich üppige Frau mit sonnenverbranntem Gesicht, das ehemals sehr zart gewesen sein mußte. Obgleich ihre Stirn etwas gefurcht war — Zeichen ihres früheren Elends — sah sie doch glücklich und recht behaglich aus.

„Herr Benassis," sagte sie mit warmer Stimme, als sie den Arzt absteigen sah, „wollen Sie uns nicht die Ehre geben, sich ein wenig bei uns auszuruhen?"

„Gern," antwortete er, „gehen Sie voran, Hauptmann!"

„Den Herren muß es doch recht heiß geworden sein! Wünschen Sie etwas Milch oder Wein? Herr Benassis, kosten Sie doch einmal den Wein, den mein Mann schon jetzt für die Geburt unsres Kindes besorgt hat; Sie sollen mir sagen, ob er gut ist."

„Sie haben aber einen prächtigen Mann!"

„Ja," sagte sie ruhig und wandte sich dabei um, „ich bin vom Schicksal reich gesegnet worden."

„Wir wollen gar nichts trinken, liebe Frau Vigneau, ich bin nur hergekommen, um zu sehen, ob Ihnen inzwischen auch nichts zugestoßen ist."

„Nein, gar nichts. Sie sehen, ich war im Garten, um ein bißchen umzugraben."

In diesem Augenblick kamen die beiden Mütter, um Benassis zu sehen, und auch der Kutscher blieb unbeweglich in der Mitte des Hofes stehen, von wo aus er den Arzt betrachten konnte.

„Wollen mal sehen, geben Sie mir Ihre Hand",

sagte Benassis zu Frau Vigneau; er fühlte der jungen Frau schweigend und mit angespannter Aufmerksamkeit den Puls. Inzwischen beobachteten die drei Frauen den Major mit jener naiven Neugier, die zur Schau zu tragen sich die Leute vom Lande nie schämen.

„Alles steht zum besten!“ rief der Arzt heiter aus.

„Wird sie bald niederkommen?“ fragten die beiden Mütter.

„Ich denke, in dieser Woche noch. Ist Vigneau unterwegs?“ fragte er nach einer Pause.

„Ja“, antwortete die junge Frau. „Er erledigt noch schnell alle Geschäfte, um während meiner Niederkunft daheim sein zu können, der Gute.“

„Also, Kinder, gedeiht weiter; fahrt fort, Geld und Kinder zu schaffen!“

Genestas war voller Bewunderung für die Sauberkeit, die im Innern dieses fast verfallenen Hauses herrschte. Als Benassis das Staunen des Offiziers bemerkte, sagte er zu ihm: „Nur Frau Vigneau versteht es so gut, einen Haushalt im Stand zu halten. Ich wünschte, verschiedene Leute aus dem Dorfe kämen her, um von ihr zu lernen.“

Die Frau des Ziegelbrenners wandte errötend den Kopf zur Seite; aber die beiden Alten ließen auf ihren Gesichtern die ganze Freude erstrahlen, die das Lob des Arztes in ihnen hervorgerufen hatte, und alle drei begleiteten ihn bis zur Stelle, wo die Pferde standen.

„Nun,“ sagte Benassis, indem er sich an die beiden Mütter wandte, „Sie sind doch wirklich glücklich dran; nun brauchen Sie nur noch Großmütter zu werden.“

„Ach, sprechen Sie nicht davon," sagte die junge Frau, „sie machen mich schon ganz kaputt. Meine beiden Mütter wünschen sich einen Knaben, mein Mann möchte ein Mädchen haben. Es wird schwer sein, sie alle zufrieden zu stellen."

„Aber Sie selbst, was wünschen Sie sich?" fragte Benassis lachend.

„Ach, Herr Doktor, ich wünsche mir ein Kind!"

„Schon jetzt ist sie ganz Mutter", sagte der Arzt zum Offizier und nahm sein Pferd am Zügel.

„Leben Sie wohl, Herr Benassis!" sagte die junge Frau. „Wenn mein Mann hört, daß Sie da waren, wird er sehr bedauern, nicht auch hier gewesen zu sein."

„Hat er auch nicht vergessen, tausend Ziegelsteine nach der ‚schönen Scheune' zu schicken?"

„Sie wissen ja selbst, daß er lieber auf alle Bestellungen im Kanton verzichten würde, als Sie nicht zu bedienen. Sein größter Kummer ist nur, daß er Geld dafür von Ihnen nehmen muß; aber ich sage ihm immer, Ihre Taler bringen Glück, und das ist auch wahr."

„Auf Wiedersehen!" sagte Benassis.

Die drei Frauen, der Kutscher und die beiden Arbeiter, die aus der Werkstatt herausgetreten waren, um den Arzt zu sehen, standen alle um die Holzstiege herum, die den Eingang zur Ziegelei bildete, um so Benassis' Gegenwart bis zum letzten Augenblick zu genießen, wie wir es gern mit einem uns teuren Menschen tun. Die Äußerungen des Herzens sind überall gleich, und gern befolgt man überall die sanften Sitten der Freundschaft.

Nachdem Benassis nach dem Stand der Sonne gesehen hatte, sagte er zu seinem Begleiter: „Wir haben noch zwei Stunden Zeit; wenn Sie nicht zu hungrig sind, wollen wir noch ein entzückendes Geschöpfchen besuchen, bei dem ich immer meine freie Zeit zwischen meinen Besuchen und dem Essen zubringe. Man nennt es hier in der Gegend allgemein meine ‚schöne Freundin', aber denken Sie nicht, daß diese Bezeichnung, die man sonst seiner zukünftigen Gattin gibt, irgendeine häßliche Nebenbedeutung hat. Obgleich meine Sorge für dieses Kind es zu dem Gegenstand rechter Eifersucht gemacht hat, verbietet doch die gute Meinung, die hier alle von meinem Charakter haben, jede Nachrede. Wenn sich auch keiner die Laune erklären kann, aus der heraus ich dem ‚Gräbermädchen' eine Rente aussetzte, damit sie ohne zu arbeiten leben kann, so glauben sie doch alle an ihre Reinheit. Sie wissen, daß, wenn meine Zuneigung einmal die Grenzen eines freundschaftlichen Schutzes überschreiten sollte, ich nicht zögern würde, sie zu heiraten. Aber," fügte der Arzt mit einem gezwungenen Lächeln hinzu, „für mich gibt es keine Frau, weder hier noch sonstwo. Ein stark empfindender Mensch hat das unwiderstehliche Bedürfnis, sich unter allen den Dingen und Menschen, die ihn umgeben, an einen Gegenstand oder Menschen besonders anzuschließen, vor allem, wenn das Leben für ihn im übrigen öde geworden ist. Beurteilt man doch auch einen Mann, der seinen Hund oder sein Pferd liebt, nachsichtig. Unter der leidenden Herde, die der Zufall mir anvertraute, ist diese arme kleine Kranke für mich das, was in der Languedoc das Lieblingsschaf ist, dem der Hirt ein verblaßtes Halsband umbindet, mit dem er sich unterhält,

das er am Kornfeld entlanggrasen läßt und das, wenn es auch noch so langsam geht, vom Hund nie angetrieben wird."
Während Benassis so sprach, stand er neben dem Pferd, das er an der Mähne hielt, bereit, aufzusitzen. Aber er tat es nicht, als wolle zu dem Gefühl, das sich seiner bemächtigt hatte, eine plötzliche Bewegung nicht recht passen. — — — Dann rief er aus: „Sie sollen sie sehen. Und wenn ich Sie zu ihr führe, bedeutet das nicht soviel, als behandle ich das Mädchen wie eine Schwester?"
Als beide Reiter wieder zu Pferde saßen, sagte Genestas zum Arzt: „Ist es indiskret, wenn ich Sie bitte, mir Näheres über Ihr ‚Gräbermädchen' zu sagen? Unter allen Existenzen, die Sie mich kennenlernen ließen, scheint sie nicht die uninteressanteste zu sein."
„Vielleicht werden Sie mein Interesse für das kleine ‚Gräbermädchen' nicht teilen. Ihr Schicksal gleicht dem meinen: unsre Bestimmung wurde nicht erfüllt. Das Gefühl, das ich ihr entgegenbringe, und die Bewegung, die mich bei ihrem Anblick ergreift, rührt von der Gleichheit unsrer Lage her. Wer, wie Sie, im Heeresdienste steht, ist entweder seiner Neigung gefolgt oder hat Geschmack an diesem Beruf gefunden; sonst wären Sie nicht bis in Ihr Alter hinein unter dem schweren Druck militärischer Disziplin geblieben. So werden Sie auch weder den Jammer einer Seele verstehen, deren Wünsche immer wieder auftauchen und immer wieder enttäuscht werden, noch den unablässigen Kummer eines Wesens, das gezwungen ist, woanders als in seiner Sphäre zu leben. Solche Leiden bleiben stets ein Geheimnis

zwischen diesen Geschöpfen und Gott, der ihnen diese Trübsal schickt, denn sie allein kennen die ganze Stärke der Eindrücke, die die Ereignisse des Lebens auf sie gemacht haben. Doch Sie, der Sie durch soviel Kriegselend abgestumpft sind, haben Sie sich in Ihrem Herzen nicht doch auch einmal auf einer Traurigkeit ertappt, wenn Sie z. B. mitten im Frühling einen Baum mit gelben Blättern sahen, einen Baum, der einging, weil er nicht in das Erdreich eingepflanzt war, in dem sich die notwendigen Vorbedingungen für sein Gedeihen fanden? Mit zwanzig Jahren ergriff mich diese passive Melancholie eines verkümmerten Baumes, und noch heute wende ich den Kopf ab bei einem solchen Anblick. Meine Jugendschmerzen waren das vage Vorgefühl der Schmerzen, die ich als Mann durchzumachen hatte, eine Art Sympathie zwischen der Gegenwart und einer Zukunft, die ich instinktiv in diesem Pflanzenleben erblickte, das vor der Zeit verkümmert war, und die Bäumen und Menschen gleicherweise bestimmt ist."

„Als ich Sie so voller Güte sah, da dachte ich mir schon, daß Sie viel gelitten haben müssen."

„Und sehen Sie," fuhr der Arzt fort, ohne auf die Worte Genestas' zu achten, „wenn ich von dem ‚Gräbermädchen' spreche, dann spreche ich eigentlich von mir. Sie ist eine entwurzelte Pflanze, aber eine Menschenpflanze, die unablässig von traurigen und tiefen Gedanken verzehrt wird, die sich nur immer vergrößern. Dieses arme Kind ist immer leidend. Ihre Seele tötet ihren Körper. Könnte ich da kalt bleiben einem schwachen Geschöpf gegenüber, das dem größten und am

wenigsten gewürdigten Unglück in dieser egoistischen Welt ausgesetzt ist, während ich selbst, ein Mann, der doch gegen Leiden gewappnet ist, jeden Abend versucht bin, mich zu sträuben, die Last eines ähnlichen Unglücks immer von neuem auf mich zu nehmen? Vielleicht hätte ich mich auch schon geweigert, besäße ich nicht eine gewisse Frömmigkeit, die meinen Kummer mildert und in meinem Herzen eine süße Illusion erweckt. — Und wenn wir auch nicht alle die Kinder Eines Gottes wären, das Gräbermädchen wäre trotzdem meine Leidensschwester."
Benassis gab seinem Pferd die Sporen und riß den Major mit sich, als hätte er Furcht, noch weiter in diesem Ton fortzufahren.
Dann, als die Pferde in gleichem Schritt trabten, fuhr er fort: „Die Natur hat dieses arme Mädchen sozusagen für den Schmerz geschaffen, wie sie andere Frauen für die Freude schafft. Wenn man solche Vorbestimmungen sieht, ist es unmöglich, nicht an ein anderes Leben zu glauben. Alles hat auf das Gräbermädchen Einfluß: wenn das Wetter grau und trübe ist, ist sie traurig, sie ‚weint mit dem Himmel'. Dieser Ausdruck stammt von ihr. Sie singt mit den Vögeln, sie wird ruhig und wieder heiter, wenn der Himmel es ist; ja, sie wird an einem schönen Tage schön. Ein zarter Duft ist für sie eine unerschöpfliche Freude; ich habe sie sich einen ganzen Tag lang an dem Duft von Reseda erfreuen sehen. Wenn sich nach einem Regenmorgen die Seele der Blumen entfaltet und dem Tag etwas Frisches und Glänzendes verliehen ist, dann geht sie mit der Natur, mit den Pflanzen auf. Wenn die Luft schwer ist und mit Elektrizi-

tät geladen, dann hat das Gräbermädchen Zustände, in denen kein Mensch sie beruhigen kann; sie bleibt dann im Bett liegen und klagt über tausend verschiedene Schmerzen, ohne zu wissen, was ihr eigentlich fehlt. Wenn ich sie dann frage, dann antwortet sie, daß ihre Knochen sich auflösen und ihr Fleisch zu Wasser werde. Während dieser leblosen Stunden empfindet sie das Leben nur als Leiden; ihr Herz ist ‚außerhalb ihrer', um Ihnen noch einen ihrer Ausdrücke zu sagen. Manchmal habe ich das arme Mädchen beim Anblick gewisser Bilder, die sich beim Sonnenuntergang in unsern Bergen abzeichnen, weinen sehen, z. B. wenn viele prächtige Wolken sich über unsern vergoldeten Berggipfeln auftürmen. ‚Warum weinen Sie, Kind?' fragte ich sie. ‚Ich weiß es nicht', antwortete sie mir. ‚Ich muß unablässig da hinaufschauen, und ich weiß vor lauter Sehen gar nicht, wo ich mich befinde.' — ‚Aber was sehen Sie denn da?' — ‚Das kann ich Ihnen nicht sagen.' Und wenn Sie sie den ganzen Abend hindurch fragten, Sie würden kein Wort aus ihr herausbekommen. Sie würde Sie nur mit gedankenerfülltem Blick ansehen oder mit feuchten Augen dastehen, schweigend, sichtlich ergriffen. Ihre Ergriffenheit ist so stark, daß sie sich auf andere überträgt; wenigstens wirkt sie auf mich wie eine mit Elektrizität geladene Wolke. Einmal bin ich mit Fragen in sie gedrungen, ich wollte sie mit Gewalt zum Sprechen bringen, und da habe ich wohl ein paar zu heftige Worte an sie gerichtet, denn sie ist in Tränen ausgebrochen. — Zu andern Zeiten wieder ist das Gräbermädchen heiter, entgegenkommend, lachend, tätig, direkt geistvoll.

Sie spricht gern, hat neue originelle Einfälle. Aber sie ist unfähig, irgendeine dauernde Arbeit zu leisten. Ging sie einmal mit ins Feld, dann stand sie stundenlang da und betrachtete eine Blume, sah einem Bach zu, beobachtete die Steinformationen, die durch das klare und ruhige Wasser hindurchschimmerten, diese hübschen Mosaiken aus Kiesel, Erde, Sand, Moos und braunem Wasserstein, die so lieblich in den Farben und so interessant in den Kontrastwirkungen sind. Als ich hier in das Land kam, wäre das arme Mädchen beinahe Hungers gestorben. Da sie sich schämte, das Brot anderer zu essen, nahm sie das öffentliche Mitleid nur in den Augenblicken in Anspruch, in denen die höchste Not sie dazu zwang. Manchmal verlieh ihr die Scham Kräfte, und sie arbeitete ein paar Tage auf dem Felde, aber bald war sie erschöpft, und eine Krankheit zwang sie, ihre angefangene Arbeit wieder aufzugeben. Kaum war sie aber wieder hergestellt, dann ging sie in irgendeinen Bauernhof in der Umgegend und bat, man möge sie zum Besorgen des Viehs annehmen; aber wenn sie diese Aufgabe mit Geschick eine Zeitlang erfüllt hatte, ging sie, ohne zu sagen warum, wieder fort. Eine tägliche Arbeit war sicher ein zu schweres Joch für sie, die sie so ganz Unabhängigkeit und Laune ist. Sie begann dann Trüffeln und Pilze zu suchen und sie in Grenoble zu verkaufen. In der Stadt vergaß sie ihr Elend und glaubte sich mit den paar verdienten Groschen reich; der Flitterkram lockte sie, und so kaufte sie sich Bänder und andere Kinkerlitzchen und dachte nicht an ihr Brot für den nächsten Tag. Und wenn eines von den Mädchen im Dorf ihr kupfernes Kreuz, ihr Herzchen oder ihr Sammetband haben wollte, so gab sie es hin, glücklich, Freude machen zu können, denn sie lebt nur mit dem Herzen. — So wurde das Gräbermädchen abwechselnd geliebt, beklagt und verachtet. Das arme Ding litt unter allem, unter ihrer Trägheit, unter ihrer Gutmütigkeit, ihrer Koketterie — denn sie ist kokett, genäschig, neugierig; sie ist eben Frau und gibt ihren Eindrücken und Neigungen mit naiver Kindlichkeit nach. Erzählt man ihr von einer edlen Tat, so zittert sie, wird rot, ihr Herz klopft, sie weint vor Freude. Hört sie von Dieben sprechen, dann wird sie blaß vor Entsetzen. In ihr ist unverfälschte Natur; das beste Herz und die größte Redlichkeit, die man sich denken kann, sind in ihr vereint. Wenn Sie ihr hundert Goldstücke anvertrauen würden, sie würde sie in eine Ecke vergraben und weiter betteln gehen."

Herrn Benassis' Stimme klang bei diesen Worten bewegt.

„Ich habe sie auf die Probe stellen wollen," fuhr er fort, „und ich habe es sehr bereut. Ist ein Auf-die-Probe-stellen nicht wie ein Auskundschaften, wenigstens wie Mißtrauen?"

Hier hielt der Arzt inne, als überlege er etwas, und bemerkte dabei die Verwirrung nicht, in die seine Worte seinen Gefährten versetzt hatten, der, um seine Unruhe nicht zu zeigen, sich an dem Zaumzeug seines Pferdes zu schaffen machte. Benassis begann bald darauf wieder:

„Ich habe das Mädchen verheiraten wollen. Gern hätte ich einen meiner Gutshöfe einem ordentlichen Menschen gegeben, der sie glücklich gemacht hätte, und sie wäre es geworden. Ja, dies arme Mädchen hätte ihre Kinder über alle Maßen geliebt und alle Gefühle, die sie so überreich besitzt, hätten sich in dem einen, das für die Frau alle andern umfaßt, in der Mutterliebe, ausgelöst. Aber kein Mann hat ihr gefallen wollen. Sie besitzt zudem eine für sie gefährliche Sensibilität; sie weiß es und hat mir ihre nervöse Veranlagung gebeichtet, als sie sah, daß ich sie bemerkte. Sie gehört zu den wenigen Frauen, bei denen die geringste Berührung schon einen gefährlichen Schauer hervorruft. Man muß ihr für ihre Weisheit, ihren Frauenstolz Dank wissen; sie ist scheu wie eine Schwalbe. Was für eine reich veranlagte Natur! Sie hätte eine wohlhabende, geliebte Frau werden sollen, dann wäre sie beständig und wohltätig geworden. Aber schon mit zweiundzwanzig Jahren brach sie unter der Last ihrer Seele zusammen und wurde ein Opfer ihrer zu leicht vibrierenden Nerven, ihrer zu starken oder zu schwachen Konstitution. Würde sie in einer großen Leidenschaft enttäuscht werden, es würde die Ärmste um den Verstand bringen. — — — Nachdem ich ihre Veranlagung derart studiert und den Grund ihrer langandauernden Nervenzufälle und ihrer Empfindlichkeit für die Elektrizität der Luft erkannt hatte, nachdem ich den nahen Zusammenhang ihrer Natur mit dem Wechsel der Atmosphäre und dem Zu- und Abnehmen des Mondes entdeckt hatte, sorgte ich für sie wie für ein Geschöpf, das anders war als die andern, dessen krankhafte Konstitution nur von mir verstanden werden konnte. Sie ist, wie ich schon sagte, für mich das Lieblingsschaf mit dem bunten Bändchen. Doch Sie werden ja sehen; hier ist das Häuschen."

Jetzt hatten sie auf Zickzackwegen, die mit Sträuchern eingefaßt waren und die sie im Schritt erklommen, ungefähr ein Drittel des Berges erstiegen. Bei einer Biegung des Weges sah Genestas das Haus des Gräbermädchens. Es lag auf einer der Haupterhöhungen des Berges. Eine hübsche abschüssige Rasenfläche, ungefähr fünf Morgen groß, mit Bäumen bepflanzt und von einem kleinen Bach durchrieselt, war von einer kleinen Mauer umgeben, die hoch genug war, um als Einfriedigung zu dienen, jedoch nicht so hoch, daß sie den Ausblick in das Land verdeckte. Das Haus, aus Ziegelsteinen erbaut und mit einem flachen, etwas vorspringenden Dach gedeckt, bot inmitten der Landschaft einen entzückenden Anblick. Es bestand aus einem Erdgeschoß und einem Stockwerk und hatte grüngestrichene Tür- und Fensterläden. Es lag nach Süden und war weder breit noch tief genug, um noch andere Öffnungen als die der Fassade zu haben, deren ländliche Vornehmheit in äußerster Sauberkeit bestand. Nach deutscher Mode waren die vorspringenden Teile des Daches mit weißgestrichenen Brettern verkleidet. Ein paar blühende Akazien und andere duftende Bäume: Rotdorn, Kletterpflanzen und ein großer Nußbaum, den man stehen gelassen hatte, einige Trauerweiden am Bach entlang, umgaben das Haus. Weiter hinten standen Eichen und Fichten eng beieinander und bildeten einen dunklen Hintergrund, von dem sich das hübsche Haus stark abhob. Zu dieser Zeit des Tages war die Luft von den verschiedenen Gerüchen der Berge und des Gartens erfüllt; der klare und ruhige Himmel zeigte am Horizont ein paar Wolken; in der Ferne

begannen die Gipfel der Berge sich rosa zu färben, wie es bei Sonnenuntergang oft geschieht. Von dieser Höhe aus übersah man das ganze Tal, von Grenoble bis zu der Felsenkette, zu deren Füßen der kleine See liegt, an dem Genestas am Abend vorher vorbeigekommen war. Oberhalb des Hauses und in ziemlicher Entfernung erschien die Pappelreihe, die die große Landstraße bezeichnet, die vom Dorf nach Grenoble führt. Das Dorf selbst, von den schrägen Strahlen der Sonne beschienen, glitzerte wie ein Diamant, alle Fensterscheiben strahlten das rote flimmernde Licht der Sonne wieder.
Bei diesem Anblick hielt Genestas sein Pferd an, zeigte auf die Fabriken im Tal, auf den neuen Teil des Dorfes, auf das Haus des Gräbermädchens und sagte ergriffen: „Nach dem Sieg von Wagram und der Rückkehr Napoleons in die Tuilerien im Jahr 1815 ist dieses hier der größte Eindruck, den ich je gehabt habe. Ihnen verdanke ich diese Freude, denn Sie haben mich die Schönheiten kennen gelehrt, die eine Landschaft bietet."
„Ja," sagte der Arzt lächelnd, „es ist schon besser, Städte aufzubauen als einzunehmen."
„Aber wissen Sie denn auch, was Wagram und die Wiedergabe Mantuas bedeuten? Ist das nicht unser aller Ruhm? Sie sind ein wackerer Mann, aber Napoleon war es auch. Wäre England nicht gewesen, unser Kaiser wäre nicht untergegangen, und Sie beide hätten sich sehr gut miteinander verstanden. Jetzt, da er tot ist, kann ich es ja sagen, daß ich ihn sehr geliebt habe. Hier gibt's doch keine Spione?" fragte der Offizier, sich umschauend. „Er hat die ganze Welt verstanden, Sie

hätte er in seinen Staatsrat gesetzt, denn er war ein großer Organisator! Der Ärmste! während Sie mir von Ihrem Gräbermädchen erzählten, habe ich immer daran denken müssen, daß er in St. Helena hat sterben müssen, er! Konnte dieses Klima und dieser Wohnort einem Manne genügen, der gewohnt war, mit den Füßen im Steigbügel und mit dem Hintern auf dem Thron zu sitzen? Man sagt, er habe dort Gartenarbeit getan. Zum Teufel auch! er war nicht dazu geschaffen, Kohl zu pflanzen. Und heute müssen wir den Bourbonen dienen und noch dazu ehrlich, denn ist es doch schließlich Frankreich, um das es sich handelt, Frankreich, wie Sie gestern sagten!"

Bei diesen Worten stieg Genestas vom Pferd und folgte mechanisch Benassis' Beispiel, der das seine an einem Baume festband.

„Ob sie nicht zu Hause ist?" sagte der Arzt, als er das Gräbermädchen nicht vor der Tür stehen sah.

Sie gingen in das Haus hinein und fanden auch das Zimmer im Erdgeschoß leer.

„Sie wird die Huftritte zweier Pferde gehört haben und wird hinaufgegangen sein, sich ein Häubchen aufzusetzen und sich einen Gürtel oder sonst ein paar Fähnchen umzubinden."

Er ließ Genestas allein und ging hinauf, um das Mädchen zu holen. Inzwischen musterte der Major den Raum. Die Wände waren mit einer grauen mit Rosen bestreuten Tapete beklebt, auf dem Fußboden lag an Stelle eines Teppichs eine Strohmatte. Die Stühle, Sessel und der Tisch waren aus Holz, das noch seine Rinde hatte. Blumenkörbe aus Weidenruten waren mit Blumen und Moosen gefüllt und schmückten dieses Zimmer, an dessen Fenstern weiße Kattunvorhänge mit roten Fransen hingen. Über dem Kamin hing ein Spiegel und auf dem Sims stand eine glatte weiße Vase zwischen zwei Lampen. Neben dem Sessel war ein Hocker aus Kiefernholz, und auf dem Tisch lag zugeschnittene Leinwand: ein paar Hemdenkeile, angefangene Hemden, kurz, aller Zubehör für eine Weißnäherin; ihr Korb, ihre Schere, Faden und Nadel, alles war sauber und frisch, wie eine eben an den Strand geworfene Muschel. An der andern Seite des Ganges, an dessem Ende sich die Treppe befand, sah Genestas die Küche. Das erste Stockwerk konnte, wie das Erdgeschoß, auch nur zwei Zimmer enthalten.

„Fürchten Sie sich nicht", sagte Benassis zu dem Mädchen, „kommen Sie herunter?"

Als Genestas diese Worte hörte, ging er sofort in das Zimmer zurück; und bald erschien ein schlankes und zart gebautes junges Mädchen in einem rosagestreiften Kattunkleid, vor Scham und Schüchternheit errötend. Ihr Gesicht zeigte eine gewisse abgeplattete Form, die an jene Russen- und Kosakengesichter erinnerte, die der Zusammenbruch von 1814 in Frankreich so traurig berühmt gemacht hatte. Das ‚Gräbermädchen' hatte in der Tat, wie jene Leute aus dem Norden, eine kurze an der Spitze aufgestülpte Nase; ihr Mund war groß, ihr Kinn klein, ihre Arme und Hände rot, ihre Füße breit und stark wie die einer Bäuerin. Obgleich sie Regen, Wind und Sonne ausgesetzt war, war ihre Hautfarbe blaß wie von einer Leidenden, wodurch ihr Gesicht schon auf den ersten Blick interessant wurde. Und dann lag in ihren blauen Augen ein so sanfter Zug, in ihren Bewegungen so viel Anmut, in ihrer Stimme so viel Innerlichkeit, daß der Major, obgleich die äußere Erscheinung mit den Eigenschaften, von denen Benassis gesprochen hatte, wenig übereinstimmte, doch sogleich ein kränkliches und launenhaftes Geschöpf in ihr erkannte, das den Leiden einer in ihrer Entwicklung gehemmten Natur ausgesetzt war. — Nachdem das Mädchen schnell ein Feuer angemacht hatte, setzte es sich in einen Sessel, nahm ein angefangenes Hemd zur Hand und blieb unter den Blicken des Offiziers, obgleich beschämt, so doch äußerlich ruhig und wagte kaum die Augen aufzuschlagen. Aber die heftige Bewegung ihres Busens, dessen Schönheit Genestas auffiel, verriet ihre Angst.

„Nun, mein Kind, sind Sie gut vorwärts gekommen?" fragte Benassis und nahm die zugeschnittenen Hemdenteile in die Hand.

Das Mädchen sah den Arzt schüchtern und bittend an. „Seien Sie mir bitte nicht böse," antwortete sie, „ich habe heute gar nichts gearbeitet, obgleich Sie sie bei mir bestellt haben und sie für Leute bestimmt sind, die sie sehr notwendig brauchen. Aber das Wetter war so schön, da bin ich spazieren gegangen und habe Pilze und weiße Trüffeln für Sie gesammelt, die ich Jacquotte gebracht habe. Sie war sehr froh darüber, da Sie zu Tisch Besuch haben! Ich war ganz glücklich, daß ich das geahnt hatte. Irgend etwas hatte mir gesagt, ich sollte sie suchen."

Und sie nähte weiter.

„Sie wohnen da in einem wunderhübschen Hause, mein Fräulein," sagte Genestas.

„Es gehört mir nicht," erwiderte sie und sah den Fremden dabei mit Augen an, die zu erröten schienen, „es gehört Herrn Benassis."

Und dabei blickte sie sanft zu dem Arzt auf.

„Sie wissen doch sehr gut, mein liebes Kind", sagte dieser, ihre Hand nehmend, „daß man Sie nie daraus verjagen wird."

Das Mädchen stand plötzlich auf und ging hinaus.

„Nun, wie finden Sie sie?" fragte der Arzt den Offizier.

„Sie hat mich merkwürdig ergriffen," antwortete Genestas. „Doch wie haben Sie ihr auch das Nest reizend eingerichtet!"

„Ach, die Tapete kostet nur fünfzehn oder zwanzig Sous, aber sie hat ein hübsches Muster, weiter nichts. Die Möbel sind auch nicht weit her, mein Korbmacher hat sie mir aus Dankbarkeit gemacht. Das Mädchen hat sich die Vorhänge aus ein paar Ellen Stoff selbst genäht. Ihre Wohnung und die einfachen Möbel erscheinen Ihnen nur so hübsch, weil Sie sie auf einem Bergabhang finden, in einer einsamen Gegend, in der Sie nicht darauf gefaßt waren, solch eine Sauberkeit anzutreffen. Aber das Geheimnis dieser Eleganz besteht in einer Art Harmonie zwischen dem Hause und der Natur, die da Bäche und ein paar schön gewachsene Bäume zusammengestellt hat und auf diesen Rasen ihr schönstes Gras, ihre duftenden Erdbeerstauden und ihre hübschesten Veilchen hat wachsen lassen."

„Nun, was gab es?" fragte Benassis, als das Mädchen zurückkam.

„Gar nichts", antwortete sie, „ich glaubte nur, eine von meinen Hennen wäre noch nicht im Stall."

Sie log; aber nur der Arzt merkte es und sagte ihr leise ins Ohr: „Sie haben geweint?“

„Warum sagen Sie mir auch solche Dinge vor einem Fremden?“ antwortete sie.

„Mein Fräulein“, sagte Genestas zu ihr, „Sie tun wirklich Unrecht daran, hier so allein zu bleiben; in einem so wunderhübschen Käfig, wie der Ihre, brauchte es ein Männchen.“

„Das ist wahr“, sagte sie, „aber was wollen Sie, ich bin arm, und ich bin anspruchsvoll. Ich habe keine Lust, meinem Mann das Essen auf's Feld zu tragen, oder einen Karren zu schieben; es ist mir unerträglich, das Elend derjenigen, die ich lieben würde, mitempfinden zu müssen, ohne ihm abhelfen zu können. Ich mag nicht den ganzen Tag Kinder auf dem Arm tragen und die zerrissenen Sachen meines Mannes flicken. Der Herr Pfarrer sagt, diese Gedanken seien recht unchristlich; das weiß ich wohl, aber was hilft's! Manchmal mag ich lieber ein Stück trocknes Brot essen als mich um mein Essen kümmern. Warum soll ich da meinen Mann mit meinen Fehlern quälen? Er würde sich vielleicht zugrunde richten, um meine Launen zu befriedigen, und das wäre doch auch nicht richtig. Ach, man hat mir kein leichtes Los auferlegt, und ich muß es ganz allein tragen.“

„Außerdem ist mein armes Gräbermädchen zum Nichtstun geboren“, sagte Benassis; „und man muß sie nehmen, wie sie ist. Aber was sie Ihnen da alles sagt, ist nur ein Beweis dafür, daß sie noch niemand wirklich geliebt hat“, fügte er lachend hinzu.

Damit stand er auf und ging einen Augenblick hinaus auf den Rasenplatz.

„Sie müssen Herrn Benassis doch sehr lieb haben?" fragte Genestas das Mädchen.

„O ja, und wie ich, möchten sich viele Leute im Dorf für ihn in Stücke schneiden lassen. Aber er, der den andern hilft, leidet an einem Leiden, das keiner heilen kann. Sie sind sein Freund, Sie wissen vielleicht, was ihm fehlt. Wer hat einem Mann wie ihm Kummer bereiten können, ihm, der das wahre Ebenbild Gottes auf Erden ist? Ich weiß hier mehrere Leute, die sagen, ihr Korn stehe besser, wenn er des Morgens an ihren Feldern vorbeigehe."

„Und was sagen Sie?"

„Wenn ich ihn gesehen habe..." sie schien zu zögern, dann fügte sie hinzu: „bin ich für den ganzen Tag glücklich." Und sie senkte den Kopf und zog den Faden mit eigentümlicher Hast.

„Nun, hat Ihnen der Hauptmann etwas von Napoleon erzählt?" fragte der Arzt, als er wieder in das Zimmer trat.

„Hat der Herr Hauptmann denn den Kaiser gesehen?" rief das Gräbermädchen aus und sah dabei mit leidenschaftlicher Neugier in das Gesicht des Offiziers.

„Und mehr als tausendmal!" sagte Genestas.

„Ach, wenn ich doch etwas mehr von militärischen Dingen wüßte!"

„Morgen kommen wir vielleicht zu einer Tasse Kaffee zu Ihnen, dann soll Ihnen von ‚militärischen Dingen' erzählt werden", sagte Benassis und küßte sie auf die Stirn. „Sie ist meine Tochter, sehen Sie?" fügte er hinzu und wandte sich dabei an den Major, „wenn ich sie nicht auf die Stirn geküßt habe, fehlt mir den ganzen Tag etwas."

Das Mädchen drückte Benassis die Hand und sagte mit leiser Stimme zu ihm: „Wie gut Sie sind!“ Dann gingen die Herren fort; doch das Mädchen folgte ihnen und sah zu, wie sie aufs Pferd stiegen. Als Genestas im Sattel saß, flüsterte sie Benassis ins Ohr: „Wer ist denn dieser Herr?“

„Vielleicht ein Mann für dich“, antwortete der Arzt, schon mit dem Fuß im Steigbügel.

Sie blieb stehen und sah ihnen nach, wie sie den Weg hinabritten, und als sie am Ende des Gartens angelangt waren, sahen sie, wie sie über die Mauer gelehnt stand, um sie noch einmal zu sehen und um ihnen noch einmal zuzuwinken.

„Dieses Mädchen hat etwas ganz Besonderes an sich,“ sagte Genestas zum Arzt, als sie weit vom Hause waren.

„Nicht wahr?“ antwortete dieser. „Ich habe mir schon zwanzigmal gesagt, was für eine entzückende Frau sie für mich wäre, aber ich könnte sie nur wie meine Schwester oder wie meine Tochter lieben; mein Herz ist tot.“

„Hat sie Eltern?“ fragte Genestas. „Was war ihr Vater und ihre Mutter?“

„Das ist eine lange Geschichte,“ begann Benassis. „Sie hat weder Vater noch Mutter noch sonst Verwandte; sogar ihr Name hat eine Geschichte. Das Gräbermädchen ist im Dorf geboren. Ihr Vater, Tagelöhner aus Saint-Laurent-du-Pont, nannte sich der ‚Gräber‘, sicher eine Abkürzung von Totengräber; denn seit unvordenklichen Zeiten war das Amt des Totengräbers in der Familie gewesen. In diesem Namen liegt die ganze Melancholie des Kirchhofs. Nach alter römischer Sitte, die hier, wie in einigen anderen Gegenden Frankreichs, noch besteht, nennt man die Frau beim Namen des Mannes und fügt eine weibliche Endung hinzu. So wurde dieses Mädchen nach seinem Vater das ‚Gräbermädchen' genannt. Dieser Tagelöhner hatte aus Liebe die Kammerzofe einer Gräfin geheiratet, deren Güter nicht weit vom Dorfe gelegen waren. Hier, wie überall auf dem Lande, heiratet man selten aus Liebe. Gewöhnlich will der Mann eine Frau, um Kinder zu haben, um eine Hausfrau zu bekommen, die ihm das Essen kocht und die Kleider flickt. So war seit langem solch ein ‚Abenteuer' hier nicht vorgekommen, wo ein junger Mann oft seiner Verlobten den Laufpaß gibt, um ein Mädchen zu heiraten, das drei oder vier Morgen Land mehr besitzt als sie. Das Schicksal des Gräbers und seiner Frau war leider nicht glücklich genug, um den Bewohnern unsrer Gegend ihre Berechnung abzugewöhnen. — Die Gräberfrau, die eine schöne Person war, starb bei der Geburt ihres Kindes. Der Mann nahm sich diesen Verlust so zu Herzen, daß er noch in demselben Jahre auch starb, seinem Kinde nichts in der Welt hinterlassend als ein unsicheres und daher sehr schweres Leben. Die Kleine wurde von einer Nachbarin bis zu ihrem neunten Lebensjahr aufgenommen. Da die Ernährung des Gräbermädchens für die gute Frau eine große Last war, schickte sie das Kind in den Zeiten, in denen Reisende hier durchkamen, betteln. Auf diese Weise kam die Kleine auch eines Tages ins Schloß der Gräfin und wurde, in Erinnerung an die Mutter, gleich dabehalten. Sie wurde dort erzogen, um eines Tages bei der Tochter des Hauses, die fünf Jahre später heiratete, Kammerjungfer zu werden. In der Zwischenzeit wurde sie das Opfer all der Launen reicher Leute, die in ihrem Wohltun weder Ausdauer noch Gleichmaß besitzen, die teils aus irgendeiner Laune oder aus einem Einfall heraus wohltun, teils um sich als Beschützer, als Freund oder als Herr aufzuspielen und dadurch die schon an sich falsche Stellung der armen Geschöpfe, für die sie sich interessieren, verschlimmern, denn sie verfügen über Gemüt, Leben und Zukunft derselben mit einer Verantwortungslosigkeit, als wäre es gar nichts. Anfangs war das Grabermädchen fast die Gespielin der jungen Erbin: man lehrte sie lesen und schreiben, und ihre zukünftige Herrin machte sich ein Vergnügen daraus, ihr auch Musikunterricht zu geben. So war sie abwechselnd Gesellschafterin und Kammerzofe und wurde dadurch ein ganz unharmonisches Geschöpf. Sie fand auf diese Weise Geschmack an Luxus und Putz und nahm Gewohnheiten an, die mit ihrer eigentlichen Stellung nicht in Einklang standen. Seither hat das Unglück ihre Seele gründlich geläutert, aber sie kann doch das unbestimmte Gefühl von einem besseren Schicksal nicht loswerden. Eines Tages nun – es war ein verhängnisvoller Tag für dieses arme Mädchen — überraschte die junge Gräfin, die damals schon verheiratet war, das Grabermädchen, das jetzt nichts anderes als nur Kammerzofe war, wie sie in ihrem Ballkleid vor einem Spiegel tanzte. Die Waise, damals sechzehn Jahre alt, wurde ohne Erbarmen fortgejagt. Ihre Indolenz ließ sie wieder ins Elend zurücksinken; sie irrte auf den Straßen umher, bettelte und arbeitete, wie ich es Ihnen schon erzählt habe. Oft hatte sie daran gedacht, ins

Wasser zu gehen, manchmal auch, sich dem ersten besten Mann hinzugeben. Meistens aber lag sie in der Sonne an der Mauer, düster, nachdenklich, den Kopf auf der Erde. Die Touristen warfen ihr Geld zu, gerade weil sie sie nicht darum anbettelte. Ein ganzes Jahr lang ist sie nach einer angestrengten Erntearbeit im Hospital von Annecy gewesen; sie hatte über ihre Kräfte gearbeitet, weil sie gehofft hatte, dadurch sterben zu können. Man muß sie ihre Empfindungen und Gedanken während dieser Epoche ihres Lebens einmal selbst erzählen hören, sie ist oft recht merkwürdig in ihren kindlichen Beichten. Dann kam sie schließlich ins Dorf zurück, gerade zu der Zeit, zu der ich mich entschloß, mich dort niederzulassen. Ich wollte die Anschauungen meiner Gemeindekinder kennen lernen und beschäftigte mich daher auch mit ihrem Charakter, der mich in Erstaunen setzte. Und als ich ihren organischen Defekt erkannte, entschloß ich mich, mich ihrer anzunehmen. Vielleicht wird sie sich mit der Zeit an die Näherei gewöhnen, jedenfalls ist, so lange sie lebt, für sie gesorgt."

„Sie lebt recht einsam dort oben," sagte Genestas.

„Doch nicht," antwortete Benassis, „eine meiner Hirtinnen schläft bei ihr. Haben Sie denn nicht die Gebäude meines Gutshofes gesehen, die oberhalb des Hauses liegen? Die Tannen verdecken sie. Sie ist ganz sicher dort. Außerdem gibt es kein böses Gelichter in unserm Tal, und wenn welches auftaucht, wird es sofort ins Heer gesteckt, wo es vorzügliche Soldaten abgibt."

„Das arme Mädchen!" sagte Genestas.

„Die Leute im Kanton bedauern sie nicht," fuhr Benassis fort, „sie finden sogar, sie sei ganz besonders glücklich daran. Aber es besteht doch nun einmal diese Verschiedenheit zwischen ihr und den anderen Frauen; jenen hat Gott die Kraft gegeben und ihr die Schwäche, und das sehen sie nicht ein."

Als die beiden Reiter auf die Landstraße von Grenoble kamen, hielt Benassis an und freute sich schon im voraus auf das Erstaunen, das dieser neue Ausblick bei Genestas hervorrufen würde. Zwei sechzig Fuß hohe grüne Wände rahmten, so weit das Auge reichte, einen langen Weg ein, der wie eine Gartenallee aussah und ein Naturdenkmal war, das geschaffen zu haben ein Mensch stolz sein dürfte. Die ungeschnittenen Bäume sahen wie Palmen aus. Die eine Seite des Weges lag schon im Schatten und bildete eine große Wand schwarzer Blätter, während auf der andern Seite, wo die jungen Triebe von der untergehenden Sonne vergoldet wurden, sich die Lichter auf dem im Winde wogenden Vorhang brachen.

„Hier müssen Sie aber wirklich glücklich sein!" rief Genestas aus; „alles ist doch hier eine Freude für Sie."

„Die Liebe zur Natur", sagte der Arzt, „ist die einzige, welche die Hoffnungen des Menschen nicht trügt. Hier gibt es keine Enttäuschungen. Diese Pappeln stehen seit zehn Jahren; haben Sie je so schön gewachsene Bäume gesehen, wie es die meinen sind?"

„Gott ist groß!" sagte der Offizier und blieb mitten auf dem Wege stehen, dessen Anfang und Ende er nicht übersehen konnte.

„Wie wohl mir Ihre Worte tun!“ rief Benassis aus. „Ich freue mich, Sie das aussprechen zu hören, was ich auch immer auf dieser Allee sage. Es liegt tatsächlich etwas Göttliches in diesem Anblick. Wir sind hier nur wie zwei unscheinbare Punkte, und das Gefühl unsrer Kleinheit führt uns zu Gott hin.“

Sie ritten langsam und schweigend weiter und horchten auf den Tritt ihrer Pferde, der in diesem Laubengang widerhallte, als wären sie in den Hallen einer Kathedrale.

„Wie viele Empfindungen gibt es,“ sagte der Arzt, „von denen die Leute in der Stadt gar keine Ahnung haben. Riechen Sie den Duft, den der Saft der Pappeln und das Harz der Lärchenbäume ausströmt? Welch ein Genuß!“

„Doch hören Sie nur,“ rief Genestas aus, „bleiben wir einmal stehen.“

Von ferne wurde Gesang hörbar.

„Ist das eine Frau, ein Mann oder ein Vogel?“ fragte der Major ganz leise. „Oder ist es die Stimme dieser großen Landschaft?“

„Von allem etwas,“ antwortete der Arzt, stieg vom Pferd und band es an einen Pappelzweig. Dann machte er dem Offizier ein Zeichen, ein gleiches zu tun und ihm zu folgen. Sie gingen langsam einen Weg entlang, der zu beiden Seiten von blühenden Weißdornhecken eingefaßt war, die in der feuchten Abendluft einen starken Duft verbreiteten. Die Sonnenstrahlen schienen mit einer durchdringenden Helligkeit auf diesen Weg, die durch die Schatten der Pappeln nur noch auffallender wurde. Diese Beleuchtung mit ihren rosa Tinten verbreitete sich um eine Hütte, die am

Ende dieses sandigen Weges stand. Ein Goldstaub schien über ihrem Strohdach zu liegen, das sonst so braun war wie die Frucht einer Kastanie, und dessen zerfallener Giebel mit grünem Hauswurz und Moos bewachsen war. Die Hütte war in diesem Lichtnebel kaum zu sehen, aber auf den alten Mauern, auf der Tür und den Fenstern lag flüchtiger Glanz, alles war für Augenblicke so schön wie ein Menschenantlitz, das unter der Gewalt einer Leidenschaft Wärme und Farbe bekommt. Es gibt auf dem Lande unter freiem Himmel zuweilen solche flüchtige Lieblichkeit, die uns veranlaßt, mit dem Apostel zu sagen: „hier laßt uns Hütten bauen." Die Landschaft besaß in diesem Augenblick in der Tat eine reine und sanfte Stimme, so wie sie selbst rein und sanft war; aber es lag auch Traurigkeit in ihr, wie in dem Licht, das im Westen unterging. Ein Bild des Todes, wie die untergehende Sonne am Himmel es versinnbildlicht, wie auf der Erde die Blumen und die bunten kurzlebigen Insekten es verkörpern. Zu dieser Stunde ist das Licht der Sonne von Traurigkeit erfüllt; und ebenso traurig klang der Gesang. Ein Volkslied übrigens, ein Liebeslied, das früher aus dem Nationalhaß Frankreichs gegen England entstanden war, dem aber Beaumarchais seine wahre Poesie wiedergegeben hat, indem er es einem Pagen in den Mund legte, der sich der Herrin seines Herzens eröffnet. Die Melodie, die ohne Worte intoniert wurde, war auf einen klagenden Ton gestimmt und wurde von einer Stimme gesungen, die in der Seele widerhallte und sie ergriff.

„Das ist ein Schwanengesang," sagte Benassis. „In

dem Zeitraume eines Jahrhunderts erklingt eine solche Stimme nicht zweimal an das Ohr der Menschen. Schnell, wir müssen den Gesang verhüten, dies Kind tötet sich ja, es wäre grausam, ihm noch länger zuzuhören."

„Sei doch still, Jacques, schweige doch!" rief der Arzt aus.

Der Gesang verstummte. Genestas blieb unbeweglich und erschreckt stehen. Eine Wolke verhüllte die Sonne, die Landschaft und die Stimme waren zu gleicher Zeit verstummt. An die Stelle des sanften Lichtes, der warmen Luft und des Kindergesangs war Dunkelheit, Kälte und Schweigen getreten.

„Warum bist du immer unfolgsam?" fragte Benassis. „Ich werde dir nie wieder Reiskuchen, frische Datteln und Weißbrot bringen. Willst du denn sterben und deine arme Mutter unglücklich machen?"

Genestas trat in einen kleinen ziemlich sauber gehaltenen Hof und sah einen Knaben von fünfzehn Jahren, der zart wie ein Mädchen war, mit spärlichem blonden, ins Rötliche schimmernden Haar. Er erhob sich langsam von der Bank, auf der er unter Jasmin und blühendem Flieder, der wild wucherte und sich weit ausbreitete, gesessen hatte.

„Du weißt doch, daß ich dir gesagt habe, du sollst vor Sonnenuntergang zu Bett gehen, dich nicht der Abendkühle aussetzen und nicht sprechen," sagte der Arzt; „wie darfst du da singen!"

„Mein Gott, Herr Benassis, es war so herrlich warm hier, und Wärme ist etwas so Schönes. Mich friert sonst immer. Und als ich mich so wohl fühlte, habe ich, ohne weiter darüber nachzudenken, das Lied ‚Malbroug s'en va-t-en guerre' vor mich hingesungen, und ich habe mir selbst zugehört, weil meine Stimme fast so klang wie die Flöte Ihrer Hirtin."

„Mein lieber Junge, daß mir das aber nicht wieder vorkommt, hörst du? Gib mir die Hand."

Der Arzt fühlte ihm den Puls. Die blauen Augen des Kindes, die sonst einen sanften Ausdruck hatten, glänzten fiebrig.

„Ich dachte es mir schon, daß du wie in Schweiß gebadet bist", sagte Benassis. „Ist die Mutter nicht da?"

„Nein."

„Dann geh hinein und leg dich hin."

Der junge Kranke, von Benassis und dem Offizier gefolgt, trat in die Hütte.

„Zünden Sie doch bitte eine Kerze an, Herr Hauptmann", sagte der Arzt, während er Jacques half, seine ärmliche Kleidung abzulegen.

Als Genestas Licht gemacht hatte, war er von der erschreckenden Magerkeit des Kindes entsetzt; es bestand wirklich nur aus Haut und Knochen. Als der Bauernjunge im Bett lag, beklopfte ihm Benassis die Brust und horchte auf das Geräusch seiner Finger. Und nachdem er den unheilverkündenden Ton geprüft hatte, deckte er Jacques wieder zu, trat ein paar Schritte zurück, kreuzte die Arme über der Brust und sah den Knaben prüfend an.

„Wie fühlst du dich, kleiner Mann?"

„Gut."

Benassis schob einen vierbeinigen Tisch an das Bett, holte ein Glas und eine Flasche vom Kaminsims und bereitete einen Trank aus klarem Wasser, dem er ein paar Tropfen von der braunen Flüssigkeit aus der Flasche beimischte, die er beim Licht der Kerze, die Genestas hielt, sorgsam abmaß.

„Wird es noch lange dauern, bis die Mutter zurückkommt?"

„Da kommt sie gerade, ich höre sie auf dem Wege."

Der Arzt und der Offizier warteten und sahen sich dabei in dem Raume um. Am Fuß des Bettes lag eine Moosmatratze, ohne Laken und Decke, auf der sicherlich die Mutter in ihren Kleidern schlief. Genestas zeigte Benassis dieses Bett und nickte leise mit dem Kopfe, wie um auszudrücken, daß auch er schon diese mütterliche Hingabe bemerkt habe. Als sich auf dem Hof der Tritt von Holzschuhen vernehmen ließ, ging der Arzt hinaus.

„Sie müssen heute nacht bei Jacques wachen, Mutter Colas. Und wenn er Ihnen sagt, daß es ihm eng in der Kehle wird, dann geben Sie ihm das zu trinken, was ich da auf dem Tisch in das Glas getan habe. Geben Sie acht, daß er jedesmal nur zwei bis drei Schluck davon nimmt. Das Glas muß die ganze Nacht reichen. Vor allem, nehmen Sie nichts aus der Flasche, und wenn das Kind in Schweiß gerät, wechseln Sie ihm die Wäsche."

„Ich habe ihm seine Hemden nicht mehr waschen können, ich mußte Hanf nach Grenoble bringen, um Geld zu bekommen."

„Gut, dann werde ich Ihnen Hemden schicken."

„Es geht meinem armen Jungen also schlechter?" fragte die Frau.

„Sie dürfen sich auf nichts Gutes gefaßt machen, Mutter Colas; er hat die Dummheit begangen und hat heute abend gesungen. Aber schelten Sie ihn deswegen nicht, und fahren Sie ihn nicht hart an, seien Sie zuversichtlich. Und wenn Jacques sehr klagt, dann lassen Sie mich durch eine Nachbarin rufen. Gute Nacht!"

Der Arzt rief seinen Begleiter, und sie gingen den Weg zurück, den sie gekommen waren.

„Der kleine Bauernjunge ist wohl schwindsüchtig?" fragte Genestas.

„Ja", antwortete Benassis. „Wenn ihn die Natur nicht durch ein Wunder rettet, die Wissenschaft kann es nicht mehr. Unsre Professoren an der Ecole de Médecine in Paris haben uns oft von dem merkwürdigen Phänomen erzählt, dessen Zeuge Sie soeben waren. Gewisse Krankheiten dieser Art bringen in den Organen der Stimme Wandlungen hervor, die den Kranken für Augenblicke die Fähigkeit geben, zu singen, wie es ihm kein Künstler in solcher Vollkommenheit nachmachen kann."

„Sie haben da durch mich einen traurigen Tag durchlebt", sagte der Arzt, als er zu Pferde saß. „Überall Leiden und überall Tod, aber überall auch ein Sich-fügen. Die Leute auf dem Lande sterben alle als Philosophen, sie leiden, sie schweigen und legen sich hin wie die Tiere. Aber wir wollen nicht mehr vom Tode sprechen, wollen vielmehr schnell reiten, damit wir noch vor dem Dunkelwerden ins Dorf kommen und Sie noch den neuen Teil sehen können."

„Da scheint es irgendwo zu brennen", sagte Genestas und wies auf eine Stelle auf dem Berge, von wo eine Flammensäule aufstieg.

„Dieses Feuer ist nicht gefährlich. Unser Kalkbrenner scheint seinen Kalk zu brennen. Diese neu hierher gekommene Industrie verwendet unser Heidekraut."

Plötzlich ertönte ein Gewehrschuß; Benassis entfuhr unwillkürlich ein Fluch, und er sagte ungehalten: „Wenn das Butifer ist, dann wollen wir sehen, wer von uns beiden der Stärkere ist."

„Der Schuß kam von dort her", sagte Genestas und wies auf ein Buchengehölz, das direkt über ihnen auf dem Berge lag. „Ja, von dort oben, verlassen Sie sich auf das Ohr eines alten Soldaten."

„Gehen wir sofort dorthin", rief Benassis aus und lenkte gerade auf das Gehölz zu; sein Pferd flog über Gräben und Felder, als handelte es sich um ein Hindernisrennen, so sehr lag dem Reiter daran, den Schützen auf frischer Tat zu ertappen.

„Der Mann, dem Sie auf den Fersen sind, macht sich aus dem Staube", rief ihm Genestas, der ihm kaum folgen konnte, zu.

Benassis drehte sein Pferd sofort um und kam zurück, während sich der Mann, den er suchte, bald hundert Meter über den Reitern auf einem Felsvorsprung zeigte.

„Butifer!" rief der Arzt, als er sah, daß der Mann eine lange Flinte trug, „komm herunter!"

Butifer erkannte den Arzt und antwortete mit einem ehrerbietigen und zugleich freundlichen Zeichen, das seinen sofortigen Gehorsam kundtat.

„Wie ein Mann aus Furcht oder in heftiger Erregung auf diese Felsspitze hinaufkommt, kann ich wohl begreifen," sagte Genestas, „aber wie mag er nur wieder herunterkommen?"

„Ich bin nicht ängstlich", antwortete Benassis.

„Die Gemsen könnten auf diesen Kerl da neidisch werden! Sie werden es gleich sehen!"
Der Major, der durch den Krieg daran gewöhnt war, den absoluten Wert eines Menschen anzuerkennen, bewunderte die erstaunliche Behendigkeit und elegante Sicherheit in den Bewegungen Butifers, mit der dieser von dem steilen Felsen wieder herabkletterte, dessen Gipfel er eben so kühn erklommen hatte. Der schlanke und kräftige Körper des Jägers bot in allen Stellungen, die die Steilheit des Weges ihm abnötigte, ein anmutiges Bild. Er stellte den Fuß ruhiger auf die Felsspitze als unsereiner auf das Parkett. Er schien sich dort oben, wenn es darauf ankäme, ganz sicher halten zu können. Dabei trug er sein Gewehr, als wäre es nur ein Spazierstock. Butifer war ein junger Mensch von mittlerer Größe, mager und sehnig, dessen männliche Schönheit Genestas, als er ihn in der Nähe sah, in Erstaunen setzte. Er gehörte sicherlich zu den Schmugglern, die ihr Handwerk ohne Brutalität treiben und nur List und Geduld anwenden, um den Fiskus zu hintergehen. Er hatte ein männliches, von der Sonne gebräuntes Gesicht. Seine hellgelben Augen funkelten wie die eines Adlers, mit dessen Schnabel seine schlanke an der Spitze leicht gebogene Nase Ähnlichkeit hatte. Seine Wangen waren mit einem leichten Flaum bedeckt. Sein roter, halb offener Mund ließ glänzendweiße Zähne sehen. Sein von Natur rotes welliges Barthaar, das er wild wachsen ließ, erhöhte noch den männlichen und verwegenen Ausdruck seines Gesichtes. Alles war Kraft an ihm. Die Muskeln seiner dauernd geübten Hände waren merkwürdig ausgearbeitet.

Seine Brust war breit und seine Stirn verkündete eine wilde Klugheit. Er sah kühn und entschlossen aus, aber ruhig wie ein Mensch, der gewöhnt ist, sein Leben zu wagen, und der so oft seine körperlichen und geistigen Kräfte in jeder Art Gefahr erprobt hat, daß er an ihrer Widerstandsfähigkeit nicht mehr zweifelt. Er trug eine von Dornen zerrissene Jacke und an den Füßen Ledersohlen, die mit Aalhaut befestigt waren. Ein paar geflickte und zerschlissene blaue Leinenhosen ließen seine roten Beine sehen, die schlank und sehnig waren wie die eines Hirsches.

„Das ist der Mann, der damals einen Gewehrschuß auf mich abgegeben hatte," sagte Benassis leise zum Major. „Und wollte ich heute irgend jemand los sein, er würde ihn ohne Zögern für mich töten. — Butifer," wandte er sich an den Wilddieb, „ich habe dich wirklich für einen Ehrenmann gehalten und ich habe mein Wort für dich verpfändet, weil ich das deine hatte. Mein Versprechen beim Staatsanwalt in Grenoble stützte sich auf deinen Schwur, nicht mehr zu wildern, ein ordentlicher Mensch zu werden und zu arbeiten. Du hast doch da eben geschossen und befindest dich noch dazu auf dem Grund und Boden des Grafen von Labranchoir. Wenn dich nun einer seiner Wächter gesehen hätte? Sei froh, daß ich es nur bin; ich werde dich nicht weiter anzeigen, aber du bist rückfällig und hast keinen Waffenschein. Ich hatte dir dein Gewehr gelassen in Anbetracht deiner Liebe zu dieser Waffe."

„Sie ist sehr schön", sagte der Major, der in ihr eine Entenflinte von Saint-Etienne erkannte.

Der Wilddieb hob den Kopf und sah Genestas an,

als wollte er ihm für diese Anerkennung danken. „Butifer,“ fuhr Benassis fort, „dein Gewissen muß dir Vorwürfe machen. Wenn du dein altes Handwerk wieder aufnimmst, wirst du wieder hinter Schloß und Riegel sitzen müssen, und keine Fürsprache wird dich diesmal vor der Galeere bewahren; du wärst gezeichnet. Noch heute abend bringst du mir dein Gewehr, ich werde es für dich aufbewahren.“

„Sie haben recht, Herr Bürgermeister,“ sagte er, „ich habe schändlich gehandelt, ich habe mein Wort gebrochen, ich bin ein Hund. Gut, nehmen Sie mein Gewehr, doch wenn Sie es tun, dann nur als meine Erbschaft. Der letzte Schuß, den der Sohn meiner Mutter abgibt, soll mich ins Hirn treffen. Was wollen Sie? Ich habe getan, was Sie gewollt haben, den ganzen Winter über habe ich mich ruhig gehalten. Aber im Frühling, da steigt mir das Blut in den Kopf. Ich kann nicht mehr arbeiten, ich mag mein Leben nicht mehr damit zubringen, Geflügel zu mästen; ich kann mich nicht bücken, um Gemüse umzugraben, oder in die Luft peitschen, wenn ich auf einem Wagen sitze, oder in einem Stall ein Pferd striegeln. Soll ich denn Hungers sterben? Ich kann nur dort oben leben!“ sagte er nach einer Pause und zeigte auf die Berge. „Seit acht Tagen bin ich dort. Ich habe einen Gemsbock gejagt, da ist er,“ sagte er und zeigte auf den Felsen. „Sie sollen ihn haben. Ach, Herr Benassis, lassen Sie mir mein Gewehr. Hören Sie, ich verspreche Ihnen, ich ziehe aus der Gemeinde fort, in die Alpen, wo mir die Gemsjäger nichts sagen werden; im Gegenteil, sie werden mich mit Freuden aufnehmen, und in irgendeiner Gletscherspalte werde ich sterben. Offen gesagt, ich möchte lieber ein oder zwei Jahre dort in der Höhe leben, wo ich weder Regierung noch Feldhüter noch Grenzjäger noch den Staatsanwalt treffe, als hier in eurem Sumpf noch hundert Jahre. Nur nach Ihnen wird mir bange sein, die andern können mir den Buckel herunterrutschen."

„Und Luise?" fragte Benassis.

Butifer wurde nachdenklich.

„Höre Bursche," sagte Genestas, „lerne lesen und schreiben, komme in mein Regiment, steig aufs Pferd und werde Schütze. Wenn es mal wieder zu einem richtigen Krieg kommt, wirst du sehen, daß dich der liebe Gott dazu geschaffen hat, unter Kanonenkugeln und in Schlachten zu leben, dann wirst du General."

„Ja, wenn Napoleon wiederkäme", antwortete Butifer.

„Du kennst unsre Vereinbarung," sagte der Arzt, „bei der zweiten Übertretung hast du mir versprochen, Soldat zu werden. Ich gebe dir ein halbes Jahr Zeit, lesen und schreiben zu lernen, und suche dir dann irgendeinen Sohn aus reicher Familie, an dessen Stelle du ins Heer eintrittst."

Butifer blickte zu den Bergen hinauf.

„Du wirst nicht in die Alpen gehen," rief Benassis aus. „Ein Mann wie du, ein Mann von Ehre und vielen Fähigkeiten muß seinem Lande dienen, muß eine Brigade anführen und nicht beim Verfolgen einer Gemse umkommen. Das Leben, das du führst, bringt dich direkt auf die Galeere. Dein angestrengtes Leben zwingt dich, viel auszuruhen, auf die Dauer führt das zu einem müßigen

Dasein, das in dir alle ordentlichen Gedanken zerstört. Du gewöhnst dich daran, deine Kräfte zu mißbrauchen und zum Schluß selbst über dich zu Gericht zu sitzen. Ich aber will dich trotz alledem auf den rechten Weg bringen."

„Soll ich denn vor Sehnsucht und Kummer sterben? Ich ersticke, wenn ich in einer Stadt bin. Ich halte es nicht länger als einen Tag in Grenoble aus, wenn ich mit Luise dort bin."

„Wir haben alle Neigungen, die wir unterdrücken oder unsern Mitmenschen nutzbar machen müssen. Doch es ist spät, ich habe keine Zeit mehr. Morgen bringst du mir dein Gewehr, und dann sprechen wir weiter davon, mein Sohn! Leb wohl, verkaufe deine Gemse in Grenoble."

Die beiden Reiter entfernten sich.

„Das nenne ich einen Mann!" sagte Genestas.

„Einen Mann auf schlechter Bahn," antwortete Benassis. „Aber was ist da zu machen. Sie haben ihn ja selbst gehört. Ist es nicht ein Jammer, so wertvolle Fähigkeiten so verkommen zu sehen? Würde Frankreich vom Feinde überfallen, Butifer könnte an der Spitze von hundert Mann in der Maurienne eine ganze Division einen Monat lang aufhalten; aber im Frieden kann er seine Kräfte nur in Situationen üben, wo ihm das Gesetz auf den Fersen ist. Er muß immer irgend eine Gefahr zu bestehen haben: wenn er sein Leben nicht auf's Spiel setzt, bekämpft er die Gesellschaft auf andere Weise und tut sich mit den Schmugglern zusammen. Dieser Kerl fährt Ihnen allein in einem kleinen Kahn über die Rhône und bringt Stiefel nach Savoyen und rettet sich, beladen wie er ist, auf eine unerklimmbare Felsspitze, wo er zwei Tage lang von einem Stück trocken Brot leben kann. Er liebt eben die Gefahr wie andere den Schlaf. Um die Freude dieser außerordentlichen Lebensweise zu genießen, hat er sich außerhalb des bürgerlichen Lebens gestellt. Ich will nicht, daß ein solcher Mensch den schlechten abschüssigen Weg weiter geht, schließlich Räuber wird und auf dem Schafott endigt. — Doch sehen Sie, Hauptmann, wie schön unser Dorf daliegt!"

Genestas sah in der Ferne einen großen kreisrunden Platz, der mit Bäumen bepflanzt war und in dessen Mitte ein von Pappeln umgebener Brunnen stand. Der äußere Umfang des Dorfes war durch eine Böschung gekennzeichnet, auf der drei Reihen Bäume standen: zuerst Akazien, dann japanische Firnisbäume und oben auf der Höhe kleine Ulmen.

„Auf dem Platz dort unten wird unsre Messe abgehalten," sagte Benassis. „Die große Landstraße fängt bei den beiden schönen Häusern an, von denen ich Ihnen schon gesprochen habe und die dem Richter und dem Notar gehören."

Dann bogen sie in eine breite sorgfältig mit großen Steinen gepflasterte Straße ein, zu deren beiden Seiten an hundert neue Häuser standen, fast alle durch Gärten voneinander getrennt. Die Kirche, deren Portal einen hübschen Abschluß bildete, stand am Ende der Straße, von deren Mitte sich zwei neu angelegte Straßen abzweigten, in denen schon mehrere neue Häuser standen. Das Rathaus auf dem Kirchplatz lag dem Pfarrhaus gegenüber. Je weiter Benassis in das Dorf hineinritt, desto mehr Frauen, Kinder und Männer, deren

Tagesarbeit beendet war, erschienen in den Türen; die einen zogen die Mütze vor ihm, die andern wünschten ihm einen guten Abend, die Kinder schrien und sprangen um sein Pferd herum, als wäre ihnen die Güte des Tieres ebenso bekannt wie die seines Reiters. Es war eine stille Freudigkeit, die, wie alle tiefen Gefühle, ihre besondere Schamhaftigkeit und ihren besonderen Reiz besaß. Als Genestas die Art sah, mit der der Arzt begrüßt wurde, glaubte er, Benassis wäre am Abend vorher wohl zu bescheiden gewesen, als er von der Liebe seiner Landbewohner gesprochen hatte. Dies hier war gewiß die schönste Art, Herrscher zu sein, dies das einzig wahre Königreich, in dem der Titel ‚Herrscher' auf solche Weise in den Herzen der Untertanen eingegraben war. So hell auch die Strahlen des Ruhmes und der Macht sein mögen, die sich über einen Mann ergießen, seine Seele hat bald die Gefühle durchschaut, die seine äußeren Handlungen ihm einbringen, und er ist sich bald seiner eigenen Nichtigkeit bewußt; denn in der Ausübung seiner physischen Fähigkeiten ist dadurch weder etwas geändert noch verbessert. Die Könige, und hätten sie das ganze Erdreich in Besitz, sind, wie andere Sterbliche auch, dazu verdammt, in einem kleinen Kreis zu leben, dessen Gesetzen sie sich zu unterwerfen haben, und ihr Glück hängt von dem persönlichen Eindruck ab, den sie auf alle machen. — Benassis begegnete überall im Bezirk nur Gehorsam und Freundschaft.

☆

DRITTES KAPITEL

☆

DER NAPOLEON DES VOLKES

„NA, ENDLICH KOMMEN SIE, HERR DOKTOR!" sagte Jacquotte, „die Herren warten schon ein schönes Weilchen auf Sie. Aber so ist es immer! Wenn mein Essen besonders gut sein soll, dann machen Sie schon, daß es verdirbt; es ist jetzt alles verprutzelt."

„Ja, da sind wir", entgegnete Benassis lächelnd. Die beiden Reiter stiegen vom Pferd und gingen in das Wohnzimmer, wo sich die vom Arzt geladenen Gäste schon eingefunden hatten.

„Meine Herren," sagte er und nahm Genestas bei der Hand, „ich habe die Ehre, Ihnen Herrn Bluteau vorzustellen, Major im Kavallerieregiment von Grenoble; ein alter Soldat, der mir versprochen hat, eine Zeitlang bei uns zu bleiben." Dann wandte er sich an Genestas und stellte ihm einen großen hageren grauhaarigen Herrn im schwarzen Gehrock vor. „Das ist Herr Dufau, der Friedensrichter, von dem ich Ihnen schon erzählt habe und der so überaus viel für das Gedeihen der Gemeinde getan hat. Und hier," fuhr er fort und stellte ihm einen hageren, blassen jungen Mann mittlerer Größe vor, der ebenfalls einen Gehrock trug, „hier ist Herr Tonnelet, der Schwiegersohn von Herrn

Gravier, der sich als Notar bei uns niedergelassen hat.“ Und sich an einen starken, halb bäurisch, halb städtisch aussehenden Mann mit groben, aber gutmütigen Zügen und unreiner Gesichtsfarbe wendend, sagte er, fortfahrend: „Dies hier ist mein prächtiger Amtsgehilfe, Herr Cambon, der Holzhändler, dem ich das wohlwollende Vertrauen verdanke, das mir die Bewohner des Ortes entgegenbringen. Er ist der Mitschöpfer der Landstraße, die Sie soeben bewundert haben.“ Dann auf den Geistlichen weisend, schloß Benassis: „Und den Beruf dieses Herrn brauche ich Ihnen wohl nicht erst zu nennen. Sie sehen einen Mann in ihm, den jeder lieb haben muß!“

Das Antlitz des Geistlichen erregte die Aufmerksamkeit des Offiziers durch den Ausdruck seelischer Schönheit, die etwas Unwiderstehliches an sich hatte. Auf den ersten Blick war das Gesicht des Herrn Janvier beinahe häßlich zu nennen, so streng und scharf war es. Der kleine Wuchs, die Magerkeit und die ganze Haltung deuteten auf große körperliche Schwächlichkeit. Aber sein immer gleichmäßiger Gesichtsausdruck verkündete den tiefen inneren Frieden des wahren Christen und eine Kraft, die der Reinheit der Seele entstammte. Seine Augen, in denen sich der Himmel widerzuspiegeln schien, verrieten das unerschöpfliche Feuer der Nächstenliebe, das in seinem Herzen brannte. Seine wenigen und schlichten Bewegungen waren von der keuschen Einfachheit junger Mädchen. Sein Anblick flößte Ehrfurcht ein und erweckte den unbestimmten Wunsch, mehr von ihm zu wissen.

„Aber Herr Bürgermeister!“ sagte er und verbeugte sich, wie um dem Lob, das Benassis ihm zollte, zu entgehen.

Der Ton seiner Stimme ergriff den Major bis ins Innerste, und er wurde durch die drei nichtssagenden Worte des unbekannten Priesters in ein fast andächtiges Nachdenken versetzt.

„Meine Herren, die Suppe steht auf dem Tisch", sagte Jacquotte und stellte sich dabei, die Hände auf die Hüften gestützt, mitten ins Zimmer.

Auf die Aufforderung von Benassis, der noch jeden einzelnen extra nötigte, einzutreten, um dadurch die Formalitäten des Vortritts zu umgehen, gingen die fünf Gäste des Arztes in das Speisezimmer und nahmen ihre Plätze ein, nachdem der Geistliche schlicht und mit halblauter Stimme das Tischgebet gesagt hatte. Auf dem Tisch lag ein Damasttischtuch, wie es die Brüder Graindorge (Gerstenkorn) unter Heinrich IV. eingeführt hatten, die, als geschickte Weber, diesem dicken Gewebe, das jeder Hausfrau so wohl bekannt ist, den Namen gegeben haben. Dieses Tischtuch strahlte vor Weiße und roch nach Thymian, den Jacquotte immer in ihre Wäsche nahm. Das Geschirr war weißes Steingut mit blauem Rand und tadellos erhalten. Die Weinkannen hatten jene achteckige Form, wie man sie heute nur noch in der Provinz findet. Die Messergriffe, ganz aus Elfenbein geschnitzt, zeigten bizarre Figuren. Während man diese Gegenstände eines alten und trotzdem fast wie neu erhaltenen Wohlstandes betrachtete, fand man sie alle im Einklang mit der Güte und der Offenheit des Gastgebers. Interessiert sah sich Genestas einen Augenblick den Deckel der Suppenschüssel an, auf dem ein Bund plastisch dargestell-

ten, farbig gemalten Gemüses lag, nach Art des Bernard de Palissy, der ein berühmter Künstler des 16. Jahrhunderts gewesen war.
Die ganze Versammlung entbehrte der Originalität nicht. Die kernigen Köpfe von Benassis und Genestas standen in einem prachtvollen Gegensatz zu dem Apostelkopf des Herrn Janvier, wie auch die durchfurchten Gesichter des Richters und des Amtsgehilfen die jugendlichen Züge des Notars gut hervorhoben. Alle Gesellschaftsklassen schienen durch diese verschiedenen Gesichter vertreten zu sein, auf denen eine gewisse Selbstzufriedenheit lag, Zufriedenheit mit der Gegenwart und Glaube an die Zukunft. Herr Tonnelet und Herr Janvier, die beide noch jung an Jahren waren, sprachen gern über die Zukunft, die ihnen zu gehören schien, während die andern Gäste wohl lieber die Unterhaltung auf vergangene Dinge zu lenken schienen. Doch alle sahen sie die menschlichen Dinge mit tiefem Ernst an, und ihre Ansichten spiegelten zwiefache Melancholie wider: die einen besaßen die Blässe der Abenddämmerung, die fast verblaßten Erinnerungen an Freuden, die nicht mehr wiederkommen, die andern das matte Leuchten der Morgenröte, das auf einen schönen Tag erst hoffen läßt.
„Sie müssen heute aber recht müde sein, Herr Janvier“, sagte Herr Cambon.
„Ja,“ erwiderte Janvier, „die beiden Beerdigungen, von dem armen Kretin und von Vater Pelletier, haben zu verschiedenen Stunden stattgefunden.“
„Jetzt werden wir die Hütten des alten Dorfes niederreißen können“, sagte Benassis zu seinem Amtsgehilfen. „Der Grund und Boden dieser Häuser

bringt uns wenigstens einen Morgen Wiese ein, und die Gemeinde spart außerdem noch hundert Franken, die uns die Unterhaltung des armen Chautard gekostet hat."

„Wir müßten diese hundert Franken drei Jahre lang dazu auswerfen, um am unteren Weg eine kleine Brücke zu bauen, dort, wo der große Bach ist", sagte Herr Cambon. „Die Leute aus dem Dorf und aus dem ganzen Tal haben es sich jetzt angewöhnt, über das Grundstück von Jean-François Pastoureau zu gehen, und werden auf diese Weise dem Ärmsten mit der Zeit viel Schaden zufügen."

„Gewiß," sagte der Richter, „das Geld könnte gar nicht besser verwendet werden. Ich finde überhaupt, das unrechtmäßige Benutzen der Privatwege ist eine der größten Landplagen. Ein Zehntel aller Klagen vor dem Schiedsgericht beruht auf dieser Unrechtmäßigkeit. Man vergreift sich in vielen Gemeinden auf diese Weise fast ungestraft am Besitzrecht. Die Ehrfurcht vor dem Besitz und vor dem Gesetz sind zwei Gefühle, die in Frankreich häufig unbekannt sind und für die man energisch eintreten müßte. Vielen Leuten scheint es sogar gegen die Ehre zu gehen, die Gesetze zu unterstützen, und das Wort: ‚Laß dich von andern erwischen!" ist eine Redensart geworden, die eine löbliche Großmut diktiert zu haben scheint, aber es bleibt ein heuchlerisches Wort, das unsern Egoismus verdecken soll. Denn, sagen wir es ruhig: uns fehlt der Patriotismus. Der wahre Patriot ist der Bürger, der von der Wichtigkeit der Gesetze derart durchdrungen ist, daß er sie auch auf die eigene Lebensgefahr hin inne hält. Bedeutet nicht, einen Übeltäter laufen lassen, sich für die

Verbrechen, die in Zukunft begangen werden, verantwortlich machen?"

„Alles hängt zusammen", sagte Benassis. „Wenn die Bürgermeister ihre Landstraßen gut hielten, gäbe es nicht soviel Wiesenwege. Und wenn die Gemeinderäte besser unterrichtet wären, würden sie die Besitzer und Bürgermeister besser unterstützen und sich gegen einen unrechtmäßig eingebürgerten Mißbrauch auflehnen. Gemeinsam müßten sie den unwissenden Leuten klarmachen, daß das Schloß, das Feld, die Hütte, der Baum gleichmäßig geheiligter Besitz sind und daß das Recht nicht nach dem verschiedenen Wert des Besitzes kleiner oder größer wird. Doch solche Verbesserungen kann man nicht sofort erzielen, sie hängen hauptsächlich von der Moral der Bevölkerung ab, die wir wiederum nicht ohne die wirksame Unterstützung der Geistlichkeit völlig ummodeln können. Dies ist jedoch kein Vorwurf gegen Sie, Herr Janvier."

„Ich fühle mich auch gar nicht getroffen", entgegnete der Geistliche lachend. „Habe ich es mir doch zur Aufgabe gemacht, die Dogmen der katholischen Kirche mit unsern Anschauungen von der Verwaltung in Einklang zu bringen. Ich habe bei meinen Predigten über den Diebstahl oft den Mitgliedern der Gemeinde dieselben Grundsätze klarzumachen versucht, nach denen Sie soeben über das Recht sprachen. Denn Gott wägt ja wirklich den Diebstahl nicht nach dem Wert des gestohlenen Gutes, er verurteilt vielmehr den Dieb. In diesem Sinne waren die Gleichnisse gehalten, mit denen ich versucht habe, mich dem Verständnis meiner Gemeindekinder begreiflich zu machen."

„Es ist Ihnen aber auch gelungen, Herr Pfarrer“, sagte Cambon. „Ich kann die Wandlung, die Sie in den Geistern herbeigeführt haben, am besten beurteilen, wenn ich den augenblicklichen Zustand der Gemeinde mit dem früheren vergleiche. Es gibt sicher keine Gegend, in der die Arbeiter so gewissenhaft die vereinbarte Arbeitszeit innehalten, wie bei uns. Das Vieh wird gut gehütet und richtet nur ganz gelegentlich Schaden an. Die Wälder werden respektiert. Sie haben es unsern Bauern sehr gut beigebracht, daß die Muße der Reichen die Belohnung für ein sparsames und arbeitsames Leben ist.“

„So können Sie also mit Ihren Leuten recht zufrieden sein, Herr Pfarrer!“ sagte Genestas.

„Ach, Herr Major,“ antwortete der Geistliche, „man muß nicht denken, es auf dieser Welt mit Engeln zu tun zu haben. Überall, wo Elend ist, gibt es Leiden. Leiden und Elend sind lebendige Kräfte, mit denen Mißbrauch getrieben wird wie mit der Macht. Wenn die Bauern zwei Meilen gegangen sind, um zu ihrer Arbeit zu gelangen, und am Abend müde heimkehren, und sie sehen, wie einer von der Jagd kommt und quer durch die Felder und Wiesen geht, um dadurch früher nach Hause zu kommen, glauben Sie, daß sie sich dann ein Gewissen daraus machen, es ebenso zu tun? Wer von denen, der über fremden Grund und Boden geht, wie die Herren eben gesagt haben, ist der größere Verbrecher: derjenige, der arbeitet, oder derjenige, der seinem Vergnügen nachgeht? Heute fügen uns die Reichen ebensoviel Unrecht zu wie die Armen. Glauben und Macht müssen immer aus den himmlischen oder den sozialen

Höhen zu uns herabkommen; und in unsern Tagen besitzen die höheren Schichten weniger Glauben als das Volk, dem Gott den Himmel als Belohnung für geduldig ertragene Leiden verspricht. So sehr ich mich auch den Gesetzen der Kirche und den Gedanken meiner Vorgesetzten füge, so glaube ich doch, daß wir in Fragen des Kultes weniger anspruchsvoll sein sollten, dagegen versuchen müßten, das religiöse Gefühl in den Herzen des Mittelstandes wieder lebendig zu machen; denn dort diskutiert man über das Christentum, anstatt daß man seine Vorschriften befolgt. Die Philosopheme der Reichen sind für die Armen zu einem verhängnisvollen Beispiel geworden und haben im Königreich Gottes zu allzu langen Interregnen geführt. Was wir heute über unsre Zuhörer vermögen, hängt ganz von unserm persönlichen Einfluß ab; ist es nicht schrecklich, daß der Glaube einer ganzen Gemeinde von der Achtung abhängt, die ein Mann auf der Kanzel genießt? Wenn das Christentum das soziale Leben wieder erfüllen wird, indem es alle Klassen mit seinen heilbringenden Lehren durchdringt, dann wird auch sein Kult nicht mehr in Frage gestellt sein. Der Kult einer Religion ist ihre Form, die Gesellschaft besteht nur durch die Form. Ihnen die Fahnen, uns das Kreuz..."

„Herr Pfarrer," sagte Genestas, Herrn Janvier unterbrechend, „ich wüßte gern, warum Sie diesen armen Leuten am Sonntag das Tanzen verbieten?"

„Herr Major," erwiderte der Geistliche, „den Tanz an sich hassen wir nicht; wir verbieten ihn nur, weil er zur Immoralität führt und dadurch den Frieden der Seele stört und die Sitten der Landbevölkerung verdirbt. Den Familiensinn reinigen, die Heiligkeit ihrer Bande aufrechterhalten, heißt das nicht, das Übel an seiner Wurzel ausrotten?"

„Ich weiß," sagte Herr Tonnelet, „daß in jedem Bezirk Unregelmäßigkeiten vorkommen; in unserm geschieht dies jedoch nur verhältnismäßig selten. Wenn unsre Bauern sich kein Gewissen daraus machen, daß sie dem Nachbarn einen Streifen Erde fortnehmen, um ihn für sich zu bebauen, oder daß sie sich von einem andern Weidenruten abschneiden, wenn sie sie gerade brauchen, so sind das kleine Sünden im Vergleich zu den großen der Stadtbevölkerung. Auch scheinen mir die Leute in diesem Tal recht fromm zu sein."

„Gewiß fromm," sagte der Geistliche lachend, „aber Fanatismus brauchen wir hier wirklich nicht zu fürchten."

„Herr Pfarrer," nahm Cambon das Wort, „wenn unsre Leute jeden Morgen zur Messe gehen und jede Woche beichten würden, dann wären unsre Felder schwerlich so gut bestellt, und drei Pfarrer würden da noch nicht genügen."

„Arbeiten ist schon beten", entgegnete der Geistliche. „In der Arbeit ist die Kenntnis von den religiösen Grundbegriffen enthalten, die unsre Gesellschaft lebensfähig macht."

„Und was halten Sie vom Patriotismus?" fragte Genestas.

„Der Patriotismus", antwortete der Geistliche ernst, „flößt nur vergängliche Gefühle ein, die Religion erst macht sie dauerhaft. Der Patriotismus ist ein momentanes Vergessen der persönlichen Interessen, während das Christentum ein vollständiges

System ist, das gegen die zersetzenden Neigungen der Menschen Front macht."
„Aber während der Revolutionskriege war doch der Patriotismus..."
„Ja, während der Revolution, da haben wir Wunder vollbracht!" fiel Benassis Genestas ins Wort. „Aber zwanzig Jahre später, im Jahre 1814, war unser Patriotismus schon wieder tot. Dagegen hat sich Frankreich und ganz Europa, von religiösen Gedanken getrieben, zwölfmal in hundert Jahren auf Asien geworfen."
„Vielleicht ist es leicht," sagte der Richter, „die materiellen Interessen, die einen Krieg zwischen Völkern herbeiführten, beizulegen, während die Religionskriege, deren Ziele nicht genau festzustellen sind, notwendigerweise nie zu einem Ende kommen können."
„Aber Herr Doktor, Sie reichen ja die Fische nicht weiter", sagte Jacquotte, die die Teller abdeckte, wobei ihr Nicolle half.
Treu ihren Gewohnheiten brachte Jacquotte jeden Gang einzeln herein, eine Sitte, die den Nachteil hat, daß die starken Esser viel auf einmal essen müssen, während die Mäßigen, die schon bei den ersten Gerichten satt geworden sind, die besten Dinge unberührt vorbeigehen lassen.
„Aber wie können Sie sagen," sagte der Pfarrer zum Richter, „daß die Religionskriege keine bestimmten Ziele hatten? Früher war die Religion eben ein so mächtiges Band in der Gesellschaft, daß die materiellen Interessen nicht von den religiösen Fragen zu trennen waren. Jeder Soldat wußte zudem sehr wohl, warum er kämpfte..."
„Wenn man sich so viel für die Religion hat

schlagen müssen, dann muß Gott das Gebäude seiner Kirche aber sehr unvollkommen aufgerichtet haben," sagte Genestas. „Sollte eine göttliche Einrichtung die Menschen nicht schon allein durch die Macht der Wahrheit überzeugen?"

Alle blickten gespannt auf den Geistlichen.

„Meine Herren," sagte Janvier, „die Religion ist eine Sache des Gefühls und nicht des Verstandes. Wir sind nicht zu Richtern über die Mittel und die Ziele des Allmächtigen gesetzt."

„So meinen Sie also, daß man all diesen Knixen, Bekreuzigungen usw. glauben muß?" sagte Genestas mit der Harmlosigkeit eines Soldaten, der nie an Gott gedacht hatte.

„Mein Herr," erwiderte der Priester ernst, „die katholische Religion hilft dem Menschen in seiner Not besser als jede andere. Doch wenn dem auch nicht so wäre, was setzten Sie aufs Spiel, wenn Sie an ihre Wahrheit glaubten?"

„Nicht allzuviel," sagte Genestas.

„Aber wieviel setzen Sie aufs Spiel, wenn Sie nicht daran glauben? — Doch sprechen wir jetzt von den irdischen Interessen, die Sie näher angehen. Sehen Sie selbst, wie sich der Finger Gottes in den menschlichen Angelegenheiten fühlbar macht, sobald er sie durch die Hand seines Stellvertreters auf Erden berührt. Die Menschen haben viel verloren, als sie die vom Christentum vorgezeigten Wege verließen. Die Kirche, deren Geschichte nur wenigen Menschen bekannt ist und die man nach gewissen irrigen Anschauungen, die mit Vorbedacht unter das Volk getragen sind, beurteilt, die Kirche, sage ich, hat ein vollkommenes Vorbild für die Regierungsform gegeben, wie die

Menschen sie heute einzurichten versuchen. Das Wahlsystem hat aus der Kirche seit langem eine große politische Macht geschaffen. Es gab früher keine religiösen Institutionen, die nicht auf Freiheit und Gleichheit aufgebaut waren. Jeder arbeitete am Werke mit: der Vikar, der Abt, der Bischof, der Ordensgeneral, der Papst, alle wurden sie gewissenhaft nach den Bedürfnissen der Kirche ausgewählt. Sie verkörperten gewissermaßen den Gedanken der Kirche, der man striktesten Gehorsam schuldig war. Ich will von dem Segen, den dieser Gedanke gewirkt hat, schweigen, er lebt noch heute in den modernen Nationen, in ihren Dichtungen und in ihrer Musik, in ihren Kathedralen, Statuen und Bildern, deren geistiger Urheber er war, ich will Sie nur darauf aufmerksam machen, daß das heutige allgemeine Wahlrecht, das Geschworenengericht und die beiden Kammern in den provinzialen und ökumenischen Konzilien wurzeln, im Episkopat und im Kardinalskollegium. Nur mit dem einen Unterschied, daß die heutigen philosophischen Ideen über die Zivilisation vor den erhabenen und göttlichen Ideen der katholischen Gemeinschaft verblassen, vor dem Bilde einer universellen sozialen Gemeinschaft, die im religiösen Dogma durch das Wort und durch die Tat erfüllt werden. Es wird den neuen politischen Systemen, so vollkommen man sie auch annehmen mag, schwer fallen, die Wundertaten zu vollbringen, die man den Zeiten verdankt, in denen die Kirche die menschliche Intelligenz unterstützte."

„Warum?" fragte Genestas.

„Erstens weil das Wahlsystem – will es ein Prinzip sein – die absolute Gleichheit der Wähler verlangt; sie müssen, um mich eines mathematischen Ausdrucks zu bedienen, gleichwertige Quantitäten sein, was die moderne Politik nie erreichen wird. Zweitens geschehen die großen sozialen Dinge nur durch die Macht des Gefühls, die allein die Menschen zusammenbringen kann; die moderne Philosophie jedoch gründet ihre Gesetze auf das persönliche Interesse, das danach strebt, die Menschen zu vereinzeln. Früher begegnete man, öfter als heute, Menschen, die von einem wahren mütterlichen Geiste für die verkannten Rechte, für die Leiden der Masse erfüllt waren. Auch der Priester, ein Kind der mittleren Klasse, widersetzte sich dem materiellen Interesse und verteidigte die Völker gegen ihre Feinde. Die Kirche hat auch Landbesitz gehabt, aber ihr irdischer Reichtum, der ihre Tätigkeit wirksamer machen sollte, hat dieselbe nur geschwächt. Denn hat der Geistliche erst privilegierten Besitz, so wird er zum Unterdrücker, bezahlt ihn der Staat, wird er ein Beamter und verpfändet seine Zeit, sein Herz, sein Leben. Der Bürger macht ihm aus seinen Tugenden eine Pflicht, und sein wohltätiger Sinn, der bei dem Prinzip der freien Wahl nachläßt, vertrocknet allmählich ganz in seinem Herzen. Aber ist der Priester arm, wird er aus freiwilligem Antrieb Geistlicher, ohne andern Schutz als den Gottes, ohne anderen Besitz als ein treues Herz, dann wird er wieder zum amerikanischen Missionar, zum Apostel, zum Fürsten des Guten. Er kann nur in der Entbehrung herrschen, im Wohlleben muß er unterliegen.“

Herr Janvier hatte die allgemeine Aufmerksamkeit auf sich gelenkt. Die Gäste schwiegen und dachten über diese Worte nach, die in dem Munde eines einfachen Landpfarrers etwas bisher Unerhörtes waren.

„Herr Janvier", sagte Benassis, „bei all den tiefen Wahrheiten, die Sie soeben ausgesprochen haben, ist Ihnen jedoch ein grober Irrtum unterlaufen. Sie wissen, ich liebe es nicht, über die allgemeinen Fragen zu diskutieren, die von den modernen Schriftstellern und von den modernen Regierungen aufgeworfen werden. Nach meiner Ansicht soll ein Mann, der ein politisches System aufstellt, stillschweigen, die Gewalt an sich reißen und handeln. Aber will er in der behaglichen Dunkelheit des einfachen Bürgers bleiben, ist es da nicht eigentlich ein Irrsinn, wenn er die Masse durch Diskussionen zu seiner individuell gefärbten Idee überzeugen will? Trotzdem aber will ich Sie bekämpfen, lieber Herr Pfarrer, da ich hier zu wohlgesinnten Männern spreche, die gewohnt sind, gemeinsam überall nach Wahrheit zu suchen. Meine Gedanken werden Ihnen vielleicht sonderbar erscheinen, aber sie sind die Frucht reiflicher Überlegungen, die mir durch den Zusammenbruch unsrer letzten vierzig Jahre gekommen sind. Das allgemeine Wahlrecht, das heute von der Opposition, der sogenannten konstitutionellen, verlangt wird, war für die Kirche ausgezeichnet geeignet, da, wie Sie, lieber Herr Pfarrer, es schon eben bemerkt haben, der einzelne gebildet, durch das religiöse Gefühl diszipliniert, von dem gleichen System durchdrungen war und ganz genau wußte, was er wollte und wohin er steuerte. Aber der Triumph der Ideen, mit denen der moderne Liberalismus ganz öffentlich der segensreichen Regierung der Bourbonen den Krieg erklärt hat, wird Frankreichs Untergang sein und der Untergang der Liberalen selbst. Die Führer der Linken wissen das sehr gut. Für sie ist dieser Kampf einfach eine Frage der Macht. Wenn — was Gott verhüten möge — das Bürgertum unter der Fahne der Opposition die sozialen Obergewalten niederreißen sollte, gegen die ihre Eitelkeit sich auflehnt, dann wird diesem Erfolge sofort ein Kampf folgen, den das Bürgertum gegen das Volk zu führen hätte, das wiederum in ihm später eine Art Adel — wenn auch nur einen verächtlichen — sehen würde, dessen Vermögen und Vorrechte ihm um so unerträglicher wären, je näher es sich ihnen fühlte. In diesem Kampfe würde die Gesellschaft — ich sage nicht, die Nation — von neuem unterliegen. Denn der stets nur vorübergehende Sieg der duldenden Masse bringt die größte Unordnung mit sich. Daraus folgt nun, daß eine Regierung nie stärker organisiert und daher nie vollkommener ist, als wenn sie zur Verteidigung eines eng umgrenzten Privilegiums auftritt. Was ich im Augenblick Privileg nenne, ist nicht eines jener Vorrechte, wie man sie früher allzuviel einzelnen Personen zum Schaden anderer verlieh, sondern ich meine damit spezieller den sozialen Kreis, in dem sich die Entwicklung der Macht vollzieht. Die Macht ist in gewissem Sinne das Herz eines Staates. In all ihren Geschöpfen hat die Natur das Lebensprinzip auf einen einzigen Punkt zusammengezogen, um ihm mehr Spannkraft zu verleihen; so ist es auch in der Politik. Ich will meine Idee durch Beispiele erhärten. Wenn es in Frankreich nur hundert Pairs gäbe, würden sie nur hundert Reibungsmöglichkeiten bieten. Würde man die Pairswürde jedoch aufheben, so würden alle reichen Leute Vorrechte bekommen, und anstatt hundert, würde es zehntausend Bevorzugte geben, und die Kluft der sozialen Ungleichheit wäre nur vergrößert. Für das Volk gibt es nur ein einziges Privileg, und das besteht in dem Recht, leben zu dürfen, ohne zu arbeiten! In seinen Augen ist derjenige, der konsumiert, ohne zu produzieren, ein Räuber. Es verlangt sichtbare Arbeit und schätzt die geistige Produktion, die es doch am meisten bereichert, gering. Wenn Sie also auf diese Weise die Reibungsmöglichkeiten vermehren, dehnen Sie den Kampf auf alle Teile des sozialen Körpers aus, anstatt ihn auf einen engen Raum zu beschränken. Wenn Angriff und Widerstand allgemein sind, dann ist der Untergang eines Landes unvermeidlich. Es wird immer weniger Reiche als Arme geben. diese werden siegen, sobald der Kampf ein materieller wird. Die Geschichte bekräftigt meine Behauptung. Die römische Republik verdankte die Eroberung der Welt der Gründung des Senatoren-Privilegs. Der Senat erhielt den Gedanken der Macht aufrecht. Aber als die Ritter und die neuen Männer die Funktion der Regierung dadurch ausdehnten, daß sie das Patriziat erweiterten, war die öffentliche Sache verloren. Trotz Sulla hat Tiberius, nach Cäsar, das römische Kaiserreich gegründet, und dieses System oder diese Macht, in der Hand eines einzigen Mannes zusammengefaßt, hat die Existenz dieses großen Reiches noch um einige Jahrhunderte verlängert. Der Kaiser war nicht mehr in Rom, als die ewige Stadt unter den Barbaren fiel. Als unser Land erobert wurde, erfanden die Franken, die es unter sich teilten, das Feudalprivileg, um sich ihre einzelnen Besitztümer zu sichern. Die hundert oder tausend Herren, die das ganze Land in Besitz hatten, trafen diese Einrichtung mit dem Ziel, die durch Eroberung erworbenen Rechte zu verteidigen. Aber auch das Feudalsystem dauerte nur so lange, wie die Privilegien erhalten blieben. Denn als aus den fünfhundert Herren der Nation fünfzigtausend wurden, gab es Revolution. Ihre Macht, auf diese Weise verteilt, war ohne Schwungkraft und Energie und war nicht in der Lage, sich gegen die unvorhergesehene Ausbreitung des Geldes und des Gedankens zu verteidigen. Ebenso wird auch der Sieg des Bürgertums über die Monarchie — eines Bürgertums, das sich zur Aufgabe gesetzt hat, in den Augen des Volkes die Zahl der Privilegierten zu erhöhen — den Sieg des Volkes über das Bürgertum zur unausbleiblichen Folge haben. Wenn diese Umwälzung kommt, dann kommt sie dank dem gleichen und allgemeinen Wahlrecht. Wer wählt, krittelt, und eine Macht, die bekrittelt wird, ist keine Macht mehr. Kann man sich jedoch eine Gesellschaft ohne Macht vorstellen? Nein; also, wer von Macht spricht, spricht von Gewalt. Die Gewalt muß auf ausgemachten Tatsachen beruhen. — Dies sind die Gründe, die mich zu der Ansicht gebracht haben, daß das Wahlrecht für die modernen Regierungen überaus verhängnisvoll ist. Ich habe meine Liebe zu der armen und leidenden Volksklasse genugsam bewiesen, um mir nun nicht den Vorwurf zuzuziehen, ich wolle ihr Unglück. Aber so sehr ich es bewundere, wenn es voller Geduld und Resignation bei seiner Arbeit ist, so wenig halte ich es doch für fähig, an der Regierung teilzuhaben. — Die Proletarier erscheinen mir wie die Unmündigen einer Nation, sie müssen immer unter Vormundschaft bleiben. Nach meiner Meinung ist das Wort ‚Wahl' heute ein Begriff, wie seinerzeit die falsch verstandenen und falsch erklärten Worte: ‚Gewissen' und ‚Freiheit', die man dem Volke hingeworfen hat als Symbole des Aufruhrs und als Befehl zur Zerstörung. Die Bevormundung der Massen erscheint also als etwas Gerechtes und Notwendiges, um die Gesellschaft zu stützen."

„Diese Auffassung bricht so offensichtlich mit allen unsern heutigen Ideen, daß wir wohl ein wenig das Recht haben, Sie um ihre Begründung zu befragen," sagte Genestas, den Arzt unterbrechend.

„Die gebe ich Ihnen gern, Herr Major."

„Was spricht unser Herr nur da?" rief Jacquotte aus, als sie in ihre Küche kam. „Rät unser armer lieber Herr ihnen nicht, das Volk zu unterdrücken! und sie hören ihm zu."

„Das hätte ich von Herrn Benassis nie erwartet," antwortete Nicolle.

„Wenn ich" — begann der Arzt nach einer kurzen Pause von neuem — „strenge Gesetze verlange, um die unwissende Masse in Schach zu halten, so will ich, daß das soziale System ein nachgiebiges und lose gespanntes Netz sei, damit sich aus der Menge derjenige emporarbeiten kann, der es will und der die Fähigkeiten in sich fühlt, sich zu den oberen Schichten zu erheben. Jede Macht strebt danach, sich zu erhalten. Um zu leben, muß sich die Regierung, heute sowohl wie in vergangenen

Zeiten, starke Männer erziehen und sie dort hernehmen, wo sie sie findet, damit ihr selbst Verteidiger erstehen und damit der Masse tatkräftige Menschen entzogen werden, die die Masse sonst emporheben würden. Indem ein Staat dem öffentlichen Ehrgeiz Wege zeigt, die sowohl steil als auch bequem erscheinen: steil für die Willenlosen, bequem für die Tatkräftigen, kommt er den Revolutionen zuvor, die die Aufwärtsbewegung der wirklichen oberen Schichten zu dem ihnen zukommenden Niveau hemmen. Die schweren vierzig Jahre, die hinter uns liegen, haben jedem vernünftig denkenden Menschen zeigen müssen, daß die Überlegenheit eine Folge der sozialen Ordnung ist. Sie besteht aus drei Arten, die nicht wegzuleugnen sind: aus der Überlegenheit des Gedankens, der Überlegenheit der Politik und der Überlegenheit des Reichtums; mit anderen Worten: der Kunst, der Macht und des Geldes, oder noch anders ausgedrückt: des Prinzips, des Mittels und des Resultats. Wollte man nun einmal tabula rasa machen und eine völlige soziale Gleichheit herstellen, die Geburten regeln und jeder Familie den gleichen Teil Land geben, so würde man nach kurzer Zeit dieselben Ungleichheiten im Besitz wieder sehen, wie sie heute auch bestehen. Dies beruht auf der unleugbaren Wahrheit, daß die Überlegenheit des Reichtums, des Gedankens und der Macht eine Tatsache ist, der man sich unterwerfen muß, die die Masse jedoch immer als Druck empfinden wird, da sie in dem rechtmäßig Erworbenen immer ein Privileg erblickt. Der Gesellschaftsvertrag, der auf dieser Grundlage beruht, wird also ein dauernder Vertrag zwischen Besitzenden und Nichtbesitzenden sein müssen. Nach diesem Grundsatz werden die Gesetze stets von denen gemacht werden, denen sie von Nutzen sind, denn sie müssen den Instinkt der Selbsterhaltung haben und die drohenden Gefahren vorhersehen. Sie sind an dem Frieden der Masse viel mehr interessiert, als es die Masse selbst ist. Das Volk braucht ein schon fertiges Glück. Wenn Sie die Gesellschaft von diesem Standpunkt aus betrachten und sie als Ganzes überblicken, werden Sie bald mit mir erkennen, daß das Wahlrecht nur von den Leuten ausgeübt werden darf, die das Geld, die Macht oder die Intelligenz besitzen, und Sie werden ebenso zugeben, daß ihre Bevollmächtigten nur ganz beschränkte Befugnisse haben können. Der Gesetzgeber muß über seinem Jahrhundert stehen. Er verzeichnet die Richtung der allgemeinen Irrtümer und stellt die Richtung fest, nach der die Ideen eines Volkes hinneigen. Er arbeitet also mehr für die Zukunft als für die Gegenwart, mehr für die heranwachsende als für die absteigende Generation. — Wollen Sie aber die Masse Gesetze machen lassen, wie kann die Masse über sich selbst hinausragen? Sie kann es nicht, denn je getreuer die Gesamtheit die Ansicht des Volkes darstellt, desto weniger wird sie die für eine Regierung notwendige Einsicht besitzen, desto weniger weitschauend sind ihre Gesichtspunkte, desto ungenauer, schwankender ist ihre Gesetzgebung. Das Gesetz fordert eine Unterwerfung unter Regeln; jede Regel widersetzt sich den natürlichen Sitten und den Interessen des Individuums; wird die Masse nun Gesetze schaffen, die gegen sie selbst gerichtet sind? Nein! Oft steht die Tendenz der Gesetze im umgekehrten Verhältnis zu den Tendenzen der Sitten. Will man die Gesetze nach den allgemeinen Sitten bilden, wäre das nicht dasselbe, als wenn man in Spanien Prämien für religiöse Intoleranz und für Nichtstun aussetzte, in England Prämien für den Handelsgeist, in Italien für die Liebe zur Kunst, die die Gesellschaft wohl kennzeichnet, ihr aber nicht durchweg eigen ist, in Deutschland Prämien für den Adelshochmut und in Frankreich für den Leichtsinn und für die ganze Ideenrichtung, die uns bisher zugrunde gerichtet hat! Was ist in den vierzig Jahren geschehen, in denen bei der Gesetzgebung die Wahlbezirke die Hände mit im Spiel hatten? Wir haben vierzigtausend Gesetze. Ein Volk aber, das vierzigtausend Gesetze hat, hat gar keine. Können fünfhundert mittelmäßige Intelligenzen sich zu dieser Einsicht erheben? Nein! Die Leute, die aus fünfhundert verschiedenen Wahllokalen kommen, werden nie auf ein und dieselbe Weise den Geist eines Gesetzes verstehen; ein Gesetz aber muß aus einem Guß sein. Und weiter! — Früher oder später kommt eine Volksvertretung unter das Szepter eines Einzelnen, und anstatt der Dynastien von Königen gibt es die wechselnden und kostspieligen Dynastien von ersten Ministern. Am Schluß aller Beratungen ersteht dann ein Mirabeau, ein Danton, ein Robespierre oder ein Napoleon: Prokonsuln oder Kaiser. Man muß in der Tat eine bestimmte Menge von Kraft besitzen, um eine bestimmte Last heben zu können, diese Kraft kann auf eine größere oder kleinere Menge von Hebeln verteilt werden, aber schließlich muß die Kraft der Last entsprechen:

in diesem Fall ist die Last die unwissende und leidende Masse, die die unterste Schicht jeder Gesellschaft ausmacht. Die Macht, von Natur beschränkt, braucht eine große Konzentration, um der Volksbewegung einen gleichmäßigen Widerstand entgegenzusetzen. — Das ist die Anwendung des Prinzips, das ich vor Ihnen entwickelt habe, indem ich Ihnen von der Einschränkung der Regierungsprivilegien sprach. Wenn Sie begabte Leute haben, so werden sie auch das Land diesem Naturgesetz unterwerfen; haben Sie aber unbedeutende Leute, so werden sie früher oder später doch von dem Genie besiegt: ein begabter Abgeordneter fühlt das Recht des Staates, ein unbegabter kapituliert vor der Gewalt. Kurz: eine Versammlung gibt einer Idee nach, wie z. B. der Konvent zur Zeit der Schreckensherrschaft der Gewalt nachgab, oder der gesetzgebende Körper unter Napoleon dem System, oder die Regierung von heute dem Gelde. Die republikanische Versammlung, wie einige gute Geister sie erträumen, ist unmöglich. Diejenigen, die sie erstreben, sind ausgemachte Dummköpfe oder zukünftige Tyrannen. Erscheint Ihnen eine beratende Versammlung, die über die Gefahren einer Nation verhandelt anstatt zu handeln, nicht lächerlich? Das Volk soll seine Deputierten haben, die damit beauftragt sind, die Steuern anzunehmen oder abzulehnen, das ist gerecht, und das hat es zu allen Zeiten gegeben, unter dem grausamsten Tyrannen wie unter dem mildesten Fürsten. Das Geld ist nicht zu fassen, die Steuern haben zudem ihre natürlichen Grenzen, über die hinaus sich ein Volk entweder erhebt, um sie zu verweigern, oder sich fügt, um zu sterben. — Wenn diese gewählte Körperschaft, die sich, ebenso wie die Idee, die sie darstellt, nach den Bedürfnissen wandelt, den Gehorsam der Gesamtheit einem schlechten Gesetz verweigert, dann ist alles gut. Aber anzunehmen, daß fünfhundert Leute aus allen Teilen des Reiches zusammenkommen und ein gutes Gesetz entwerfen, das ist doch ein schlechter Witz, für den die Völker früher oder später büßen müssen. Sie wechseln nur die Tyrannen, das ist alles. Die Macht, das Gesetz müssen das Werk eines Einzelnen sein, der, wie die Dinge nun einmal liegen, verpflichtet ist, seine Handlungen dauernd einer allgemeinen Zustimmung zu unterwerfen. Aber die Wandlungen, denen die Ausübung der Macht unterzogen ist, sei es die eines Einzelnen oder einer Menge, können nur von den religiösen Institutionen eines Volkes ausgehen. Die Religion ist das einzige wirksame Gegengewicht gegen den Mißbrauch der höchsten Gewalt. Wenn bei einer Nation das religiöse Gefühl zugrunde geht, dann wird sie aus Prinzip aufrührerisch und der Fürst aus Notwendigkeit Tyrann. Die Kammern, die man zwischen Herrscher und Untertanen schiebt, sind nur schwache Gegenmittel gegen diese beiden Tendenzen. Die Versammlungen werden, nach dem, was ich soeben gesagt habe, Helfershelfer entweder beim Aufstand oder bei der Tyrannei. Die Herrschaft eines Einzelnen — nach meiner Meinung die allein richtige Form der Regierung — ist darum nun nicht immer absolut gut, denn die Resultate der Politik werden stets von den Sitten und dem Glauben abhängen. Wenn eine Nation alt geworden ist, wenn der Geist der Grübelei und des Widerspruchs sie bis ins Mark verdorben hat, dann geht sie dem Despotismus entgegen, trotz der Formen der Freiheit; und andererseits verstehen es die weisen Völker fast stets, sich trotz der Form des Despotismus die Freiheit zu bewahren. Aus all diesem geht die Notwendigkeit hervor, das Wahlrecht so viel wie möglich zu bekämpfen, eine starke Herrschaft einzusetzen und eine mächtige Religion zu errichten, die den Reichen zum Freund des Armen macht und dem Armen eine völlige Ergebenheit in sein Schicksal vorschreibt. Es ist schließlich nur eines dringend notwendig: nämlich, daß die Versammlungen sich nur noch mit den Steuerfragen und der Gesetzeseintragung beschäftigen, daß ihnen aber die direkten Gesetzesentwürfe entzogen werden. Ich weiß, daß in vielen Köpfen andere Ideen herrschen. Heute, wie früher auch, gibt es eifrige Geister, die das Bessere suchen und die die Gesellschaft klüger leiten würden, als es geschieht. Aber diese Neuerungen, die soziale Umwälzungen mit sich bringen, brauchen erst eine allgemeine Zubilligung. Die Neuerer müssen Geduld haben. Wenn ich die Zeit bedenke, die zur Ausbreitung des Christentums notwendig war, eine ethische Umwälzung, die ganz friedlich vor sich gehen sollte, dann denke ich mit Schrecken an das Unglück einer Revolution in materiellem Interesse, und ich stimme daher für die Aufrechterhaltung der schon bestehenden Einrichtungen. Jedem sein eigener Gedanke, hat das Christentum gesagt, jedem sein eigenes Feld, hat das moderne Gesetz gesagt. Das moderne Gesetz hat sich also mit dem Christentum ins Einvernehmen gestellt. Das erste bedeutet die Sanktionierung des geistigen Besitzes, das zweite die Sanktionierung des materiellen Besitzes durch die Arbeit; hierauf beruht unsere Gesellschaft. Die Natur hat das menschliche Leben auf dem Gefühl der Selbsterhaltung aufgebaut, das Gemeinschaftsleben gründet sich auf persönliche Interessen. Das sind, nach meiner Idee, die wahren politischen Grundsätze. Indem die Religion diese beiden egoistischen Gefühle durch den Gedanken an ein zukünftiges Leben erstickt, mildert sie die Härte der Gesellschaftsverträge. Gott lindert die Leiden, die aus dem Aneinanderreiben der Interessen entstehen, durch das religiöse Gefühl, das aus dem Verzicht eine Tugend macht; wie er durch unbekannte Gesetze die Reibungen in dem Mechanismus seiner Welten gemildert hat. Das Christentum sagt dem Armen, daß er den Reichen ertrage, und dem Reichen, daß er das Elend des Armen erleichtere. Das ist für mich in wenigen Worten das Wesen aller göttlichen und menschlichen Gesetze."

„Ich, der ich kein Staatsmann bin," sagte der Notar, „ich sehe in einem Herrscher den Liquidator einer Gesellschaft, der dauernd liquidieren muß; er überläßt seinem Nachfolger genau die gleichen Aktiva, die er seinerzeit übernommen hatte."

„Ich bin auch kein Staatsmann", entgegnete Benassis lebhaft, den Notar unterbrechend. „Es gehört nur gesunder Menschenverstand dazu, um das Los einer Gemeinde, eines Bezirks oder eines Kreises zu verbessern. Talent muß derjenige, der ein Departement regiert, schon haben, aber diese vier Verwaltungskreise sind so eng begrenzt, daß sie ein gewöhnliches Auge leicht überschauen kann. Ihre Interessen hängen mit der großen Staatsbewegung durch unsichtbare Bande zusammen. In den höheren Regionen wird dann alles größer, das Auge des Staatsmannes muß den Standpunkt, auf den er gestellt ist, ganz überblicken können. Wenn man in einem Departement, in einem Kreis, in einem Bezirk, in einer Gemeinde Gutes wirkt, ist nur eine Zeitdauer von ungefähr zehn Jahren notwendig, um einen Erfolg zu sehen; handelt es sich aber um eine ganze Nation, da ist ein Jahrhundert nötig, um ihr Schicksal zu überschauen. Das Genie eines Colbert und eines Sully bedeutet nichts, wenn es sich nicht auf den Willen eines Napoleon, eines Cromwell stützt. — Ein großer Minister, meine Herren, ist ein großer Gedanke, der über allen Jahren eines Jahrhunderts geschrieben steht, dessen Ruhm, Glanz und Gedeihen von ihm vorbereitet wurde. Ausdauer ist die Tugend, die er am notwendigsten braucht. Aber ist nicht in allen Dingen des Lebens die Ausdauer der höchste Ausdruck von Kraft? Wir begegnen seit einiger Zeit gar zu vielen Männern mit nur ministeriellen statt nationalen Ideen, um so mehr müssen wir den wahren Staatsmann bewundern, der sich uns als das größte menschliche Kunstwerk darstellt. Immer über den Augenblick hinaussehen und dem Schicksal zuvorkommen, über der Macht stehen und sie nur aus dem Gefühl der Nützlichkeit heraus anwenden, ohne sie zu mißbrauchen, seine Leidenschaften und jeden gemeinen Ehrgeiz überwinden, um immer Herr seiner Fähigkeiten zu bleiben, um ohne Unterlaß vorauszusehen, zu wollen und zu handeln, gerecht und unerschütterlich sein, die Ordnung im Großen aufrechterhalten, dem eigenen Herzen Ruhe gebieten und nur auf den Verstand hören, weder mißtrauen noch zuviel vertrauen, weder zweifeln noch vertrauensselig sein, weder dankbar noch undankbar, weder hinter den Ereignissen zurück sein noch sich von einem Gedanken überraschen lassen, durch das Gefühl der Massen leben und sie immer durch den Flug seines Geistes, durch das Gewicht seiner Stimme und durch die Schärfe seines Blickes beherrschen, wobei nicht das einzelne, sondern die Folgen aller Dinge im Auge behalten werden müssen — heißt das nicht, mehr als ein Mensch sein? Die Namen dieser großen und edlen Väter der Nationen müssen daher stets als die Heiligen eines Volkes angesehen werden."

Einen Augenblick lang herrschte tiefes Schweigen, währenddessen sich die Gäste untereinander ansahen.

„Meine Herren," rief Genestas aus, „von der Armee haben Sie noch gar nichts gesagt. Die militärische Organisation scheint mir der wahre Typus einer guten bürgerlichen Gesellschaft zu sein; das Schwert ist der Vormund des Volkes."

„Herr Major," antwortete der Richter lachend, „ein alter Advokat hat einmal gesagt, daß die Reiche mit dem Schwert beginnen und mit dem Tintenfaß endigen; wir sind jetzt wohl beim Tintenfaß."

„Meine Herren, wollen wir nicht, nachdem wir das Weltenschicksal geregelt haben, von etwas anderem sprechen? Herr Major, ein Glas Chartreuse!" rief der Arzt lachend aus.

„Lieber zwei als eins," sagte Genestas und hielt sein Glas hin, „und ich will es auf Ihr Wohl leeren, der Sie ein Mann sind, der seinem Geschlecht Ehre macht."

„Und den wir alle lieben“, sagte der Geistliche mit gütiger Stimme.
„Herr Janvier, wollen Sie denn, daß ich mich der Sünde des Hochmuts schuldig mache?“
„Der Herr Pfarrer hat nur leise gesagt, was der ganze Bezirk laut sagt“, entgegnete Cambon.
„Meine Herren, ich schlage Ihnen vor, Herrn Janvier bis ins Pfarrhaus zu begleiten und dabei einen Mondscheinspaziergang zu machen.“
„Gehen wir!“ sagten die Gäste, die es sich zur Pflicht machten, den Geistlichen zu begleiten.
Als sie sich von dem Pfarrer und den andern Gästen verabschiedet hatten, sagte der Arzt, Genestas beim Arm nehmend: „Jetzt wollen wir in meine Scheune gehen, dort werden Sie von Napoleon sprechen hören. Ich habe ein paar Verbündete dabei, die Goguelat, unsern Briefboten, über diesen Gott des Volkes zum Sprechen bringen werden. Mein Knecht Nicolle hat uns eine Leiter angestellt, so daß wir durch eine Luke einsteigen und von dort oben den ganzen Vorgang gut beobachten können. Glauben Sie mir, solch ein Spinnabend hat seinen eigenen Reiz. Es ist nicht das erstemal, daß ich mich aufs Heu gelegt habe, um einem Soldaten- oder Bauernerzähler zuzuhören. Aber wir müssen uns gut verstecken; wenn diese braven Leute einen Fremden sehen, verstellen sie sich und sind nicht mehr sie selbst.“
„Wie oft habe ich nicht auch“, sagte Genestas, „getan, als ob ich schliefe, um meinen Soldaten im Biwak zuzuhören! Nie habe ich in einem Theater in Paris so herzlich gelacht, wie bei dem Bericht von der Niederlage bei Moskau, den ein alter Unteroffizier seinen jungen Rekruten, die

Angst vor dem Kriege hatten, auf die komischste Weise gab. Er erzählte, daß die französische Armee in die Betten gemacht habe, daß sie alles geeist getrunken haben, daß die Toten mitten auf dem Wege stehen blieben, daß Rußland ganz weiß gegewesen sei, und daß man die Pferde mit den Zähnen gestriegelt habe. Wer gern Schlittschuh lief, der hatte sich damals gütlich daran tun können, wer gern Fleischgelee aß, konnte so viel davon haben, wie er nur wollte, nur die Frauen wären meistens sehr kalt gewesen. Das einzig Unangenehme bei der Sache war jedoch, daß es kein warmes Rasierwasser gab. Er erzählte so amüsante Schwänke, daß selbst ein alter Quartiermeister, dem damals seine Nase abgefroren war und der deshalb ‚Nasenkönig' genannt wurde, hierüber lachen mußte."

„Jetzt aber bitte leise," sagte Benassis, „wir sind angelangt. Ich klettere zuerst hinauf, Sie folgen mir dann nach."

Sie stiegen beide die Leiter hinauf und versteckten sich im Heu, ohne von den Leuten, die sie ihrerseits sehr gut beobachten konnten, gesehen zu werden. Die Anwesenden saßen zu dritt oder viert um eine Kerze, einige Frauen nähten, andere spannen, mehrere taten gar nichts und hörten mit vorgestrecktem Hals einem alten Bauern zu, der ihnen eine Geschichte erzählte. Die Männer standen größtenteils oder saßen auf Heubündeln. Diese schweigsamen Gruppen wurden von den flackernden Kerzen nur spärlich beleuchtet, denn das Licht war durch wassergefüllte Glaskugeln, sogenannte Schusterkugeln, auf ein paar Stellen konzentriert, die die Frauen für ihre Arbeit ausnutzten. Die Größe der Scheune, deren oberer Teil im Dunkel lag, schwächte das Licht noch mehr ab, so daß die Köpfe ungleich beleuchtet und malerische Effekte von Hell-Dunkel hervorgerufen wurden. Hier glänzten die hellen Augen und die braune Stirn einer kleinen neugierigen Bäuerin, dort ließ ein heller Lichtstrahl die gefurchte Stirn von ein paar alten Männerköpfen hervortreten und zeichnete fantastische Arabesken auf die abgenutzten oder ausgeblichenen Anzüge. All diese aufmerksamen Leute, die in den verschiedensten Stellungen lagen, saßen oder standen, zeigten auf ihren Gesichtern, wie ganz die Aufmerksamkeit auf den Erzähler konzentriert war. Es war ein eigentümliches Bild, das den starken Einfluß darstellte, den die Poesie von jeher auf alle Geister ausübt. Denn zeigt sich der Bauer, der von seinem Erzähler etwas Wunderbares, etwas Unmögliches verlangt, das jedoch immer noch glaubwürdig sein muß, nicht als ein Freund höchster Poesie?

,...Obgleich das Haus unheimlich aussah – erzählte der Bauer gerade, als die beiden neuen Zuhörer sich niedergelassen hatten — war die arme Bucklige von dem Weg zum Markte, wo sie ihren Hanf verkauft hatte, doch so müde, daß sie dennoch hineinging. Zudem zwang sie auch die einbrechende Nacht dazu. Sie bat nur, hier schlafen zu können, denn zum Essen zog sie ein Stück Brot aus ihrem Sack. Die Wirtin, die niemand anders war, als die Frau der Räuber, wußte nichts von dem, was diese für die Nacht vorhatten, sie nahm daher die Alte auf und führte sie ohne Licht hinauf. Meine Bucklige wirft sich auf ihr Lager, sagt ihr Gebet, denkt an ihren Hanf und

will gerade einschlafen, da hört sie ein Geräusch und sieht zwei Leute mit einer Laterne hereinkommen. Jeder hat ein Messer in der Hand. Furcht ergreift sie, denn damals, müßt ihr wissen, aßen die Leute gerne Menschenfleisch. Aber da die Alte nur noch Haut und Knochen war, meinte sie, sie würde ja doch nur eine schlechte Mahlzeit für sie abgeben, und beruhigte sich wieder. Die beiden Männer gehen an der Buckligen vorbei auf ein Bett zu, das sich noch in dem großen Zimmer befand und in das sie den Mann mit dem großen Koffer hineingelegt hatten, den sie für einen Schwarzkünstler hielten. Der größere hebt die Laterne in die Höhe und packt den Mann bei beiden Füßen; der kleine, der den Betrunkenen gespielt hatte, packt ihn beim Kopf und schlägt ihm denselben glatt ab: mit einem einzigen Hieb, Ritsch! — Dann lassen sie Körper und Kopf im Blute liegen, nehmen den Koffer an sich und steigen wieder hinunter. Unsre Frau ist natürlich ratlos. Zuerst denkt sie, sie will sich heimlich, ohne daß man es merkt, aus dem Staube machen, denn sie wußte ja noch nicht, daß die Vorsehung sie hierher geführt hatte zur Ehre Gottes und um das Verbrechen bestrafen zu lassen. Sie hatte Furcht, und wenn man sich fürchtet, dann schreckt man vor nichts zurück. Aber die Wirtin, die die beiden Räuber unten nach der Buckligen gefragt hat, jagt den beiden damit einen solchen Schrecken ein, daß sie leise die kleine Holzstiege wieder hinaufsteigen. Die arme Bucklige kriecht vor Angst ganz in sich zusammen und hört, wie sie sich draußen leise miteinander unterhalten:
„Du mußt sie töten, sage ich dir."

„Ich muß sie nicht töten."
„Töte sie!"
„Nein!"
Sie kommen herein. Meine Frau, nicht dumm, macht die Augen zu und tut, als ob sie schläft. Sie legt sich hin, wie ein Kind, die Hand auf dem Herzen, und atmet wie ein unschuldiger Engel. Der mit dem Licht macht die Laterne auf, leuchtet damit der schlafenden Alten ins Gesicht, doch meine Frau zuckt nicht mit der Wimper, so sehr fürchtet sie für ihren Hals. „Du siehst ja, daß sie wie ein Mehlsack schläft", sagt der Große. „Die Alten sind so durchtrieben", antwortet der Kleine. „Ich werde sie töten, dann sind wir ruhiger. Wir werden sie einsalzen und unsren Schweinen zu fressen geben." Doch auch bei diesem Vorschlag rührt die Alte sich nicht. „Du hast recht, sie schläft wirklich", sagt der kleine Schlaukopf, als er sieht, daß die Bucklige sich nicht bewegt. Auf diese Weise hat die Alte sich gerettet. Und man muß schon sagen, Mut hat sie gehabt, ich glaube nicht, daß unsre jungen Mädchen hier so unschuldig wie Engel geatmet hätten, wenn sie von Schweinen hätten sprechen hören. — Die beiden Räuber nehmen den Toten, wickeln ihn in Tücher und werfen ihn auf den Hof, wo die Bucklige hört, wie die Schweine herbeikommen und grunzen: hong, hong, und den Toten auffressen wollen. — Am nächsten Morgen,' fuhr der Erzähler nach einer kurzen Pause fort, ‚geht die Frau weg und gibt zwei Sous für das Nachtlager. Sie nimmt ihren Rucksack, tut, als ob nichts geschehen wäre, fragt nach den Neuigkeiten der Gegend, geht in Frieden hinaus und will nun laufen. Aber das

geht nicht, die Angst hat ihr die Beine wie durchgeschnitten, und das gerade zur rechten Zeit. Warum? Weil der eine Räuber, kaum war sie eine halbe Meile gegangen, hinter ihr herkam, um sich zu überzeugen, ob sie auch wirklich nichts gesehen hätte. Sie ahnt schon so etwas und setzt sich auf einen Stein.

„Was habt Ihr, gute Frau?" fragt der Kleine — denn der Kleine, der durchtriebenere von beiden, war ihr nachspioniert.

„Ach, lieber Mann," antwortet sie, „mein Sack ist so schwer, und ich bin müde, daß ich den Arm eines ehrlichen Mannes (was das für eine Durchtriebene war!) brauche, um bis zu meiner ärmlichen Wohnung zu kommen."

Da bietet ihr der Räuber an, sie zu begleiten. Sie nimmt es an. Der Mann faßt sie am Arm, um zu sehen, ob sie Angst hat; aber unsre Frau zittert nicht und geht ruhig weiter. Und da sprechen sie nun beide über den Ackerbau und über den Anbau von Hanf, bis zu der Vorstadt, wo die Bucklige wohnt und wo sich der Räuber von ihr trennt, aus Furcht, jemandem von der Polizei zu begegnen. — Die Frau war um die Mittagszeit nach Hause gekommen und wartete nun auf ihren Mann, während sie noch über die Ereignisse ihrer Reise und über die Nacht nachdachte. Der Hanfbauer kam gegen Abend; er hatte Hunger, sie mußte ihm also etwas zu essen machen. Während sie nun Fett auf ihre Pfanne tut, um ihm etwas zu backen, erzählt sie ihm so nach Frauenart, wie sie ihren Hanf verkauft hat, aber von den Schweinen, von dem getöteten, aufgefressenen, bestohlenen Mann sagt sie nichts. Sie hält dabei ihre Pfanne in die

Flamme, um sie sauber zu machen, als sie sie herauszieht, um sie abzutrocknen, ist sie voller Blut.

„Was hast du da hineingetan?" fragt sie ihren Mann.

„Nichts", antwortet er.

Sie glaubt an irgendeinen Weiberspuk und hält die Pfanne wieder in das Feuer. Plumps, fällt ein Kopf durch den Schornstein. „Siehst du, das ist der Kopf von dem Toten", sagt die Alte. „Wie er mich ansieht! Was will er denn von mir?" „Daß du ihn rächst!" sagt eine Stimme. „Was, bist du verrückt?" sagt der Hanfbauer, „das sind wieder so deine Ideen, die nicht gestogen, nicht geflogen sind." Und er nimmt den Kopf, der ihn in den Finger beißt, und wirft ihn auf den Hof. „Mache mir jetzt meine Eierkuchen, brauchst dich nicht zu ängstigen, es ist eine Katze." „Eine Katze," sagt sie, „dabei war es rund wie eine Kugel." Sie tut die Pfanne wieder auf das Feuer, plumps! fällt ein Bein herab. Dieselbe Geschichte. Der Mann, der sich über das Bein nicht mehr wundert als über den Kopf, nimmt es und wirft es vor die Tür. Dann fällt das andere Bein, zwei Arme, der Rumpf, der ganze ermordete Reisende nach und nach herunter. Und noch immer keine Eierkuchen! Der alte Hanfbauer war aber hungrig. „Bei meiner Seele!" sagt er, „wenn mein Eierkuchen fertig ist, müssen wir diesem Mann da seinen Willen tun." „So sagst du jetzt also selbst, daß es ein Mann ist?" sagt die Bucklige. „Warum hast du mir da eben noch gesagt, es sei kein Kopf, du alter Nörgler!" Die Frau zerschlägt die Eier, backt sie und tut sie, ohne mehr zu maulen, auf; denn der Spuk macht sie ängstlich. Ihr Mann setzt sich hin und ißt, die Bucklige, die Furcht hat, sagt, sie habe keinen Hunger. — Poch, poch, klopft ein Fremder an die Tür. „Wer ist da?" „Der Tote von gestern." „Herein!" sagte der Hanfbauer. Der Reisende tritt ein, setzt sich auf den Schemel und sagt: „Denket an Gott, der demjenigen den ewigen Frieden gibt, der sich zu seinem Namen bekennt. Frau, du hast mich sterben sehen, und du schweigst darüber! Die Schweine haben mich aufgefressen, und Schweine kommen nicht ins Paradies, daher muß ich, als ehrlicher Christenmensch, in die Hölle kommen, nur weil eine Frau nicht schwatzt, das ist ja noch nie dagewesen. Du mußt mich befreien." — Die Frau, die immer ängstlicher wird, macht ihre Pfanne sauber, zieht sich ihren Sonntagsstaat an, geht aufs Gericht und erzählt das Verbrechen; es wird aufgedeckt, und die Räuber werden auf dem Marktplatz öffentlich gerädert. — Nach dieser guten Tat ernten die Frau und ihr Mann immer den schönsten Hanf. Und dann, was ihnen noch lieber ist, sie bekommen, was sie sich seit Jahren gewünscht hatten: einen Knaben, der im Laufe der Zeit Baron wird. – Das ist die wahre Geschichte der mutigen Buckligen.'

„Ich mag solche Geschichten nicht leiden," sagte das Gräbermädchen. „Danach habe ich immer böse Träume. Ich höre lieber die Abenteuer von Napoleon."

„Sie hat recht", sagte der Feldhüter. „Hören Sie, Herr Goguelat, erzählen Sie uns vom Kaiser."

„Es ist schon zu spät," sagte der Soldat, „und die Erzählungen von seinen Siegen kann man nicht kürzen."

„Das tut nichts, erzählen Sie doch. Wir kennen sie ja schon alle, weil Sie sie uns schon so oft erzählt haben, aber wir hören sie immer wieder gern."
„Erzählt uns vom Kaiser!" riefen mehrere Leute durcheinander.
„Wie ihr wollt," antwortete Goguelat. „Aber ihr werdet sehen, wenn es so im Sturmschritt geht, dann macht's keinen Eindruck. Ich möchte euch lieber eine ganze Schlacht erzählen. Wollt ihr von Champ-Aubert hören, wo die Kartätschen ausgegangen waren, und wo man sich mit Bajonetten schlug?"
„Nein, vom Kaiser selbst!"
Der Soldat erhob sich von seinem Heubündel und sah die Gesellschaft mit einem, uns bei alten Militärs oft begegnenden finsteren Blick an, in dem noch das ganze Elend und die Leiden des Erlebten lagen. Er nahm seine Jacke bei den beiden Vorderteilen und zog sie in die Höhe, als wolle er seinen Tornister, in dem damals seine Kleider, seine Stiefel, sein ganzes Hab und Gut war, aufschnallen, stützte sich auf sein rechtes Bein, streckte das linke vor und gab somit dem Wunsche der Anwesenden nach. Nachdem er seine grauen Haare aus der Stirn gestrichen hatte, richtete er sich hoch auf, um der gigantischen Größe der Geschichte, die er vortragen wollte, gewachsen zu sein.
„Also, Kinder, Napoleon ist in Korsika geboren, einer französischen Insel, die von der Sonne Italiens beschienen ist, wo man wie in einem Backofen steckt und wo man sich seit Urväterzeiten gegenseitig um nichts und wieder nichts tötet; das ist so ihre Idee. Um gleich mit dem Merkwürdigsten zu beginnen: seine Mutter, die zu ihrer Zeit

die schönste Frau gewesen ist und eine gescheite Person dazu, hatte den Gedanken, ihn Gott zu weihen, um ihn vor den Gefahren seiner Kindheit und seines ganzen Lebens zu schützen; denn am Tage ihrer Niederkunft hatte sie geträumt, daß die Welt in Flammen stünde. Das war wie eine Prophezeiung. So bat sie Gott also, er möge ihn schützen unter der Bedingung, daß Napoleon Seine heilige Religion, die damals arg darniederlag, wieder aufrichte. So war es also vereinbart. Nun hört mir genau zu und sagt mir, ob das, was ich euch erzählen werde, mit rechten Dingen zuging.

Es ist nun einmal eine ausgemachte Sache, daß nur der Mann, der den Einfall gehabt hat, einen geheimen Pakt abzuschließen, imstand ist, durch die feindlichen Linien unverletzt hindurchzugehen. Er konnte zwischen Kugeln und platzenden Kartätschen stehen, die uns wie Fliegen umwarfen, und sein Kopf blieb unversehrt. Das habe ich bei Eylau erlebt, ich ganz besonders. Ich sehe ihn noch, wie er auf eine Anhöhe geht, sein Fernglas nimmt, die Schlacht beobachtet und sagt: es steht alles gut. Einer von den Leuten mit Federbusch, die ihm immer lästig waren und ihm überall hinfolgten, selbst beim Essen — wie man uns erzählt hat — will sich einen Spaß machen und stellt sich, wie der Kaiser fortgeht, auf dessen Platz. Und hui! fort war er mitsamt dem Federbusch. Ihr könnt euch denken, daß Napoleon sich verpflichtet hatte, sein Geheimnis für sich zu behalten. Daher mußten alle andern, die um ihn waren, selbst seine besonderen Freunde, fallen wie reife Nüsse: Duroc, Bessières, Lannes; alles Männer, die so stark wie Eisen waren, und die er nach seinem

Willen umgemodelt hatte. Ein Beweis dafür, daß er das Kind Gottes war und dazu geschaffen, der Vater der Soldaten zu sein, ist, daß er nie Leutnant oder Hauptmann gewesen ist. Er war gleich oberster Heerführer! Er war nicht älter als dreiundzwanzig Jahre, als er schon General war, das war nach der Einnahme von Toulon, wo er anfing, den andern zu zeigen, daß sie nicht verstünden, mit Kanonen umzugehen. Fällt da der italienischen Armee ein blutjunger oberster General vom Himmel, dieser Armee, der es an Brot, Munition, Stiefeln und Kleidern gebricht, die nackt ist wie ein Wurm. — „Meine Freunde," sagt er, „wir sind jetzt beisammen. Nun drauf und dran, damit ihr in vierzehn Tagen Sieger seid und neu eingekleidet werden könnt. Ihr sollt Mützen haben, gute Gamaschen, herrliches Schuhzeug. Aber Kinder, ihr müßt marschieren, damit ihr es euch in Mailand holen könnt, denn da gibt es alles!" Und da sind wir denn marschiert. Der Franzose, der schon am Boden lag, plattgedrückt wie eine Wanze, steht wieder auf. Wir sind dreißigtausend Barfüßer gegen achtzigtausend deutsche Eisenfresser: alles schöne, gutgekleidete Leute; ich sehe sie noch vor mir. Napoleon, der damals nur erst Bonaparte war, bläst uns, ich weiß nicht was, in den Leib. Und wir marschieren bei Nacht und wir marschieren bei Tag, wir schlagen sie bei Montenotte, wir verprügeln sie bei Rivoli, Lodi, Arcole, Millesimo und geben nicht nach. Der Soldat findet Geschmack daran, zu siegen. Napoleon umzingelt diese deutschen Generäle, sage ich euch, daß sie nicht wissen, wo sie sich hinwenden sollen, verprügelt sie tüchtig, nimmt ihnen manchmal zehntausend Mann auf einen Zug gefangen, indem er sie mit fünfzehnhundert Franzosen umzingelt, die sich auf ihre Weise verhundertfachen. Er nimmt ihnen Kanonen, Lebensmittel, Geld, Munition, alles, was sie Schönes haben, ab, wirft sie ins Wasser, schlägt sie auf den Bergen, verschlingt sie auf der Erde, beißt sie in der Luft, schlägt sie überall. Da mauserten sich unsre Truppen wieder; denn seht, der Kaiser war auch ein kluger Mann; er ließ sich die Bewohner kommen und sagte zu ihnen, er sei gekommen, um sie zu befreien. Deshalb nimmt uns der Bürger gut auf und tut uns schön, die Frauen auch, die sehr gescheite Frauen waren. Endlich also, im Windmonat sechsundneunzig — so hieß damals der März, waren wir in einer Ecke des Landes der Murmeltiere eingezogen, aber schon nach dem ersten Feldzuge waren wir die Herren von ganz Italien, wie Napoleon vorhergesagt hatte. Und am nächsten März, in einem einzigen Jahre und nach zwei Feldzügen, stehen wir vor Wien. Alles war wie weggefegt. Wir haben hintereinander drei verschiedene Armeen aufgefressen, vier österreichische Generäle getötet, einer davon, ein Alter mit weißem Haar, ist bei Mantua wie eine Ratte im Stroh verbrannt. Die Könige haben auf den Knien um Gnade gebeten. Der Friede war erreicht. Hätte das ein Mensch alles tun können? Nein, Gott hat ihm beigestanden, das ist ganz sicher. Er hat sich zerteilt wie die fünf Brote im Evangelium: bei Tag befehligte er die Schlacht, bei Nacht bereitete er sie vor; die Wachen sahen, wie er immer auf und ab ging und weder schlief noch aß. Der Soldat, der diese Wunder anerkennen mußte, hat ihn sich auch zum Vater genommen.

Und vorwärts ging es! Die andern in Paris, die das sahen, sagten: „Das ist ein Wundermann, der seine Befehle vom Himmel zu bekommen scheint, er ist gewiß fähig, seine Hand auf ganz Frankreich zu legen, man muß ihn auf Asien oder Amerika loslassen, vielleicht genügt ihm das." Das war alles für ihn vorbestimmt, wie für Christus auch. Und wirklich, man schickt ihn nach Ägypten, damit er dort sein Werk vollbringe. Hierin liegt seine Ähnlichkeit mit dem Sohne Gottes. — Aber das ist noch nicht alles. Er versammelt die besten Kerle um sich, die, denen er es besonders angetan hatte, und sagt ihnen: „Meine Freunde, wir haben eine Viertelstunde Zeit, um Ägypten zu ärgern; wir wollen ihm im Handumdrehen den Garaus machen, wie wir es mit Italien getan haben. Die gemeinen Soldaten sollen Fürsten mit eigenem Landbesitz werden. Also vorwärts." „Vorwärts, Kinder!" sagten die Unteroffiziere. Und man kommt nach Toulon und begibt sich auf den Weg nach Ägypten. Damals hatten die Engländer alle Schiffe auf dem Meere. Aber als wir uns einschifften, sagte uns Napoleon: „Sie werden uns nicht sehen, und von nun an sollt ihr auch wissen, daß euer General einen guten Stern hat, der uns führt und uns beschützt." Und wie gesagt, so geschah es. Auf dem Wege durch das Meer nahmen wir Malta wie eine Apfelsine, damit er sich den Siegesdurst stille, denn er war ein Mensch, der immer etwas tun mußte. Nun waren wir also in Ägypten, gut! Dort gab es neue Instruktion. Die Ägypter, müßt ihr wissen, sind Leute, die, so lange die Welt besteht, Riesen zu Herrschern gehabt haben und die Heere besitzen, so zahllos, wie die

Ameisen; es ist ein Land der Genien und der Krokodile, wo sie Pyramiden gebaut haben, so hoch, wie die Berge, unter denen sie ihre Könige begraben, damit sie frisch bleiben, was ihnen anscheinend sehr viel Spaß macht. Als wir nun landeten, sagt der kleine Korporal zu uns: „Kinder, das Land, das wir jetzt erobern wollen, hängt an einem Haufen Götter, die ihr respektieren müßt; denn die Franzosen sollen die Freunde aller Menschen sein und sollen sie schlagen, ohne ihnen wehe zu tun. Bläut es euch also ein, daß ihr zu Anfang nichts anrühren dürft, später wird uns dann schon alles gehören. Und nun vorwärts!" — Und alles geht gut. Die Leute, denen Napoleon unter dem Namen Kébir-Bonaberdis prophezeit worden war, ein Name, der in ihrer Sprache heißt: „Der Sultan legt Feuer an", bekommen es mit der Angst. Da greifen die Türkei, Asien und Afrika zur Magie und schicken uns einen Dämon, genannt „Mody"; der soll vom Himmel herabgekommen sein, auf einem weißen Pferd, das, ebenso wie seinen Herrn, keine Kugel treffen konnte und das auch nur von der Luft lebte. Einige wollen ihn sogar selbst gesehen haben; ich kann euch jedoch nicht sagen, ob es sich wirklich so zugetragen hat. Die Mächte Arabiens und die Mameluken wollten also ihre Truppen glauben machen, der „Mody" wäre fähig, sie vor dem Tod in der Schlacht zu bewahren, weil er nämlich ein Engel war, der geschickt wurde, um Napoleon zu bekämpfen und ihm das Siegel Salomonis wieder zu entreißen, das zu ihrer Ausrüstung gehörte und von dem sie behaupteten, unser General habe es ihnen gestohlen. Ihr könnt euch denken, wie wir sie trotzdem verbläut haben.

Nun aber sagt mir, woher haben sie von Napoleons geheimem Pakt gewußt? Ging das mit rechten Dingen zu?
Sie waren ganz überzeugt davon, daß er Geister beschwören und wie ein Vogel in einem Augenblick von einem Ort zum andern fliegen könne. Tatsächlich war er auch überall. Schließlich hat er ihnen eine Königin geraubt; sie war so schön wie der Tag, und er wollte für sie alle seine Schätze und seine Diamanten, die so groß sind wie Taubeneier, hergeben, aber der Mameluk, dem sie gehörte, wollte auf diesen Handel nicht eingehen, obgleich er noch andere Frauen besaß. So konnten sich denn auch die Dinge nicht ohne Schläge abspielen, die wir auch in reichlichem Maße austeilten. Wir haben uns also in Alexandria, in Gizeh und vor den Pyramiden aufgestellt. Wir mußten in der glühendsten Sonne durch den Sand marschieren, wo die Leute manchmal Wasser zu sehen meinten, wo gar keins war, und Schatten erblickten, wo man nur so schwitzte. Aber den Mameluken haben wir, wie immer, verdroschen, und alles beugte sich vor der Stimme Napoleons, der ganz Ägypten und Arabien erobert hatte, bis zu den Hauptstädten jener Reiche, die gar nicht mehr existieren, und wo es tausend Standbilder gab und fünfhundert Naturgeister und etwas ganz besonderes: eine Unmenge von Eidechsen; ein verflixtes Land, in dem sich jeder Acker nehmen konnte, so viel er nur Lust hatte. Während er sich mit diesen inneren Angelegenheiten abgibt und etwas ganz Gewaltiges zustande bringen will, verbrennen ihm die Engländer seine Flotte in der Schlacht bei Abukir, denn sie wußten gar nicht, was sie

ihm alles antun sollten, um ihm zu schaden. Aber Napoleon, der die Achtung des ganzen Orients und Okzidents besaß, den der Papst seinen lieben Sohn nannte und der Vetter Muhameds seinen lieben Vater, will sich an England rächen und nimmt ihm Indien, um sich für seine Flotte zu entschädigen. Er fährt nun nach Asien, durch das Rote Meer, in das Land, wo es nur Diamanten und Gold gibt, um den Soldaten ihren Sold zu zahlen und um für die Etappe Paläste zu bauen; da schickt uns „Mody" auf einmal die Pest und unterbricht uns in unsrem Siegeslauf. Stillgestanden! Jeder muß bei dieser Parade vorbeimarschieren, bei der nur wenige heil davonkommen. Die sterbenden Soldaten können Accon, in das wir dreimal mit Kühnheit und Ausdauer eingedrungen waren, nicht halten. Die Pest war stärker als wir. Allen ging es hundsmiserabel schlecht, nur Napoleon war frisch wie eine Rose, und die ganze Armee hat gesehen, wie er verpestetes Wasser trank, ohne daß es ihm geschadet hätte.

Glaubt ihr, daß das mit rechten Dingen zuging? Die Mameluken, die wußten, daß wir alle in Lazaretten lagen, wollen uns den Weg versperren, aber mit Napoleon läßt sich so etwas nicht machen. Er sagt also zu seinen Getreuen, die eine zähere Haut hatten als die andern: „Ihr müßt mir den Weg säubern!" Junot, der ein Haudegen ersten Ranges war und sein ergebener Freund, nimmt nur tausend Mann und hat die Armee von einem Pascha befreit, der die Absicht gehabt hatte, sich uns in den Weg zu legen. — Wir kommen also nach Kairo zurück, in unser Hauptlager. Da geschieht wieder etwas Neues: während Napoleons Abwesenheit hatte sich Frankreich den Charakter verderben lassen durch ein paar Leute in Paris, die den Sold der Truppen, ihre Wäsche und ihre Kleider einbehielten, die sie Hungers sterben ließen und die der ganzen Welt Gesetze machen wollten, ohne sich selbst nach ihnen zu richten. Das waren Dummköpfe, die den Mund vollnahmen, anstatt zu handeln. Unsre Armeen waren also geschlagen, die Grenzen Frankreichs waren durchbrochen, der Mann war nicht mehr da. Ihr seht, ich nenne ihn auch den Mann, weil sie ihn alle so nannten, aber das war ganz falsch, denn er besaß seinen Stern und alles, was dazu gehörte; wir aber, wir waren die Männer. Er hörte also von den Vorgängen in Frankreich nach der berühmten Schlacht von Abukir, bei der er, ohne mehr als dreihundert Mann zu verlieren, mit einer einzigen Division die ganze türkische Armee von fünfundzwanzigtausend Mann besiegt und mehr als die Hälfte davon ins Meer geworfen hat. Das war sein letztes Donnerwetter in Ägypten. Als er sieht, daß er da drüben alles verliert, sagt er sich: ich bin der Retter Frankreichs, ich muß hin. — Aber die Armee hat von seiner Abreise nichts gewußt, sonst hätte sie ihn mit Gewalt zurückgehalten, um ihn zum Kaiser des Orients zu machen. Wir waren denn auch alle sehr traurig, als er fort war, denn er war unsre ganze Freude. Er übergibt den Oberbefehl Kleber, einem Teufelskerl, der, durch einen Ägypter ermordet, draufgeht. Der Ägypter wird dafür bestraft, indem man ihm ein Bajonett in den Hintern stößt: die Art, wie man in jenem Lande die Leute guillotiniert. Aber das war eine solche Qual, daß ein Soldat mit diesem Verbrecher Mitleid hat und ihm seine Flasche hinreicht; und kaum hat der Ägypter Wasser getrunken, ist er selig entschlafen. — Doch wir wollen uns bei solchen Kleinigkeiten nicht aufhalten. — Napoleon setzt sich in eine Nußschale, in ein kleines Schiffchen ‚Fortuna', und im Handumdrehen landet er in Frankreich, den Engländern zum Trotz, die ihn mit Linienschiffen, Fregatten und allem, was sonst noch segeln kann, abschneiden wollen; denn das hat er immer verstanden, das Meer mit einem einzigen Schritt zu überschreiten. Ging das mit rechten Dingen zu? Ach was, kaum war er also in Fréjus, so war er auch schon in Paris. Da liegen sie ihm alle zu Füßen, er aber ruft die Regierung zusammen und sagt ihnen: ‚Was habt ihr aus meinen Kindern, den Soldaten, gemacht?' Und den Advokaten sagt er: ‚Ihr seid nichts als Gauner, ihr kümmert euch den Teufel um die Welt, bereichert euch auf Kosten Frankreichs. Das ist nicht recht, und ich sage euch das im Namen aller, die mit euch nicht zufrieden sind.' — Daraufhin wollen sie ihm widersprechen und ihn töten; aber weit gefehlt! Er hält sie auf Ehrenwort in ihren Kasernen fest, läßt sie aus den Fenstern springen und stellt sie wieder in seine Regimenter ein, wo sie stumm wie die Fische werden und weich wie Tabaksbeutel. Auf diesen Handstreich hin wird er Konsul. Und da er am Höchsten nicht mehr zweifeln kann, erfüllt er dem lieben Gott gegenüber, der ihm so treu beigestanden, sein Versprechen: er gibt ihm seine Kirchen wieder und richtet die Religion wieder auf. Die Glokken läuten für Gott und für ihn. Nun ist alle Welt zufrieden: erstens die Priester, die nun nicht mehr schikaniert werden können, zweitens die Bürger, die wieder Handel treiben, ohne das Gesetz zu fürchten, das ungesetzlich geworden war, drittens der Adel; denn Er verbot, ihn umzubringen, was man unglückseligerweise bisher so gern getan hatte. — Aber es gab wieder Feinde auszukehren, er ruht auf seinen Lorbeeren nicht aus, er hat seine Augen eben überall. So erscheint er denn auf einmal wieder in Italien, als stecke er seinen Kopf nur mal schnell zum Fenster hinaus, und schon sein Blick genügt. Die Österreicher werden bei Marengo verschluckt wie Gründlinge von einem Walfisch. Hoppla! Hier hat der französische Sieg sein Lied recht laut gesungen, damit es die ganze Welt hören soll, und das hat genützt. ‚Wir spielen nicht mehr mit', sagen die Deutschen. ‚Genug davon!' sagen die andern. Der Erfolg war, daß Europa sich duckt, daß England nachgibt; es kommt ein allgemeiner Friede zustande, bei dem die Könige und Völker Miene machen, sich zu umarmen. Damals hat der Kaiser die Ehrenlegion gegründet, eine sehr schöne Einrichtung! ‚In Frankreich', so hat er in Boulogne vor der ganzen Armee gesagt, ‚hat jeder Mut. Der Bürger, der daheim etwas Tüchtiges leistet, ist der Bruder des Soldaten; sie sollen beide unter der Fahne der Ehre vereinigt werden. Wir, die wir in Ägypten gewesen waren, kehren von dort zurück, alles war inzwischen anders geworden. Wir hatten ihn als General verlassen, und im Nu war er Kaiser. Frankreich hatte sich ihm hingegeben, wie ein schönes Mädchen einem Reitersmann. Als alles nun soweit war, wurde zur allgemeinen Befriedigung, das kann man wohl sagen, eine heilige Zeremonie veranstaltet. wie sie die Welt noch nie gesehen hatte. Der Papst und die Kardinäle in ihren goldenen und roten Gewändern kommen über die Alpen, um ihn vor der Armee und dem Volke zu salben, und alles klatscht Beifall! — Doch eines muß ich euch gerechterweise auch noch erzählen: in Ägypten, in der Wüste, in der Nähe von Syrien, erscheint ihm auf dem Berge Mose ‚der rote Mann' und sagt zu ihm: ‚Alles geht gut!' Und bei Marengo, am Abend des Sieges, steht der ‚rote Mann' wieder vor ihm und sagt ihm: ‚Du wirst die ganze Welt zu deinen Füßen sehen, und du wirst Kaiser der Franzosen, König von Italien, Gebieter von Holland, Herrscher von Spanien, Portugal und den illyrischen Provinzen, Beschützer Deutschlands, Retter Polens, der erste Adler der Ehrenlegion und noch vieles mehr werden.' Dieser ‚rote Mann', müßt ihr wissen, war so seine besondere Idee, er war eine Art Bote, der ihm diente, um ihn, wie viele sagen, mit seinem Stern in Verbindung zu setzen. Daran habe ich aber nie geglaubt. Der ‚rote Mann' selbst hat jedoch richtig existiert, und Napoleon hat selbst von ihm gesprochen und hat gesagt, daß er in schweren Augenblicken zu ihm käme und in den Tuilerien bei ihm bleibe. Am Tage der Krönung hat ihn Napoleon dann zum drittenmal gesehen und soll mit ihm über viele Dinge gesprochen haben.

Der Kaiser geht nun direkt nach Rom und läßt sich zum König von Italien krönen. Da beginnt erst eigentlich die glorreiche Laufbahn der Soldaten. Alles, was schreiben kann, wird Offizier. Es regnet nur so Pensionen und Herzogtümer, und Frankreich kostet das alles gar nichts! Auch die

Ehrenlegion ist eine Rente für den gemeinen Mann; ich beziehe noch heute meine Pension von da. Die Armeen waren gehalten wie noch nie vorher. Aber der Kaiser, der wußte, daß er der Kaiser aller war, denkt auch an den Bürger, er baut ihm dort, wo vorher alles kahl gewesen war, nach dessen Geschmack wahre Wunderwerke: Triumphbögen stehen da mit Standbildern von gemeinen Soldaten, ganz als wären es hohe Generäle. Napoleon hat in zwei, drei Jahren, ohne uns Steuern aufzuerlegen, seine Keller mit Gold gefüllt, hat Brücken, Paläste, Wege gebaut, hat Feste veranstaltet, Gelehrte ernannt, Gesetze gemacht, Schiffe gebaut, Häfen angelegt; und er gab so viele Millionen aus, daß man mit diesem Geld die Straßen von ganz Frankreich mit Fünffrankenstücken hätte pflastern können, wenn man Lust dazu gehabt hätte. Als er nun so behaglich auf seinem Thron sitzt und so ganz der Herr aller ist, daß sich Europa erst bei ihm die Erlaubnis zu all seinen Unternehmungen holt, sagt er uns einmal so gesprächsweise beim Tagesbefehl: ‚Kinder,' sagt er, ‚findet ihr es richtig, daß die Verwandten eures Kaisers betteln gehen? Nein, ich will, daß sie ebenso glänzend dastehen, wie ich auch. (Er hatte nämlich vier Brüder und drei Schwestern.) Ich muß also unbedingt für jeden von ihnen ein Königreich erobern, damit der Franzose überall herrscht, damit unsre Soldaten die Welt erzittern machen, und damit Frankreich hinspucken kann, wo es will, und man zu ihm sagt, wie es schon auf meinen Münzen steht: Gott schütze dich!' ‚Einverstanden,' antwortet die Armee, „wir wollen dir helfen, die Königreiche an Bajonetten herauszuangeln!‘ Und da gab es kein Rücken und kein Rühren, und wenn er sich in den Kopf gesetzt hätte, den Mond zu erobern, dann hätten wir uns eben auch dazu entschließen müssen, hätten unsern Tornister aufgeschnallt und wären hinaufgeklettert. Glücklicherweise hat er das aber nicht gewollt. — Die Könige, die sich auf ihren Thronen schon wieder behaglich fühlten, wurden tüchtig an den Ohren gezogen, und dann gingen wir los. Wir marschierten, und alles zitterte von neuem. Was hat er in dieser Zeit für Leute und Stiefel verbraucht! Wir schlugen uns so heftig, daß jeder andere als der Franzose dabei kaputt gegangen wäre. Aber ihr dürft nicht vergessen, daß der Franzose ein Philosoph ist, der weiß, daß er früher oder später doch sterben muß. Und so starben denn auch alle, ohne zu murren, denn wir hatten doch die Freude zu sehen, wie der Kaiser solch eine Linie auf der Landkarte zog (und der Soldat beschrieb mit dem Fuß einen Kreis in der Luft), und zu hören, wie er dabei sagte: ‚das soll ein Königreich werden‘, und es wurde ein Königreich. Das waren schöne Zeiten! Die Hauptleute wurden im Handumdrehen Generäle, die Generäle Marschälle, die Marschälle Könige. Dem einfachen Soldaten, wenn er nur lesen konnte, wurde der Adel verliehen.

Ich, wie ich hier stehe, habe in Paris elf Könige gesehen und ein ganzes Heer von Fürsten, die alle wie die Sonnenstrahlen um Napoleon herumstanden. Ihr werdet begreifen, daß jetzt jeder Korporal von der Garde eine Sehenswürdigkeit wurde, die man mit Bewunderung betrachtete, denn jeder hatte doch seinen Teil am Siege. Und was hat es für Schlachten gegeben! Austerlitz, wo die Armee wie bei der Parade manövrierte, Eylau, wo man die Russen in einem See ertränkte, den Napoleon erst aufgetaut hat, Wagram, wo drei Tage hintereinander, ohne auszuruhen, gekämpft wurde. Es gab so viele Schlachten wie Heilige im Kalender. Damals hat es sich auch erwiesen, daß Napoleon das wahre Schwert Gottes in seiner Scheide trug. So genossen also die Soldaten Achtung und wurden seine Kinder; er sorgte dafür, daß sie Stiefel, Wäsche und Mützen hatten, daß sie Brot und Munition bekamen: doch bei allem bewahrte er seine Majestät, denn es war doch sein Beruf zu regieren. Trotzdem aber konnte ein Unteroffizier, ja sogar ein gemeiner Soldat ihn anreden und ‚mein Kaiser!' zu ihm sagen, wie ihr manchmal ‚mein lieber Freund' zu mir sagt. Und er antwortete auf die Fragen, die man an ihn stellte, er schlief wie wir andern im Schnee, wie ein ganz gewöhnlicher Mensch auch. Ich habe ihn selbst gesehen, mitten im Kugelregen, nicht unruhiger als ihr hier, mit seinem Fernglas unablässig bei seiner Arbeit. Da blieben wir natürlich auch ruhig.

Ich weiß nicht, was es war, aber wenn er zu uns sprach, wurde uns bei seinen Worten immer ganz warm, und um ihm zu zeigen, daß wir auch wirklich seine Kinder waren, gingen wir ruhig und ohne daß man uns antrieb, vor die verdammten Kanonen, die ihren Kugelregen donnernd und heulend auf uns feuerten, und wir zuckten nicht mit der Wimper. Selbst die Sterbenden hatten noch das Zeug in sich, sich zu erheben und ‚es lebe der Kaiser!' zu rufen. Ging das mit rechten

Dingen zu? Hättet ihr das für einen gewöhnlichen Sterblichen getan?
Wie nun alle seine Leute gut untergebracht sind, ist bei der Kaiserin Josephine, die sonst eine sehr gute Frau war, die vertrackte Geschichte, daß sie keine Kinder kriegen kann, und daß er sich von ihr trennen muß, obgleich er sie sehr lieb hat. Aber er braucht für die Regierung Kinder. Als die Sachlage bekannt wurde, haben sich alle Herrscher Europas darum geschlagen, ihm eine Frau zu geben. Er hat dann eine Österreicherin geheiratet, die eine Tochter der Cäsaren war. Cäsar wär nämlich ein Mann noch von früher her, von dem man noch heute überall spricht und der nicht nur bei uns, sondern in ganz Europa sehr viel geleistet haben soll. So wahr ich hier mit euch spreche, so wahr habe ich in der Donau ein Stück von der Brücke gesehen, die dieser Mann gebaut hat, der auch in Rom gewesen ist, ein Verwandter von Napoleon, von dem für seinen Sohn das Anrecht auf die Krone Roms herrühren soll. — Nach der Hochzeit also, die für die ganze Welt ein Fest wurde und bei der er dem Volke zehn Jahre Steuern erlassen hat, die aber trotzdem bezahlt wurden, weil die vertrackten Steuerbeamten sich nicht danach richteten, bekam seine Frau ein Söhnchen, den König von Rom. Das war auf der ganzen Welt noch nicht dagewesen, denn noch nie war ein Kind zu Lebzeiten seines Vaters König gewesen. An jenem Tage ist in Paris ein Ballon aufgestiegen, um in Rom die Geburt zu verkünden, und der Ballon hat nur einen Tag zu dieser Reise gebraucht. Kann mir einer sagen, ob das mit rechten Dingen zuging? Nein, es war in den Sternen geschrieben.

Und wer nicht sagt, daß ‚Er' von Gott geschickt war, um Frankreich groß zu machen, der soll die Krätze kriegen.
Aber der Kaiser von Rußland, der sein Freund war, ärgert sich, daß er keine Russin geheiratet hat, und unterstützt die Engländer, unsere Feinde, von denen man Napoleon immer fern gehalten hat. Mit diesen Wasserratten mußte man also endlich fertig werden. Napoleon ärgert sich und sagt zu uns: ‚Soldaten, in allen Hauptstädten Europas seid ihr Herren gewesen, bleibt nur noch Moskau, das sich mit England verbündet hat. Um nun London und Indien zu erobern, das beides zu England gehört, halte ich es für richtig, nach Moskau zu gehen.' Und er bringt die größte Armee zusammen, die je über den Erdball marschiert ist und die er so gut aufstellt, daß er an einem Tage eine Million Menschen Revue passieren lassen kann. Die Russen rufen ‚Hurra!' und ganz Rußland, diese Kosakenherde, erhebt sich. Da stand Land gegen Land, es war ein gewaltiger Lärm, da hieß es auf dem Posten sein. Das war, wie es der ‚rote Mann' gesagt hatte: Asien gegen Europa! Er sagt also nur: ‚an mir soll's nicht fehlen', und schon kommen alle Könige und lecken ihm die Hand. Österreich, Preußen, Bayern, Sachsen, Polen, Italien, alle sind auf unsrer Seite und schmeicheln uns! Das war schön! Es waren noch nie so viele Adler beisammen gewesen, wie damals, als sie über den Fahnen Europas schwebten. Polen wußte gar nicht, wohin vor Freude, weil der Kaiser den Plan hatte, den alten Glanz des Landes wieder aufzufrischen; aus dieser Zeit stammt Polens und Frankreichs enge Freundschaft. Also: ‚Rußland

gehört uns!' rief die Armee. Wir waren gut ausgerüstet, wir marschieren und marschieren, aber kein Russe ist zu sehen. Endlich finden wir unsre Kerle im Lager an der Moskwa. Dort habe ich das Kreuz bekommen, und ich darf wohl sagen, das war eine verteufelte Schlacht. Der Kaiser war unruhig, er hatte den ‚roten Mann' gesehen und der hatte ihm gesagt: ‚Mein Sohn, du gehst zu schnell, die Leute werden nicht mit dir Schritt halten, die Freunde werden dich verraten.' Daher bot er den Frieden an. Aber ehe er ihn unterzeichnet, sagt er zu uns: ‚Wollen wir die Russen mal tüchtig verdreschen?' ‚Das wollen wir!' rief die Armee. ‚Vorwärts!' riefen die Unteroffiziere. Meine Stiefel waren durchgelaufen, meine Kleider zerrissen, weil wir Wege hatten gehen müssen, die alles andre als bequem waren. Aber das war ganz gleich. Da es jetzt das Ende aller Schrecken sein soll, will ich mich noch einmal mit Leib und Seele einsetzen. Wir standen vor dem großen Abgrund, ganz dicht vorn. Das Signal wird gegeben, siebenhundert Geschütze fangen eine Unterhaltung miteinander an, daß einem das Blut aus den Ohren quillt. Man muß den Feinden Gerechtigkeit widerfahren lassen, unsre Russen lassen sich wie die Franzosen töten und gehen keinen Schritt zurück, wir aber auch keinen vorwärts. ‚Vorwärts!' heißt es auf einmal, ‚der Kaiser kommt!' Er kommt auch tatsächlich im Galopp bei uns vorbei und macht uns ein Zeichen, wie notwendig es sei, die Schanze zu nehmen. Er liebt uns, wir laufen voran, ich komme als erster an die Schlucht. Aber, mein Himmel, wie sie alle fallen: Offiziere, Generäle, Soldaten, das war ganz gleich. Da gab es wenigstens neue Stiefel für die, die keine mehr hatten, und Epauletten für die Durchtriebenen, die lesen und schreiben konnten. Sieg! schreit es auf der ganzen Linie. Und was man noch nie gesehen hatte: fünfundzwanzigtausend Franzosen auf der Erde; wie ein gemähtes Kornfeld sah das aus: statt der Halme Menschen. Wir waren ganz ernüchtert! Der Kaiser kommt, wir stellen uns im Kreis um ihn herum. Er schmeichelt uns — denn er konnte liebenswürdig sein, wenn er wollte, da gab sich unser Wolfshunger mit Kuhfleisch zufrieden. Eigenhändig verteilt der Schlaue die Kreuze, salutiert die Toten und sagt dann zu uns: ‚Auf nach Moskau!' ‚Auf nach Moskau!' antwortet die Armee. Und wir nehmen Moskau. Aber da hatten doch die Russen ihre Stadt in Brand gesteckt! Zwei Tage lang brannte es zwei Meilen weit. Die Gebäude stürzten zusammen wie Kartenhäuser. Es war ein Regen von glühendem Eisen und Blei, schrecklich anzusehen. Und euch kann man es ja heute sagen: das war unser Unglück! Der Kaiser sagte: ‚Nun ist's genug, alle meine Soldaten gehen ja drauf!' Wir verschnaufen ein wenig und frischen uns etwas auf, denn wir waren wirklich sehr müde. Wir nahmen uns ein goldenes Kreuz vom Kreml mit, und so hatte jeder Soldat ein kleines Vermögen. Aber beim Rückzug verfrüht sich der Winter um einen Monat, was die Gelehrten, die Idioten, noch nicht genug erklärt haben, und die Kälte zwackt uns. Es gibt keine Armee mehr, keine Generäle, keine Unteroffiziere. Jetzt herrschen nur Hunger und Elend, eine Regierung, unter der wir wirklich alle gleich waren. Man dachte nur daran, Frankreich wiederzusehen, man bückte sich nicht, um sein Gewehr und sein Geld aufzuheben. Und jeder trottete nur so vor sich hin, ohne Schneid und ohne sich mehr um Ruhm zu kümmern. Das Wetter war eben damals so schlecht, daß der Kaiser seinen Stern nicht mehr sehen konnte. Es lag etwas zwischen ihm und dem Himmel. Der arme Mann, er war ganz krank davon, seinen Adler nicht mit dem Siege fliegen zu sehen. Es hat ihm arg mitgespielt, das könnt ihr mir glauben.

Und nun kommt die Beresina. Ich kann euch bei dem Heiligsten, was ich besitze, bei meiner Ehre, versichern, daß man, solange Menschen existieren, nie und nimmer solch ein Durcheinander von Soldaten, Wagen, Geschützen in einem solchen Schnee unter so feindseligem Himmel gesehen hat, wie damals. Die Hand fror einem am Gewehrrohr an, so eisig kalt war es. Damals wurde die Armee von den Pionieren gerettet, die sich tapfer auf ihrem Posten gehalten haben und unter denen sich Gondrin so großartig bewährt hat. Er ist heute der einzige Überlebende von den Leuten, die es sich damals in den Kopf gesetzt hatten, sich ins eiskalte Wasser zu stellen, um die Brücke zu bauen, über die die Armee ging, die sich vor den Russen rettete, vor diesen Leuten, die noch im Gedanken an die früheren Siege allen Respekt vor der großen Armee hatten." Und dann auf Gondrin zeigend, der ihn mit der allen Tauben eigentümlichen Aufmerksamkeit ansah, fügte er hinzu: „Gondrin ist ein echter Soldat, ein wahrer Held, der eure ganze Achtung verdient."

Und dann fuhr er fort: „Ich habe den Kaiser gesehen, wie er unbeweglich an der Brücke stand:

ihn fror nicht! Ging das mit rechten Dingen zu? Er sah den Untergang seiner Schätze, seiner Freunde, seiner alten Ägypter mit an! Alle gingen sie an ihm vorüber: die Frauen, die Fouragewagen, die Artillerie, alles war verbraucht, aufgezehrt, verdorben. Die Mutigsten trugen noch die Adler, denn die Adler, wißt ihr, das war Frankreich, das waren wir, das war die Ehre des Bürgers und des Militärs! Die wenigstens sollten erhalten bleiben. Man wurde nur wieder warm, wenn man beim Kaiser war, denn wenn er in Gefahr war, dann stürzten wir herbei, durchgefroren, wie wir waren, und die wir uns nicht mehr umdrehten, um einem Freund die Hand zu reichen. Man sagt auch, daß er des Nachts über seine armen Soldatenkinder geweint habe. Das konnten aber auch nur Leute, wie er und wie die Franzosen es waren, überstehen; und wir haben es überstanden, aber mit gewaltigen Verlusten, sage ich euch. Die Verbündeten hatten unsere Lebensmittel aufgegessen, alle begannen ihn zu verraten, wie der ‚rote Mann' es ihm vorausgesagt hatte. Die Maulhelden von Paris, die seit der Gründung der kaiserlichen Garde den Mund gehalten hatten, glauben ihn erledigt und zetteln eine Verschwörung an, in die man den Polizeipräfekten mit hineinzieht, um den Kaiser zu stürzen. Er hört davon, und es kitzelt ihn: und ehe er fortgeht, sagt er uns: ‚Lebt wohl, Kinder, bleibt auf euren Posten, ich komme gleich wieder.' Aber er hat gut reden: seine Generäle lassen Retraite blasen, denn ohne ihn will alles nicht mehr klappen. Die Marschälle sagen sich Grobheiten ins Gesicht und machen Dummheiten, was ja auch ganz natürlich war: Napoleon hatte sie mit Gold vollgestopft, nun, wo sie fett wie gemästete Schweine waren, wollten sie nicht mehr weiter. Und daher ist denn auch unser Unglück gekommen; denn viele blieben einfach in den Garnisonen, ohne gegen den Feind vorzugehen, dem sie im Rücken lagen, während man uns nach Frankreich drängte. Doch der Kaiser kommt wieder zurück mit den neuen Rekruten, die er außer Rand und Band brachte und die wie Hunde um sich bissen, und mit den Bürgern als Ehrengarde. Eine schöne Truppe, sage ich euch, die wie Butter an der Sonne zusammenschmolz! Trotz unserer strammen Haltung ist alles wider uns; aber die Armee bringt trotzdem noch Wunderdinge zustande. Riesenschlachten werden geschlagen, Volk steht gegen Volk bei Dresden, Lützen, Bautzen... Vergeßt mir das nicht, Leute, denn damals war der Franzose so tapfer, daß ein tüchtiger Grenadier es nicht länger als sechs Monate aushielt. Wir siegen immer; aber fällt es da nicht zum Schluß den Engländern bei, die Völker gegen uns aufzustacheln und ihnen Dummheiten vorzuschwatzen? Doch wir brechen uns Bahn mitten durch die Meute von Nationen hindurch. Überall, wo sich der Kaiser zeigt, dringen wir vor, denn wo er sagt ‚ich will durch', kommen wir auch durch, sowohl zu Lande als auch auf dem Meer. Zum Schluß sind wir endlich wieder in Frankreich; und manch einem armen Kerl ist trotz der Härte der Zeit und des Zustandes im Lande das Herz wieder froh geworden. Ich für mein Teil kann euch nur sagen, daß ich wieder ganz jung geworden bin. Aber nun galt es, Frankreich, das Vaterland, unser schönes Frankreich gegen ganz Europa zu verteidigen, das wütend darüber war, daß wir den Russen Gesetze diktiert und sie in ihre Grenzen zurückgedrängt hatten, damit sie uns nicht auffraßen: denn der Norden lechzt immer nach dem Süden, wie ich es viele Generäle habe sagen hören. Da muß der Kaiser sehen, wie sein eigener Schwiegervater, seine Freunde, die er zu Königen gemacht, und die Halunken, denen er ihre Throne wiedergegeben hatte, sich gegen ihn erheben. Und selbst Franzosen und die Verbündeten sind jetzt auf höheren Befehl gegen uns mitten in unsern Reihen, wie bei der Schlacht bei Leipzig. Ist das nicht eine Schande? Der gemeine Soldat wäre dessen nicht fähig gewesen. So etwas hielt nie sein Wort und nannte sich Fürst! Da beginnt die große Invasion! Überall, wo der Kaiser sein Löwengesicht zeigt, geht der Feind zurück, und er hat in dieser Zeit, um Frankreich zu retten, mehr Wunder getan als damals, als er Italien, den Orient, Spanien, Europa und Rußland eroberte. Jetzt will er all den Fremden das Grab graben, um sie zu lehren, Frankreich zu achten, und er läßt sie bis vor die Tore von Paris kommen, um ihnen auf einen Schlag den Garaus zu machen und um durch eine Schlacht, die größer sein sollte, als es all die andern Schlachten waren, die Größe seines Genies zu beweisen. Aber die Pariser haben Angst um ihr liebes Leben und um ihr lumpiges Hab und Gut, und sie machen die Tore auf. Doch da fängt das Elend an, und das Glück hört auf; die Kaiserin wird dumm gemacht, und die weiße Fahne wird überall gehißt. Die Generäle, die er sich zu seinen besten Freunden gemacht hatte, lassen ihn im Stich und gehen zu den Bourbonen über, von denen man bisher nie hatte sprechen hören. Da nimmt er in Fontainebleau Abschied von uns: ‚Soldaten!' — ich höre ihn noch heute, wir weinten alle wie die Kinder. Die Adler, die Fahnen waren, wie bei einem Begräbnis, gesenkt, denn glaubt mir, damals wurde das Kaiserreich begraben, und seine stattlichen Soldaten waren nur noch Skelette. Also von der Terrasse seines Schlosses spricht er zu uns: ‚Kinder, wir sind durch Verrat besiegt worden. Aber im Himmel, dem Vaterland aller Tapferen, sehen wir uns wieder. Verteidigt meinen Sohn, den ich euch anvertraue, es lebe Napoleon II.!' Er hatte die Absicht, sich das Leben zu nehmen. Um nicht einen besiegten Napoleon zu zeigen, nimmt er Gift, das stark genug ist, um ein ganzes Regiment zu töten, denn wie Christus vor seiner Leidenszeit, glaubt er sich auch von Gott und seinem Talisman verlassen. Aber das Gift kann ihm nichts anhaben, im Gegenteil, er erkennt, daß er unsterblich ist! Seiner Sache und seines Kaisertums sicher, geht er eine Zeitlang auf eine Insel, um die Leute zu beobachten, die eine Dummheit nach der andern machen. Während er also auf der Lauer liegt, halten ihn die Chinesen und die afrikanischen Bestien, die Barbaren sind und auch sonst durchaus nicht bequem, für alles andere als einen Menschen und respektieren seinen Wohnsitz, da sie meinen, wer sich daran vergreife, bekäme es mit Gott zu tun. So beherrscht er noch die ganze Welt, während man ihn aus Frankreich verjagt hatte. Da schifft er sich in derselben Nußschale ein, auf der er aus Ägypten gekommen war, fährt dicht an den englischen Schiffen vorbei und landet in Frankreich. Frankreich erkennt ihn an, alle Glocken läuten und Frankreich schreit: ‚Es lebe der Kaiser!‘ Die Begeisterung über dieses Wunder war wirklich ehrlich, die Dauphiné hat sich dabei sehr gut benommen; mit besonderer Befriedigung hörte ich, daß man hier vor Freude geweint haben soll, als man die grauen Beinkleider wiedersah. Am ersten März landet Napoleon mit zweihundert Mann, um das Königreich Frankreich und Navarra zu erobern, am zwanzigsten März ist er wieder Kaiser, ist wieder in Paris, das er ganz rein gefegt hat, und hat sein liebes Frankreich wieder und versammelt seine Truppen um sich und sagt ihnen nur die vier Worte: ‚Da bin ich wieder!‘ Das ist das größte Wunder, das Gott je vollbracht hat. Hat vor ihm schon einmal einer ein Kaiserreich erobert, indem er nur seinen Hut gezeigt hat? War Frankreich überhaupt geschlagen? Durchaus nicht! Beim Anblick des Adlers bildet sich wieder eine Armee, wir gehen alle auf Waterloo los. Doch da fällt die Garde auf einen Schlag! Napoleon wirft sich in seiner Verzweiflung dreimal an der Spitze eines Häufleins vor die feindlichen Kanonen, ohne den Tod zu finden. Wir waren dabei, ich habe es selbst mit angesehen! — Am Abend der verlorenen Schlacht ruft der Kaiser seine alten Soldaten zusammen und verbrennt auf dem Schlachtfelde, das mit unserm Blute getränkt war, seine Fahnen und Adler; diese armen Adler, die immer siegreich gewesen waren, die uns in den Schlachten ‚Vorwärts!‘ zugerufen hatten, und die über ganz Europa geflogen waren, sie wurden auf diese Weise vor der Schande bewahrt, dem Feind in die Hände zu fallen. England mit all seinen Schätzen sollte auch nicht den Schwanz eines einzigen Adlers bekommen! So besaßen wir also keine Adler mehr. Das übrige ist genugsam bekannt. Der ‚rote Mann', Schuft, wie er war, geht zu den Bourbonen über. Frankreich ist vernichtet, der Soldat gilt nichts mehr, man entzieht ihm das, was ihm zukommt, man schickt ihn nach Hause und nimmt an seine Stelle Adlige, die nicht mehr laufen konnten, daß es einen jammerte. Man nimmt Napoleon durch Verrat gefangen, die Engländer setzen ihn auf eine einsame Insel mitten im Ozean, auf einen Felsen, zehntausend Fuß über der Erde. Das Ende vom Liede ist, daß er dort bleiben muß, bis der ‚rote Mann' ihm wieder, zum Heile Frankreichs, die Macht gibt. Wer da sagt, daß er tot ist, der sagt was Rechtes! Tot! sie haben ihn eben nicht gekannt. Sie wiederholen diesen Unsinn nur, um das Volk kirre zu kriegen, damit es sich in dem Schiff ihrer Regierung ruhig verhält. Aber glaubt mir, die Wahrheit ist, daß seine Freunde ihn in der Wüste allein gelassen haben, um eine Prophezeiung wahr zu machen; denn ich habe vergessen, euch noch zu sagen, daß Napoleon ‚Löwe der Wüste' heißt. Das ist so wahr wie ein Evangelium. Alles andere, was ihr über den Kaiser sagen hört, ist Unsinn. Denn seht mal, Gott wird doch nicht einem Geschöpf von Fleisch und Blut, und von einem Weibe geboren, das Recht geben, seinen Namen, der nie vergessen werden wird, so rot in die Erde einzuzeichnen, wie er es getan hat. Es lebe Napoleon, der Vater des Volkes und der Soldaten!"

„Es lebe der General Eblé!" rief der Pionier.

„Wie habt ihr es nur gemacht, daß ihr in der Schlucht an der Moskwa nicht umgekommen seid?" fragte ein Bauer.

„Wie soll ich das wissen? Ein ganzes Regiment sind wir hineingegangen, aber nur hundert Infanteristen sind wir lebendig davon gekommen. Nur die Infanterie konnte die Schlucht nehmen, denn die Infanterie bedeutet alles in einem Heer."

„Und die Kavallerie, wie?" rief Genestas aus, kugelte von seinem Heuhaufen herunter und kam unten mit einer solchen Geschwindigkeit an, daß alle, selbst die Mutigsten, einen Schrei des Schrekkens ausstießen. „Höre, mein Lieber, du vergißt die roten Reiter von Poniatowski, die Kürassiere, die Dragoner, die ganze Gesellschaft. Als Napoleon ungeduldig wurde, weil er seine Schlacht nicht zum Siege kommen sah, sagte er zu Murat: ‚Sire, wir müssen sie in zwei Teile teilen!' Und wir gingen vor, erst im Trab, dann im Galopp, eins, zwei! Die feindlichen Armeen wurden zerschnitten, wie man einen Apfel zerschneidet. Eine Division Kavallerie, mein Lieber, ist eine ganze Kolonne Kanonenkugeln."

„Und die Pioniere?" rief der Taube.

„Na ja, Kinder," entgegnete Genestas ganz betroffen, als er sich mitten unter diesen schweigenden und erschreckten Leuten sah, „wir haben keine Spitzel unter uns, da wollen wir ein Hoch auf den kleinen Korporal ausbringen!"

„Es lebe der Kaiser!" riefen sie alle wie aus einem Munde.

„Stille, Kinder!" sagte der Offizier und versuchte seine tiefe Ergriffenheit zu verbergen. „Still, er ist tot, er starb mit den Worten: Ruhm, Frankreich und Schlacht! Er hat sterben müssen, Kinder, aber sein Ruhm lebt weiter."

Goguelat machte ein ungläubiges Gesicht und sagte

ganz leise zu seinem Nachbarn: „Der Offizier ist noch im Dienst, und sie haben Order, dem Volk zu sagen, daß der Kaiser tot ist; man darf ihnen deshalb nicht böse sein, denn seht: ein Soldat kennt nur seinen Befehl."
Als sie aus der Scheune hinausgingen, hörte Genestas, wie das Gräbermädchen sagte: „Hört, Leute, dieser Offizier ist ein Freund des Kaisers und des Herrn Benassis." Da stürzten sie alle an die Tür, um den Major noch einmal zu sehen, und beim Schein des Mondes sahen sie, wie er den Arzt beim Arm nahm:
„Ich habe eine Dummheit gemacht," sagte Genestas, „wir müssen schnell heim gehen. Diese Adler, diese Kanonen und Schlachten ... ich wußte gar nicht mehr, wo ich war."
„Und was sagen Sie zu meinem Goguelat?" fragte ihn Benassis.
„Mit solchen Geschichten behält Frankreich noch lange seine vierzehn republikanischen Armeen im Leibe und könnte sich auf Kanonensprache noch herrlich mit ganz Europa unterhalten. Das ist meine Ansicht."
In kurzer Zeit waren sie in des Doktors Haus angelangt und saßen bald im Wohnzimmer nachdenklich zu Seiten des Kamins, in dem das Feuer allmählich verglomm. Trotz der vielen Beweise des Vertrauens, die der Arzt Genestas gegeben, hatte dieser noch eine letzte Frage auf dem Herzen, von der er fürchtete, daß sie ihm als Indiskretion ausgelegt werden könnte; aber nachdem er Benassis noch einmal forschend angesehen hatte, fühlte er sich durch ein heiteres Lächeln ermutigt, wie es auf den Lippen innerlich wirklich starker Men-

schen so oft liegt und mit dem ihm der Arzt schon im voraus eine zusagende Antwort zu geben schien. So sagte er denn zu ihm: „Das Leben, das Sie, Herr Doktor, führen, unterscheidet sich so völlig von dem gewöhnlicher Sterblicher, daß es Sie nicht wundernehmen darf, wenn man Sie nach dem Grunde Ihrer Zurückgezogenheit fragt. Wenn Ihnen meine Neugier auch vielleicht nicht recht schicklich erscheint, so müssen Sie doch wohl zugeben, daß sie begreiflich ist. Wissen Sie, ich habe Kameraden, zu denen ich nie ‚Du' gesagt habe, selbst nicht nach vielen gemeinsam durchgemachten Schlachten. Aber wieder anderen sagte ich: ‚Du, geh und hole uns unser Geld beim Zahlmeister' schon drei Tage, nachdem wir uns bei einem Schmaus bezecht hatten — was den anständigsten Leuten passieren kann. — Sie gehören nun zu den Leuten, deren Freund ich werde, ohne sie um Erlaubnis zu fragen, ja selbst, ohne zu wissen warum."

„Hauptmann Bluteau ..."

Schon einige Male, wenn der Arzt seinen Gast beim Namen genannt hatte, war dieser leicht zusammengezuckt. Benassis merkte diese Veränderung jetzt zum erstenmal und sah den Offizier daraufhin prüfend an, um den Grund derselben zu erraten. Doch da es wirklich schwer gewesen wäre, den wahren Grund zu finden, so suchte er denselben in einem körperlichen Schmerz und fuhr fort:

„Herr Hauptmann, ich hasse es, von mir selbst zu sprechen. Schon gestern hat es mich mehrmals Überwindung gekostet, Ihnen die verschiedenen Verbesserungen, die ich hier erzielt habe, zu erklären, aber es handelt sich ja um die Gemeinde und um die Bewohner, mit deren Interessen die meinen notwendigerweise eng verknüpft sind. Wenn Sie jetzt meine Lebensgeschichte wissen wollen, so hieße das, Sie nur von mir persönlich unterhalten, und mein Leben ist recht uninteressant."

„Und wäre es noch schlichter als das des Gräbermädchens", antwortete Genestas, „ich würde es dennoch gern kennen lernen, um die Umstände zu wissen, die einen Mann Ihrer Art in diese Gegend hier verschlagen konnten."

„Zwölf Jahre lang habe ich geschwiegen. Jetzt, da ich am Rande meines Grabes stehe und auf den Stoß warte, der mich hineinstürzen soll, muß ich Ihnen gestehen, daß dieses Schweigen anfängt, auf mir zu lasten. Seit zwölf Jahren leide ich und habe den Trost entbehren müssen, den die Freundschaft einem leidenden Herzen gewähren kann. Meine armen Kranken und meine Bauern haben mir das Beispiel einer vollkommenen Resignation gegeben, aber ich habe Verständnis für sie und das merken sie! Doch meine heimlich vergossenen Tränen kennt hier keiner, nicht einmal die Hand hat man mir jemals freundschaftlich gedrückt, eine Entschädigung, die doch wenigstens dem alten Gondrin zuteil wird."

In einem plötzlichen Impulse streckte Genestas Benassis die Hand entgegen, den diese Geste tief ergriff.

„Vielleicht hätte mich das Gräbermädchen geduldig angehört", fuhr er mit bewegter Stimme fort. „Aber vielleicht hätte sie mich dann geliebt und das wäre ein Unglück gewesen. Sehen Sie, Hauptmann, nur einem so einsichtsvollen alten Soldaten, wie Sie einer sind, oder einem jungen Menschen noch voller Illusion hätte ich Beichte ablegen können, denn sie hätte nur von einem Manne verstanden werden können, der das Leben kennt, oder von einem Kinde, dem es noch ganz fremd ist. Früher, wenn die sterbenden Hauptleute auf dem Schlachtfelde keinen Priester bei der Hand hatten, beichteten sie dem Kreuz ihres Schwertes und machten es zum getreuen Vermittler zwischen sich und Gott. Sie, eines der besten Schwerter Napoleons, hart und stark wie Stahl, vielleicht können Sie meine Beichte gut anhören. — Um sich für meine Geschichte zu interessieren, muß man schon die Zartheit des Gefühls begreifen und den natürlichen Glauben der schlichten Herzen teilen, der den Philosophen, die daran gewöhnt sind, sich für ihre privaten Angelegenheiten der Grundsätze zu bedienen, die sonst nur den Staatsregierungen vorbehalten sind, vielleicht lächerlich erscheint. Ich werde Ihnen alles getreulich erzählen, ohne weder das Gute noch das Schlechte in meinem Leben zu rechtfertigen und ohne Ihnen etwas zu verbergen; denn heute lebe ich fern von aller Welt, das Urteil der Menschen ist mir gleichgiltig, und mein Herz ist voller Zuversicht auf Gott!“

Benassis schwieg und erhob sich: „Ehe ich beginne, will ich jedoch erst den Tee bestellen. Seit zwölf Jahren hat es Jacquotte nie unterlassen, hereinzukommen und mich zu fragen, ob ich Tee trinken will; sie würde uns sicherlich auch heute unterbrechen. — Möchten Sie auch ein Glas haben, Herr Hauptmann?“ „Nein, danke sehr.“

Benassis kam gleich darauf wieder herein.

VIERTES KAPITEL

☆

DIE BEICHTE EINES LANDARZTES

„ICH BIN", SO BEGANN DER ARZT, „IN EINEM kleinen Städtchen der Languedoc geboren, wo mein Vater sich seit langem niedergelassen hatte und wo sich meine erste Kindheit abspielte. Mit acht Jahren kam ich in Sorrèze auf die Schule, die ich erst wieder verließ, als es Zeit war, meine Studien in Paris zu beenden. Mein Vater hatte die ausschweifendste, verwegenste Jugend hinter sich, doch sein ererbtes Vermögen, das er dabei verschwendet hatte, konnte er durch eine glänzende Heirat wieder aufbessern und durch Ersparnisse, die sich in der Provinz leicht machen lassen, da man dort den Besitz mehr schätzt als die Ausgaben, und wo der natürliche Ehrgeiz des Mannes erlischt und sich, da ihm edlere Beweggründe fehlen, in Geiz verwandelt. Da er nun also reich geworden war und nur einen einzigen Sohn besaß, wollte er ihm die Kühle der Erfahrung, die er gegen enttäuschte Hoffnungen eingetauscht hatte, einimpfen: letzter, edler Irrtum der Greise, die vergeblich bemüht sind, ihre Tugenden und klugen Berechnungen den Kindern zu hinterlassen, die das Leben lieben und es genießen wollen. Dieser Fürsorge, die meiner Erziehung zugrunde lag, fiel ich zum Opfer. Mein Vater verbarg mir ängstlich die Höhe seines Vermögens, und so war ich — vorgeblich zu meinem Besten — dazu verdammt, mir während meiner schönsten Jahre Entbehrungen aufzuerlegen und in Zurückgezogenheit zu leben, während ich nach Unabhängigkeit lechzte. Er wollte mich die Tugenden der Armut lehren: Geduld, Wissensdurst und Liebe zur Arbeit. Er ließ mich auch den Wert des Geldes kennen und hoffte, mir dadurch beizubringen, mein Erbteil einmal gut zu verwalten. Und sobald ich in der Lage war, seinem Rat zu folgen, drang er in mich, einen Beruf zu wählen. — Ich interessierte mich für das Studium der Medizin. Von Sorrèze aus, wo ich zehn Jahre unter der fast klösterlichen Erziehung der Priester in der Öde einer Provinzstadt gelebt hatte, wurde ich, ohne Übergang, in die Hauptstadt verpflanzt. Mein Vater begleitete mich dorthin und empfahl mich einem seiner Freunde. Die beiden Alten gaben sich die erdenklichste Mühe, meine damals noch ganz unschuldige Jugend vor Verderben zu schützen. Mein Lebensunterhalt wurde genau nach den Bedürfnissen des täglichen Lebens berechnet, und ich durfte meinen vierteljährlichen Wechsel nur gegen Vorzeigen der quittierten Kollegienhefte in Empfang nehmen. Dieses entehrende Mißtrauen verbarg sich hinter dem Vorwand der Ordnung und der besseren Buchführung. Mein Vater zeigte sich im übrigen für alle Ausgaben, die mein Studium und die Vergnügungen des Pariser Lebens erforderten, sehr entgegenkommend. Sein alter Freund, der glücklich war, einen jungen Menschen in das Labyrinth einzuführen, in das ich nun eintrat, war ein Mann, der sich über seine Gefühle ebenso sorgfältig Rechnung gab wie über seine Ausgaben. Wenn er seine Bücher vom vergangenen Jahre nachschlug, konnte er genau feststellen, was er damals in dem Monat, an dem Tag und zu der Stunde, in der er sich augenblicklich befand, getan hatte. Das Leben war ihm ein Unternehmen, über das er ganz geschäftsmäßig Buch führte. Er war sonst ein achtbarer Mann, aber so zaghaft, mißtrauisch und zugleich gerissen, daß es ihm nie an Scheingründen fehlte, um die Vorsichtsmaßregeln zu bemänteln, die er mir gegenüber anwendete. — Er kaufte meine Bücher, er bezahlte meine Stunden. Als ich Reitunterricht nehmen wollte, sah er sich selbst nach dem besten Tattersall um, führte mich hin und kam meinen Wünschen schon zuvor, indem er mir für die freien Tage ein Pferd zur Verfügung stellte. Trotz dieser Greisenlist, die ich von dem Augenblick an durchschaute, wo ich ein Interesse daran hatte, mich gegen sie aufzulehnen, war dieser ausgezeichnete Mann wie ein zweiter Vater zu mir. ‚Höre, mein Junge,' sagte er eines Tages zu mir, als er fühlte, daß ich die Zügel zerreißen würde, wenn er sie nicht lockerte: ‚Die jungen Leute begehen manchmal Dummheiten, zu denen ihre Jugend sie hinreißt, und es könnte geschehen, daß du Geld brauchtest; komm dann zu mir. Früher hat mir dein Vater einmal in großzügiger Weise geholfen; ich habe immer noch ein paar Taler für dich übrig. Aber belüge mich nie, schäme dich nicht, mir deine Vergehen einzugestehen, ich bin auch einmal jung gewesen, wir werden uns wie zwei gute Kameraden verstehen.' — Mein Vater mietete mich in einer gutbürgerlichen Pension im Quartier latin bei anständigen Leuten ein, wo ich ein recht gut eingerichtetes Zimmer bekam. Diese erste Unabhängigkeit, die Güte meines Vaters, das Opfer, das er mir zu bringen schien, machten mich jedoch nicht glücklich. Vielleicht muß man die Freiheit genossen haben, um ihren ganzen Wert zu kennen. Die Erinnerung an meine freie Kindheit war unter der drückenden Einförmigkeit der Schule, die noch auf mir lastete, fast verwischt. Außerdem stellten mir die Ermahnungen meines Vaters neue Aufgaben, die ich erfüllen mußte. Und schließlich war Paris für mich ein Rätsel; man kann es nicht lösen, wenn man seine Geheimnisse nicht von Grund auf studiert. So schien denn in meiner Lage nichts geändert, nur daß meine Schule größer war und sich Ecole de Médecine nannte. Trotzdem studierte ich zu Anfang mutig drauflos und hörte mit Eifer meine Kollegs. Ich warf mich Hals über Kopf in die Arbeit, ohne mich zu zerstreuen; so sehr überwältigten mich die Schätze der Wissenschaft, die die Hauptstadt mir bot. Bald aber stürzten mich leichtsinnig geschlossene Freundschaften, deren Gefahren sich hinter falscher Vertraulichkeit verbargen, die allen jungen Leuten verderblich ist, in die Vergnügungen von Paris. Das Theater und seine Schauspieler, für die ich mich leidenschaftlich interessierte, begannen das Werk meiner Sittenverderbnis. — Die Theater einer Großstadt sind für die jungen Leute verhängnisvoll, sie verlassen sie nie ohne tiefe Erregungen, gegen die sie fast immer vergeblich ankämpfen. Aber auch die Gesellschaft und ihre Gesetze scheinen mir an dieser Sittenverderbnis mit schuld zu sein. Unsre Gesetzgebung berücksichtigt nicht die Leidenschaften, denen ein junger Mann zwischen zwanzig und fünfundzwanzig Jahren ausgesetzt ist. Alles in Paris verlockt ihn, seine Begierden werden unablässig gereizt; die Religion predigt das Gute, die Gesetze schreiben es vor, aber die Dinge und die Sitten verleiten zum Bösen. Der anständigste junge Mann und die frömmste Frau kümmern sich den Teufel um die Enthaltsamkeit. Diese ganze Stadt scheint es sich fast zur Aufgabe gemacht zu haben, nur die Laster zu fördern, denn die Hindernisse, die es einem jungen Mann unmöglich machen, auf anständige und sparsame Weise zu leben, sind noch viel zahlreicher als die Fallen, die seinen Leidenschaften gestellt werden und die ihn um sein Geld bringen. — So ging ich denn lange Zeit jeden Abend in irgendein Theater und führte allmählich ein ganz faules Leben. Ich fand mich in meinem Innern mit meinen Pflichten ab, verschob oft die wichtigsten Aufgaben auf den nächsten Tag. Anstatt mich weiter zu bilden, tat ich nur die allerdringendsten Arbeiten, die notwendig sind, um die verschiedenen Prüfungen zu bestehen, denen man sich unterziehen muß, ehe man Arzt wird. Ich besuchte die Kollegs kaum noch, da die Professoren nach meiner Idee nur dummes Zeug schwatzten. Ich zerbrach meine Götter: ich wurde Pariser. Ich führte also das ungewisse Leben eines jungen Provinzlers, der, in die Hauptstadt verschlagen, wohl noch ein paar echte Gefühle bewahrt hat und noch an ein paar Regeln der Moral glaubt, der aber durch das böse Beispiel, gegen das er immer noch anzukämpfen sucht, verdorben wird. Ich wehrte mich nur sehr schlecht gegen

alles, denn meine Helfershelfer waren in mir. Ja, Herr Hauptmann, mein Gesicht trügt Sie nicht, ich habe alle die Leidenschaften durchgemacht, deren Spuren Sie hier noch sehen. Nur ganz tief im Innern meines Herzens bewahrte ich noch ein Gefühl für Moral, das mir bis in mein Lotterleben hinein treu blieb, und das durch Ermattung und Gewissensbisse eines Tages den Mann zu Gott zurückführen sollte, der seine Jugend in den reinen Augen der Religion beschmutzt hatte. Wer die Genüsse der Erde in vollen Zügen gekostet hat, fühlt sich früher oder später wohl doch zu den Gütern des Himmels hingezogen.
Anfangs erlebte ich all die tausend Glückseligkeiten und die tausend Verzweiflungen, wie sie mehr oder minder heftig jeder Jugend beschieden sind: bald hielt ich das Gefühl meiner Kraft für Willensstärke und ging über meine Kräfte hinaus, bald sank ich, sah ich auch nur das kleinste Hindernis, das sich mir in den Weg stellte, viel tiefer, als es notwendig gewesen wäre. Ich hegte die höchstfliegenden Pläne, träumte von Ruhm, entschloß mich, zu arbeiten. Aber eine Verabredung schon konnte all diese guten Vorsätze umstoßen. Die vagen Erinnerungen an meine großen fehlgeschlagenen Pläne ließen mir einen trügerischen Schein zurück, der mich daran gewöhnte, an mich selbst zu glauben, ohne die Energie aufbringen zu können, auch wirklich etwas zu leisten. Bei dieser Trägheit und diesem Selbstbewußtsein wurde ich ein ausgemachter Dummkopf. Ein Dummer ist ein Mensch, der die gute Meinung, die er von sich selbst hat, nicht rechtfertigt. Ich entfaltete eine Geschäftigkeit ohne Ziel, ich wollte die Blüten

des Lebens pflücken, ohne die Arbeit zu tun, die sie erst zur Entfaltung bringt. Ich verkannte die Hindernisse, ich hielt alles für leicht, ich schrieb die Erfolge der Wissenschaft und den Erwerb des Reichtums glücklichen Zufällen zu. Für mich war Genie nur Humbug. Ich hielt mich für klug, weil ich es werden konnte; und ohne an die Geduld zu denken, die die großen Werke hervorbringt, und an die Arbeit, während der die eigentlichen Schwierigkeiten überhaupt erst zutage treten, rechnete ich mir allen Ruhm zu.

Meine Vergnügungen wurden mir bald schal, das Theater macht nicht lange Freude. Paris wurde daher für einen armen Studenten, dessen Gesellschaft aus einem Greis bestand, der nichts mehr von der Welt wußte, und aus einer Familie, bei der nur langweilige Leute verkehrten, bald leer und öde. So bin ich denn, wie es alle jungen Leute tun, die des Lebens, das sie führen, überdrüssig sind, Tage lang durch die Straßen und Plätze, in den Museen und Anlagen umhergeirrt. Wenn das Leben beschäftigungslos dahingeht, wird es in jungen Jahren lästiger als später, denn es ist voller verlorener Kräfte und sinnloser Bewegung. Ich verkannte die Macht, die ein fester Wille dem jungen Menschen verleiht, der Ideen hat und der, um diese Ideen auszuführen, über alle die Lebenskräfte verfügt, die durch den unerschütterlichen Glauben der Jugend noch gesteigert werden. Als Kinder sind wir ahnungslos und kennen die Gefahren des Lebens nicht, als Jünglinge sehen wir diese Schwierigkeiten und ihr ungeheuerliches Maß; aber bei diesem Anblick verläßt uns zuweilen der Mut. Noch Neulinge im Lebensberuf, fallen wir einer gewissen Torheit zum Opfer, gleichsam als wären wir hilflos in einem fremden Lande. In jedem Alter verursachen die unbekannten Dinge unwillkürlich Schrecken. Ein junger Mann ist wie ein Soldat: gegen Kanonen geht er mutig vor, und vor einem Spuk weicht er ängstlich zurück. Er schwankt zwischen den Lebensanschauungen hin und her, versteht weder zu geben noch zu nehmen, weder sich zu verteidigen noch anzugreifen, er liebt die Frauen und verehrt sie von ferne, als hätte er Furcht vor ihnen; seine guten Eigenschaften werden ihm zum Schaden; er ist ganz Freigebigkeit, ganz Zurückhaltung und ohne jede engherzige Berechnung. Wenn er lügt, tut er es seines Vergnügens, nicht seines Vorteils willen. Inmitten der vielen Wege, von denen er nicht weiß, welchen er einschlagen soll, weist ihm sein Gewissen, das er noch nicht ganz ausgeschaltet hat, den rechten Weg, aber er zögert noch, ihn zu betreten. Die Menschen, die der Eingebung ihres Herzens folgen und nicht den Überlegungen des Kopfes, bleiben lange in dieser Lage, die die meinige war. Ich wurde der Spielball zweier entgegengesetzter Regungen; auf der einen Seite trieb mich die Begierde des Jünglings, auf der andern hielt mich eine sentimentale Einfalt zurück. Paris ist grausam für diejenigen, die eine starke sinnliche Veranlagung haben; die Annehmlichkeiten, die es den geistig hochstehenden oder den reichen Leuten bietet, erregen die Leidenschaften; in dieser Welt der Größe und der Kleinheit ist die Eifersucht mehr ein Dolch als eine Nadel. — Inmitten dieses dauernden Kampfes zwischen dem Ehrgeiz, den Begierden und dem Haß ist es ganz unmöglich, nicht entweder zum Opfer oder zum Teilhaber dieser allgemeinen Bewegung zu werden. Der dauernde Anblick des beglückenden Lasters und der verlachten Tugend muß einen jungen Mann ja straucheln lassen. Das Leben in Paris raubt ihm sehr bald die Zartheit des Gewissens, und dann setzt das teuflische Werk der Demoralisierung ein und ist bald vollendet. Eine erste Ausschweifung, die alle andern in sich schließt, ist mit so vielen Gefahren verknüpft, daß man nicht umhin kann, alles, was sie nach sich zieht, zu bedenken und alle Folgen zu berechnen. Diese Überlegungen führen zum Egoismus. Und wenn ein armer Student, von dem Ungestüm seiner Leidenschaften hingerissen, sich dabei vergäße, würde ihm seine Umgebung so viel Mißtrauen zeigen und ihm selbst so viel einflößen, daß es ihm schwer fallen würde, sich dagegen zu wehren und den eignen edlen Regungen gegenüber nicht skeptisch zu werden. Dieser Kampf läßt das Herz verkümmern, konzentriert alles Leben im Gehirn und bringt jene Pariser Unempfindlichkeit hervor und jene Sitten, unter denen sich, in der Maske anmutigster Frivolität und übertriebener Schwärmerei, Politik oder Geld verbergen. Eine Frau wird freilich unter diesem Glückstaumel noch immer ihren klaren Sinn bewahren. Mich aber, mein Leben und meine Gefühle mußte diese Atmosphäre beeinflussen. Die Fehler, die meine Tage vergifteten, hätten manchem jungen Mann nicht allzu schwer auf dem Herzen gelastet, aber der Südländer besitzt eine Religiosität, die ihn an die Wahrheiten der katholischen Kirche und an ein künftiges Leben glauben läßt. Dieser Glaube gibt seinen Leidenschaften eine große

Tiefe, seinen Gewissensbissen eine nachhaltige Kraft.
Zu der Zeit, als ich Medizin studierte, spielte das Militär überall die erste Rolle; um den Frauen zu gefallen, mußte man wenigstens Oberst sein. Was bedeutet da in der Gesellschaft ein armer Student? Nichts! Von der Intensität meiner Leidenschaften getrieben und nicht in der Lage, ihnen Gelegenheit zu geben, sich auszutoben, durch den Mangel an Geld bei jedem Schritt, bei jedem Wunsch gehemmt, war mir das Studium ein viel zu langsamer Weg zum Erfolg, der mir die ersehnte Erfüllung meiner Wünsche bringen sollte. Zwischen meiner geheimen Scham und dem schlechten Beispiel der andern hin und her geworfen, fand ich nur allzu leicht Möglichkeiten, mich mit minderwertigen Elementen zu verbinden, und sah überall Schwierigkeiten, in die gute Gesellschaft zu gelangen. So verbrachte ich traurige Tage, fiel dem Chaos der Leidenschaften, dem Müßiggang und der Entmutigung zum Opfer, die mit plötzlich aufflammender Begeisterung untermischt war. Diese Krise endigte mit einer bei jungen Leuten recht üblichen Lösung. Ich hatte es immer verabscheut, den Frieden einer Ehe zu stören, und wiederum hatte mich die unwillkürliche Offenheit meines Wesens daran gehindert, meine Gefühle zu verbergen. So wäre es mir schon rein physisch unmöglich gewesen, in einem Zustand offenkundiger Lüge zu leben. Der flüchtige Genuß lockte mich nicht, ich wollte das Glück in langen Zügen auskosten. Und da ich mich dem Laster noch nicht gänzlich in die Arme geworfen hatte, so war ich in meiner Vereinsamung völ-

lig hilflos. Ich hatte zu oft vergeblich den Versuch gemacht, in die gute Gesellschaft zu gelangen, wo ich vielleicht eine Frau getroffen hätte, die mir die Gefahren der verschiedenen Wege gezeigt und mir gute Manieren beigebracht hätte und durch die ich überall dort eingeführt worden wäre, wo ich für meine Zukunft nützliche Beziehungen hätte anknüpfen können. In meiner Verzweiflung hätte mich vielleicht ein gefährlicher Zufall verführen können, aber mir fehlte alles, selbst die Gefahr, und so führte mich die Unerfahrenheit wieder in meine Einsamkeit zurück, in der ich mich meinen enttäuschten Leidenschaften hilflos gegenüber sah. Schließlich ging ich — zuerst im geheimen — eine Verbindung mit einem jungen Mädchen ein, an das ich mich wohl oder übel anschloß, bis es mit meinem Leben ganz verquickt war. Dieses junge Ding aus anständiger aber armer Familie gab um meinetwillen bald ihr bescheidenes Leben auf und opferte mir furchtlos eine Zukunft, die die Tugend ihr sicherlich schön gestaltet hätte. Mein bescheidenes Auftreten schien ihr eine Garantie zu sein. Von diesem Augenblick an beschwichtigten sich die Stürme, die mein Herz bewegt hatten, mein Ehrgeiz und meine Wünsche schwiegen still. Ich kostete ein Glück, das dem eines Kindes glich, denn ich kannte ja weder die Sitten der großen Welt noch die Art ihrer Grundsätze und die Kraft ihrer Vorurteile. — Die erste Liebe ist eine zweite Kindheit, die uns inmitten aller Mühe und Arbeit beschert ist. Es gibt Menschen, die das Leben ganz plötzlich erkennen, es dann so beurteilen, wie es wirklich ist, die die Irrtümer der Welt sehen und von ihnen profitieren, die sozialen Gesetze erkennen und sie zu ihrem eigenen Vorteil ausnutzen, und die die Tragweite alles Geschehens berechnen können. Solche kalten Naturen nennen die Menschen klug. — Dann gibt es wieder arme Dichter, feinnervige Menschen, die lebhaft empfinden und dauernd Fehler machen: zu diesen letzteren gehörte ich. Mein erstes Verhältnis beruhte nicht auf wirklicher Leidenschaft, ich folgte mehr meinem Instinkt als meinem Herzen. Ich opferte mir ein armes Mädchen und war nicht um triftige Gründe verlegen, mich zu überzeugen, daß ich kein Unrecht damit tat. Sie war die Hingabe selbst, besaß ein goldechtes Herz, einen gesunden Verstand und eine reine Seele. Sie hat mir immer nur mit guten Ratschlägen beigestanden. Anfangs fachte ihre Liebe meinen Mut wieder an, sie zwang mich fast unmerklich dazu, meine Studien wieder aufzunehmen, denn sie glaubte an mich und versprach mir Erfolg, Ruhm und Reichtum. Heutzutage berührt die Medizin alle Wissenschaften; und sich in ihr einen Namen zu machen, hält schwer, ist aber lohnend. Und ein Name bedeutet in Paris Geld. Das gute Mädchen gab sich für mich ganz auf, teilte mein Leben in all seinen Schwierigkeiten, und ihre Sparsamkeit ließ uns mit meinen bescheidenen Mitteln ein behagliches Leben führen. Seit wir zusammen waren, hatte ich für meine besonderen Wünsche mehr Geld übrig, als da ich allein lebte. Das war meine schönste Zeit! Ich arbeitete mit Eifer und auf ein Ziel hin, ich hatte wieder Mut, ich dachte und arbeitete für einen Menschen, den ich liebte, und, was noch mehr war, der mir eine tiefe Achtung vor der Klugheit einflößte, die er in einer Lage bewies, in der Klugheit sonst eine Seltenheit ist. Aber ein Tag war wie der andere. Diese Eintönigkeit des Glücks, der köstlichste Zustand in der Welt, den man erst nach allen Stürmen des Herzens wirklich zu schätzen weiß, dieser Zustand, in dem es keinen Lebensüberdruß mehr gibt, in dem man seine geheimsten Gedanken austauschen kann und Verständnis findet, dieses Glück wurde mir, der ich nach gesellschaftlicher Auszeichnung verlangte und der ich müde wurde, dem Ruhm nachzugehen, weil er zu langsam kam, bald eine Last. Meine alten Träume kamen wieder. Ich verlangte nach den Vergnügungen der Reichen und forderte sie im Namen der Liebe. Ich äußerte diese Wünsche ganz offen, wenn ich des Abends in Gedanken mit den Genüssen eines eingebildeten Reichtums beschäftigt war und eine liebe Stimme mit mir sprach. Ich habe dem holden Geschöpf, das nur mein Glück wollte, sicher oft wehe getan. Für sie war es der größte Schmerz, mich etwas wünschen zu sehen, was sie mir nicht sogleich erfüllen konnte. Die Hingabe des Weibes ist etwas Erhabenes!"

Dieser Ausruf schien aus verbittertem Herzen zu kommen, denn der Arzt versank in tiefes Nachdenken, das Genestas respektierte. Nach kurzer Pause fuhr er dann fort:

„Ein Ereignis, das diese Verbindung noch fester hätte knüpfen sollen, begann vielmehr, sie zu lösen, und wurde der Anfang unsres Unglücks. Mein Vater starb und hinterließ mir ein ansehnliches Vermögen. Die Erbschaftsangelegenheiten riefen mich für einige Monate in die Heimat, und ich ging allein dorthin. Auf diese Weise fand ich meine Freiheit wieder. Jede Bindung, und selbst die köstlichste, ist der Jugend eine Last; man muß das Leben erst kennen gelernt haben, um die Notwendigkeit des Joches und der Arbeit erkannt zu haben. Ich empfand mit der mir eigenen Lebhaftigkeit Vergnügen daran, zu kommen und zu gehen, wann ich wollte, ohne jemandem Rechenschaft über mein Tun und Treiben geben zu müssen. Vergaß ich die Verbindung, die ich eingegangen war, auch nicht ganz, so war ich doch mit Dingen beschäftigt, die mich davon abzogen, und unmerklich schwächte sich die Erinnerung ab. Ich dachte, nicht ohne ein unbehagliches Gefühl, daran, daß ich bei meiner Rückkehr das alte Leben wieder aufnehmen sollte, und fragte mich schließlich, warum ich es denn überhaupt tun mußte. Inzwischen bekam ich Briefe voll aufrichtiger Zärtlichkeit. — Doch mit zweiundzwanzig Jahren denkt sich ein junger Mann alle Frauen gleich zärtlich; er kann zwischen der Liebe und der Leidenschaft noch nicht unterscheiden und verwechselt, während er im Genuß steckt, eine mit der andern. — Erst viel später, als ich Menschen und Dinge besser kannte, habe ich eingesehen, wieviel wirklicher Edelmut in diesen Briefen steckte, in denen sich nie persönliche Forderungen in die Gefühle mischten, die allein die Freude über mein Glück zum Ausdruck brachten, und die nie die leisesten Gedanken an eine mögliche Veränderung verrieten, da ihr dieser Gedanke so fern lag. Aber schon hatte ich ehrgeizige Pläne und dachte daran, mich in die Genüsse der Reichen zu stürzen, ein berühmter Mann zu werden und eine gute Partie zu machen. Ich sagte mir mit der Kälte eines Gecken: gewiß, sie hat mich lieb, aber ich beschäftigte mich schon in Gedanken damit, wie ich mich von ihr freimachen könnte. Dieses Dilemma, diese Gemeinheit führte zur Grausamkeit. So bringt der Mensch sein Opfer, das er anfänglich nur verwundet hat, lieber um, nur um nicht vor ihm erröten zu müssen. Die Überlegungen, die ich in jenen unglückseligen Tagen anstellte, haben mir den Abgrund des menschlichen Herzens offenbart. Glauben Sie mir, wer die Laster und Tugenden der menschlichen Natur am besten erkannt hat, der hat sie in sich selbst ergründet. Unser eigenes Gewissen ist der Ausgangspunkt; von uns schließen wir auf die Menschen, nie umgekehrt.

Als ich nach Paris zurückkehrte, bezog ich ein ganzes Haus, das ich mir hatte mieten lassen, ohne den einzigen Menschen, den es wirklich anging, von meiner Rückkehr und von der vorgenommenen Veränderung etwas wissen zu lassen. Ich wollte unter den jungen Leuten der Gesellschaft eine Rolle spielen. Nachdem ich ein paar Tage lang die Freuden des Wohlstandes genossen und mich an allem berauscht hatte, um nicht wieder schwach zu werden, besuchte ich das arme Geschöpf, von dem ich mich losmachen wollte. Ihr angeborener weiblicher Instinkt ließ sie meine geheimen Gefühle ahnen, doch ihr Taktgefühl hieß sie, ihre Trauer vor mir verbergen. Im Innern mußte sie mich verachten, aber sanft und gut, wie sie war, zeigte sie mir ihre Verachtung nicht. Diese Nachsicht quälte mich fürchterlich. Wir großen Mörder wollen, daß unser Opfer sich wehrt, denn dann rechtfertigt der Kampf wenigstens den Mord. –

Ich wiederholte anfangs meine Besuche; wenn ich auch nicht zärtlich war, so versuchte ich wenigstens liebenswürdig zu erscheinen; und so wurde ich nur höflich und sie ließ mich, wie nach schweigender Übereinkunft, sie wie eine Fremde behandeln; dabei war ich der Meinung, mich sehr gut aus der Affäre gezogen zu haben. Trotzdem aber stürzte ich mich mit wahrer Gier in die Gesellschaft, um die wenigen Gewissensbisse, die ich noch empfand, in Festen zu ersticken. Wer sich verachtet, kann nicht mehr allein leben; ich führte daher das unstete Leben, wie es die jungen Leute mit einigem Vermögen in Paris führen. Da ich einiges gelernt hatte und ein gutes Gedächtnis besaß, erschien ich geistvoller, als ich in Wirklichkeit war, und glaubte daher bedeutender zu sein als andere. Die Leute, denen daran lag, mir zu beweisen, daß ich ein Mann von besonderen Qualitäten war, fanden mich bald davon überzeugt. Diese Überlegenheit war so leicht erworben, daß ich mir nicht die Mühe gab, sie erst zu beweisen. Von allen Methoden der Welt ist das Lob die gemeinste. Gerade in Paris wissen die Politiker auf allen Gebieten durch frühzeitige Anerkennung und Anbetung ein Talent im Keim zu ersticken. — Ich machte also meinem Ruf keine Ehre, ich nutzte meine Stellung nicht aus, um mir eine Karriere zu schaffen, ich ging keine vorteilhaften Verbindungen ein. Ich zersplitterte mich in tausend Kleinigkeiten aller Art; ich gab mich jenen flüchtigen Leidenschaften hin, die die Schande der Pariser Gesellschaft sind, in der jeder eine echte Liebe sucht, dabei blasiert wird, in ein elegantes Lotterleben verfällt und sich am Schluß über ein wirkliches

Gefühl ebensosehr wundert wie die Welt über eine schöne Tat. Ich ahmte die andern nach, ich verletzte die frischen und edlen Seelen durch die gleichen Schläge, mit denen auch ich mir im geheimen wehe tat. Denn trotz dieses falschen Scheines, nach dem ich zu Unrecht beurteilt wurde, hatte ich mir eine unzerstörbare Zartheit bewahrt, der ich immer folgte. In wie vielen Fällen wurde ich nicht hintergangen, und ich hätte mich geschämt, wenn es nicht so gewesen wäre; ich schadete mir dadurch, aber ich war doch zufrieden, daß es so war. Die Welt ist voller Hochachtung für die Geschicklichkeit, unter welcher Form sie sich auch zeigen mag; für sie ist der Erfolg stets ausschlaggebend. So wurden mir Laster und Vorzüge, Erfolge und Mißerfolge zugeschrieben, die mir nicht zukamen, so dichtete man mir galante Abenteuer an, von denen ich nichts wußte, oder tadelte mich wegen einer Handlung, die ich gar nicht begangen hatte. Aus Stolz verschmähte ich es, die Verleumdungen zu dementieren, und nahm die günstigen Nachreden aus Eigenliebe hin. Mein Leben war nach außen hin glücklich, in Wirklichkeit aber verächtlich. — Ohne das Unglück, das bald über mich hereinbrach, hätte ich allmählich all meine guten Eigenschaften verloren, und die schlechten hätten durch das unablässige Spiel der Leidenschaften, durch den Genuß, der den Körper entkräftet, und durch die abscheulichen Gewohnheiten des Egoismus, die die Kräfte der Seele abnutzen, alles überwuchert. — Ich verlor mein ganzes Vermögen, und zwar auf folgende Weise: Wieviel ein junger Mann in Paris auch besitzen mag, er begegnet immer Leuten, die reicher sind als er, die ihm als Vorbild dienen, und die er noch überbieten möchte. Als Opfer dieses Kampfes, in dem viele Leichtsinnige ganz unterliegen, mußte ich nach vier Jahren einen Teil meines Grundbesitzes verkaufen und auf den Rest Hypotheken aufnehmen. Dann traf mich ein furchtbarer Schlag: zwei Jahre lang hatte ich das Mädchen, das ich verlassen hatte, nicht mehr gesehen; aber das Leben, das ich jetzt führte, hätte mich früher oder später wohl doch zu ihr zurückgebracht. Eines Abends in lustiger Gesellschaft bekomme ich ein Briefchen, mit schwacher Hand geschrieben, das ungefähr folgenden Inhalt hatte:

‚Mein lieber Freund, ich habe nur noch kurze Zeit zu leben; ich möchte Dich sehen, um das Schicksal meines Kindes zu sichern und um zu wissen, ob Du es als das Deine anerkennen willst, und auch, um Dich vor den Vorwürfen zu bewahren, die Du Dir eines Tages wegen meines Todes vielleicht machen könntest.‘ Bei diesem Brief überlief es mich eiskalt, er enthüllte die geheimen Schmerzen der Vergangenheit und barg die Geheimnisse der Zukunft. Ich ging, ohne erst auf meinen Wagen zu warten, zu Fuß durch ganz Paris, von Gewissensbissen getrieben, von einem Gefühl übermannt, das mich von dem Augenblick an, da ich mein Opfer vor mir sah, nicht wieder verließ. — Die Sauberkeit, unter der sich die Armut dieses Mädchens verbarg, sprach von den Nöten ihres Lebens. Sie ersparte mir jedoch die Scham darüber, indem sie mit vornehmer Zurückhaltung erst dann davon sprach, als ich feierlich zusicherte, unser Kind zu adoptieren. — Trotz der Pflege, die ich ihr nun angedeihen ließ, und trotz der Wissenschaft, die ich zu Rate zog, starb das Mädchen. Meine Sorge, meine verspätete Hingabe erreichten nichts, als daß ihre letzten Augenblicke weniger bitter waren. — Sie hatte unablässig gearbeitet, um ihr Kind zu ernähren und aufzuziehen. Das Muttergefühl hatte sie wohl vor dem Untergang schützen können, nicht aber vor ihrem tiefsten Kummer, meiner Treulosigkeit. Hundertmal hatte sie sich an mich wenden wollen, hundertmal hatte ihr Frauenstolz sie davon zurückgehalten. Sie begnügte sich damit, zu weinen, ohne mich zu verwünschen, und sah doch, wie von dem Gold, das ich im Übermaß für meine Launen ausgab, auch nicht ein Kupferstück in ihren armseligen Haushalt kam, um damit das Leben einer Mutter und ihres Kindes zu erleichtern. In ihrem großen Unglück hatte sie vielmehr immer nur die Strafe für ihre eigene Schuld gesehen. — Durch einen gütigen Geistlichen von Saint-Sulpice, dessen nachsichtige Worte ihr die innere Ruhe wiedergegeben hatten, hatte sie im Dunkel der Altäre ihre Tränen getrocknet und neue Hoffnung gesucht. Die Bitterkeit, die ich in ihrem Herzen erweckt hatte, war allmählich geschwunden. Eines Tages, als sie ihren Sohn hatte ‚Vater' sagen hören, ein Wort, das sie ihn nicht gelehrt hatte, verzieh sie mir alles. Aber bei den Tränen und dem Kummer, bei der Arbeit Tag und Nacht hatte ihre Gesundheit gelitten. Die Religion hatte ihr den Trost zu spät gespendet und ihr die Kräfte zu spät gegeben, die Schmerzen zu ertragen. Sie war an einem Herzleiden erkrankt, das sie sich durch dauernde Angst zugezogen hatte und durch das unablässige Warten auf meine Rückkehr; eine immer wieder erwachende und immer wieder getäuschte Hoffnung. Als es ihr dann ganz schlecht ging, hatte sie mir auf ihrem Totenbette diese wenigen Worte geschrieben, denen jeder Vorwurf fehlte und die die Religion und ihr Glaube an meine Güte ihr eingegeben hatten. Sie wußte mich, wie sie mir dann sagte, mehr mit Blindheit geschlagen als wirklich schlecht; sie ging sogar soweit, sich selbst anzuklagen, daß sie ihren Frauenstolz zu sehr übertrieben habe. ‚Wenn ich früher geschrieben hätte,' sagte sie, ‚hätten wir vielleicht noch Zeit gehabt, unser Kind durch eine Trauung zu legitimieren.' Sie wünschte dieses äußere Band nur um ihres Sohnes willen, und sie hätte auch nicht danach verlangt, wenn sie nicht gefühlt hätte, daß der Tod schon im Begriff war, es wieder zu lösen. — Aber es war keine Zeit mehr dazu, sie sollte nur noch wenige Stunden leben. An diesem Sterbelager erkannte ich den Segen eines treuen Herzens, und ich wurde für mein ganzes weiteres Leben ein anderer Mensch. Ich war noch in dem Alter, in dem man weinen kann. In der kurzen Zeit, die dieses teure Wesen noch zu leben hatte, bekundeten meine Worte, meine Handlungen und meine Tränen die Reue eines bis ins Innerste ergriffenen Menschen. Zu spät erkannte ich die vornehme Gesinnung, nach der ich mich inmitten der jämmerlichen und seichten Gesellschaft und unter selbstsüchtigen Modedamen gesehnt, und die ich überall vergeblich gesucht hatte. Ich war es müde geworden, nur Masken zu begegnen und nur Lügen zu hören, ich hatte wahre Liebe genannt, was nur falsche Leidenschaften waren. Hier sah ich die echte Liebe vor mir, aber ich hatte sie getötet, ich hatte sie mir nicht erhalten können, als sie noch mein war. Eine vierjährige Erfahrung hatte mir meinen eigenen wahren Charakter gezeigt. Mein Temperament, meine Phantasie, meine religiösen Grundsätze, die weniger vernichtet als eingeschläfert waren, meine geistige Veranlagung, mein verkanntes Herz, alles verlangte seit einiger Zeit danach, mein Leben von echten Gefühlen erfüllt zu sehen und meine Leidenschaft durch die Freuden der Familie — die edelsten aller Freuden — zu reinigen. Während ich noch mitten in der Öde eines aufreibenden, sinnlosen Lebens stand und Freuden nachjagte, denen jedes wahre Gefühl fehlte, hatte mir schon immer das Bild eines häuslichen Lebens vorgeschwebt. So war der Umschwung, der sich in meiner ganzen Lebensweise vollzog, zwar plötzlich aber auch nachhaltig. Mein südliches Temperament, das durch den Aufenthalt in Paris verdorben war, hätte sich sicher über das Schicksal eines armen betrogenen Mädchens hinweggesetzt, ich hätte nur aufgelacht, wenn man mir in einer lustigen Gesellschaft von seinen Leiden erzählt hätte. Denn in Frankreich verbirgt sich ein Unrecht gern hinter einem Witz. — Aber in Gegenwart dieses himmlischen Wesens, dem ich nichts vorzuwerfen hatte, schwiegen alle Geistreicheleien: der Sarg stand da, mein Kind lächelte mir zu, ohne zu wissen, daß ich der Mörder seiner Mutter war. Diese Frau starb, und sie starb glücklich, da sie sah, daß ich sie liebte; und diese neue Liebe war weder durch Mitleid hervorgerufen, noch durch das Band, das uns notwendigerweise miteinander verknüpfte. Nie werde ich die letzten Augenblicke vor ihrem Tode vergessen, in denen die wiedergewonnene Liebe und das befriedigte Muttergefühl alle Schmerzen stillten. Der Reichtum, der Luxus, mit dem sie sich umgeben sah, die Freude ihres Kindes, das in den hübschen neuen Kleidchen viel niedlicher aussah als vorher, waren ihr eine Garantie für eine glückliche Zukunft dieses kleinen Wesens, in dem sie selbst weiterleben sollte. Der Vikar von Saint-Sulpice, der meine Verzweiflung mit ansah, machte sie nur noch tiefer dadurch, daß er mir keine banalen Trostworte spendete, sondern mir den Ernst meiner Verpflichtungen noch klarer machte. Aber ich brauchte keinen Ansporn mehr, mein Gewissen sprach laut genug. Eine Frau hatte sich mir ganz hingegeben, ich aber hatte sie betrogen und hatte ihr noch von Liebe gesprochen, als ich sie schon verriet. Ich war die Ursache all der Schmerzen dieses armen Mädchens, das — nachdem sie die Verachtung der Welt auf sich genommen hatte — mir hätte heilig sein sollen: sie starb, indem sie mir verzieh und alle ihre Leiden vergaß, weil sie im Glauben an das Wort eines Mannes hinüberschlummerte, der es ihr schon einmal gebrochen hatte. Nachdem mir Agathe schon ihre ganze Mädchenliebe geschenkt hatte, besaß ihr Herz noch Mutterliebe genug, um sie mir als Vermächtnis zu hinterlassen.

Denn was dieses Kind, ihr Kind, mir bedeutete, das weiß nur Gott! Das liebe kleine Ding war wie seine Mutter: anmutig in den Bewegungen, im Sprechen, in seinem ganzen Wesen. Aber für mich war es mehr als nur ein Kind; es wurde mein Glück! Ich liebte es als Vater, ich wollte ihm noch die Mutterliebe ersetzen, wollte meine Reue in

Glück verwandeln, und wollte alles tun, um es die fehlende Mutterliebe nicht entbehren zu lassen. Ich hing mit allen menschlichen Banden und allen frommen Hoffnungen an ihm. Ich empfand wahre Mutterliebe für das Kind. Sein Stimmchen ergriff mich immer wieder, lange betrachtete ich es, wenn es schlief, mit immer neuer Freude, und oft fiel eine Träne auf seine Stirn. — Ich hatte es daran gewöhnt, sowie es wach war, zu mir ans Bett zu kommen und zu beten. Wie hat mich das schlichte und reine „Vaterunser" in dem reinen Munde dieses Kindes gerührt, aber wie oft auch hat es mich aufs tiefste erschüttert! Eines Morgens, als es die Worte gesagt hatte „Vater unser, der du bist im Himmel", hielt es inne und fragte mich: „Warum nicht ‚Mutter unser'?" Diese Frage ergriff mich. Ich vergötterte mein Kind und hatte doch schon so viel Unglück in sein Leben gebracht! — Obgleich die Gesetze die Fehltritte der Jugend anerkennen und sie quasi begünstigen, so geben sie doch dem illegitimen Kind nur widerwillig eine rechtliche Stellung, und die Gesellschaft tut noch das ihre, um durch unüberwindliche Vorurteile die ablehnende Haltung des Gesetzes zu unterstützen. — Aus dieser Zeit stammen meine ernsten Gedanken über die Grundlagen der Gesellschaft, über ihren Mechanismus, über die Pflichten des Einzelnen und über die Moral, die jeden Bürger erfüllen sollte. — Der Genius begreift diese Bande zwischen den Gefühlen des Menschen und den Schicksalen der Gesellschaft; einem gütigen Gemüt verschafft die Religion die notwendige Grundlage für ein Glück; einem leidenschaftlichen Gemüt jedoch erst die Reue. So hat auch mich erst die Reue erleuchtet. Ich lebte fortab nur für mein Kind und durch mein Kind, es hat mich dazu gebracht, über die großen sozialen Fragen nachzudenken. Ich bemühte mich, es schon zeitig mit all den Mitteln auszustatten, die einen Erfolg sichern, um seine Erziehung auf eine feste Basis zu stellen. Damit es Englisch, Deutsch, Italienisch und Spanisch lerne, umgab ich es nacheinander mit Leuten aus diesen Ländern, die ihm von Kindheit an die richtige Aussprache beibringen sollten. Ich erkannte zu meiner Freude ausgezeichnete Veranlagungen in ihm, die ich spielend in ihm weiter zu entwickeln suchte. Ich wollte möglichst keinen falschen Gedanken in seinen Geist eindringen lassen, ich versuchte vor allem, es frühzeitig an geistige Arbeit zu gewöhnen, ihm einen sicheren und schnellen Blick zu geben und gleichzeitig jene Ausdauer in ihm zu entwickeln, die sich in alles einzelne vertieft. Ich lehrte es schließlich, schweigend Schmerzen zu ertragen. Ich litt nicht, daß ein unlauteres oder auch nur häßliches Wort in seiner Gegenwart ausgesprochen wurde. Die Menschen und Dinge, die es umgaben, sollten es nach Möglichkeit veredeln, sollten seine Seele emporheben, ihm die Liebe zum Wahren, den Abscheu vor der Lüge einflößen, sollten seine Worte, seine Handlungen, sein ganzes Auftreten schlicht und natürlich machen. Sein lebhafter Geist ließ es alles Äußere schnell auffassen, und bei seiner intellektuellen Begabung fiel ihm das eigentliche Lernen leicht. — Welch eine schöne Aufgabe ist die Erziehung! Wie viel Freude wird den Müttern durch sie! Ich begriff, daß diese Freude seiner Mutter das Leid hatte ertragen helfen.

Doch jetzt kommt das größte Ereignis in meinem Leben, die Katastrophe, die mich hier in diese Gegend gebracht hat. — Ich werde Ihnen da eine ganz einfache, durchaus nicht seltene Geschichte erzählen, die für mich jedoch furchtbar war. — Nachdem ich mich ein paar Jahre hindurch ganz meinem Kinde gewidmet hatte, um es zu einem wirklichen Menschen zu erziehen, erschreckte mich plötzlich meine Einsamkeit. Mein Sohn wuchs heran, eines Tages würde er mich verlassen. Liebe war für meine Seele Lebensbedürfnis; ich hatte das Verlangen nach Anlehnung, das bisher stets betrogen worden war und das mit den Jahren nur noch stärker wurde. Es fanden sich in mir also alle Vorbedingungen für eine wirkliche Hingabe. Ich hatte genug durchgemacht, ich wußte das Glück der Beständigkeit zu schätzen und die Seligkeit, der ein Opfer zur Freude wird. Der geliebten Frau gehörte in all meinem Denken und Handeln immer der erste Platz. In Gedanken malte ich mir eine Liebe aus, die zwei Wesen so völlig durchdringt, daß dadurch das Glück in ihr Leben, in ihre Blicke und ihre Worte eingeht. Diese Liebe ist für das Leben, was das religiöse Gefühl für die Seele ist: sie belebt, stützt und erhellt es. Ich verstand unter Liebe zweier Ehegatten etwas anderes als die meisten Männer, und ich fand, daß ihre Schönheit, ihre Erhabenheit gerade in den Dingen liegt, durch die sie in so vielen Ehen vernichtet wird. Ich empfand die Größe eines wirklichen Lebens zu zweien zu stark, als daß ich in den täglichen Forderungen dieses Lebens einen Grund gesehen hätte, die Beständigkeit der Gefühle zu beeinträchtigen. Aber wo begegnen sich zwei Herzen, die so völlig miteinander übereinstimmen, daß sie zu diesem himmlischen Aufgehen im andern fähig sind? Und gibt es solche Herzen, dann will es die Natur oder der Zufall, daß sie so weit voneinander geboren werden, daß sie sich nicht treffen, daß sie sich zu spät kennen lernen, oder daß der Tod sie zu früh trennt. Dies muß wohl einen tiefen Grund haben, aber ich habe noch nie versucht, ihn zu begreifen. Ich leide zu sehr unter meinen Schmerzen, als daß ich nach ihren Ursachen frage. Vielleicht ist das vollkommene Glück ein Unding, das unter uns Menschen nicht gedeiht. — Doch meine Sehnsucht nach einer solchen Ehe hatte noch einen andern Grund: ich besaß keine Freunde, die Welt war leer für mich. Etwas in mir schien sich einer wirklichen Freundschaft zu widersetzen. Ein paar Leute suchten meinen Umgang, aber keiner kam in nähere Beziehung zu mir, so sehr ich mich auch darum bemühte. Vielen Menschen gegenüber hatte ich sogar das, was man Überlegenheit nennt, gänzlich ausgeschaltet: ich richtete mich nach ihnen, machte mir ihre Gedanken zu eigen, fand an ihren Vergnügungen Freude, entschuldigte ihre Fehler; und selbst den Ruhm hätte ich ihnen für ein bißchen Freundschaft verkauft. Diese Leute aber haben sich ohne Bedauern von mir getrennt. Für die Menschen, die wahrhaftige Gefühle suchen, gibt es in Paris nur Enttäuschungen und Fallstricke. In der Gesellschaft konnte ich keinen festen Fuß fassen. Dem einen erschien meine Liebenswürdigkeit Schwäche, und ließ ich sie meine Krallen fühlen und zeigte ich mich als Mann, der die Kraft besitzt, es einmal zu etwas zu bringen, dann nannte man mich schlecht. — Andern wieder war mein heiteres Lachen, das eigentlich mit dem zwanzigsten Lebensjahr aufhört und dessen wir uns später fast schämen, nur ein Gegenstand des Spottes; sie machten sich über mich lustig. Heutzutage langweilt sich die Gesellschaft und fordert dabei in den oberflächlichen Gesprächen doch einen gewissen Ernst. Es ist eine furchtbare Zeit, in der man sich vor einem höflichen, mittelmäßigen und gefühllosen Menschen beugt, den man im Grunde haßt und dem man doch gehorcht. Später habe ich die Ursache dieser anscheinenden Unlogik erkannt. Mittelmäßigkeit genügt stets im Leben, sie ist das Alltagskleid der Gesellschaft; alles was aus dem angenehmen Schatten heraustritt, den die mittelmäßigen Leute verbreiten, ist zu auffallend. Das Genie, die Besonderheit sind Kostbarkeiten, die man nur an besonderen Tagen anlegt. So war ich denn mitten in Paris völlig vereinsamt; die Gesellschaft, der ich alles hingab, gab mir nichts zurück, mein Kind konnte meinem Herzen nicht genügen, denn ich war ein Mann. — Da, eines Tages, als ich fühlte, wie mein Leben erkaltete und wie ich unter der Last meiner geheimen Leiden fast zusammenbrach, begegnete mir die Frau, die mich die Liebe in all ihrer Intensität kennen lehrte, die Ehrfurcht vor einer hingebungsvollen Liebe, die echte Liebe, mit all ihren köstlichen Hoffnungen auf Glück, mit einem Wort: die wahre Liebe. — Ich hatte die Beziehungen zu dem alten Freunde meines Vaters, der sich früher meiner angenommen, wieder aufgefrischt, bei ihm traf ich das junge Wesen, für das ich eine Liebe in mir entstehen fühlte, die mein ganzes Leben währen sollte. Je älter der Mensch wird, desto mehr erkennt er, wie ungeheuer der Einfluß sein kann, den gewisse Ideen auf ein Menschenleben haben können. So sollten auch Vorurteile, die in religiösen Gedanken ihren Ursprung hatten, die Ursache meines Elends werden. Dieses junge Mädchen stammte nämlich aus einer überaus frommen Familie, die ihre katholischen Anschauungen einer Sekte verdankte, deren Anhänger fälschlich Jansenisten genannt werden, und die in Frankreich damals große Verwirrung anrichteten. Wissen Sie warum?"

„Nein," sagte Genestas.

„Jansenius, Erzbischof von Ypern, schrieb ein Buch, in dem man Glaubenssätze zu finden meinte, die mit den Doktrinen des Heiligen Stuhles nicht in Einklang standen. Später schien man diese Glaubenssätze nicht mehr als Ketzerei anzusehen, ja, man ging sogar so weit zu leugnen, daß dieselben überhaupt geschrieben waren. Dieser nichtssagende Streit ließ in der französischen Kirche zwei Parteien entstehen: die der Jansenisten und die der Jesuiten. Auf beiden Seiten standen sich bedeutende Männer gegenüber, es war der Kampf zweier mächtiger Körperschaften. Die Jansenisten warfen den Jesuiten eine zu schlappe Moral vor und befolgten selbst eine äußerste Reinheit in Sitte und Anschauung. Die Jansenisten waren in Frankreich eine Art katholischer Puritaner, wenn man diese beiden Worte überhaupt zusammen nennen darf. Während der französischen Revolution bildeten sie, infolge des belanglosen Schismas, das das Konkordat dort hervorgerufen hatte, eine Kongregation reiner Katholiken, welche die Erzbischöfe, die durch revolutionäre Gewalt und durch päpstliche Verträge eingesetzt waren, nicht anerkannte. Diese Schar Getreuer bildete die sogenannte „kleine Kirche“, deren Mitglieder, wie die Jansenisten auch, ein vorbildliches Leben führten, eine, wie es scheint, notwendige Vorbedingung für das Dasein aller verfolgten Sekten. So gehörten also mehrere jansenistische Familien der sogenannten „kleinen Kirche“ an.

Die Eltern meines jungen Mädchens hatten sich auch zu dieser strengen Lehre bekannt, die dem Charakter und dem ganzen Auftreten etwas Imposantes verleiht. Denn diese absoluten Lehrsätze veredeln jede Handlung dadurch, daß sie dieselbe mit dem zukünftigen Leben in Verbindung bringen. Daher die wunderbar wohltuende Reinheit des Herzens, die Ehrfurcht vor den andern und vor sich selbst. Daher das feine Gefühl für Recht und Unrecht, die große Hilfsbereitschaft, aber auch die große und unversöhnliche Rechtlichkeit und der tiefe Abscheu vor allen Lastern, besonders vor der Lüge, die alle anderen in sich begreift. Ich entsinne mich nicht, je köstlichere Augenblicke verlebt zu haben als damals, als ich bei meinem alten Freunde zum erstenmal das schüchterne junge Mädchen kennen lernte, das voller Gehorsam war und alle die Tugenden besaß, die dieser Sekte eigen sind, ohne sich dabei etwas Besonderes darauf zugute zu tun. Ihre schlanke zarte Gestalt verlieh den Bewegungen eine Anmut, die ihre Glaubensstrenge nicht zu mindern vermochte. Der Schnitt ihres Gesichtes war vornehm, die Züge besaßen die Feinheit eines jungen Menschen, der einer vornehmen Familie entstammt.

Ihr Blick war sanft und stolz zugleich, ihre Stirn war ruhig, üppiges Haar legte sich in schlichten Zöpfen um ihren Kopf und wurde ihr, ohne daß sie es wollte, zum köstlichsten Schmuck. Kurz, sie war in meinen Augen so vollkommen, wie uns die Frau, in die wir uns verlieben, stets erscheint. Und müssen wir nicht, um sie zu lieben, in ihren Zügen all die erträumte Schönheit erblicken, die unsrem Ideal entspricht? Wenn ich mit ihr sprach, antwortete sie mir schlicht, ohne besonderes Entgegenkommen, aber auch ohne falsche Zurückhaltung, denn sie ahnte ja nicht, wie mich der Wohllaut ihrer Stimme und ihre äußeren Reize entzückten. All diese Engel besitzen die gleichen Zeichen, an denen man sie erkennt: die gleiche Weichheit der Stimme, die gleiche Wärme im Blick, die gleiche Zartheit der Haut und die gleiche Anmut in der Bewegung. Diese Eigenschaften stimmen alle überein, sie verschmelzen miteinander und entzücken, ohne daß man weiß, worin dieses Entzücken besteht. In allen Bewegungen offenbart sich eine reine Seele! Ich liebte sie leidenschaftlich. Diese Liebe erweckte und befriedigte alle Gefühle in mir: den Ehrgeiz und das Bedürfnis nach Reichtum; alle meine Träume waren verwirklicht! Schön, aus gutem Hause, reich und gut erzogen, wie sie war, besaß sie all die Vorzüge, die von einer Frau in der hohen Stellung, die ich zu erreichen strebte, verlangt werden. Sie war gebildet, sie besaß jene köstliche und in Frankreich so allgemein verbreitete Gewandtheit der Rede, nur daß bei vielen Frauen die schönsten Worte im Grunde nichtssagend sind, während bei ihr alles eine tiefe Bedeutung hatte. Vor allem besaß sie ein tiefes Gefühl von ihrer Würde, wodurch sie Achtung einflößte. Ich konnte mir also keine bessere Lebensgefährtin wünschen. Doch genug davon, man kann eine geliebte Frau nur sehr unvollkommen schildern: die geheime Verbindung zwischen zwei Liebenden läßt sich nicht erklären. — Ich hatte mich meinem alten Freunde, der mich in die Familie einführte, bald anvertraut. Obgleich man mich anfangs mit jener kühlen Höflichkeit empfing, die zurückhaltenden Menschen immer eigen ist, welche den Freund aber — haben sie ihn erst einmal als solchen anerkannt, — nicht mehr fallen lassen, wurde ich später herzlich aufgenommen. Ich verdankte diesen Beweis der Achtung wohl der Art meines Auftretens. Denn trotz meiner leidenschaftlichen Gefühle tat ich nichts, was mir in meinen Augen verächtlich erschienen wäre; ich trieb keine Liebedienerei, ich schmeichelte ihnen, von denen mein Schicksal abhing, nicht, ich zeigte mich so, wie ich war, als Mensch! Als man mich genauer kennen gelernt hatte, sprach ihnen mein alter Freund, der ebenso wie ich wünschte, mein Junggesellenleben möge endlich aufhören, von meinen Wünschen, die man günstig aufnahm. Der alte Herr tat es mit jener Zurückhaltung, der man sich in vornehmen Kreisen selten entäußert, und aus dem Wunsche heraus, mir eine „gute Partie" zu verschaffen, ein Ausdruck, der aus einem so feierlichen Akt eine Art Handelsgeschäft macht, bei dem die beiden Ehegatten sich gegenseitig zu täuschen suchen. — Der Greis bewahrte über das, was er meine Jugendirrung nannte, tiefstes Stillschweigen. Nach seiner Ansicht würde die Existenz meines Kindes nur moralische Entrüstung hervorrufen, die einen Bruch herbeiführen könnte, wobei die Vermögensfrage nur eine nebensächliche Rolle spielte. Er hatte recht. „Das ist eine Angelegenheit, die sich später zwischen dir und deiner Frau erledigen kann, von der du leicht Absolution erhalten wirst." Um all meine Bedenken zu ersticken, vergaß er keine der stichhaltigen Gründe anzuführen, wie sie einem weltgewandten Manne zu Gebote stehen. Ich muß gestehen, daß mich mein erstes Gefühl trotz meines gegebenen Versprechens dahin trieb, dem Familienoberhaupt alles offen zu beichten — aber seine unbeugsame Strenge hielt mich schließlich doch davon ab, denn die Folgen dieses Geständnisses erschreckten mich. Ich fand mich feige ab mit meinem Gewissen, ich wollte warten, wollte von meiner Zukünftigen erst genügend Zeichen ihrer Liebe besitzen, um mein Glück durch dieses fürchterliche Geständnis nicht zu gefährden. Mit meinem Entschluß, in einem geeigneten Augenblick alles einzugestehen, rechtfertigte ich dann die sophistischen Ausreden der Gesellschaft und des klugen Greises.

Ich wurde also, ohne daß die andern Freunde des Hauses etwas davon wußten, von den Eltern des jungen Mädchens als ihr zukünftiger Gatte aufgenommen. Diese frommen Familien zeichnen sich vor allem durch eine uneingeschränkte Diskretion aus; man schweigt über alles, selbst über das Belangloseste. Sie können sich gar nicht vorstellen, wie dieser sanfte Ernst, der die geringsten Handlungen durchdringt, das Gefühl vertieft. Alles, was diese Familie tat, war von wirklichem Nutzen: die Frauen verwandten ihre freie Zeit dazu, für die Armen Wäsche zu nähen, die Unterhaltung wurde niemals frivol, die Scherze waren stets harmlos und nicht verletzend, wenn auch das Lachen nicht verpönt war. Die Gespräche dieser Orthodoxen berühren zunächst merkwürdig, ihnen fehlt jede üble Nachrede und jeder Klatsch, die die Unterhaltung in der Gesellschaft sonst auszuzeichnen pflegen. Nur der Vater und der Onkel lasen die Zeitung, meine zukünftige Braut hatte nie auch nur einen Blick in diese Blätter geworfen, deren harmlosestes doch stets von den Verbrechen oder Lastern der Menschen spricht. — Aber mit der Zeit entstand in meiner Seele durch diese reine Atmosphäre ein Eindruck, wie ihn unser Auge beim Anblick der grauen Farbe empfindet: eine süße Ruhe, eine sanfte innere Stille kam über mich. Äußerlich war dieses Leben von erschreckender Einförmigkeit. Das Äußere dieses Hauses hatte etwas Frostiges: jeden Tag standen die Möbel, selbst die, die am häufigsten gebraucht wurden, genau an derselben Stelle, und alle Gegenstände waren immer gleichmäßig sauber. Und doch hatte diese Art zu leben etwas Anziehendes. Ich, der ich an die Verschiedenartigkeit, den Luxus und die Beweglichkeit des Pariser Lebens gewöhnt war, fühlte mich anfänglich etwas abgestoßen. Bald aber sah ich die Vorteile dieser Lebensweise ein: sie entfaltet den Gedanken nach jeder Richtung hin und bringt uns unwillkürlich zum Nachdenken. Das Herz spielt hier die erste Rolle, nichts zerstreut es, es empfindet schließlich eine unermeßliche Weite, ähnlich der des Meeres. Wie in einem Kloster löst sich auch hier der Gedanke, der immer von den gleichen Dingen umgeben ist, notwendigerweise von den Dingen ab und wendet sich rückhaltlos den unendlichen Gefühlen zu. – Einem Menschen, der so aufrichtig liebte wie ich, gab die Stille, die Einfachheit des Lebens, die fast mönchische Wiederholung derselben Handlungen zu denselben Stunden nur noch mehr Kraft zu seiner Liebe. Durch diese tiefe Ruhe bekam die geringste Bewegung, bekam ein Wort oder nur eine Geste eine vielsagende Bedeutung. Da im Gefühlsausdruck nicht forciert wurde, wurden ein Lächeln, ein Blick für die Herzen, die sich verstanden, unerschöpfliche Zeichen, um ihre Glückseligkeit und ihren Kummer zum Ausdruck zu bringen. Damals habe ich auch verstanden, daß die Sprache in dem ganzen Reichtum ihrer Sätze nicht so bedeutungsvoll, nicht so beredt ist wie das Wechseln der Blicke und der vielsagende Ausdruck des Lächelns. Wie oft habe ich nicht, da ich schweigen mußte, versucht, meine Seele in meine Augen oder auf meine Lippen zu legen, um die ganze Inbrunst meiner Liebe einem jungen Mädchen zu gestehen, das immer ruhig neben mir saß und dem die geheime Ursache meiner Anwesenheit in ihrem Hause noch nicht enthüllt worden war. Denn die Eltern wollten sie bei dem wichtigsten Schritt ihres Lebens völlig frei entschließen lassen. Aber wenn man eine tiefe Leidenschaft empfindet, dann beschwichtigt schon allein die Gegenwart des geliebten Menschen die heftigsten Wünsche. Wenn man in seiner Nähe sein darf, ist es beinahe wie eine fromme Andacht vor Gott. Anschauen ist anbeten! — Wenn es für mich mehr als für jeden anderen eine Qual war, nicht das Recht zu haben, die Empfindungen meines Herzens zum Ausdruck zu bringen, wenn ich die glühendsten Worte, die die glühendsten Gefühle doch nur falsch wiedergeben, in mich vergraben mußte, so ließ mich dieser Zwang, der meine Leidenschaft bändigte, dieselbe nur immer stärker in kleinen Dingen äußern; und schon die geringsten Zwischenfälle waren von höchster Bedeutung. Sie stundenlang bewundern zu dürfen, eine Antwort zu erhalten und lange dem Tonfall ihrer Stimme zu lauschen, um in ihm die geheimsten Gedanken zu erraten, das Zittern ihrer Finger zu erspähen, wenn ich ihr einen Gegenstand, den sie gesucht hatte, reichte, Vorwände zu ersinnen, um ihr Kleid oder ihr Haar zu berühren, um ihre Hand zu ergreifen, um sie mehr zum Sprechen zu veranlassen, als sie wollte: alle diese Nichtigkeiten wurden zu großen Ereignissen. Bei diesen Extasen gaben die Augen, die Bewegungen, die Stimme der Seele unbekannte Zeichen der Liebe. Das war meine Sprache, die einzige, die mir die kühle jungfräuliche Zurückhaltung dieses jungen Mädchens erlaubte. Denn ihr Benehmen änderte sich nie, sie war mit mir stets wie mit einem Bruder. Nur in dem Maße, in dem meine Leidenschaft wuchs, wurde der Unterschied zwischen meinen Worten und den ihren, zwischen meinen Blicken und den ihren auffallender, und ich erkannte schließlich, daß dieses scheue Schweigen das einzige Mittel war, das dem jungen Mädchen zu Gebote stand, um ihre Gefühle kundzutun. Sie war immer im Salon, wenn ich kam, sie blieb während der ganzen Zeit meines Besuches, den sie vielleicht erwartet und vorgeahnt hatte, dabei. Offenbarte nicht diese stillschweigende

Treue schon das Geheimnis ihrer unschuldigen Seele? Und hörte sie nicht endlich meiner Unterhaltung mit unverhohlener Freude zu? Die Kindlichkeit unsres Benehmens und die Melancholie unsrer Liebe schienen die Eltern schließlich ungeduldig zu machen; denn da sie mich fast ebenso schüchtern sahen wie ihre Tochter, beurteilten sie mich danach günstig und erblickten einen Mann in mir, den sie ihrer Achtung für würdig hielten. Vater und Mutter vertrauten sich meinem alten Freunde an und sagten ihm über mich die schmeichelhaftesten Dinge: ich wäre ihnen lieb wie ein Sohn, sie bewunderten vor allem die Reinheit meiner Gefühle. – Ich war damals wirklich wieder jung geworden. In dieser reinen und frommen Umgebung wurde der Mann von zweiunddreißig Jahren wieder zum Jüngling voller Glauben. Der Sommer ging zu Ende, gegen ihre Gewohnheit hatten Geschäfte die Familie in Paris zurückgehalten, aber im September fuhr sie auf ihre Besitzung in der Auvergne, und der Vater forderte mich auf, mit ihnen zwei Monate lang in dem alten Schlosse, das einsam in den Bergen von Cantal lag, zu wohnen. Als ich diese freundliche Einladung erhielt, sagte ich nicht sofort zu. Mein Zögern trug mir die holdeste und entzückendste unfreiwillige Äußerung ein, durch die ein junges Mädchen das Geheimnis ihres Herzens offenbaren kann. Eveline ...
Ach Gott!" unterbrach sich Benassis aufseufzend und versank schweigend in Nachdenken.
„Entschuldigen Sie, bitte, Hauptmann Bluteau!" fuhr er nach einer langen Pause fort. „Seit zwölf Jahren habe ich soeben zum erstenmal wieder den

Namen ausgesprochen, der mir unablässig im Sinn liegt und den mir eine Stimme oft im Schlaf zuruft. Eveline — da ich den Namen nun einmal genannt habe — erhob den Kopf mit einer heftigen Bewegung, die mit dem sonstigen Gleichmaß ihrer Gesten wenig im Einklang stand; sie sah mich ohne Stolz mit schmerzlicher Ängstlichkeit an, sie errötete und senkte dann die Augen. Die Langsamkeit, mit der sie dann ihre Lider wieder aufschlug, verursachte mir ein bis dahin unbekanntes Glücksgefühl. Ich konnte nur stockend und mit unsicherer Stimme sprechen; die Erregung meines Herzens antwortete der ihren, sie dankte mir mit einem holden, fast feuchten Blick. Wir hatten uns alles gesagt.

Ich begleitete die Familie also auf ihr Landgut. Seitdem sich unsre Herzen verstanden hatten, sah alles um uns her anders, neu aus; nichts erschien uns mehr belanglos. Wenn die Liebe auch immer die gleiche ist, so äußert sie sich doch in den verschiedensten Formen, je nach den verschiedenen Gedanken, die uns beherrschen, so sind diese Formen bei jedem Wesen anders, je nach der Art der Leidenschaften, die es empfindet. — Nur der Philosoph, der Dichter begreift die tiefe Bedeutung des Wortes „gegenseitiger Egoismus", mit dem man die Liebe jetzt so allgemein benennt. Wir lieben uns selbst im andern. Und wenn die Liebe sich auch bei allen Liebenden anders ausdrückt und zu keiner Zeit ihresgleichen findet, so hat sie doch stets die gleichen Mittel, sich auszudrücken. So gebrauchen die jungen Mädchen, selbst die keuschesten und frömmsten, die gleiche Sprache und unterscheiden sich nur durch die Anmut ihrer

Gedanken. Doch, wo für eine andere eine harmlose Mitteilung ihrer Gefühle natürlich gewesen wäre, erblickte Eveline eine Konzession ihren erregten Gefühlen gegenüber, die über die gewöhnliche Ruhe ihrer frommen Jugend den Sieg davontrugen; der flüchtigste Blick schon erschien ihr ihrer Liebe wie abgerungen. Dieser ständige Kampf zwischen ihrem Herzen und ihren Grundsätzen gab den geringsten Ereignissen ihres Lebens, das an der Oberfläche so ruhig schien, einen starken Einschlag, der den Überspanntheiten jener jungen Mädchen, deren Benehmen durch die Sitten der Gesellschaft verdorben ist, weit überlegen war. — Unterwegs zeigte Eveline eine große Freude an den Schönheiten der Natur, von denen sie mit Bewunderung sprach. Da wir nicht das Recht zu haben glaubten, von dem Glück sprechen zu dürfen, das uns die Gegenwart des geliebten Menschen bereitete, übertrugen wir die Empfindungen, von denen unsre Herzen voll waren, auf die Dinge der Außenwelt, die wir mit unsren Gefühlen nur noch verschönten. Die Schönheit der Landschaft, die vor unsren Augen lag, war für uns beide ein wohlverstandener Dolmetscher, und die Ausrufe des Entzückens, die wir für die Natur fanden, enthielten für unsre Seelen die Geheimnisse unsrer Liebe. Mehrmals hatte die Mutter Evelines ihre Tochter umarmt und ihr nach einer allzu feurigen Begeisterung mit echt weiblicher Schalkheit gesagt: ‚Wohl schon zwanzig Jahre bist du durch dieses Tal gekommen, mein liebes Kind, und noch nie hast du es so bewundert.' ... ‚Damals war ich wahrscheinlich noch nicht in dem Alter, um diese Art Schönheit genießen zu können' war die Antwort. — Verzeihen Sie, wenn ich Sie mit diesen für Sie so belanglosen Einzelheiten langweile, aber diese Antwort bereitete mir eine unaussprechliche Freude, noch erhöht durch den Blick, der auf mich gerichtet war. So wurde uns jede durch die aufgehende Sonne erhellte Landschaft, jede von Efeu umrankte Ruine, die wir gemeinsam betrachteten, eine bleibende Erinnerung, die uns mit köstlichen Gefühlen erfüllte und uns an unsre Zukunft denken ließ. Wir kamen auf das väterliche Schloß, auf dem ich gegen fünf Wochen blieb. Diese Zeit ist die einzige Zeit vollkommenen Glücks, die der Himmel mir je gewährt hat. Ich genoß Freuden, die den Städtern völlig fremd sind. Wir empfanden die Seligkeit zweier Liebenden, die, unter einem Dache wohnend, das Glück der späteren Vereinigung schon im voraus ahnen; wir waren froh, gemeinsam durch die Felder zu gehen, zuweilen allein zu sein, uns in irgendeinem kleinen hübschen Tal unter einem Baume hinzusetzen, den Bau einer alten Mühle anzuschauen, uns kleine Geständnisse zu machen: kleine holde Gespräche, durch die man jeden Tag dem Herzen des andern etwas näher kommt. Das Leben in der freien Natur, die Schönheiten des Himmels und der Erde passen so wundervoll zu den Freuden der Seele. Sich beim Anblick des Himmels zuzulächeln, einfache Worte mit dem Gesang der Vögel im feuchten Laub zu vermischen, langsam heimzukehren, unter dem Klang der Glocken, die immer zu früh rufen, gemeinsam eine Einzelheit der Landschaft zu bewundern, den Launen eines Insekts zu folgen, eine schillernde Fliege zu beobachten, die ein liebendes junges Mädchen in der Hand hält, bedeutet das nicht, täglich ein wenig höher in den Himmel zu steigen? In diesen fünf Wochen genoß ich ein Glück, dessen Erinnerung ein ganzes Leben erfüllen könnte, eine Erinnerung, die mir deshalb nur noch immer schöner und köstlicher wird, weil ich seither nie wieder so verstanden worden bin. — Heute gerade haben mir äußerlich so einfache Bilder, die aber für mich voll trauriger Bedeutung waren, die entschwundene, aber nie vergessene Liebe wieder lebendig gemacht. Ich weiß nicht, ob Sie den Widerschein der untergehenden Sonne auf der Hütte des kleinen Jacques gesehen haben. Einen Augenblick lang hatten die Strahlen der Sonne das ganze Land in Licht getaucht, dann wurde die Landschaft plötzlich dunkel und trübe. Diese Gegensätze waren mir ein treues Bild jener Tage. Ich bekam von Eveline das erste, das einzige Zeichen ihrer Liebe, das ein unschuldiges Mädchen geben darf und das, je flüchtiger es ist, desto fester verbindet: ein liebliches Versprechen, das wie Himmelsmusik klang. Ihrer Liebe also gewiß, schwor ich, alles zu sagen, kein Geheimnis mehr vor ihr zu haben; ich schämte mich, so lange von meinen Sorgen geschwiegen zu haben. Doch das Unglück wollte es, daß ich am nächsten Tag einen Brief von dem Lehrer meines Sohnes bekam, der mich um dieses teure Leben zittern ließ. Ich reiste ab, ohne Eveline mein Geheimnis anvertraut, ohne der Familie andere Gründe als die dringender Geschäfte genannt zu haben. Während meiner Abwesenheit beunruhigten sich die Eltern, sie fürchteten wohl eine geheime Herzensbindung meinerseits und zogen in Paris Erkundigungen über mich ein. Ihren religiösen Grundsätzen zum Trotz hegten sie Mißtrauen gegen mich, ohne mich in die Lage versetzen zu können, ihren Verdacht zu zerstreuen. Einer ihrer Freunde berichtete ihnen, ohne mein Wissen, von meinen Jugenderlebnissen, übertrieb meine Fehler und teilte ihnen die Existenz meines Kindes mit, die ich mit Vorbedacht verschwiegen hätte. Als ich dann meinen zukünftigen Schwiegereltern schrieb, erhielt ich keine Antwort; sie waren nach Paris zurückgekehrt; ich machte einen Besuch bei ihnen und wurde nicht empfangen. Erschreckt schickte ich meinen alten Freund zu ihnen, um nach dem Grunde eines Benehmens zu fragen, das ich mir nicht erklären konnte. Als er die Ursache erfuhr, benahm sich der gute Alte wirklich sehr vornehm: er nahm die Verantwortung für mein Stillschweigen auf sich, versuchte mich zu rechtfertigen und konnte doch nichts erreichen. Die sachlichen und die moralischen Bedenken waren für diese Familie zu schwerwiegend, ihre Vorurteile zu fest eingewurzelt, als daß man sie in ihrem Entschluß hätte wankend machen können. Meine Verzweiflung war grenzenlos. Zuerst versuchte ich noch, das Unheil abzuwenden; aber meine Briefe wurden mir uneröffnet zurückgeschickt. Nachdem ich alle menschlichen Mittel erschöpft hatte, nachdem die Eltern meinem alten Freunde, dem Urheber meines Unglücks, eröffnet hatten, daß sie sich für immer weigern würden, ihre Tochter einem Manne zu geben, der sich den Tod einer Frau und das Leben eines natürlichen Sohnes vorzuwerfen hatte, selbst wenn Eveline sie auf den Knien anflehen würde, da blieb mir nur noch eine letzte

Hoffnung, die schwach wie ein Weidenzweig war, an den sich ein Ertrinkender klammert. Ich wagte zu glauben, daß Evelines Liebe stärker sei als der Entschluß ihrer Eltern und daß sie deren Unbeugsamkeit würde überwinden können. Vielleicht hatte ihr Vater ihr den wahren Grund seiner Weigerung, die unsre Liebe zugrunde richtete, verschwiegen; ich wollte, daß sie selbst über mein Schicksal, das sie genau kennen sollte, bestimme. Und so schrieb ich ihr. Ich schrieb ihr unter Tränen und Schmerzen und nicht ohne Zögern den einzigen Liebesbrief, den ich je verfaßt habe. Ich weiß nur noch ganz ungenau, was mir damals die Verzweiflung in die Feder diktiert hat; ich glaube, ich sagte ihr, daß, wenn sie je aufrichtig und wahr gewesen wäre, sie nie einen andern als mich lieben könnte und sollte; ihr Leben müßte ein verfehltes sein, denn entweder müsse sie mich belügen oder ihren dereinstigen Gatten. Gab sie nicht die Tugend der Frau preis, wenn sie ihrem verkannten Geliebten die Hingabe, die sie ihm geschenkt, sobald die Ehe unsren Herzensbund sanktioniert hätte, jetzt verweigerte? Und welche Frau möchte nicht lieber durch die Versprechungen des Herzens als durch die Ketten des Gesetzes gebunden sein? Ich suchte mein Unrecht zu rechtfertigen, indem ich die Reinheit der Unschuld anrief und nichts vergaß, was ein edles, großmütiges Herz ergreifen konnte. – Aber da ich Ihnen nun schon dieses alles erzählt habe, will ich Ihnen auch Evelines Antwort und meinen letzten Brief holen.“ Und damit ging Benassis in sein Schlafzimmer hinauf.

Als er bald darauf zurückkam, hielt er eine abgegriffene Brieftasche in der Hand und zog, nicht ohne tiefe Erregung, ungeordnete Papiere heraus, die in seiner Hand zitterten.

„Dies ist der verhängnisvolle Brief!“ sagte er. „Das Kind, das diese Zeilen schrieb, wußte nicht, was mir dieses Papier, das ihre Gedanken enthielt, bedeutete.“ Und einen zweiten Brief zeigend, fuhr er fort: „Und dies ist der letzte Aufschrei, den meine Qualen mir abgerungen haben. Sie sollen selbst darüber urteilen. Mein alter Freund überbrachte ihn in aller Heimlichkeit und demütigte sich bei seinen weißen Haaren so weit, daß er Eveline beschwor, ihn zu lesen und darauf zu antworten. Hier ist ihr Brief!“

‚Sehr geehrter Herr!‘

„Sonst hatte sie mich ‚Mein Geliebter‘ genannt, jetzt redete sie mich mit ‚sehr geehrter Herr‘ an. Dieses eine Wort sagt alles; doch hören Sie weiter:

‚Es ist sehr grausam für ein junges Mädchen, den Mann als falsch erkannt zu haben, dem ihr Leben anvertraut werden sollte! — Doch ich müßte Sie wohl entschuldigen, denn wir Menschen sind alle schwach. Ihr Brief hat mich tief gerührt, aber schreiben Sie mir nicht wieder. Ihre Handschrift verursacht mir Qualen, die ich nicht ertragen kann. Wir sind für immer getrennt. Die Gründe, die Sie mir anführten, haben mich ergriffen, sie haben ein Gefühl, das ich in meiner Seele gegen Sie hegte, erstickt; ich bin glücklich, Sie rein zu wissen. Aber Sie und ich, wir haben uns vor meinem Vater schwach gezeigt. Ja, ich habe gewagt, bei ihm für Sie zu sprechen; die größten Widerstände, die ich je empfand, habe ich überwinden und meinen Lebensgewohnheiten fast ins Gesicht schlagen müssen, um meinen Vater anzuflehen. Auch jetzt, indem ich Ihrer Bitte nachgebe und Ihnen ohne Wissen meines Vaters schreibe, mache ich mich einer Sünde schuldig. Aber meine Mutter weiß davon, in ihrer Nachsicht ließ sie mich einen Augenblick mit Ihnen allein und hat dadurch bewiesen, wie sehr sie mich liebt; das hat mich noch mehr in der Ehrfurcht bestärkt, die ich meiner Familie schuldig bin und die ich beinahe schon vergessen hätte. — Ich schreibe Ihnen heute zum ersten- und letztenmal. Ich verzeihe Ihnen das Unglück, das Sie über mein Leben gebracht haben, restlos. Ja, Sie haben recht, eine erste Liebe verlöscht nie: ich bin kein reines junges Mädchen mehr, ich würde also auch keine rechte Gattin mehr werden. Ich weiß noch nicht, wie mein Leben sich gestalten wird. Sie sehen also, das Jahr, das Sie durch Ihre Gegenwart erfüllt haben, wird noch lange in der Zukunft nachwirken. Aber ich klage Sie deshalb nicht an. Daß Sie mich immer lieben werden! Warum haben Sie mir das gesagt? Können diese Worte das bewegte Herz eines armen einsamen Mädchens beruhigen? Haben Sie nicht schon mein zukünftiges Leben durch die Erinnerung zerstört, die immer wiederkommen wird? Wenn ich mich jetzt Christus weihen wollte, würde er ein zerrissenes Herz überhaupt annehmen? Aber nicht umsonst hat er mir diesen Kummer geschickt, er hatte seine Absichten damit und hat mich gewiß an sich erinnern wollen, der jetzt meine einzige Zuflucht ist. Es bleibt mir nichts mehr auf Erden. — Sie können sich durch das natürliche Streben des Mannes über

Ihren Kummer hinwegsetzen; das ist kein Vorwurf sondern eine Art frommer Trost. Ich will damit nur sagen, daß, wenn wir beide ein schweres Los tragen, das meine gewiß das drückendere ist. Er, auf den ich all meine Hoffnungen setze, und auf den Sie nicht eifersüchtig zu sein brauchen, hat unser Leben miteinander verknüpft, er wird es auch nach seinem Willen wieder entwirren können. Ich habe bemerkt, daß ihr religiöser Glaube nicht auf jenem lebendigen und reinen Vertrauen ruht, das uns hilft, hienieden unser Leid zu tragen. Wenn Gott meine unablässigen und heißen Gebete erhört, dann wird er Ihnen die Gnade seiner Erleuchtung schicken. — Leben Sie wohl, der Sie mein Führer werden sollten, den ich ohne Sünde meinen Geliebten nennen durfte und für den ich ohne Scham beten kann. Gott verfügt nach seinem Willen über unsre Tage; er könnte Sie als ersten von uns beiden zu sich rufen. Wenn ich also allein in dieser Welt zurückbleiben sollte, vertrauen Sie mir Ihr Kind an!'

„Dieser Brief voll edler Gefühle enttäuschte meine Hoffnungen," fuhr Benassis fort. „Zuerst gab ich mich nur meinem Schmerz hin, später fühlte ich den Balsam, den dieses holde Mädchen auf die Wunden meiner Seele zu träufeln suchte und sich dabei selbst vergaß. Aber in meiner ersten Verzweiflung schrieb ich ihr etwas hart:

'Mein gnädiges Fräulein, diese Anrede sagt Ihnen schon, daß ich auf Sie verzichte und Ihnen gehorche. Es ist noch ein wehes Glück, dem geliebten Menschen zu gehorchen, selbst wenn er befiehlt, ihn zu verlassen. Sie haben recht, ich verdamme mich selbst. Ich habe vor Zeiten die Hingabe eines jungen Mädchens nicht genügend geachtet, so muß heute meine Liebe mißachtet werden. Aber ich glaubte nicht, daß die einzige Frau, der ich meine Seele geschenkt hatte, eine solche Rache gegen mich im Sinne führen würde. Ich hätte wohl so viel Tugend, nicht aber so viel Härte in einem Herzen vermutet, das mir so zart und so hingebend erschien. Ich kenne die Macht meiner Liebe, sie hat dem unerhörtesten aller Schmerzen standgehalten, der Nichtachtung, die Sie mir dadurch bewiesen, daß Sie ohne Bedauern ein Band lösten, das uns beide vereinigte. Leben Sie also für immer wohl! Ich bewahre den bescheidenen Stolz der Reue und will mir ein Leben schaffen, bei dem ich die Fehler sühnen kann, für die Sie ohne Mitleid sind. Gott ist vielleicht weniger grausam als Sie! Meine Leiden, die ganz von Ihnen erfüllt sind, werden ein verwundetes Herz strafen, das in der Einsamkeit stets bluten wird; denn wunde Herzen brauchen das Dunkel und die Stille. Kein anderes Bild der Liebe wird sich meinem Herzen mehr einprägen. Obgleich ich keine Frau bin, habe ich doch, wie Sie, begriffen, daß ich mich mit den Worten: ‚ich liebe dich' für mein ganzes Leben gebunden habe. Ja, diese Worte, die ich meiner Geliebten ins Ohr flüsterte, waren keine Lüge; würde ich wortbrüchig werden, Sie hätten allen Grund, mich zu verachten. Aber Sie werden für immer der Abgott meiner Einsamkeit bleiben. Die Reue und die Liebe sind zwei Tugenden, die alle andern durchdringen; so werden Sie trotz des Abgrunds, der uns trennt, immer der Maßstab all meiner Handlungen sein. Obgleich Sie mein Herz mit Bitterkeit erfüllt haben, wird es doch keine bitteren Gedanken gegen Sie hegen. Hieße es nicht mein neues Leben falsch beginnen, wenn ich nicht alle schlechten Gefühle daraus verbannte? So leben Sie also wohl, Sie, das einzige Herz, das ich auf dieser Welt wirklich liebe und das mich verstoßen hat. Nie lag mehr Zärtlichkeit und Wärme in einem Lebewohl als in dem meinen; liegt nicht in ihm eine ganze Seele und ein ganzes Leben, das kein Mensch wieder lebendig machen kann? Leben Sie wohl, Ihnen der Friede, mir alles Unglück.'"

Nach diesen beiden Briefen sahen sich Genestas und Benassis einen Augenblick lang an und waren dabei mit trüben Gedanken beschäftigt, die sie einander jedoch nicht anvertrauten.

„Nachdem ich", fuhr Benassis fort, „diesen letzten Brief abgeschickt hatte, dessen Entwurf ich, wie Sie sehen, aufbewahrt habe, und der heute noch mein ganzes verlorenes Glück enthält, verfiel ich in eine unaussprechliche Niedergeschlagenheit. Die Bande, die mich hienieden an das Dasein knüpften, waren alle in jener reinen Hoffnung vereint gewesen, die ich von nun an verloren hatte. Ich mußte auf das Glück einer versprochenen Liebe verzichten und die edlen Gedanken, die in mir emporkeimten, verdorren lassen. Die Sehnsucht einer reuigen Seele nach dem Schönen, Guten und Wahren war von wirklich frommen Leuten zurückgestoßen worden. Im ersten Augenblick faßte ich die tollsten Entschlüsse, aber in Rücksicht auf meinen Sohn ließ ich sie wieder fallen. Meine Anhänglichkeit an ihn wurde in diesem Unglück, dessen ahnungsloser Urheber er war und an dem ich doch nur allein die Schuld trug, nur noch größer. Er wurde mein ganzer Trost. Mit vierunddreißig Jahren konnte ich immer noch hoffen, mich meinem Lande auf würdige Weise nützlich zu machen; ich wollte ein bedeutender Mann werden und durch Ruhm oder Macht die Schuld wieder gut machen, die auf der Geburt meines Sohnes lastete. Wie viele schöne Gefühle verdanke ich ihm, wieviel Lebensfülle besaß ich in den Tagen, in denen ich mich mit seiner Zukunft beschäftigte! — Doch, ich kann nicht mehr weiter sprechen", rief Benassis aus. „Noch nach elf Jahren kann ich nicht an dieses verhängnisvolle Jahr denken, denn damals verlor ich mein Kind."

Der Arzt schwieg und verbarg sein Gesicht in beide Hände. Als er sich etwas beruhigt hatte, hob er den Kopf, und Genestas sah nicht ohne Ergriffenheit die Tränen, die das Gesicht seines Gastfreundes netzten.

„Dieser Schicksalsschlag", fuhr Benassis fort, „wollte mich anfangs ganz entwurzeln. Ich erwachte erst wieder zu neuem Leben, nachdem ich mich auf einen andern Boden verpflanzt hatte. Erst später habe ich die Hand Gottes in meinem Unglück erkannt, erst später habe ich mich zu fügen gewußt, indem ich auf seine Stimme hörte. Meine Resignation konnte nicht auf einmal da sein, mein leicht erregbarer Charakter mußte naturgemäß noch einmal aufbegehren: in einem letzten Ungewitter verbrauchte ich die letzten Flammen meines inneren Feuers, ich zögerte lange, ehe ich mich zu dem entschloß, was einem Katholiken einzig und allein ansteht. — Zuerst wollte ich mir das Leben nehmen, denn alle Geschehnisse hatten ein Übermaß von Traurigkeit in mir entfacht, und so entschloß ich mich kalten Blutes zu diesem Schritt der Verzweiflung. Ich glaubte, es sei uns Menschen erlaubt, das Leben zu verlassen, sobald es uns verläßt. Der Kummer richtet in der Seele des Menschen das gleiche Unheil an, wie das physische Leiden in seinem Körper; und der denkende Mensch, der an einer seelischen Krankheit leidet, hat doch wohl das gleiche Recht, sich zu töten, wie das Schaf, das, von der Drehkrankheit befallen, sich an einem Baume den Kopf einrennt. Daß die Leiden der Seele leichter zu heilen seien als die des Körpers, bezweifelte ich noch. Ich weiß nicht, wer der Feigere ist: der, der immer noch hofft, oder der, der nicht mehr hoffen kann. Der Selbstmord erschien mir damals jedenfalls als die letzte Krise einer seelischen Krankheit, wie der natürliche Tod das Ende einer körperlichen Krankheit ist. — Und sollte das Seelenleben, das den besonderen Gesetzen des menschlichen Willens unterworfen ist, nicht ein Ende haben dürfen, das den Anschauungen des Geistes entspricht? Der Gedanke und nicht die Waffe tötet. Und spricht der Zufall, der den Menschen in dem Augenblick niederschmettert, in dem das Leben am glücklichsten ist, ihn nicht frei, wenn er sich weigert, ein unglückliches Leben weiterzuführen? — Doch die Betrachtungen, denen ich mich damals in meiner Trauer hingab, führten mich zu höheren Erkenntnissen. Eine Zeitlang bekannte ich mich zu den Anschauungen des heidnischen Altertums. Indem ich dort nach neuen Gesetzen für den Menschen suchte, konnte ich die Fragen, die die Alten zu Systemen zusammengefaßt hatten, mit den Mitteln moderner Erkenntnis ergründen. Epikur hatte den Selbstmord erlaubt, war er doch die Ergänzung seiner Ethik; denn er verlangte um jeden Preis den Sinnengenuß: War diese Lebensbedingung nicht erfüllt, so bedeutete es für den Menschen ein Glück, in die Ruhe des Todes einzugehen. Da das ewige Ziel des Menschen das Glück oder die Hoffnung auf das Glück war, mußte für den, der litt und ohne Hoffnung litt, der Tod ein Segen sein: ihn sich freiwillig geben, war ein letzter Akt der Vernunft. Diesen Akt lobt oder tadelt er nicht, er sagt nur gelegentlich eines Festes zu Ehren des Bacchus: über das Sterben gibt es weder etwas zu lachen noch etwas zu weinen. — Von stärkerer Moral und vom Pflichtgefühl tiefer durchdrungen als Epikur ist Zeno und die ganze Stoa, die dem Stoiker in gewissen Fällen den Selbstmord vorschreiben. Sie begründen dies folgendermaßen: der Mensch unterscheidet sich vom Tiere dadurch, daß er über seine Person frei verfügen kann; nimmt man ihm dieses Recht über sein Leben und seinen Tod, so wird er der Sklave der Menschen und der Ereignisse. Dieses richtig anerkannte Recht über Leben und Sterben ist das wirksame Gegengewicht gegen alle Leiden der Natur und der Gesellschaft. Dieses selbe Recht macht den Menschen jedoch, wenn es ihm über seinesgleichen verliehen wird, zum Tyrannen. Die Macht des Menschen verleiht ihm also eine gewisse Freiheit über sein Handeln; daher muß er den beschämenden Folgen eines Fehlers, der nicht wieder gut zu machen ist, entfliehen. Der gewöhnliche Mensch nimmt die Schande hin und lebt weiter, der Weise trinkt den Schierlingsbecher und stirbt. Anstatt den Rest seines Lebens der Gicht abzuringen, die seine Knochen aufzehrt, oder dem Krebs, der sein Gesicht zernagt, wartet er lieber den geeigneten Augenblick ab, verabschiedet den Kurpfuscher und sagt seinen Freunden, die seine Gegenwart nur betrübt, Lebewohl. — Wenn man in die Gewalt des Tyrannen geraten ist, den man mit der Waffe in der Hand bekämpft hat, was soll man da tun? Der Vertrag der Unterwerfung liegt fertig da, man muß ihn nur noch unterschreiben oder den Kopf hergeben: der Dumme läßt sich den Kopf abschlagen, der Feige unterschreibt, der Weise handelt noch ein letztes Mal in voller Freiheit und tötet sich selbst. Die Stoiker sagen: ‚Der freie Mann weiß frei zu bleiben! Er befreit sich von seinen Leidenschaften, indem er sie seinen Pflichten unterwirft, er befreit sich von seinen Mitmenschen, indem er ihnen das Schwert oder das Gift zeigt, das ihn der Verfolgung entzieht, er verfügt frei über sein Schicksal, indem er den Punkt festsetzt, über den hinaus es keine Gewalt mehr über ihn hat, er ist frei von Vorurteilen, die er nicht mit Pflichten verwechselt, frei von allem tierischen Begehren, da er die gemeinen Instinkte überwunden hat, durch die so viele Unglückliche an das Leben gekettet sind.' — Nachdem ich diese Argumente aus dem philosophischen Wust der Alten herauskristallisiert hatte, glaubte ich, ihnen eine christliche Form zu geben, indem ich sie durch die Gesetze des freien Willens stützte, die Gott uns gegeben hat, damit er uns am Tage des jüngsten Gerichts richten könne. Und ich sagte mir: ich werde mich rechtfertigen! Aber dieser Entschluß zwang mich, das Leben nach dem Tode zu überdenken, und ich fand mich im Widerstreit mit meinen früheren jetzt erschütterten Glaubenssätzen. Alles im menschlichen Leben wird ernst, sobald die Ewigkeit in die geringsten unsrer Entschlüsse hineinspielt. Wenn dieser Gedanke mit seiner ganzen Wucht auf der Seele eines Menschen lastet und ihn ein Übermenschliches empfinden läßt, das ihn mit dem Unendlichen in Berührung bringt, dann nehmen die Dinge ein ganz anderes Aussehen an. Von diesem Gesichtspunkt aus ist das Leben sowohl sehr groß als auch sehr klein. Das Bewußtsein meiner Fehler hatte mich nicht an den Himmel denken lassen, solange ich noch auf Erden Hoffnung besaß, solange ich in irdischen Dingen Erleichterung für meine Schmerzen gefunden hatte. Lieben, dem Glück einer Frau leben, einer Familie vorstehen, war das nicht eine edle Art, die Fehler abzubüßen, die auf mir lasteten? — Diese Möglichkeit war jedoch fehlgeschlagen, es blieb mir noch immer das eine: mich meinem Kinde zu widmen. Als aber auch dieses zunichte wurde, als Verachtung und Tod meine Seele ganz in Trauer gehüllt hatten, als alle meine Gefühle auf einmal verwundet waren und es hier auf Erden für mich nichts mehr gab, da hob ich meine Augen zum Himmel, und dort begegnete mir Gott. — Doch anfangs versuchte ich noch immer, die Religion mit in meine Todesgedanken hineinzuziehen. Ich las die Evangelien und fand kein Wort, das den Selbstmord untersagte. Aber diese Lektüre erfüllte mich mit dem göttlichen Gedanken des Erlösers. Gewiß, er sagt nichts von der Unsterblichkeit der Seele, aber er spricht uns von dem schönen Reich seines Vaters. Er verbietet uns an keiner Stelle den Selbstmord, aber er verdammt alles, was schlecht ist. Der Ruhm seiner Evangelisten und der Beweis ihrer Mission liegen weniger darin, die Gesetze gemacht, als den Geist derselben auf Erden verbreitet zu haben. Der Mut, den ein Mensch aufbringt, um sich zu töten, erschien mir daher wie seine eigene Verdammnis: wer Kraft hat zu sterben, der müßte auch Kraft haben zu kämpfen; sich dem Leiden entziehen, ist kein Zeichen von Kraft, sondern von Schwäche. Und heißt, das Leben aus Mutlosigkeit aufgeben, nicht, dem christlichen Glauben entsagen, dem Christus als Grundlage die wundervollen Worte gegeben hat: Selig sind, die da Leid tragen? — Der Selbstmord erschien mir also in keiner noch so verzweiflungsvollen Lage mehr entschuldbar, selbst nicht bei dem, der, in einer falschen Auffassung von Seelengröße, einen Augenblick, ehe der Henker kommt, über sich selbst verfügt. Als Christus sich kreuzigen ließ, hat er uns gelehrt, allen menschlichen Gesetzen zu gehorchen, und wären sie selbst falsch angewendet. Das Wort Resignation, das über dem Kreuze steht, und das allen, die diese heiligen Lettern lesen können, so deutlich sichtbar ist, erschien mir in seinem ganzen göttlichen Glanze. —

Ich besaß damals noch achtzigtausend Franken; ich wollte zuerst die Menschen fliehen, wollte irgendwo auf dem Lande nur so hinvegetieren. Aber die Menschenverachtung ist eine Art Eitelkeit, die sich wie unter Igelstacheln verbirgt, sie ist keine katholische Tugend. Das Herz des Menschenfeindes blutet nicht, es zieht sich nur zusammen, aber das meine blutete noch aus allen Adern. Während ich an die Gesetze der Kirche dachte, an die Hilfe, die sie den Betrübten gewährt, begriff ich auf einmal die Schönheit des einsamen Gebets und hatte die fixe Idee, in ein Kloster zu gehen. — Trotz meines festen Entschlusses ließ ich mir jedoch die Möglichkeit offen, die Mittel, die ich zur Erreichung dieses Zieles anwenden wollte, erst zu prüfen. Als ich den Rest meines Vermögens flüssig gemacht hatte, reiste ich, innerlich fast ruhig, ab. ‚Der Friede im Herrn' war eine Hoffnung, die mich nun nicht mehr täuschen konnte. — Am meisten zogen mich die Ordensregeln des Heiligen Bruno an, und so ging ich denn, in ernste Gedanken vertieft, zu Fuß in die Grande-Chartreuse. Dieser Tag war ein feierlicher Tag für mich. Ich hatte das gewaltige Schauspiel, das dieser Weg mir bot, der bei jedem Schritt eine beinahe überirdische Macht offenbarte, nicht erwartet. Diese überhängenden Felsen, diese Abgründe, diese Sturzbäche, die in der Stille laut vernehmbar waren, diese Einsamkeit, die, von hohen Bergen begrenzt, doch grenzenlos erschien, dieses Asyl, in dem nichts fühlbar war als die Unzulänglichkeit des Menschen, diese durch die malerischen Schöpfungen der Natur gebändigte Wildheit, diese tausendjährigen Tannen, neben denen Blumen standen, die nur einen Tag zu leben hatten, all dieses stimmte mich ernst. Man verlernt das Lachen, wenn man durch die Wüste des Heiligen Bruno geht, denn in ihr herrscht tiefe Melancholie. — Ich kam in die Grande-Chartreuse, ich ging unter ihren alten stillen Hallen spazieren, ich hörte in den Bogengängen, wie die Wasser der Quelle heruntersickerten. Ich trat in eine Zelle ein, um mich dort auf meine Absage an die Welt vorzubereiten, ich atmete den tiefen Frieden, den mein Vorgänger hier auch schon genossen hatte, und ich las mit tiefer Ergriffenheit das Wort, das er, der Klostersitte gemäß, auf die Tür geschrieben hatte. Die Regeln für ein Leben, das auch ich von nun an führen wollte, lagen in diesen drei lateinischen Worten: ‚Fuge, late, tace.' "

Genestas senkte den Kopf, als hätte er diese lateinischen Ausdrücke verstanden.

„Ich war also entschlossen", fuhr Benassis fort. „Die mit Tannenholz getäfelte Zelle, das harte Bett, der enge Schlupfwinkel, alles paßte zu meiner Seele. Die Karthäuser-Mönche waren in der Kapelle, ich ging auch dorthin, um mit ihnen zu beten. — Da wurde mein Entschluß auf einmal umgestoßen. Ich will die katholische Kirche nicht verurteilen — ich bin selbst sogar sehr orthodox, und ich glaube an ihre Werke und ihre Gesetze — aber als ich diese Greise, die nichts von der Welt kennen und die für die Welt tot sind, ihre Gebete herunterleiern hörte, da erkannte ich auf einmal in dem Klosterleben nichts als eine Art von frommem Egoismus. Diese Zufluchtstätte wird nur dem einzelnen Menschen zum Nutzen und ist nichts als ein langer Selbstmord. Ich verdamme sie nicht; hat die Kirche ihre Gräber geöffnet, so sind sie für die Christen, die der Welt nicht mehr dienen können, gewiß notwendig. Ich für meinen Teil jedoch glaubte besser zu tun, meine Reue der Allgemeinheit zugute kommen zu lassen.

Als ich dann wieder fortging, suchte ich die Bedingungen zu ergründen, unter denen ich meine Entsagung in die Tat umsetzen könnte. Ich dachte daran, ein einfacher Seemann zu werden, ich wollte meinem Vaterlande dienen, wollte mich in die letzte Reihe stellen und auf alle geistige Arbeit verzichten. — Aber wenn dies auch ein Leben voller Arbeit und Aufopferung war, mir schien es doch nicht nützlich genug zu sein. Hieße es nicht, Gottes Absichten hintergehen? Wenn er mich mit geistigen Kräften begabt hat, war es doch wohl meine Pflicht, diese für meine Mitmenschen nutzbar zu machen. Und wenn ich offen sein soll: ich fühlte ein Bedürfnis nach Entfaltung in mir, dem die rein mechanische Tätigkeit nicht genügt hätte. So erblickte ich in dem Leben der Seeleute doch keinen Boden, der meiner ganzen Veranlagung entsprochen hätte; jede Blume hat ihren eigenen Duft.

Ich mußte damals, wie ich Ihnen schon sagte, hier übernachten. In der Nacht glaubte ich in meinem Mitgefühl, das ich für die Armen dieser Gegend empfand, einen Fingerzeig Gottes zu erblicken. Ich hatte die grausamen Wonnen der Mütterlichkeit gekostet, ich wollte mich ihr hier ganz hingeben, wollte dieses Gefühl in einer größeren Sphäre, als es die einer Mutter ist, entfalten, ich wollte eine barmherzige Schwester für ein ganzes Land werden und unablässig die Wunden der Armen pflegen. Gottes Finger schien mir also schon damals mein Schicksal gewiesen zu haben, als er mich in meiner Jugend auf das Studium der Medizin gebracht hatte; so entschloß ich mich denn, dieses Studium hier zu verwenden. ‚Wunde

Herzen brauchen das Dunkel und die Stille' hatte ich in meinem Brief gesagt; was ich gelobt hatte, wollte ich auch ausführen. Ich habe ein Leben voller Schweigsamkeit und Resignation auf mich genommen. Das ‚Fuge, late, tace' der Chartreuse ist auch hier meine Devise geworden. Meine Arbeit ist ein tätiges Gebet, mein seelischer Selbstmord ist das Leben in diesem Kanton, auf dessen Boden ich mit ausgestreckter Hand das Glück und die Freude aussäen möchte, die mir selbst nicht zuteil geworden sind. Die Gewohnheit, unter den Bauern zu wohnen, die Entfernung von der großen Welt haben mich tatsächlich ganz verändert. Mein Gesicht hat einen andern Ausdruck bekommen, es hat sich an die Sonne gewöhnt, die es gefurcht und gebräunt hat. Ich habe die Lebensart, die Sprache und die Gewohnheiten der Landleute angenommen, ihr Sichgehenlassen, ihre Unbekümmertheit um alles, was nur Schein ist. Meine Pariser Freunde oder meine kleinen Freundinnen von früher, deren Cicisbeo ich war, würden heute in mir nie den Mann wiedererkennen, der einmal so beliebt gewesen, den Sybariten, der an den Tand, den Luxus und die Leckerbissen von Paris gewöhnt war. Heute ist mir alles Äußerliche ganz gleichgültig, wie es allen Menschen ist, die unter der Gewalt eines einzigen Gedankens stehen. — Ich habe kein anderes Lebensziel mehr als das, das Leben zu verlassen, ich will jedoch nichts tun, um ihm zuvorzukommen, noch auch, um sein Ende zu beschleunigen. Aber ich werde mich eines Tages, wenn die letzte Krankheit kommt, ohne Bedauern zum Sterben hinlegen. —

Dies sind in aller Ausführlichkeit die Ereignisse

des Lebens, das ich führte, ehe ich hierher kam. Ich habe Ihnen meine Fehler nicht verhehlt, sie sind groß: ich habe sie mit den anderen Menschen gemein. Ich habe sehr viel gelitten, ich leide noch täglich. Allein, in meinen Leiden erblicke ich die Vorbedingung für eine glücklichere Zukunft. Aber trotz aller Ergebenheit in mein Schicksal gibt es doch Schmerzen, denen gegenüber ich hilflos bin. Heute wäre ich vor Ihren Augen, ohne daß Sie es merkten, beinahe einer geheimen Qual erlegen."

Genestas sprang von seinem Stuhl auf.

„Ja, Hauptmann Bluteau, Sie waren dabei. Zeigten Sie mir nicht das Bett der Mutter Colas, als wir den kleinen Jacques hinlegten? Ich kann schon kein Kind sehen, ohne an den Engel zu denken, den ich verloren habe; wieviel größer ist mein Schmerz, wenn ich ein Kind vor mir habe, das sterben muß. Ich kann kein Kind ohne innere Ergriffenheit anschauen."

Genestas erblaßte.

„Ja, die reizenden blonden Köpfchen, die unschuldigen Kleinen, die mir überall entgegenspringen, sprechen mir immer von meinem Unglück und erwecken meine Qualen immer von neuem. Und es ist mir ein schrecklicher Gedanke, daß die Leute mir für das Wenige, was ich hier tun kann, danken, wo dieses Wenige doch nur die Frucht meiner Reue ist.

Herr Hauptmann, Sie allein kennen das Geheimnis meines Lebens. Hätte ich meinen Mut aus reineren Gefühlen schöpfen können als aus der Erkenntnis meiner Fehler, dann wäre ich vielleicht glücklicher geworden; dann hätte ich Ihnen aber auch nichts von mir erzählen können."

FÜNFTES KAPITEL

☆

ELEGIE

ALS BENASSIS MIT SEINER ERZÄHLUNG ZU Ende war, bemerkte er auf dem Gesicht des Offiziers einen sorgenvollen Ausdruck, der ihn ergriff. Er war gerührt, so tiefes Verständnis gefunden zu haben, und bereute beinahe, die Ursache dieser Ergriffenheit zu sein. „Aber, Hauptmann Bluteau," sagte er, „mein Unglück ..."

„Nennen Sie mich nicht Hauptmann Bluteau!" rief Genestas, den Arzt unterbrechend, aus und erhob sich mit ungestümer Bewegung, wodurch er eine innere Verstimmung zu bekunden schien. „Es gibt keinen Hauptmann Bluteau, ich bin ein Schuft!"

Benassis sah nicht ohne lebhaftes Erstaunen Genestas an, der aufgeregt auf und ab ging, wie ein Brummer, der den Ausgang aus dem Zimmer sucht, in das er irrtümlich hineingeraten ist. „Aber wer sind Sie denn?" fragte er ihn.

„Das ist es ja eben!" antwortete der Offizier und stellte sich wieder vor den Arzt hin, wagte jedoch nicht, ihm in die Augen zu sehen. „Ich habe Sie betrogen. Das erstemal in meinem Leben habe ich gelogen, dafür bin ich nun auch bestraft worden; denn nun kann ich Ihnen den Grund meines Besuches und meiner verfluchten Spioniererei nicht mehr nennen. Seitdem ich Ihre Seele sozusagen durchschaut habe, hätte ich lieber jedesmal, wenn Sie mich als Hauptmann Bluteau anredeten, eine Ohrfeige haben mögen! Sie werden diesen Betrug vielleicht entschuldigen, ich aber kann ihn mir nie verzeihen, ich, Pierre-Joseph Genestas, der ich, um meinen Kopf zu retten, nicht einmal vor dem Kriegsgericht lügen würde."

„Sie sind der Major Genestas!" rief Benassis aus und erhob sich nun seinerseits von seinem Stuhl. Er nahm die Hand des Offiziers, drückte sie herzlich und sagte: „Wie Sie es schon vorhin bemerkten, wir waren Freunde, noch ehe wir zusammen kamen! Ich habe immer gewünscht, Sie einmal kennen zu lernen, nachdem Herr Gravier mir soviel von Ihnen erzählt hat. Einen Mann aus dem Plutarch hat er Sie genannt."

„Ich weiß nicht, wer Plutarch ist," erwiderte Genestas, „ich bin Ihrer nicht würdig und könnte mich deshalb umbringen. Ich hätte Ihnen mein Geheimnis einfach anvertrauen sollen. Aber nein, ich tat doch recht daran, eine Maske vors Gesicht zu nehmen und mich zuerst über Sie zu informieren; so weiß ich doch jetzt, daß ich zu schweigen habe. Wenn ich ganz offen gehandelt hätte, hätte ich Ihnen viel Kummer bereitet, und davor bewahre mich Gott!"

„Aber ich verstehe Sie nicht, Herr Major!"

„Lassen wir die Sache ruhen! Ich bin gar nicht krank, ich habe einen schönen Tag hier verlebt, ich werde morgen wieder fortgehen. Wenn Sie einmal nach Grenoble kommen, dann finden Sie dort einen Freund mehr, und einen Freund, auf den Sie bauen können. Der Geldbeutel, der Säbel, das

Blut, alles, was Pierre-Joseph Genestas besitzt, gehört Ihnen. — Jedenfalls sind Ihre Worte auf fruchtbaren Boden gefallen. Wenn ich erst meinen Abschied haben werde, werde ich mich auch in ein Loch vergraben, dort Bürgermeister werden und versuchen, Ihrem Vorbild nachzueifern. Was mir an Ihrem Wissen fehlt, werde ich nachholen."

„Sie haben recht, der Grundbesitzer, der bei der Ausbeutung seines Bodens auch nur die geringsten Verbesserungen vornimmt, leistet seinem Lande beinahe ebensoviel gute Dienste wie der beste Arzt. Wenn der eine die Schmerzen der Menschen lindert, so heilt der andere die Wunden des Vaterlandes. — Aber Sie machen mich neugierig. Kann ich Ihnen denn nicht in irgend etwas helfen?"

„Helfen!" sagte der Major ergriffen. „Mein Gott, mein lieber Herr Benassis, den Dienst, um den ich Sie hatte bitten wollen, kann ich nicht mehr von Ihnen annehmen. Ich habe schon manchen Christenmenschen in meinem Leben getötet, aber man kann töten und doch ein gutes Herz haben. Und so ungeschlacht ich auch aussehe, ich verstehe mich doch noch auf manches!"

„Aber so sprechen Sie doch!"

„Nein, ich will Ihnen nicht noch wissentlich Schmerzen bereiten!"

„Ach, Herr Major, ich kann sehr viel aushalten."

„So sollen Sie wissen," sagte der Offizier, „daß es sich um das Leben eines Kindes handelt."

Benassis' Stirn verdüsterte sich plötzlich, aber er machte Genestas ein Zeichen, fortzufahren.

„Um ein Kind," fuhr der Major fort, „dessen Leben durch dauernde und sorgsame Pflege noch gerettet werden kann. Aber wo fände ich einen

Arzt, der sich so ganz einem einzelnen Kranken widmete? In der Stadt gewiß nicht! Ich hatte von Ihnen als von einem ausgezeichneten Menschen sprechen hören, aber ich hatte Angst, einem vielleicht unverdienten Ruf zum Opfer zu fallen. So wollte ich mir denn diesen Herrn Benassis, von dem man mir schon soviel Gutes erzählt hatte, erst genau ansehen, ehe ich ihm meinen Kleinen anvertraute. Und jetzt..."

„Schon gut!" sagte der Arzt. „Ist es Ihr Kind?"

„Nein, lieber Herr Doktor. Um Ihnen die ganze Sachlage zu erklären, müßte ich Ihnen eine Geschichte erzählen, in der ich nicht die glänzendste Rolle gespielt habe. Aber Sie haben mir Ihr Geheimnis anvertraut, so kann ich Ihnen auch das meine beichten."

„Einen Augenblick, bitte", sagte der Arzt und rief Jacquotte, die sofort hereinkam, und bei der er sich seinen Tee bestellte. „Sehen Sie, Herr Major, am Abend, wenn alles schläft, kann ich nicht schlafen, mein Kummer lastet auf mir, ich versuche ihn durch Tee zu verscheuchen. Dieses Getränk versetzt mich in eine Art nervösen Rausch, in eine Art Betäubung, ohne die ich heute nicht mehr am Leben wäre. Wollen Sie immer noch keinen haben?"

„Ich würde lieber noch ein Glas Wein trinken", sagte Genestas.

„Gern! Jacquotte, bringe Wein und Biskuit."

„Wir werden uns für die Nacht einrichten", fuhr der Arzt fort und wandte sich an seinen Gast.

„Dieser Tee muß Ihnen doch aber sehr schädlich sein?" sagte Genestas.

„Er verursacht mir fürchterliche Gichtanfälle,

aber ich könnte auf diese Gewohnheit nicht mehr verzichten; sie ist mir zu angenehm, sie verschafft mir jeden Abend ein paar Augenblicke, in denen die Last des Lebens von mir genommen ist. — So, nun kann ich Ihnen zuhören. Ihre Erzählung wird vielleicht den allzu starken Eindruck, den die alten Erinnerungen auf mich gemacht haben, wieder verwischen!"

„Mein lieber Herr Doktor," begann Genestas und stellte sein leeres Glas auf den Kaminsims, „nach dem Rückzug von Moskau sammelte sich mein Regiment wieder in einer kleinen Stadt Polens. Wir kauften uns für teures Geld Pferde und blieben bis zur Rückkehr des Kaisers in Garnison. Ich muß noch sagen, daß ich damals einen Freund hatte. Während des Rückmarsches bin ich mehr als einmal von ihm, einem Quartiermeister, namens Renard, gerettet worden; er hat Dinge für mich getan, die zwei Männer zu Freunden machen müssen, soweit einem der Dienst für solche Gefühle Zeit läßt. Wir waren beide in dem gleichen Hause einquartiert, in einer jener Holzbaracken, in denen eine ganze Familie haust, und in die man kaum glaubt ein Pferd hineinstellen zu können. Diese Hütte gehörte Juden, die sechsunddreißig Handelsgeschäfte betrieben, und der alte Judenvater, dessen Finger noch nicht zu erfroren waren, um das Gold in seinen Händen zu halten, hat während unsres Rückzuges recht gute Geschäfte gemacht. Solche Leute leben im Schmutz und sterben im Gold! Ihr Haus stand auf einem Holzkeller, in dem ihre Kinder untergebracht waren, vor allem ein Mädchen, das so schön war, wie es nur eine Jüdin ist, wenn sie sich sauber hält und nicht blond ist. Sie war siebzehn Jahre alt, weiß wie Schnee, hatte Sammetaugen, schwarze langhaarige Wimpern, leuchtende Haare, die so aufgesteckt waren, daß man am liebsten in ihnen gewühlt hätte; ein wirklich vollkommenes Geschöpf! Ich hatte als erster diesen merkwürdigen Vorrat im Keller entdeckt, an einem Abend, als man mich schon im Bett glaubte, und ich noch ruhig meine Pfeife auf der Straße rauchte. Die Kinder wimmelten alle durcheinander wie junge Hunde, es war ein merkwürdiger Anblick. Die Eltern aßen mit ihnen zu Abend. Während ich sie alle betrachtete, bemerkte ich durch den Tabaksqualm hindurch die junge Jüdin, die sich wie ein neues Goldstück unter lauter alten Kupfermünzen ausnahm. — Ich hatte bisher nie Zeit gehabt, über die Liebe nachzudenken, aber als ich dieses Mädchen sah, verstand ich das, was ich bisher nur aus einem natürlichen Bedürfnis heraus gekannt hatte. Dieses Mal war Kopf, Herz und alles übrige dabei beteiligt. Ich war also bis über die Ohren verliebt, aber gründlich. Ich blieb da, rauchte meine Pfeife, betrachtete das Mädchen, bis sie ihre Kerze auslöschte und schlafen ging. Ich konnte kein Auge zutun, blieb die ganze Nacht wach, rauchte und ging auf der Straße auf und ab. So war ich bisher noch nie gewesen; das einzige Mal in meinem Leben, daß ich daran gedacht habe, mich zu verheiraten. — Als es Tag wurde, sattelte ich mein Pferd und jagte zwei Stunden lang durch das Land, um mich zu erfrischen; dabei hätte ich beinahe mein Tier kaputt geritten."

Genestas hielt inne, sah seinen neuen Freund ängstlich an und sagte dann: „Sie müssen schon entschuldigen, Benassis, ich bin kein Redner, ich spreche, wie es mir gerade kommt. In einer Gesellschaft wäre es mir peinlich, aber hier mit Ihnen und auf dem Lande..."

„Fahren Sie nur fort", sagte der Arzt.

„Als ich heimkam, fand ich Renard ganz verstört in meinem Zimmer; er glaubte mich in einem Duell getötet und reinigte schon seine Pistolen, um mit demjenigen abzurechnen, der mich um die Ecke gebracht hatte... Doch nun zeigte sich der wahre Charakter meines Gefährten! — Ich vertraute meinem Kameraden meine Liebe an und zeigte ihm das ganze Kindernest. Da er das Rackerlatein dieser Leute verstand, bat ich ihn, mir zu helfen, den Eltern meine Absichten mitzuteilen und einen Briefwechsel mit Judith einzuleiten. — Sie hieß nämlich Judith! — Vierzehn Tage lang war ich der glücklichste Mensch unter der Sonne, denn alle Abend durften wir mit dem Juden, seiner Frau und dem Mädchen zusammen essen. Sie kennen so etwas, ich brauche Sie damit nicht erst zu langweilen. Aber wenn Sie kein Raucher sind, dann kennen Sie auch die Freude eines Menschen nicht, der wie ich mit seinem Freunde Renard und dem Vater des Mädchens ruhig seine Pfeife raucht und dabei die Prinzessin ansieht! Das war sehr schön! — Ich muß Ihnen nur noch sagen, daß Renard ein Pariser war, ein Sohn aus reichem Hause. Sein Vater, der einen großen Spezereiwarenhandel betrieb, hatte ihn zum Notar bestimmt und hatte ihn etwas lernen lassen. Aber da war die Aushebung gekommen, und er mußte dem Schreibtisch Lebewohl sagen. Er war übrigens wie dazu geschaffen, Uniform zu tragen; er hatte ein richtiges Mädchengesicht und verstand es, den Leuten um den Bart zu gehen. Ihn liebte Judith und kümmerte sich den Teufel um mich. Ich war ganz aus dem Häuschen und befand mich in den höchsten Regionen, wenn ich Judith nur ansehen konnte. Mein Kamerad aber — der seinen Namen (Fuchs) nicht umsonst trug — blieb auf der Erde; der Verräter verstand sich mit dem Mädchen, und zwar so gut, daß er sich mit ihr nach den Sitten des Landes verheiratet hatte. (Es hätte zu lange gedauert, erst die notwendige Erlaubnis aus der Heimat zu bekommen.) Und er versprach ihr, sie nach dem französischen Gesetz zu heiraten, wenn ihre Ehe angefochten werden sollte. — Tatsache ist, daß Frau Renard in Frankreich wieder Fräulein Judith wurde. — Hätte ich das alles gewußt, ich hätte Renard glatt getötet, ohne ihm auch nur Zeit zu lassen, piep zu sagen. Aber der Vater, die Mutter, das Mädchen und mein Quartiermeister steckten alle unter einer Decke und verstanden sich wie Taschendiebe auf einem Jahrmarkt. Während ich also meine Pfeife rauchte und Judith wie das heilige Sakrament anbetete, verabredete Renard seine Stelldicheine und kam in allem gut voran. — Sie sind der einzige Mensch, dem ich diese Geschichte, die eigentlich eine Gemeinheit ist, erzähle. Ich habe mich immer gefragt, woher es kommt, daß ein Mensch vor Scham lieber sterben würde, als einem ein Geldstück zu stehlen, und dabei einem Freunde ohne Gewissensbisse die Frau, das Glück, das Leben fortnehmen kann. — Jedenfalls waren die beiden schon lange verheiratet und glücklich, als ich noch immer beim Abendbrot dasaß, wie ein Narr Judith bewunderte und wie ein Tenor auf die Blicke antwortete, die sie mir zuwarf, um mir Sand in die Augen zu streuen. — Sie können sich denken, daß sie ihr Betrug teuer zu stehen kam; Gott gibt besser auf die Dinge, die auf Erden vor sich gehen, acht, als wir so gemeinhin glauben. Die Russen überholen uns, der Feldzug von 1813 beginnt! Wir werden überfallen; eines schönen Tages kommt der Befehl, uns zur bestimmten Stunde auf dem Schlachtfeld einzufinden. Der Kaiser wußte gut, was er tat, als er so schnell zum Aufbruch zwang: die Russen hatten uns umzingelt. Unser Oberst muß sich noch von einer Polin, die eine Viertelmeile von der Stadt entfernt wohnte, verabschieden, er verspätet sich, und die Vorhut der Kosaken bekommt ihn zu fassen und mit ihm seine ganze Abteilung. Wir haben noch gerade Zeit, uns aufs Pferd zu setzen, uns vor der Stadt zu sammeln, ein Reitergefecht zu liefern und die Russen zurückzuschlagen, um Spielraum zu gewinnen, uns des Nachts aus dem Staube zu machen. Wir haben drei Stunden hintereinander geschossen und richtige Bravourstücke geleistet. Während wir kämpften, gewann unsre Bagage und unsre Munition einen Vorsprung — denn wir besaßen einen ganzen Artilleriepark und große Reservevorräte, die der Kaiser bitter notwendig brauchte, und die man ihm um jeden Preis zuführen mußte. Unsre Verteidigung flößte den Russen Schrecken ein, sie glaubten uns von einem ganzen Armeekorps gestützt. — Bald jedoch klären sie ihre Spione über ihren Irrtum auf, sie hören, daß sie nur ein Kavallerie-Regiment und unser Infanterie-Depot vor sich haben, und beginnen gegen Abend einen Angriff, der alles zerstören soll; er war so heftig, daß viele von uns dabei blieben. Wir waren eingeschlossen. Ich stand mit Renard in der vordersten Linie und sehe ihn wie einen Besessenen laden und schießen; denn er dachte an seine Frau, während er sich verteidigte. Ihm hatten wir es denn auch zu verdanken, daß wir wieder in die Stadt kamen, die unsre Kranken und Verwundeten schon in einen Verteidigungszustand versetzt hatten. Aber es war jammervoll. Wir kamen als die letzten herein, er und ich, wir fanden unsern Weg durch einen Haufen Kosaken versperrt, wir schlugen wie toll auf sie ein. Einer von diesen Wilden will mich auf seine Lanze aufspießen, Renard sieht es, er drängt sein Pferd zwischen uns beide, um den Schlag abzuwehren; das arme Tier — wirklich ein schönes Pferd — bekommt das Eisen zu spüren und reißt beim Fallen Renard und den Kosaken zur Erde. Ich töte den Russen, nehme Renard beim Arm und setze ihn vor mich auf mein Pferd, quer, wie einen Sack Getreide. ‚Lebt wohl, Hauptmann!' sagt er, ‚es ist alles aus.' ‚Nein!' antworte ich ihm, ‚das wollen wir erst mal sehen!' Ich reite in die Stadt, steige ab und setze ihn in die Ecke eines Hauses auf ein Bündel Stroh. Er hatte den Schädel eingeschlagen, das Gehirn quoll ihm heraus, und dabei sprach er noch. Er war ein tapferer Mann. ‚Wir sind quitt,' sagt er, ‚ich habe dir dein Leben gerettet, dafür habe ich dir Judith genommen. Sorge für sie und ihr Kind, wenn sie eins bekommen sollte, und heirate sie.' — Im ersten Augenblick lasse ich ihn da liegen wie einen Hund, aber als meine Wut verraucht ist, komme ich wieder zurück — da war er schon tot. — Inzwischen hatten die Kosaken in der Stadt

Feuer angelegt. Da fällt mir Judith wieder ein, ich suche sie, setze sie hinter mich aufs Pferd und dank der Geschwindigkeit meines Tieres hole ich mein Regiment ein, das seinen Rückzug schon eingeleitet hatte. Von dem Juden und seiner Familie war nichts mehr zu sehen, sie waren wie die Ratten verschwunden. Nur Judith hatte auf Renard gewartet. Zuerst habe ich ihr, wie sich denken läßt, nichts gesagt. Jetzt mußte ich nun noch mitten in diesem furchtbaren Feldzuge von 1813 für diese Frau sorgen, sie unterbringen, ihr zu essen verschaffen, sie pflegen; ich glaube, sie hat von der schlechten Lage, in der wir uns befanden, kaum etwas gemerkt. Ich richtete es so ein, sie immer zehn Meilen vor unsern Soldaten — in der Richtung nach Frankreich — unterzubringen. Während wir bei Hanau kämpfen, bringt sie einen Knaben zur Welt. Ich werde bei dieser Schlacht verwundet und treffe mit Judith erst wieder in Straßburg zusammen, danach ging ich auf Paris zu; denn während des ganzen Feldzuges in Frankreich hatte ich das Pech, im Lazarett zu liegen. Ohne diesen verhängnisvollen Zufall wäre ich zu den Grenadieren der Garde gekommen, und der Kaiser hätte mich befördert. — Statt dessen mußte ich für eine Frau und für ein Kind sorgen, die beide nicht mir gehörten, und war an drei Stellen verwundet. Sie können sich vorstellen, daß mein Sold nicht weit her war. Der Vater Renard, ein alter Haifisch ohne Zähne, wollte von seiner Schwiegertochter nichts wissen, der Judenvater war verschwunden. Judith verging vor Kummer. Eines Morgens, wie sie mich verbindet, weint sie. ‚Judith', sage ich ihr, ‚ist dein Kind verloren?'

‚Ja, und ich auch,' antwortet sie. ‚Ach was, wir werden uns die nötigen Papiere verschaffen, ich werde dich heiraten und werde das Kind von . . .' Ich konnte nicht weiter sprechen. Judith dankte mir mit einem Blick, der mir durch Mark und Bein ging. Ich sah, daß ich sie noch immer liebte; und von dem Tage an hatte ich auch ein Herz für den Kleinen. Während die Papiere unterwegs waren, legt sich die arme Frau hin und stirbt. Einen Tag vor ihrem Tode hat sie noch die Kraft, sich anzuziehen, sich zu schmücken, alle notwendigen Formalitäten zu erfüllen, einen Haufen Papiere zu unterschreiben; dann, als ihr Kind einen Namen und einen Vater hat, legt sie sich wieder hin, ich küsse ihr die Hände und die Stirn und dann gibt sie den Geist auf. — Das war meine Hochzeit. Am übernächsten Tage, nachdem ich ein paar Klafter Erde gekauft und das arme Mädchen begraben habe, bin ich Vater einer Waise. Während des Feldzuges von 1815 habe ich das Kind in Pflege gegeben, seither habe ich mich des kleinen Geschöpfes, dessen Geschichte, die wirklich nicht schön ist, niemand kennt, so angenommen, als ob es mein eigenes wäre. Sein Großvater hat alles Geld verloren und lebt mit seiner Familie irgendwo zwischen Persien und Rußland, vielleicht wird er noch einmal wieder zu Gelde kommen, denn er scheint sich auf den Handel mit Edelsteinen zu verstehen. — Ich habe das Kind auf die Schule geschickt und hatte es letzthin in der Mathematik so weit gebracht, daß ich es auf ein Polytechnikum bringen konnte, von wo aus es dann später einmal eine schöne Stellung bekommen kann. Da wird mir doch der kleine Kerl krank, er hat es auf der Brust. Wie die Ärzte in Paris sagen, wäre noch eine Rettung möglich, wenn er nämlich in den Bergen lebte, ein zuverlässiger Mensch ihn ständig beobachtete und ihm die rechte Pflege angedeihen lassen würde. Da hatte ich an Sie gedacht und war hergekommen, um Sie und Ihr Leben hier kennen zu lernen. Nach dem aber, was Sie mir erzählt haben, habe ich nicht mehr den Mut, Ihnen diese Aufregung zu verursachen, obgleich wir doch jetzt gute Freunde geworden sind."

„Herr Major," sagte Benassis nach kurzem Schweigen, „bringen Sie mir Judiths Kind her. Es scheint Gottes Wille zu sein, daß mir auch noch diese letzte Prüfung auferlegt werden soll, und ich werde sie bestehen. Ich werde Gott, dessen Sohn am Kreuz gestorben ist, diese Leiden darbringen. — Während Ihrer Erzählung habe ich übrigens keinerlei Schmerzen empfunden, nehmen wir das als ein gutes Zeichen an."

Genestas drückte die Hand des Arztes herzlich, ohne die Tränen zurückdrängen zu können, die seine Augen netzten und die über seine gebräunten Wangen rollten.

„Und bewahren wir über alles tiefstes Stillschweigen!" sagte er.

„Gewiß, Major; aber Sie haben ja nichts getrunken."

„Ich habe keinen Durst," antwortete Genestas, „ich bin ganz benommen."

„Wann werden Sie mir das Kind also bringen?"

„Schon morgen, wenn Sie wollen. Seit zwei Tagen ist es in Grenoble."

„Gut, fahren Sie morgen hin und kommen Sie

gleich wieder zurück; ich werde Sie bei dem Gräbermädchen erwarten, wo wir dann alle vier frühstücken werden."

„Einverstanden!" sagte Genestas.

Die beiden Freunde gingen schlafen und wünschten sich eine gute Nacht. Als sie auf dem Flur standen, der beide Zimmer voneinander trennte, stellte Genestas sein Licht auf das Fensterbrett und trat dicht an Benassis heran.

„Alle Wetter auch!" sagte er mit kindlicher Begeisterung, „ich kann heute abend nicht von Ihnen gehen, ohne Ihnen gesagt zu haben, daß Sie der dritte Christ sind, der mich hat begreifen lassen, daß es dort oben Etwas gibt." Und er zeigte auf den Himmel.

Der Arzt antwortete mit einem wehmütigen Lächeln und drückte herzlich die Hand, die Genestas ihm hinreichte.

Am nächsten Tag ritt Genestas in aller Frühe in die Stadt und war schon wieder gegen Mittag auf der großen Landstraße, dort, wo der Weg abbiegt und zu dem Gräbermädchen führt. Er war in einem jener offenen vierrädrigen, mit einem Pferd bespannten Wagen gekommen, wie man ihnen in diesen Gebirgsgegenden überall begegnet. Neben Genestas saß ein junger schmächtiger und schwächlich aussehender Jüngling, der, obgleich er schon fast sechzehn Jahre alt war, den Eindruck eines Zwölfjährigen machte. Ehe der Offizier abstieg, sah er sich nach allen Seiten um, ob er nicht einen Bauern sähe, der den Wagen zu Benassis fahren könnte, denn der Weg, der zu dem Haus des Gräbermädchens führte, war für ein Gefährt zu schmal. Zufällig kam gerade der Feldhüter vorüber und nahm Genestas diese Sorge ab, so daß er sich mit seinem Adoptivsohn zu Fuß über die Bergpfade bis zu dem Treffpunkte begeben konnte.

„Wird es dir nicht Freude machen, Adrien, ein Jahr lang durch dieses schöne Land zu wandern und jagen und reiten zu lernen, anstatt bei deinen Büchern alle Farbe zu verlieren? Sieh dich doch nur einmal um."

Und Adrien sah mit den Augen eines kranken Kindes müde über das Tal, sagte — den Schönheiten der Natur gegenüber, wie alle jungen Leute, völlig gleichgültig — „Wie gut du bist, Vater!" und ging, ohne stehen zu bleiben, weiter. Genestas zog sich bei dieser ungesunden Gleichgültigkeit das Herz zusammen und er erreichte das Haus des Gräbermädchens, ohne noch weiter ein Wort an seinen Sohn zu richten.

„Wie pünktlich Sie aber sind!" rief Benassis aus und erhob sich von der Holzbank, auf der er gesessen hatte.

Aber bald setzte er sich wieder und wurde beim Anblick Adriens ganz nachdenklich. Er sah sich das müde, wachsbleiche Gesicht genau an, nicht ohne seine schönen Linien zu bewundern. Das Kind, das ganze Ebenbild der Mutter, hatte von ihr die blasse Gesichtsfarbe geerbt und die schönen schwarzen, melancholischen Augen. Alle Züge der polnisch-jüdischen Schönheit fanden sich in diesem, von dichten Haaren eingerahmten Kopf wieder, der für den zarten Körper, zu dem er gehörte, fast zu groß erschien.

„Schlafen Sie gut, mein junger Freund?" fragte ihn Benassis.

„O ja."
„Zeigen Sie mir Ihre Knie, streifen Sie sich die Beinkleider ab."
Adrien knöpfte seine Hosenträger errötend ab und zeigte dem Arzt sein Knie, das dieser sorgfältig beklopfte.
„Gut, nun sprechen und schreien Sie, schreien Sie ganz laut."
Und Adrien schrie.
„Genug, geben Sie mir Ihre Hände."
Der junge Mann reichte ihm seine weichen und weißen Hände, auf denen, wie bei einer Frauenhand, die blauen Adern sichtbar waren.
„In welcher Schule waren Sie in Paris?"
„In Saint-Louis."
„Hat Ihr Vorsteher nicht in der Nacht sein Brevier gelesen?"
„Ja."
„So sind Sie also doch nicht gleich eingeschlafen?"
Da Adrien nicht sofort antwortete, sagte Genestas:
„Der Direktor der Schule ist ein sehr frommer Mann, er hat mir auch den Rat gegeben, den Jungen aus Gesundheitsrücksichten aus der Schule zu nehmen."
„Es ist noch nicht alles verloren", antwortete Benassis und sah Adrien tief in die unruhigen Augen.
„Wir werden aus diesem Knaben schon einen ganzen Mann machen. Wir werden wie zwei Kameraden zusammen leben, mein Junge! Wir gehen früh ins Bett und stehen früh auf. Ihr Sohn soll reiten lernen, Herr Major. Ein bis zwei Monate werden wir ihm durch eine Milchkur seinen Magen erst wieder in Ordnung bringen, dann verschaffe ich ihm einen Waffenschein, eine Jagd-

erlaubnis und übergebe ihn Butifer, daß die beiden auf Gemsjagd gehen können. Nach fünf, sechs Monaten Landleben werden Sie Ihren Sohn nicht wiedererkennen, Herr Major. Und Butifer wird glücklich sein. Ich kenne den Ruhelosen, er wird Sie, mein junger Freund, bis in die Schweiz führen, über die Alpen. Sie werden Felsspitzen erklimmen und werden gehörig dadurch wachsen; Sie werden rote Backen bekommen, starke Nerven, und Sie werden Ihre schlechten Schulangewohnheiten alle verlernen. Dann können Sie Ihr Studium wieder aufnehmen und ein ganzer Mann werden. Butifer ist ein ordentlicher Bursche; wir können ihm ruhig das Geld anvertrauen, das für Ihre gemeinsamen Reisen und Jagden notwendig ist, und die Verantwortung wird ihn für ein halbes Jahr vernünftig machen; da ist dann wieder eine Spanne Zeit für ihn gewonnen."
Das Gesicht Genestas' hellte sich bei den Worten des Arztes mehr und mehr auf.
„Nun wollen wir aber essen. Das Gräbermädchen möchte Sie gern kennenlernen", sagte Benassis und gab Adrien einen leichten Klaps auf die Backe.
„So ist er also nicht schwindsüchtig?" fragte Genestas den Arzt und zog ihn beiseite.
„Nicht mehr als Sie und ich."
„Aber was hat er denn?"
„Er ist augenblicklich in einem unglückseligen Entwicklungsalter, das ist alles", antwortete Benassis.
Das Gräbermädchen stand auf der Schwelle ihres Hauses, und Genestas sah nicht ohne Erstaunen, wie einfach, aber zierlich sie sich angezogen hatte. Das war nicht mehr das Bauernmädchen von

gestern abend, das war vielmehr eine elegante und anmutige Dame aus Paris, die ihm Blicke zuwarf, denen gegenüber er sich schwach fühlte. Die Augen des Offiziers fielen auf einen Nußbaumtisch, auf dem kein Tischtuch lag, der aber so schön gewachst war, als ob er gebeizt wäre, und auf dem Eier, Butter, Brot und herrlich duftende Walderdbeeren standen. Überall hatte das gute Mädchen Blumen hingestellt, womit sie bekundete, was für ein Festtag heute für sie war. Der Major empfand bei dem Anblick dieses einfachen Hauses mit dem Rasen davor etwas wie Neid, er schaute das Gräbermädchen mit einem Ausdruck an, der sowohl Hoffnung als auch Zweifel ausdrückte. Dann ließ er seine Augen auf Adrien ruhen, dem das Mädchen die Eier reichte und dabei mit ihm sprach.

„Herr Major," sagte Benassis, „Sie wissen, um welchen Preis Sie diese Gastfreundschaft hier genießen; Sie müssen meinem Gräbermädchen etwas aus Ihrem Soldatenleben erzählen."

„Erst aber wollen wir den Herrn in Ruhe essen lassen, wenn er dann seinen Kaffee getrunken hat..."

„Dann will ich es gern tun," antwortete der Major; „doch möchte ich eine Bedingung an meine Erzählung knüpfen: daß auch Sie uns ein Abenteuer aus Ihrem Leben erzählen."

„Aber ich habe doch nie etwas erlebt, was des Erzählens wert sein könnte", erwiderte sie errötend. — „Wollen Sie noch etwas Reiskuchen haben, mein kleiner Freund?" wandte sie sich an Adrien, dessen Teller leer war.

„Gern!"

„Der Kuchen ist ausgezeichnet!" sagte Genestas.

„Was werden Sie da erst zu ihrem Kaffee mit Sahne sagen?" rief Benassis aus.

„Lieber möchte ich noch unsre holde Gastgeberin erzählen hören."

„Das fangen Sie aber falsch an, Genestas", sagte Benassis. „Höre, Kind," fuhr er fort, sich an das Gräbermädchen wendend, „dieser Offizier, den du da neben dir siehst, verbirgt unter einem strengen Äußern ein sehr gutes Herz. Du kannst vor ihm ganz so sprechen, wie es dir zumute ist. Sprich oder schweige, ganz wie du willst, wir wollen dich zu nichts zwingen. Wenn du je im Leben Verständnis finden kannst, mein liebes Kind, dann findest du es hier bei diesen drei Menschen, die im Augenblick um dich sind. Erzähle uns von deinen vergangenen Erlebnissen; von deinen augenblicklichen Herzensgeheimnissen kannst du ja ganz schweigen."

„Da bringt uns Mariette schon den Kaffee!" rief sie aus. „Wenn Ihnen allen eingegossen ist, will ich Ihnen gern von meinen Liebesabenteuern erzählen, doch nicht wahr," fügte sie hinzu und warf Genestas einen bescheidenen und doch herausfordernden Blick zu, „der Herr vergißt sein Versprechen nicht?"

„Wie würde ich mir das erlauben!" antwortete Genestas ehrerbietig.

„Mit sechzehn Jahren mußte ich," begann das Gräbermädchen, „obgleich ich schwächlich war, auf den Landstraßen von Savoyen betteln gehen. Ich schlief in Echelles in einem großen Heuschober. Der Gastwirt, der mich beherbergte, war ein guter Mann, aber seine Frau konnte mich nicht leiden und zankte immer mit mir. Das tat mir sehr wehe, denn ich war kein böses Bettelmädchen, ich betete morgens und abends, ich stahl nicht, ich ging aufs Geratewohl, um mir etwas zu essen zu erbitten, denn ich konnte nichts arbeiten und war wirklich krank, unfähig, eine Hacke zu heben oder Baumwolle zu haspeln. Kurz, wegen eines Hundes wurde ich dann fortgejagt. Von Jugend auf ohne Eltern, ohne Freunde, war mir noch niemand begegnet, der mir einen guten Blick gegönnt hätte. Die gute Frau Morin, die mich erzogen hatte, war gestorben, sie war sehr gut zu mir gewesen; aber ich besinne mich kaum noch an irgendeine Zärtlichkeit. Die Alte hatte wie ein Mann arbeiten müssen; wenn sie mich auch verhätschelte, so gab sie mir doch mit dem Löffel manchen Klaps auf die Hände, wenn ich unsre Suppe aus dem gemeinsamen Napf zu schnell aß. Die arme Alte! Es vergeht kein Tag, an dem ich sie nicht in mein Gebet einschließe; möge Gott ihr dort oben ein glücklicheres Leben bereiten, als sie es hier gehabt hat, besonders ein besseres Bett. Sie jammerte immer über die Pritsche, auf der wir alle beide lagen. Sie können es sich gar nicht denken, wie wehe es tut, immer nur Schelte, Schläge zu bekommen und Blicke, die einem das Herz durchdringen, als wären es Messerstiche. Dabei kannte ich arme Leute, denen das alles gar nichts ausmachte. Aber ich war für dieses Handwerk eben nicht geschaffen. Ein ‚Nein' hat mir immer gleich die Tränen in die Augen getrieben. Jeden Abend kam ich trauriger heim und wurde erst wieder ruhiger, wenn ich mein Gebet gesagt hatte. In der ganzen Welt gab es also nicht ein Herz, an dem das meine hätte ausruhen können. Der blaue Himmel war mein einziger Freund. Hatte der Wind die Wolken fortgefegt, dann war ich immer glücklich. Wenn ich den blauen Himmel sah, dann legte ich mich in eine Felsenecke und schaute mir das Wetter an. Ich träumte dann, ich wäre eine vornehme Dame. Mir war es, als wäre ich ganz in blau gebadet. Ich lebte in Gedanken dort oben, nichts lastete auf mir, ich stieg immer höher und wurde ganz froh. — Um aber auf mein Liebesabenteuer zurückzukommen, will ich Ihnen erzählen, daß mein Herbergsvater eine Hündin hatte, und diese hatte ein kleines Hündchen, das ganz entzückend war, schneeweiß, nur an den Pfötchen hatte es schwarze Tupfen. Ich sehe es noch vor mir, das kleine Ding! Es war das einzige Geschöpf, das mir damals freundliche Blicke zuwarf, ich hob ihm meine besten Bissen auf. Der kleine Hund war wie ein Mensch, er kannte mich, kam mir am Abend entgegen, schämte sich meiner Armut nicht, leckte mir die Füße und sprang an mir empor. In seinen Augen lag so viel Güte und Dankbarkeit, daß ich manchmal weinen mußte, wenn ich ihn ansah. Das war also, wie gesagt, das einzige Wesen, das mich wirklich lieb hatte. Im Winter schlief er in meinem Bett. Es war mir so schrecklich, wenn er geschlagen wurde, daß ich ihm abgewöhnte, in die Häuser zu gehen und Knochen zu stehlen; er begnügte sich mit dem Brot, das ich ihm gab. Wenn ich traurig war, legte er sich vor mich hin, sah mir in die Augen, und sein Blick schien mir zu sagen: Bist du traurig, armes Gräbermädchen? — Wenn Fremde mir Münzen zuwarfen, nahm er sie aus dem Staub auf und brachte sie mir, der gute Hund! Als ich diesen

Freund hatte, war ich weniger traurig. Täglich legte ich ein paar Sous zurück, um fünfzig Franken zusammen zu bekommen, damit ich dem Vater Manseau den Hund abkaufen konnte. — Als seine Frau sah, daß mich der Hund liebte, kam es ihr plötzlich in den Sinn, auch in ihn vernarrt zu sein. Doch denken Sie, der Hund konnte sie nicht leiden. Solche Tiere wittern die Seele; sie merken gleich, ob man sie liebt oder nicht. — Ich besaß ein Zwanzigfrankenstück, das ich in meinem Unterrock eingenäht hatte. Ich sagte also zu Herrn Manseau: Lieber Vater Manseau, ich wollte Ihnen eigentlich meine Ersparnisse vom ganzen Jahr für Ihren Hund geben; aber ehe Ihre Frau ihn für sich haben will, obgleich sie sich kaum um ihn bekümmert, verkaufen Sie ihn mir bitte heute schon für zwanzig Franken. Hier sind sie! — ‚Nein, mein Kind,' sagte er zu mir, ‚behalte du dein Geld. Der Himmel bewahre mich davor, den Armen ihr Geld abzunehmen. Behalte den Hund, und wenn meine Frau sich zu sehr darüber erbost, dann gehe lieber fort.' — Seine Frau machte ihm wegen des Hundes eine fürchterliche Szene, man hätte meinen können, das ganze Haus brenne. Und wissen Sie, was sie sich ausgeheckt hat? Da sie sah, daß der Hund an mir hing und sie ihn nie würde haben können, ließ sie ihn vergiften. Mein armes Tierchen starb in meinen Armen; ich habe geweint, als ob es mein Kind gewesen wäre, und habe ihn unter einer Tanne begraben. Sie können sich nicht vorstellen, was alles ich in dieses Grab hineingelegt habe. Als ich so dasaß, sagte ich mir, daß es wohl mein Schicksal sein soll, immer allein auf der Welt zu bleiben, daß ich es zu nichts bringen werde, daß ich nun wieder, wie vordem, ohne ein mitfühlendes Wesen leben mußte, und daß mir kein guter Blick begegnen würde. Eine ganze Nacht bin ich dort sitzen geblieben, unter freiem Himmel, und habe Gott gebeten, Mitleid mit mir zu haben. Als ich heimging, begegnete mir ein armes Kind von zehn Jahren, das keine Hände hatte. Der liebe Gott hat mich also erhört, dachte ich. Ich hatte ja auch noch nie so zu ihm gebetet, wie in jener Nacht. Ich will mich des Kleinen annehmen, sagte ich mir, wir werden gemeinsam betteln gehen, und ich bin dann seine Mutter. Zu zweien wird man es gewiß weiter bringen. Für das Kind würde ich mehr Mut haben als nur für mich allein. Anfangs schien der Kleine auch zufrieden; es wäre auch schwer gewesen, es nicht zu sein, ich machte ja alles, was er wollte, gab ihm die besten Bissen, mit einem Wort: ich wurde sein Sklave, und er tyrannisierte mich. Aber das erschien mir immer noch besser, als allein zu leben. Aber kaum hatte der kleine Lump erfahren, daß ich zwanzig Franken in meinen Unterrock eingenäht hatte, als er sie auch schon heraustrennte und sie mir stahl; diese zwanzig Franken, das Geld für meinen armen Hund. Ich hatte für das Geld Messen lesen lassen wollen. — Ist das nicht schrecklich: ein Kind ohne Hände stiehlt! Dieser Diebstahl hat mich mehr am Leben verzweifeln lassen als alles, was mir bisher geschehen war. Ich durfte also nichts lieb haben, was mir nicht unter den Händen verdarb ... Eines Tages kommt ein hübscher Wagen den Weg herauf, eine junge Dame war darin, so schön wie die Jungfrau Maria, und ein junger Herr, der ihr sehr ähnlich sah. — ,Sieh doch das hübsche Mädchen!‘ sagt der junge Mann zu ihr und wirft mir ein Geldstück zu. Sie allein, Herr Benassis, können die Freude ermessen, die mir dieses Kompliment verursachte, das einzige, das ich je gehört habe. Aber der Herr hätte mir lieber das Geld nicht zuwerfen sollen. Denn auf einmal fuhren mir tausend Gedanken durch den Kopf, ich begann zu laufen, nahm kleine Pfade, um den Weg abzuschneiden, und kam viel früher oben bei Echelles an als der Wagen, der ganz langsam fahren mußte. Ich konnte den jungen Mann nochmals sehen, er war ganz erstaunt, mich da oben wieder zu treffen, und ich war so glücklich, daß das Herz mir bis zum Halse herauf schlug. Ein unbestimmtes Etwas zog mich zu ihm hin. Als er mich erkannt hatte, lief ich schnell wieder davon, denn ich dachte mir schon, daß er und die junge Dame aussteigen würden, um sich den Wasserfall von Couz anzusehen. Als sie wieder herunterkamen, haben sie mich unter den Nußbäumen noch einmal gesehen und, da sie sich für mich zu interessieren schienen, auch angesprochen und mich manches gefragt. Nie in meinem Leben habe ich sanftere Stimmen gehört als die des schönen jungen Mannes und seiner Schwester — denn sie war sicherlich seine Schwester. — Ein ganzes Jahr lang habe ich noch daran denken müssen und habe immer gehofft, sie würden noch einmal wiederkommen. Ich hätte viel darum gegeben, den Fremden noch einmal zu sehen, so schön fand ich ihn! . . . Das waren bis zu dem Tage, an dem ich Herrn Benassis kennenlernte, die großen Ereignisse meines Lebens. Denn als mich meine Herrin fortschickte, weil ich ihr dummes Ballkleid angezogen hatte, hat sie mir nur leid getan, ich habe ihr längst verziehen. Und auf Ehrenwort, wenn ich ganz ehrlich sein soll, ich bin mir darin viel vornehmer vorgekommen als sie, obgleich sie eine Gräfin war.“

„Sehen Sie,“ sagte Genestas nach einem Augenblick des Stillschweigens, „der liebe Gott hat es doch gut mit Ihnen gemeint; hier fühlen Sie sich doch so wohl wie der Fisch im Wasser?“

Bei diesen Worten sah das Gräbermädchen Benassis voller Dankbarkeit an.

„Ich wünschte, ich wäre reich“, sagte der Offizier plötzlich.

Diesem Ausruf folgte ein langes Schweigen.

„Jetzt sind Sie mir aber eine Geschichte schuldig“, sagte das Gräbermädchen endlich mit spitzbübischem Ausdruck.

„Die sollen Sie auch hören“, erwiderte Genestas. — „Am Vorabend der Schlacht von Friedland“, begann er nach einer Pause, „war ich mit einem Auftrag zum General Davoust ins Quartier geschickt worden und befand mich gerade auf dem Rückweg in mein Biwak, als ich an einer Wegbiegung dem Kaiser Aug in Auge gegenüberstand. Napoleon sieht mich an: ‚Bist du der Hauptmann Genestas?‘ sagt er zu mir. ‚Jawohl, Sire.‘ — ‚Bist du in Ägypten gewesen?‘ — ‚Jawohl, Sire.‘ — ‚Gehe nicht dort entlang, schlage lieber diesen Weg hier ein, du kommst so eher zu deiner Division.‘ — Sie können sich nicht vorstellen, mit welch einem gütigen Ton der Kaiser diese Worte zu mir sprach, er, der doch wirklich andere Dinge im Kopfe hatte; denn er durchstreifte damals gerade das Land, um sein Schlachtfeld in Augenschein zu nehmen. Ich erzähle

Ihnen diese Begebenheit nur, um Ihnen zu zeigen, was für ein Gedächtnis er hatte, und daß ich zu denjenigen gehörte, deren Gesicht ihm bekannt war.
Im Jahre 1815 schwur ich auf die Verfassung. Ohne diese Dummheit wäre ich heute vielleicht schon Oberst. Aber ich hatte nie die Absicht gehabt, die Bourbonen zu verraten; ich wußte nur, daß es galt, Frankreich zu retten. Ich war also Eskadronchef bei den Grenadieren der kaiserlichen Garde, und trotz der Schmerzen, die mir meine Wunden noch verursachten, habe ich bei Waterloo tüchtig um mich geschlagen. Als alles vorbei war, begleitete ich Napoleon nach Paris, und als er nach Rochefort ging, bin ich ihm — gegen seinen Befehl — gefolgt. Ich war froh, darüber wachen zu können, daß ihm unterwegs kein Unglück zustieß. Und als er am Strande des Meeres spazieren ging, stand ich zehn Schritt von ihm entfernt auf Wache. — ‚Nun, Genestas‘ — sagt er und kommt auf mich zu — ‚so sind wir also beide noch nicht tot?‘ – diese Worte haben mir das Herz zerrissen. Wenn Sie es gehört hätten, es wäre Ihnen auch durch und durch gegangen. Er zeigte mir das englische Piratenschiff, das den Hafen verbarrikadierte, und sagte: ‚Wenn ich das da sehe, dann tut es mir leid, daß ich mich nicht in dem Blute meiner Garde ertränkt habe!‘ — Ja,“ sagte Genestas und sah den Arzt und das Gräbermädchen dabei an, „das waren seine eigenen Worte. — ‚Die Marschälle, die Sie daran verhindert haben, Sire, selbst zu schießen, und die Sie in Ihren Wagen setzten, waren Ihre Freunde nicht!‘ sagte ich. ‚Komm mit mir,‘ ruft er da lebhaft aus, ‚noch ist

das Spiel nicht verloren.' — ,Herr, ich würde Ihnen gerne folgen, aber im Augenblick habe ich ein Kind zu versorgen, das keine Mutter mehr hat; ich bin gebunden.' — Adrien also, den Sie dort sehen, hat mich daran gehindert, mit nach St. Helena zu gehen. — ,Höre,' sagt er zu mir, ,ich habe dir noch nie etwas geschenkt, du gehörtest nicht zu denen, die immer eine Hand voll haben und die andere schon wieder hinhalten; nimm die Tabakdose, ich habe sie während des ganzen letzten Feldzuges bei mir getragen. Bleibe in Frankreich, das Land braucht jetzt wahrlich brave Männer. Bleibe im Dienst und vergiß mich nicht. Du bist von meiner Armee der letzte Ägypter, den ich in Frankreich am Leben gesehen habe.' — Und er gibt mir eine kleine Tabaksdose. — ,Laß darauf eingravieren: Ehre und Vaterland,' sagt er zu mir, ,das ist die Geschichte unsrer beiden letzten Feldzüge.' — Dann stieß sein Gefolge zu ihm, und ich blieb den ganzen Morgen mit allen zusammen. Der Kaiser ging an der Küste entlang; äußerlich war er ruhig, nur manchmal runzelte er die Stirn. Um Mittag hielt man seine Einschiffung für ganz unmöglich. Die Engländer wußten, daß er in Rochefort war, er hätte sich ihnen also ergeben oder hätte wieder durch ganz Frankreich hindurch müssen. Wir waren alle sehr unruhig. Die Minuten waren wie Stunden. Napoleon stand zwischen den Bourbonen, die ihn erschossen hätten, und den Engländern, die keine anständigen Leute sind, denn sie werden sich nie von der Schmach reinwaschen können, einen Feind, der sie um Gastfreundschaft gebeten hatte, auf einen Felsen geworfen zu haben! In dieser verzweifelten Lage stellt ihm — ich weiß nicht, wer aus seinem Gefolge — den Leutnant Doret vor, einen Seemann, der ihm die Möglichkeit vorschlägt, nach Amerika zu gelangen. Tatsächlich lagen im Hafen eine Brigg und ein Handelsschiff der Vereinigten Staaten. — ‚Kapitän,' fragte ihn der Kaiser, ‚wie wollen Sie denn das bewerkstelligen?' — ‚Sire,' antwortet der Mann, ‚Sie gehen auf das Handelsschiff, ich steige unter weißer Fahne mit treuen Leuten auf die Brigg, wir fahren an die Engländer heran, legen Feuer an, und während wir in die Luft gehen, fahren Sie vorbei.' — ‚Wir gehen mit!' rief ich dem Kaiser zu. — Napoleon sieht uns alle an, dann sagt er: ‚Kapitän Doret, bleiben Sie Frankreich erhalten!' — Das war das einzige Mal, daß ich Napoleon bewegt gesehen habe. — Dann machte er mit der Hand ein Zeichen und ging ins Haus. Als ich ihn dann an dem englischen Schiff habe vorbeifahren sehen, ging ich fort. Er war verloren, und er wußte es. Im Hafen war ein Verräter, der durch Zeichen den Feind von der Anwesenheit des Kaisers verständigt hatte. Der Kaiser hat noch ein letztes Mittel versucht; er hat das getan, was er immer auf dem Schlachtfeld tat: er ist zu ihnen hingegangen, anstatt daß er sie hat zu sich kommen lassen. — Sie haben vorhin von Kummer gesprochen, aber keiner kann die Verzweiflung schildern, die wir um ihn gelitten haben."

„Und wo ist die Tabaksdose?" fragte das Gräbermädchen.

„In Grenoble, in einer Schachtel", antwortete der Major.

„Wenn Sie erlauben, komme ich einmal und sehe sie mir an. Wenn man sich vorstellt, daß Sie etwas besitzen, was er in der Hand gehabt hat! Hatte er eine schöne Hand?"

„Eine sehr schöne."

„Ist es wahr, daß er tot ist?" fragte sie. „Bitte, sagen Sie mir die volle Wahrheit."

„Ja gewiß, er ist tot, mein liebes Kind."

„Ich war noch so klein, im Jahre 1815, daß ich nur seinen Hut gesehen habe, und beinahe wäre ich in Grenoble noch dabei erdrückt worden."

„Das ist aber guter Kaffee!" sagte Genestas.

„Wird dir dies Land hier auch gefallen, Adrien, und wirst du das Fräulein manchmal besuchen?"

Der Knabe antwortete nicht, er schien zu scheu zu sein, um das Gräbermädchen anzusehen. Benassis beobachtete den jungen Mann fortgesetzt und schien in dessen Seele zu lesen.

„Natürlich wird er sie besuchen!" sagte der Arzt. „Aber jetzt müssen wir heimgehen; ich muß mir mein Pferd holen und noch einen ziemlich langen Weg machen, inzwischen wird er sich mit Jacquotte befreunden."

„Kommen Sie doch mit uns", sagte Genestas zu dem Gräbermädchen.

„Gern!" antwortete sie. „Ich muß Jacquotte sowieso noch verschiedenes bringen."

Sie machten sich auf den Weg, und das Gräbermädchen, das die Gesellschaft so gut aufgenommen hatte, führte sie jetzt auf kleinen Pfaden durch abgelegene wilde Berggegenden.

„Herr Major," sagte sie nach kurzem Schweigen, „Sie haben mir nichts von sich selbst erzählt, und ich hätte gern ein Kriegsabenteuer gehört. Was Sie mir von Napoleon gesagt haben, war schon sehr schön, aber es hat mich traurig gemacht. — Bitte, seien Sie so gut!"

„Sie hat recht!" rief Benassis in liebenswürdigem Tone aus. „Sie sollten uns während unsres Weges jetzt ein richtiges Abenteuer erzählen. Etwas Interessantes, so wie die Geschichte von dem Balken an der Beresina."

„Ich habe eigentlich wenig zu berichten. Es gibt Leute, denen immer etwas passiert, ich aber war nie der Held irgendeiner Geschichte. Doch einmal ist mir etwas sehr Merkwürdiges zugestoßen. Im Jahre 1805, ich war erst einfacher Leutnant, stand ich in der Großen Armee bei Austerlitz. Ehe wir Ulm einnahmen, mußten wir ein paar Kämpfe ausfechten, bei denen vor allem die Kavallerie beteiligt war. Ich stand damals gerade unter dem Oberbefehl von Murat, der nie gern auf etwas verzichtete. Nach den ersten Gefechten des Feldzuges hatten wir ein Land erobert, das verschiedene hübsche Rittergüter besaß. Am Abend ließ sich mein Regiment in dem Park eines schönen Schlosses nieder, das einer wunderschönen Frau, einer Gräfin, gehörte. Ich will mich natürlich bei ihr einquartieren und laufe, damit mir keiner zuvorkommt. Ich komme gerade in dem Augenblick in den Salon, wo ein Unteroffizier auf die Gräfin zielt und auf ganz brutale Weise etwas von ihr verlangt, was diese Frau ihm sicher nicht gewähren konnte: er war zu häßlich. — Mit einem Säbelhieb schlage ich ihm die Pistole aus der Hand, der Schuß geht in den Spiegel, dann versetze ich meinem Mann noch einen Hieb und werfe ihn zur Erde. Auf das Geschrei der Gräfin und auf den

Schuß hin kommt die Dienerschaft herbei und bedroht mich.
„Zurück, dieser Offizier hat mir das Leben gerettet!“ ruft sie denen, die mir den Garaus machen wollen, auf deutsch zu. Sie ziehen sich zurück. Die Dame hat mir ein Taschentuch geschenkt, ein schönes gesticktes Tuch, das ich noch besitze, und hat mir gesagt, daß ich auf ihrem Gute immer ein Unterkommen finden und, wenn ich irgendeinen Kummer hätte, in ihr immer eine treue Schwester und Freundin haben würde. Kurz, sie läßt alle Puppen tanzen. Diese Frau war schön wie ein Hochzeitsmorgen und geschmeidig wie eine junge Katze. Wir haben zusammen gegessen. — Am nächsten Tag bin ich bis über die Ohren verliebt. Aber ich muß bei Güntzburg in die Feuerlinie; und ich ziehe aus, mit meinem Taschentuch bewaffnet. Während der Schlacht sage ich mir: wenn mich doch eine Kugel träfe! Unter allen, die an mir vorbeipfeifen, wird doch eine für mich sein! Aber ich wünschte sie mir nicht in den Schenkel, denn dann hätte ich ja nicht ins Schloß zurückgehen können. Ich war jedoch auch nicht feige, ich wollte schon einen ordentlichen Schuß in den Arm haben, um von der Gräfin verbunden und gepflegt werden zu können. Ich stürze mich also wie ein Wahnsinniger auf den Feind, aber ich hatte kein Glück, ich kam mit heiler Haut davon. Mit der Gräfin war es vorbei, wir mußten weiter marschieren. — Das war die Geschichte.“
Sie waren bei Benassis angekommen, der sich sofort aufs Pferd schwang und davonritt. Als der Arzt wieder zurückkam, hatte sich Jacquotte, der Genestas seinen Sohn warm empfohlen hatte,

schon Adriens angenommen und ihn in dem berühmten Zimmer von Herrn Gravier untergebracht. Sie war jedoch höchst erstaunt, als ihr Herr befahl, ein einfaches Feldbett für den jungen Mann mit in sein eigenes Schlafzimmer zu stellen, und es mit solch einem energischen Ton tat, daß Jacquotte diesmal keine Widerrede wagte. Nach dem Essen kehrte der Major wieder nach Grenoble zurück, glücklich über die erneute Versicherung Benassis', daß sein Sohn bald wieder hergestellt sein würde.

In den ersten Tagen des Dezember, acht Monate, nachdem Genestas seinen Sohn dem Arzt übergeben hatte, wurde der Major zum Generalleutnant in einem Regiment in Poitiers befördert. Er wollte Benassis gerade seine Abreise mitteilen, als er von diesem einen Brief bekam, in dem er seinem Freunde die völlige Wiederherstellung Adriens meldete.

„Ihr Junge", so schrieb er, „ist groß und stark geworden, es geht ihm ausgezeichnet. Seitdem Sie ihn nicht mehr gesehen haben, ist er bei Butifer so gut in die Lehre gegangen, daß er ein ebenso guter Schütze ist wie sein Lehrmeister. Er ist gewandt und geschickt, ein guter Fußgänger und Reiter. Alles an ihm hat sich verändert; der Knabe von sechzehn Jahren, der früher aussah, als wäre er kaum zwölf, ist jetzt wie ein Zwanzigjähriger. Er hat einen sicheren, geraden Blick; er ist ein ganzer Mann, und ein Mann, an dessen Zukunft Sie jetzt denken müssen."

„Ich werde also wohl morgen zu Benassis gehen und mir seinen Rat in bezug auf den Beruf des Jungen holen", sagte Genestas zu sich und ging auf das Liebesmahl, das ihm seine Offiziere gaben; denn er blieb nur noch wenige Tage in Grenoble.

Als der Generalleutnant aus dem Kasino heimkam, übergab ihm sein Bursche einen Brief, der von einem Boten gebracht worden war, der lange vergeblich auf Antwort gewartet hatte. Obgleich noch ganz benommen von den Reden, die man ihm zu Ehren gehalten hatte, erkannte Genestas doch die Handschrift seines Sohnes, und da er glaubte, sein Junge hätte irgendein Anliegen an ihn, ließ er den Brief auf dem Tisch liegen und nahm ihn erst wieder am nächsten Tag in die Hand, als der Champagnerrausch verflogen war.

„Mein lieber Vater!“ ... „Sieh an, Kleiner“, sagte der Offizier gutmütig. „Wenn du etwas willst, dann wirst du immer zärtlich.“ Dann las er die Worte: „Der gute Herr Benassis ist tot!“ ... Der Brief fiel ihm aus den Händen; erst nach einer langen Pause las er weiter: „Dies Unglück hat das ganze Land aufs höchste bestürzt und hat uns alle um so mehr überrascht, als es Herrn Benassis noch am Abend vorher sehr gut ging und er gar nicht unwohl war. Vorgestern, als habe er sein Ende vorausgeahnt, hat er noch all seine Kranken besucht, selbst diejenigen, die am entferntesten wohnen; hat mit allen Leuten, die er traf, gesprochen und ihnen gesagt: lebt wohl, Freunde! Er ist seiner Gewohnheit gemäß gegen fünf Uhr heimgekommen, um mit mir zu essen. Jacquotte fand sein Gesicht etwas rot und bläulich aussehend; da es aber kalt war, hat sie ihm kein Fußbad gemacht, was sie ihn gewöhnlich zu nehmen zwang, wenn er Kopfschmerzen hatte. Seither ruft das arme Mädchen unter Tränen immerzu aus: Wenn ich ihm ein Fußbad gegeben hätte, dann lebte er noch! — Herr Benassis hatte großen Appetit, er aß sehr viel und war heiterer als sonst. Wir haben viel miteinander gelacht; so ausgelassen hatte ich ihn noch nie gesehen. Nach dem Essen, gegen sieben Uhr, kommt ein Mann aus Saint-Laurent-du-Pont und holt ihn zu einem sehr dringenden Fall. Er sagt zu mir: ‚Ich muß gehen; so kurz nach dem Essen mag ich mich freilich nicht aufs Pferd setzen, besonders nicht bei der Kälte; das kann einem ja gefährlich werden.' — Aber er geht doch. Gegen neun Uhr bringt Goguelat, der Postbote, einen Brief für Herrn Benassis. Jacquotte, von der Wäsche müde, legt sich schlafen, gibt mir den Brief und bittet mich, in unserm Zimmer — denn wir schlafen noch immer zusammen — für Herrn Benassis den Tee zu machen. Ich lasse das Feuer im Wohnzimmer ausgehen und gehe hinauf, um auf meinen teuren Freund zu warten. Ehe ich den Brief auf den Kamin lege, sehe ich ihn mir aus Neugier an. Er kam aus Paris, die Handschrift schien mir von einer Dame zu sein. Ich sage dir das alles, weil dieser Brief die Ursache dessen war, was dann geschah. Gegen zehn Uhr höre ich Herrn Benassis' Pferd; er selbst sagt zu Nicolle: ‚Das ist ja eine Hundekälte, ich fühle mich ganz unbehaglich!' — ‚Soll ich Jacquotte wecken!' fragt ihn Nicolle. — ‚Nein, nein!' und er kommt herauf. — ‚Ich habe Ihnen Ihren Tee zurechtgemacht', sage ich ihm. — ‚Danke, Adrien', antwortet er mir und lächelt mir dabei zu, so wie Du es von ihm kennst. Das war sein letztes Lächeln. Dann macht er sich seine Halsbinde auf, als solle er ersticken. — ‚Es ist tüchtig heiß hier', sagt er. — Und wirft sich in seinen Sessel. — ‚Ein Brief ist gekommen, hier ist er', sage ich zu ihm. — Er nimmt den Brief, sieht sich die Handschrift an und ruft aus: ‚Mein Gott! vielleicht ist sie frei!' — Dann neigt er den Kopf nach hinten und seine Hände zittern. Endlich stellt er ein Licht auf den Tisch und öffnet den Brief. Der Ton seines Ausrufes war so erschreckend gewesen, daß ich ihn, während er las, beobachtete; er wurde ganz rot und weinte. — Dann fiel er, mit dem Kopf zuerst, vornüber; ich richte ihn auf, sein Gesicht ist ganz blau. ‚Ich sterbe!' sagt er stockend und macht einen Versuch, sich aufzurichten. ‚Lassen Sie mich zur Ader, schnell!' ruft er mir zu und greift nach meiner Hand — ‚Adrien, verbrennen Sie diesen Brief.' Und er gibt mir den Brief, den ich ins Feuer werfe. Ich rufe Jacquotte und Nicolle, aber nur Nicolle hört mich. Er kommt herauf und hilft mir, Herrn Benassis auf sein Bett zu legen. Er ist nicht mehr bei Bewußtsein. Er hat wohl noch die Augen aufgeschlagen, aber hat nichts mehr gesehen. Nicolle ist aufgesessen, um Herrn Bordier, den Bader, zu holen, und hat die Nachricht im ganzen Dorf verbreitet. Da waren sie sofort alle auf den Beinen: Herr Janvier, Herr Dufau, alle, die Du auch kennst, kamen als erste. Herr Benassis lebte kaum noch, es war keine Hilfe mehr möglich. Herr Bordier hat ihm die Fußsohlen gebrannt, aber es war alles vorbei. Es war ein Gichtanfall und ein Bluterguß ins Gehirn. — Ich teile Dir alle diese Einzelheiten mit, denn ich weiß, wie sehr Du Herrn Benassis geliebt hast. Ich selbst bin sehr traurig und niedergeschlagen. Denn außer Dir habe ich keinen so geliebt wie ihn. Ich habe, wenn er des Abends mit mir sprach, mehr gelernt als die ganze Zeit über in der Schule ... Als sein Tod am nächsten Tag im Dorf bekannt war, gab es ein unglaubliches Schauspiel. Der Hof, der Garten, alles war voller Menschen. Überall hörte man weinen und schluchzen, keiner ging an die Arbeit, jeder erzählte dem andern, was Herr Benassis ihm noch zuletzt gesagt und was er ihm Gutes getan hatte. Diejenigen, die am wenigsten erschüttert waren, führten das Wort. Die Menge wuchs von Stunde zu Stunde; jeder wollte ihn noch einmal sehen. Die traurige Nachricht hatte sich schnell verbreitet. Die Leute aus dem Bezirk und aus der Umgegend, alle kamen sie herbei: Männer, Frauen, Mädchen und Burschen, bis zu zehn Meilen aus dem Umkreis ... Als sich der Leichenzug in Bewegung setzte, trugen die vier ältesten Männer aus der Gemeinde den Sarg in die Kirche, das war nicht leicht, denn von Herrn Benassis' Haus bis zur Kirche standen an fünfhundert Menschen, von denen die meisten, wie bei einer Prozession, niederknieten. Die Kirche konnte die große Menge gar nicht fassen. Als das Amt begann, herrschte, trotz des Weinens, eine so tiefe Stille, daß man den Gesang bis ans Ende der großen Landstraße hörte. Aber als der Leichnam zum neuen Friedhof getragen werden sollte, den Herr Benassis selbst der Gemeinde geschenkt hat, und auf dem er nun als erster begraben wurde, da erhob sich ein großes Wehklagen. Herr Janvier sagte weinend die Gebete, und alle, die da waren, hatten Tränen in den Augen. Dann wurde er in die Grube gesenkt. Am Abend hatte sich die Menge zer-

streut, und jeder ging nach Hause und verbreitete im ganzen Lande Trauer und Tränen. — Am nächsten Tage haben sich Gondrin, Goguelat, Butifer, der Feldhüter und noch ein paar Leute daran gemacht, dort, wo Herr Benassis begraben ist, eine Art Erdpyramide aufzuschütten, die zwanzig Fuß hoch ist und die noch mit Rasen bedeckt werden soll, wobei alle mithelfen werden. — Das sind, mein lieber Vater, die Ereignisse, die sich seit drei Tagen hier abgespielt haben . . . Das Testament von Herrn Benassis hat Herr Dufau ganz offen im Schreibtisch gefunden, die Verfügungen, die unser guter Freund über sein Vermögen getroffen hat, haben — wenn dies noch möglich war — die Liebe zu ihm und die Trauer über seinen Heimgang noch vermehrt. Jetzt, lieber Vater, erwarte ich durch Butifer, der dir diesen Brief überbringt, eine Antwort von Dir, in der Du mir sagst, was ich tun soll. Wirst Du mich hier abholen oder soll ich zu Dir nach Grenoble kommen? Sage mir Deine Absichten und sei meines striktesten Gehorsams gewiß.
Lebe wohl, lieber Vater, ich sende Dir viele herzliche Grüße.

Dein treuer Sohn Adrien Genestas."

„Da muß ich also sofort hin!" rief Genestas aus. Er ließ sein Pferd satteln und machte sich an einem jener Dezembermorgen auf den Weg, an denen der Himmel mit einem grauen Schleier verhangen und der Wind nicht stark genug ist, um den Nebel zu verteilen, durch den hindurch die kahlen Bäume und feuchten Häuser nicht mehr ihr gewöhnliches Aussehen haben. Es herrschte eine düstere Stille. An einem schönen Tage ist jedes Geräusch heiter, an einem trüben dagegen ist die Natur nicht nur schweigsam, sondern ganz stumm. Der Nebel, der sich an den Bäumen verfangen hatte, fiel in Tropfen herab, die langsam, wie Tränen, auf die Blätter rollten. Jedes Geräusch erstarb in der Atmosphäre. — Der General Genestas, dessen Herz von Todesgedanken und einer tiefen Trauer erfüllt war, paßte zu dieser traurigen Natur. Unwillkürlich verglich er den heiteren Frühlingshimmel und das frohe Tal, das er bei seiner ersten Reise gesehen hatte, mit dem traurigen Anblick des bleigrauen Himmels und der hohen, ihres grünen Schmuckes beraubten Berge, die ihr anmutiges Schneekleid noch nicht angelegt hatten. Eine kahle Erde ist ein trauriger Anblick für einen Menschen, der einem Grabe entgegenreitet. Ihm schien dieses Grab überall zu sein. Die schwarzen Tannen, die da und dort die Gipfel krönten, mischten Trauerbilder in die traurigen Gedanken, die die Seele des Offiziers ergriffen hatten. Und immer, wenn er das Tal in seiner ganzen Ausdehnung überblickte, mußte er an das Unglück denken, das diesen Bezirk betroffen hatte, an die Leere, die der Tod eines Menschen hinterläßt. Genestas kam bald an die Stelle, wo er bei seiner ersten Reise ein Glas Milch getrunken hatte. Als er den Rauch der Hütte sah, in dem die Kinder des Hospizes erzogen wurden, dachte er noch stärker an den wohltätigen Geist Benassis', und er wollte hineingehen, um in seinem Namen der armen Frau ein Almosen zu geben. Er band sein Pferd an einen Baum, öffnete die Tür und trat, ohne anzuklopfen, herein.

„Guten Tag, Mutter!“ sagte er zu der Alten, die er mit den Kindern am Feuer sitzen sah. „Kennt Ihr mich noch?“

„Aber gewiß, Sie kamen an einem schönen Frühlingstag hier durch und gaben mir einen Taler.“

„Hier, das ist für Sie und die Kinder.“

„Mein lieber Herr, ich danke Ihnen, Gott vergelte es Ihnen.“

„Nicht mir gebührt der Dank, sondern noch dem armen Vater Benassis!“

Die Alte hob den Kopf und blickte Genestas an.

„Ach, Herr, wenn er auch sein ganzes Hab und Gut den Armen vermacht hat und wir alle seine Erben sind, wir haben doch unsern größten Reichtum verloren, denn er hat ja doch hier alles zum besten gestaltet.“

„Lebt wohl, gute Mutter, betet für ihn“, sagte Genestas, nachdem er den Kindern noch einen leichten Schlag mit der Reitpeitsche versetzt hatte.

Und von der Alten und der kleinen Gesellschaft hinausbegleitet, stieg er wieder aufs Pferd und ritt weiter. — Wie er so den Talweg hinaufritt, kreuzte er den breiten Pfad, der zu dem Haus des Gräbermädchens führte. Er kam bis an die Mauer, von der aus er das Haus sehen konnte. Aber nicht ohne Besorgnis sah er Fenster und Tür fest verschlossen. — Er stieß dann auf die Landstraße, deren Pappeln ganz kahl waren. Dort traf er den alten Tagelöhner, der im Sonntagsstaat allein und ohne sein Handwerkszeug langsam voranschritt.

„Guten Morgen, Moreau!“

„Ach, guten Morgen, Herr! — Jetzt erkenne ich Sie erst“, fügte er nach einer kurzen Pause hinzu. „Sie sind doch der Freund unsres verstorbenen

Herrn Bürgermeisters. Hätte der liebe Gott nicht besser daran getan, an seiner Stelle einen armen Krüppel wie mich zu sich zu nehmen? Ich bin zu nichts mehr nütze, und er war die Freude aller."

„Wissen Sie, warum beim Gräbermädchen niemand im Haus ist?"

Der Alte sah zum Himmel auf.

„Wie spät ist es wohl, Herr? Die Sonne ist heute nicht zu sehen."

„Es ist sechs Uhr."

„Dann ist sie in der Messe oder auf dem Kirchhof. Sie geht alle Tage dorthin. Sie hat auf Lebenszeit tausend Franken Rente und das ganze Haus von ihm geerbt, aber sie hat über seinen Tod fast den Verstand verloren."

„Wo gehen Sie denn hin?"

„Zum Begräbnis des armen kleinen Jacques, der mein Neffe war. Das kränkliche Kind ist gestorben; es scheint wirklich, als hätte ihn der gute Herr Benassis am Leben erhalten. — Alle diese Jungen sterben", fügte der alte Moreau halb traurig, halb verschmitzt hinzu.

Beim Eintritt in das Dorf hielt Genestas sein Pferd an; er sah Gondrin und Goguelat, beide mit Spaten und Hacke bewaffnet.

„Nun, Kameraden," sprach er sie an, „jetzt haben wir also das Unglück gehabt, ihn zu verlieren."

„Genug, genug, Herr Offizier!" antwortete Goguelat. „Wir wissen es selber nur zu genau, wir haben eben Rasen für sein Grab gestochen."

„Da gibt es doch wieder eine schöne Lebensgeschichte zu erzählen?" sagte Genestas.

„Ja," erwiderte Goguelat, „bis auf die Schlachten

ist er für unser Tal wirklich ein zweiter Napoleon gewesen."

Als Genestas an das Pfarrhaus kam, sah er Butifer und Adrien mit Herrn Janvier in der Tür stehen und sprechen. Der Geistliche war wohl eben vom Messelesen zurückgekommen. Als Butifer den Offizier vom Pferd steigen sah, nahm er das Pferd am Zügel; und Adrien fiel seinem Vater um den Hals, der von dieser Zärtlichkeit ganz gerührt war. Aber der Offizier verbarg seine Gefühle und sagte zu ihm:

„So bist du also wieder ganz gesund, Adrien? Alle Wetter, dank der Pflege unsres teuren Freundes bist du ja ein ganzer Mann geworden. Deinen Lehrmeister Butifer habe ich auch nicht vergessen."

„Ach, Herr Oberst," sagte Butifer, „nehmen Sie mich in Ihr Regiment mit. Seit der Herr Bürgermeister tot ist, habe ich Furcht vor mir selber. Er hat ja auch gewollt, daß ich Soldat werden soll, da will ich seinen Wunsch erfüllen. Er hat Ihnen ja wohl auch gesagt, wie ich bin, da werden Sie wohl etwas Nachsicht mit mir haben."

„Gut, mein Freund," sagte Genestas und schlug in Butifers Hand ein, „sei nur ruhig, ich besorge dir schon einen guten Posten."

„Nun, Herr Pfarrer..."

„Herr Major, ich bin ebenso betrübt wie alle Leute hier im Bezirk, aber lebhafter als sie empfinde ich, wie unersetzlich der Verlust ist, den wir erlitten haben. Dieser Mensch war ein Engel. Glücklicherweise ist er, ohne zu leiden, gestorben. Mit gütiger Hand hat Gott ein Leben zu sich genommen, das uns nur Gutes getan hatte."

„Dürfte ich Sie wohl, ohne unbescheiden zu sein,

bitten, mit mir auf den Kirchhof zu kommen? Ich möchte ihm gern ein letztes Lebewohl sagen."
Butifer und Adrien folgten dem Pfarrer und Genestas, die plaudernd ein paar Schritte vor ihnen hergingen. Als der General das Dorf hinter sich hatte und nach dem See zu ging, sah er am Abhang des Berges ein großes felsiges Stück Land, das mit einer Mauer umgeben war.
„Das ist der Kirchhof", sagte der Geistliche. „Vor drei Monaten ist es ihm plötzlich eingefallen, daß es nicht gut sei, wenn ein Kirchhof so dicht um die Kirche herumliege; und um den Bestimmungen zu entsprechen, die vorschreiben, daß Friedhöfe nur in einer bestimmten Entfernung von menschlichen Wohnstätten angelegt werden dürfen, hat er selbst der Gemeinde dieses Terrain geschenkt. Heute begraben wir dort ein armes Kind: so haben wir hier mit der Unschuld und der Tugend angefangen. Ist der Tod eine Vergeltung? Will Gott uns eine Lehre geben dadurch, daß er zwei reine Geschöpfe zu sich ruft? — Sehen Sie, das ist das schlichte Denkmal, das wir ihm errichtet haben."
Genestas erblickte eine Erdpyramide von ungefähr zwanzig Fuß Höhe, die vorläufig noch kahl war. Nur der untere Teil war schon, dank den fleißigen Händen der Bewohner, mit Rasenstücken belegt.
Das Gräbermädchen saß weinend, den Kopf in die Hände gestützt, auf den Steinen, die den Unterbau eines riesigen Kreuzes bildeten, das aus einer unbehauenen Tanne gezimmert war. Der Offizier las die Inschrift, die in großen Buchstaben in das Holz eingeschnitten war:

D. O. M.
Hier ruht
der gute Herr Benassis
unser aller
Vater.
Betet für ihn.

„Haben Sie das dort aufgeschrieben, Herr Pfarrer?" fragte Genestas.

„Nein, wir haben nur die Worte genommen, die in der ganzen Gegend, von den Bergen hoch oben bis nach Grenoble hinunter, auf aller Lippen liegen."

Nachdem Genestas einen Augenblick schweigend dagestanden hatte, trat er an das Gräbermädchen heran, das ihn jedoch nicht bemerkte, und sagte zu dem Pfarrer:

„Wenn ich erst meinen Abschied genommen haben werde, komme ich auch hierher, um meinen Lebensabend bei Ihnen zu beschließen."

☆